民國文化與文學 研究文叢

七 編

第 29 冊

跨學科視野下的近代中國教育、文學與社會
——北京大學青年學者國際學術研討會論文集

上冊：政治文化視野下的教育史研究

高 翔 宇 編

國家圖書館出版品預行編目資料

跨學科視野下的近代中國教育、文學與社會——北京大學青年
學者國際學術研討會論文集　上冊：政治文化視野下的教育史
研究／高翔宇 編 -- 初版 -- 新北市：花木蘭文化事業有限公
司，2017〔民 106〕
目 4+246 面；19×26 公分
（民國文化與文學研究文叢 七編：第 29 冊）
ISBN 978-986-485-068-6（精裝）
1. 教育 2. 文學 3. 社會 4. 文集
820.8　　　　　　　　　　　　　　　106013227

ISBN-978-986-485-068-6

9 789864 850686

民國文化與文學研究文叢
七 編　第二九冊　　　　　ISBN：978-986-485-068-6

跨學科視野下的近代中國教育、文學與社會
——北京大學青年學者國際學術研討會論文集
上冊：政治文化視野下的教育史研究

編　　者　高翔宇
總 編 輯　杜潔祥
副總編輯　楊嘉樂
編　　輯　許郁翎、王筑　美術編輯　陳逸婷
出　　版　花木蘭文化事業有限公司
社　　長　高小娟
聯絡地址　235 新北市中和區中安街七二號十三樓
　　　　　電話：02-2923-1455／傳眞：02-2923-1452
網　　址　http://www.huamulan.tw 信箱 hml810518@gmail.com
印　　刷　普羅文化出版廣告事業
初　　版　2017 年 9 月
全書字數　698995 字
定　　價　七編 31 冊（精裝）新台幣 58,000 元　　　版權所有·請勿翻印

跨學科視野下的近代中國教育、文學與社會
——北京大學青年學者國際學術研討會論文集
上冊：政治文化視野下的教育史研究

高翔宇　編

編者簡介

高翔宇，1989 年生，遼寧錦州人，北京大學歷史學系博士研究生，主要從事民初政治、近代中國社會文化史研究。在《學術研究》、《中山大學學報》、《史學月刊》、《婦女研究論叢》、《廣東社會科學》等 CSSCI 來源刊物發表學術論文多篇，並有文章被《人大複印資料》全文轉載。主持過 2016 年度北京大學研究生院「博士研究生國際專題學術研討會」資助項目、北京大學第十二屆「史學論壇」第五分論壇，曾擔任《婦女研究論叢》「性別、政治與民國社會：青年學者專欄」主持人。

提　要

　　2016 年 11 月 25 ～ 27 日，由北京大學歷史學系主辦的「跨學科視野下的近代中國教育與社會——青年學者國際學術研討會」在北京大學人文學苑 5 號樓召開，來自中國大陸、臺灣、香港、馬來西亞、新加坡、韓國等海內外 74 位與會學者相聚未名湖畔、博雅塔下。本次會議不僅展現了歷史學、文學、教育學、社會學、民族學、語言學、新聞學等跨學科的交流，而且採取「專題組稿」的形式，包羅萬象，涵蓋了「政治與教育」、「性別與文化」、「邊疆與區域」、「思想與文學」等多元的主題，計有 48 篇論文入選。本書收錄了其中的 38 篇優秀論文，編爲上、中、下三卷，分別是《政治文化視野下的教育史研究》、《近代中國的文學轉型與思想變遷》、《性別視域下的近代中國社會》，以饗讀者。

中國現代文學史研究中的「民國文學」概念——《民國文化與文學研究文叢》第七編引言

李　怡

與政治意識形態淵源深厚的文學學科

　　大陸中國現代文學研究，最近 10 來年逐漸失去了 1980 年代的那種「眾聲喧嘩」、「萬眾矚目」的熱烈景象，進入到某種的沉靜發展的狀態，如果說，在這種沉靜之中，有什麼值得注意的現象的話，那就是「民國文學」概念的提出以及引發的某些討論。

　　對於海外中國文學研究者而言，現代中國很自然地分作「民國時期」與「人民共和國時期」，這是一種相當自然的歷史描述，作爲文學史的概念，也完全有理由各取所需地採用不同的概念：現代中國文學、中國現代文學、中國文學（民國時期）、中國文學（中華人民共和國時期）等等，這裡有思想的差異或者說審美意識形態的分歧，但是卻基本不存在嚴重的政治較量和衝突。站在海外漢學的立場上，人們難免困惑：現代文學也好，民國文學也罷，不過就是一種文學史的稱謂而已，是不是有如此鄭重其事地加以闡發、討論的必要呢？

　　這裡就涉及到對大陸中國現當代文學學科存在格局的認識。其實，嚴格的學科意義上的「中國現當代文學」並不是在 1949 年以前的民國時期建立的，儘管那時已經出現了「中國現代文學」的大學教育，也誕生了爲數可觀的「中國現代文學史」著作，但是主要還是講授者（如朱自清）、著作者的個人選擇，體系化的完整的知識格局和教育格局尚不完整。眞正出現自覺的「學科建設」的意識是在 1949 年中華人民共和國成立以後，各學科教育大綱的編訂、樣板

式教材的編寫出版乃至「群策群力」的從思想到文字的檢討、審查，都意味著「中國現代文學」學科由此納入到了政治意識形態的一體化架構之中，因此，討論「中國現代文學」學科的任何問題──從內容、結構到語言、概念都是非同小可的「國家大事」，在此基礎上的任何一次新的概念的設計和調整，都不得不包含著如何面對政治意識形態以及如何回答一系列「思想統一」的結論的問題，這裡不僅需要學術思想創新的智慧，更需要政治突圍的勇氣和決心。

回頭看大陸新時期以來的每一次文學史概念的提出，都兼有如此的「智慧」和「勇氣」：例如最有影響的概念──二十世紀中國文學。提出這一概念，其意義主要不是重新劃分晚清──近代──現代──當代的文學史時間，不在於從過去的歷史分段中尋找歷史的共同性；而是爲了從根本上跳脫政治化的「現代」概念對於文學的捆綁。

作爲學科史意義的「中國現代文學」的「現代」概念，其實已經與它在五四文壇出現之初就有了巨大的差異，完全屬於一種政治意識形態的產物。眾所周知，最早的「現代」概念與「近代」概念一樣都來自日本，最早用「近代」更多，到 1930 年代以後「現代」的使用頻率則超過了「近代」──在那時，中國的「現代」基本上匯通著世界史學界的理解框架，將資本主義發展、傳統世界自我封閉格局得以打破的「現時代」當作「現代」；但是，1949 年以後作爲學科史意義的「中國現代文學」的「現代」概念卻又不同，它更多地師法了前蘇聯的歷史觀念：由斯大林親自審查、聯共（布）中央審定、聯共（布）中央特設委員會編的《聯共（布）黨史簡明教程》和由蘇聯史學家集體編著的多卷本的《世界通史》重新認定了歷史的意義和分段方式，[註1] 馬列主義的五種社會形態進化論成爲劃分歷史的理論基礎，1640 年英國資產階級革命由於「階級局限性」屬於不徹底的「現代」，只能稱作是「近代」的開始，而「現代」演進關鍵點是十月社會主義革命的重大勝利，中國的歷史劃分是對蘇聯思維的仿傚：1840 年的鴉片戰爭被當作「近代」的開端，而標誌著「工人階級登上歷史舞臺」、「馬克思主義開始傳播」的「五四」運動則被當作了「現代」，後來考慮到「五四」之時，中國共產黨尚未成立，無法認定

〔註 1〕 《聯共（布）黨史簡明教程》於 1938 年在蘇聯出版，人民出版社 1975 年正式出版中譯本。《世界通史》於 1955～1979 年出版，全書共 13 卷。中譯本《世界通史》（1-13 卷）於 1978～1987 年分別由三聯書店、吉林人民出版社和東方出版社出版。

其十月革命式的政治勝利，所以又在「現代」之外另闢 1949 年以後爲「當代」，以彰顯社會主義與共產主義社會的到來，由此確定了中國文學近代／現代／當代的明確格局——這樣的劃分不僅時間分段上不再模糊，而且更具有明確的思想的內涵與歷史文化質地：資產階級文學（舊民主主義革命文學）、新民主主義革命文學與社會主義文學就是近代——現代——當代文學的歷史轉換。

　　「二十世紀中國文學」是中國文學研究界學術自覺，努力排除前蘇聯「革命」史觀影響、尋求文學自身規律的產物。正如論者當年意識到的那樣：「以前的文學史分期是從社會政治史直接類比過來的。拿『近代文學史』來說，從一八四〇年鴉片戰爭到一八九八年戊戌變法，半個多世紀裏頭，幾乎沒有什麼文學，或者說文學沒有什麼根本的變化。」「政治和文學的發展很不平衡。還是要從東西方文化的撞擊，從文學的現代化，從中國人『出而參與世界的文藝之業』，從文學本身的發展規律，從這樣的一些角度來看文學史，才比較準確。」『二十世紀中國文學』這一概念首先意味著文學史從社會政治史的簡單比附中獨立出來，意味著把文學自身發生發展的階段完整性作爲研究的主要對象。」〔註2〕

　　自「二十世紀中國文學」開啓歷史性的「重寫文學史」以來，中國現代文學的研究一直是富有勇氣地走在這一條「學術創新——政治突圍」的道路上，力圖讓文學回歸文學，歷史還原給歷史。可以說，「民國文學」也屬於這樣的努力，是「重寫文學史」的一種方式。

可疑的「現代性」

　　當然，這種方式也體現出了對既往文學研究的一種反思。

　　「二十世紀中國文學」這一歷史架構顯然具有重大的學術價值，直到今天依然是影響最大的文學史理念。然而，在「民國文學」的視野之中，它也存在著需要克服的問題：「二十世紀中國文學」這一概念是否已經具備了學科的穩定性？例如，在「二十世紀」業已結束的今天，它是否能有效地參照當下文學的異質性？如果說，「二十世紀中國文學」曾經闡發過的諸多概念都依然適用於今天，如果「新世紀文學」的基本性質、使命、遭遇的問題等等幾

〔註 2〕黃子平、陳平原、錢理群：《二十世紀中國文學三人談》36 頁、25 頁，北京：人民文學出版社 1988 年。

乎都與「舊世紀」無甚區別，那麼這一概念本身的內涵和外延至少也是不夠確定，需要我們重新推敲的了。對於「二十世紀中國文學」而言，其擺脫政治意識形態束縛的核心理念是文學的現代性（當時提出者稱之為「現代化」）追求。但是，隨著 1990 年代中期以來，「現代性」話語逐漸演變成了我們文學研究的基本語彙，它內在的一系列矛盾困擾也日顯突出了。

在新時期，「現代化」與「現代性」主要指代我們打破封閉、「走向世界」的強烈渴望，在那時，「現代」的道義光芒與情感力量要遠遠重於其知識性的合理與完整，或者說，呼喚文學的現代性就如同建設「四個現代化」一樣天經地義，我們根本無暇追問這一概念的來源及知識學上的意義和限度，所以才會出現如汪暉所述的「現代」之問。在 1980 年代，汪暉曾就何謂「現代」向唐弢先生質詢，而作為學科泰斗的唐先生也只是回答說，這是一個「很複雜」的問題。〔註3〕到了 1990 年代，中國學術界開始惡補「現代」課，從西方思想界直接輸入了系統而豐富的「現代性知識」，先是經過了短時間的「現代性終結」之論，接著便是在西方學術的鼓勵之下，迅速舉起「未完成的現代性」旗幟，對各種文化現象展開檢視分析，我曾經借用目前收錄最豐富、檢索也最方便的中國期刊網 CNKI 對 1979 年以後中國學術論文上的一些關鍵詞作數理統計，下面就是「現代性」一詞在各年的出現情況：

	79	80	81	82	83	84	85	86	87	88	89	90	91	92
按篇名統計	0	0	0	0	0	0	0	0	0	2	0	0	0	0
按關鍵詞統計	0	0	0	0	0	0	0	0	0	0	0	0	0	0

	93	94	95	96	97	98	99	00	01	02	03	04
按篇名統計	4	16	26	28	48	60	108	128	166	213	268	381
按關鍵詞統計	0	0	5	11	11	20	69	109	165	225	287	443

表格說明：

1. 統計單位為「篇」。

2. 檢索的學科涵蓋「文史哲」、「經濟政治與法律」、「教育與社會科學」。

3. 自動檢索中有極少數詞語誤植的情形，如「現代性愛小說」「現代性」統計，另外個別長文（如高遠東《未完成的現代性》分上中下發表，被統計為三篇，為了保證檢索統計的統一性，以上數據有意識忽略了

〔註3〕汪暉：《我們如何成為「現代」的？》，《中國現代文學研究叢刊》1996 年 1 期。

這些情形。

研究一下以上的表格我們就可以知道，從 1979 年到 1987 年整整九年中，中國人文社科的學術論文中沒有出現過一篇以「現代性」爲題目的文章，1988 年出現了兩篇，但很快又消失了，直到 1993 年以後才連續出現了「現代性」論題。這些論文的代表作包括張頤武的《對「現代性」的追問——90 年代文學的一個趨向》（《天津社會科學》1993 年 4 期）、《「現代性」終結——一個無法迴避的課題》（《戰略與管理》1994 年 3 期）、《重估「現代性」與漢語書面語論爭——一個 90 年代文學的新命題》（《文學評論》1994 年 4 期），韓毓海的《「現代性」與「現代化」》（《學術月刊》1994 年 6 期），韓毓海與李旭淵《第三世界的現代性痛苦與毛澤東思想的雙重含義——兼說中國當代文學》（《戰略與管理》1994 年 5 期），汪暉的《傳統與現代性》（《學術月刊》1994 年 6 期），彭定安《20 世紀中國文學：尋找和創造現代性》（《社會科學輯刊》1994 年 5 期），文徵《後現代性與當代社會思潮》（《國外社會科學》1994 年 2 期），趙敦華《前現代性、現代性與後現代性的循環關係》（《馬克思主義與現實》1 年 4 期）等。

對概念的提煉和重視反映的是一種學術目標的自覺。當然，按照中國學術期刊的學術規範，由作者列舉「關鍵詞」的慣例是 1992 年以後才逐漸推行開來的，整個 20 世紀 80 年代的中國學術論文之前都不存在這樣的標誌性的「關鍵詞」，這也給我們通過統計來顯示中國學者概念的提煉製造了難度，不過即便如此，分析表格中作爲「篇名」的「現代性」話題的增長與作爲關鍵詞的現代性概念的增長，我們也依然可以十分清晰地看出：隨著 1993 年以後中國學者對「現代性」話題的越來越多的關注，「現代性」理念作爲重點闡述的對象或立論的主要依託才逐漸堂皇地進入學術文本，構成其中的關鍵詞語，大約在 1995 年以後開始「傲然挺立」起來。到新世紀第一個十年的中期，無論是作爲論題還是語彙的「現代性」都達到了空前的規模，對西方文化意義的「現代性」含義的追溯和「考古」業已成爲了我們的學術「習慣」。同時，在中國文化範圍之內（包括古代與現代）所進行的「現代性闡釋」更層出不窮，幾近成爲了現代中國文學與文化研究的基本語彙。到 2004 年，我們的統計已經可以見出歷史的重要轉變。可以說至此，「現代性批評話語」真的正在實現著對於 20 世紀 80 年代一系列基本概念的置換。

這樣的置換當然首先還是得力於同一時期西方文學理論與文化理論的引

入，1990 年代中期以後，活躍在中國理論界的主流是後現代主義、解構主義、後殖民批判理論與西方馬克思主義，而「現代性」則是這些理論的核心概念之一，正是借助於這些西方理論的輸入，中國現代文學界可以說是獲得了完整的「現代性知識」。在這個知識體系中，人們對現代、現代性、現代化、現代主義的辨析達到了前所未有的深入和細緻，對文學的觀照似乎也獲得了令人激動不已的效果和不可估量的廣闊前程，中國現代文學史至此有望成為名副其實的「現代性」或「現代學」意義的文學敘述。

應當承認，1990 年代對「現代」知識的重新認定的確是為我們的文學史研究找到了一個更具有整合能力的闡釋平臺，借助福柯式的知識考古，我們固有的種種「現代」概念和思想得到了清理，現代、現代性、現代化，這些或零散或隨意或飄忽的認識都第一次被納入到了一個完整清晰的系統當中，並且尋找到了在人類精神發展流程裏的準確的位置。最近 10 年，「現代性」既是中國理論界所有譯文的中心語彙，也幾乎就是所有現當代文學史研究的話語支撐點。

但是，從另一方面來看，我們的「現代」史學之路卻難以掩飾其中的尷尬。追溯「現代性」理論進入中國的歷史，我們都會發現一個有趣的轉折：在 1990 年代初期，恰恰也是其中的一些論斷（後現代主義對社會現代性的批判）導致了我們對現代文學存在價值的懷疑和否定，而到了 1990 年代中後期，當外來的理論本身也發生分歧與衝突的時候（例如哈貝馬斯對現代性的肯定），我們竟又神奇地獲得了鼓勵，重新「追隨」西方理論挖掘中國文學的「現代性價值」——中國文學的意義竟然就是這樣的脆弱和動搖，只能依靠西方的「現代」理論加以確定？！這足以提醒我們，中國學者對「現代性」理論的理解和運用在多大的程度上是以自身的文學體驗為依據的？同樣，在「現代性」視野下的中國現代文學研究當中，中國現代文學的種種現象也一再被納入到全球資本主義時代的共同命題中，例如「兩種現代性」、「民族國家理論」、「公共空間理論」、「第三世界文化理論」等等……跨越了歷史境遇的巨大差異，東西方文學的需要是否就這麼殊途同歸了？他者的理論是否真讓我們的文學闡釋一勞永逸？中國文學的現代之路難道就沒有自成一格的更豐富的細節？

較之於直接連通西方「現代性」闡釋之路的言說，「民國文學」這一概念首先試圖表達的就是擺脫先驗的理論、返回歷史樸素現場的努力。

1997 年，陳福康借助史學界的概念，建議中國文學的現代／當代之名不妨「退休」，代之以中華民國文學／中華人民共和國文學之謂。後來，張福貴、湯溢澤、張中良、李怡等人都先後提出這一新的命名問題，〔註4〕我將這樣的命名方式稱之為「還原」式，就是因為它所指示的國家社會的概念不是外來思想的借用——包括時間的借用與意義的借用——而是中國自己的特定生存階段的真實的稱謂，借助這樣具體的國家社會形態框架，我們的文學史敘述有可能展開為過去所忽略的歷史細節，從而推動文學史研究的深入。

在多少年紛繁複雜的理論演繹之後，中國文學研究需要在一種相對樸素的歷史描述中豐富起來，自我呈現起來。

「民國文學」研究的幾種可能

當然，「民國文學」概念提出來以後，各方面也不無爭論和質疑，這些爭論和質疑的根本原因有二：長期以來「民國」概念的陰影不去，至今仍然以各種「成見」干擾著我們的思想，或者對我們的自由探索構成某種有形無形的壓力；新概念的倡導者較長時間徘徊在概念本身的辨析之中，文學史的細節研究相對不足，暫時未能更充分地展示新研究的獨特魅力，或者其他的同行業也未能從林林總總的研究中發現新思路的廣闊空間。

關於「民國文學」研究，有這樣幾個方面的問題可以澄清和深發。

一、「民國文學」是民國時期的現代文學，可以涵蓋絕大多數的現代文學現象。不僅可以對傳統的新文學傳統深入解釋，而且可以將舊體文學、通俗文學等等「新文學」之外的文學現象有效納入，在一個更高的精神性框架中理解古今中西的複雜對話關係；不僅可以包括從北洋政府到國民黨政府控制區域的文學現象，而且也能有效解釋紅色蘇區文學、抗戰解放區文學，因為後兩者也發生在民國歷史的總體進程當中，民國文學的概念不僅可以解釋後

〔註4〕 參看張福貴《從意義概念返回到時間概念——關於中國現代文學的命名問題》（香港《文學世紀》2003 年 4 期）；湯溢澤、郭彥妮《論開展「民國文學史」研究的必要性與可行性》（《當代教育理論與實踐》2010 年 2 卷 3 期）；湯溢澤、廖廣莉：《論開展「民國文學史」研究的迫切性》（《衡陽師範學院學報》2010 年 2 期）；趙步陽、曹千里等：《「現代文學」，還是「民國文學」？》（《金陵科技學院學報》2008 年 1 期）；張維亞、趙步陽等：《民國文學遺產旅遊開發研究》（《商業經濟》2008 年 9 期）；楊丹丹《「現代文學史」命名的追問與反思》（《長春師範學院學報》2008 年 5 期）。

者,甚至是擴大了後者研究的新思路,解放區文化不是靠拒絕「人民之國」(民國)的理想而生存,它恰恰是以民國理想眞正的捍衛者自居,最終通過批判了國民黨政權贏得了在「全民國」範圍內的聲響;對於投降賣國的汪僞政權,它也不敢輕易放棄「民國」之號,在這裡,民國的「名與實」之間存在一個值得認眞分析的張力,並影響到南京僞政府統治下的寫作方式;到華北、蒙疆特別是東北淪陷區,日本文化與僞滿洲國文化大行其道,但是,我們能不能斷定淪陷區文學就理所當然屬於滿洲國文學、蒙古文學或者日本文學呢?當然也不能,近幾年的淪陷區文學研究,相當敏銳地發掘出了存在於這些殖民地的「中華情結」,而民國文化作爲現代中華文化的一種形態,依然對人們的精神發揮著根深蒂固的作用——雖然不是名正言順的「民國文學」,但是「民國文學」研究的諸多視角卻依然有效。

二、「民國文學」本身不是一個政治性的概念,就如同「民國」本身既有政權性含義,但同時也有政權政治所不能涵蓋的民族、社群等豐富的內涵一樣,而作爲精神文化組成部分的「民國文學」更具有超越政治的豐富的意義空間。我同意張中良先生的分析:「民國作爲一個國家,在政黨、政府之外,還有軍隊、司法機關、民間社團等社會組織,除了政治之外,還有新聞出版、學校教育、宗教信仰、民族傳統、地域文化、文學思潮、百姓生活等等,民國文學是在多種因素交織的社會文化背景下發生、發展起來的,因而其歷史化研究的空間無比廣闊。」〔註5〕事實在於,越是在一個現代的形態中,國家政權的強制力越有限,而作爲社會文化本身的力量卻越大,包含文學藝術在內的社會精神文化,恰恰努力在民國時期呈現出了自己的獨立性和自主性。所以,「民國文學」並不等於就是國民黨的文學,自由主義文學與左翼文學都是民國文學的主體,而且由左翼文學所體現的反抗、批判精神也可以說是民國文學主要的價值取向,「民國批判」恰恰是「民國文學」的基本主題。曾經有大陸學者擔心「民國文學」研究會重新推動中國現代文學研究走入政治的死胡同,相反,也有臺灣學者對大陸「民國文學」研究刻意切割文學與政權制度的關係有所不滿,〔註6〕我覺得這兩方面的意見雖然有異,但都是出於對民國時期文學獨立性、自主性的認知不足。民國文學本身就是知識分子追求

〔註5〕張中良:《民國文學歷史化的必要與空間》,《文藝爭鳴》2016 年 6 期。
〔註6〕王力堅:《「民國文學」抑或「現代文學」?——評析當前兩岸學界的觀點交鋒》,《二十一世紀》2015 年第 8 期。

政治自由的體現，對政治自由的嚮往當然是將我們的精神帶離了專制政治的陷阱；而民國政權在文學政策上的某些讓步和妥協從根本上講並不來自統治者的恩賜，恰恰也是民國的社會力量、民間力量蓬勃發展、持續抗爭的結果，現代國家出現之後，其文化發展最可寶貴之處就是「明君」與「賢臣」文化的逐步消失（雖然政治家的開明和理性依然重要），同時社會性力量不斷加強、民間力量日益發展，後者才是最值得我們注意和總結的文化傳統，只有在後者被充分發掘的基礎上，政治制度的種種歷史特徵才有可能獲得真實的把握。

　　三、「民國文學」研究其實有別於隸屬於大眾文化、流行文化的「民國熱」。作為對長期以來「民國史」的粗暴化處理的背棄，「民國熱」已經在大陸中國流行有年，民國掌故、民國服飾、民國教育，還有所謂的「民國範兒」等等，這本身不難理解，而且我以為在「各領風騷三五年」的各種「熱」當中，「民國熱」依然保留了更多的自我反省的因素，因而相對的「健康性」是明顯的。儘管如此，我認為，當代中國社會出現的「民國熱」歸根結底屬於大眾文化潮流，而「民國文學研究」則是中國學術多年探索發展的結果，是文學研究「歷史化」趨向的表現，兩者具有根本的不同。其實，「民國文學」研究雖然與當今的「民國熱」差不多同時出現，但中國學界本著實事求是的精神，努力救正「以論代史」的惡劣現象、盡可能尊重民國史實的努力卻是由來已久了。在大陸中國，雖然因為政治原因，「民國」一詞一度包含了某種政治禁忌，需要謹慎使用，但總體來看，除了「文化大革命」這樣的極端的文化專制時期之外，對「民國史」的關注和研究一直有學人勉力進行。從新中國成立到1980年代初，「民國史」的考察、研究一直都得到來自國家層面的高度重視，並不斷被納入各種國家級的科研計劃與出版計劃。《中華民國史》的編修工作早於《劍橋中國史》的編寫計劃，「民國史」的研究也早在 1956 年就已經列為了國家科學發展十二年規劃，民國史的出版也在1971年就進入了國家出版規劃。呼籲「民國史」研究的既包括董必武、吳玉章這樣的「民國老人」，又包括周恩來總理這樣的黨和國家領導人。「民國文學」的研究借概念之便，當更能夠順理成章地汲取「民國史」的研究成果，以大量豐富的歷史材料為基礎，對中國現代文學研究的「歷史化」進程作出堅實的貢獻。

　　當然，民國文學研究，一方面固然應當強調加強學術研究的自覺性，與大眾文化的趣味相區分，但是，也不是要刻意區隔和拒絕那些來自社會民間

的寶貴情懷，相反，有價值的研究總能從現實關懷中汲取力量，讓學術事業擁有的豐沛的社會情懷，本身也是在健康和積極的方向上為中國的當代文化貢獻自己的智慧和力量。

四、「民國文學」研究可以形成與華文文學研究諸多問題的有益對話。當「民國文學」這一概念的使用跨出中國大陸，尤其是與海峽對岸學界形成對話之時，可能就會遇到嚴重的困擾：在我們大陸學界的立場來看，它理所當然就是一個歷史性的概念，「民國」在 1949 年已經結束，我們的「民國文學」研究如果不加特別說明，肯定是指 1912 民國建立到 1949 年中華人民共和國成立這一段歷史時期的文學，使用「民國文學」概念，存在著一個嚴肅的政治的界限；但是，繼續沿用著「民國」稱號的對岸，是否就是大張旗鼓地書寫著「民國文學史」呢？弔詭的現實恰恰是，當代臺灣學界似乎比我們離「民國」更遠！在經過了日本殖民文化——國民黨統治——解嚴後思想自由——政黨輪替、「去中國化」思潮這樣一系列複雜過程之後，在一個被稱作「後民國」的時代氛圍中，「民國」論述照樣承受了「政治不正確」的壓力，其矛盾曖昧之處，甚至也不是「一個民國，各自表述」就能夠概括得了的。也就是說，在海峽兩岸這最大的華人世界裏，「民國文學」都存在相當的糾纏矛盾之處。如何解決這樣的尷尬呢？如何在兩岸學術界，建立起彼此都能夠接受的論述呢？我覺得這裡有兩個可以展開的思路。

首先是集中研討那些沒有爭議的時段。例如民國成立到 1949 年中華人民共和國成立這一歷史時期，我稱之為民國文學的典型時期，對臺灣而言，1945 年光復之後，特別是國民政府遷臺之後，民國文化與文學當然也完成了移植與建構，不過解嚴以來，本土化傾向日益強化，與「典型時期」比較，情況已經大為不同，固有的「民國文化」發生了變異、轉換與遮蔽，只有首先清理那些「典型」的民國文化，才最終有助於發掘現存的「民國性」。目前，對於研討「民國文學典型時期」的設想，在兩岸學界已經有了基本的共識。

其次是通過凸顯「民國文學」研究方法的獨特性與華文文學的其他學術動向形成有益的對話。所謂「民國文學」研究不過是一個籠統的稱謂，指一切運用「民國文學」概念創新解釋現代文學現象的嘗試，它至少包括兩個大的方向，一是對民國時期文學發展的種種問題進行新的梳理和闡述；二是通過對於「民國是中國的現代形態」這一思路的認定，生發出關於如何挖掘、描述中國知識分子「現代追求」的種種學術思路，進而對現代中國文化獨創

性問題作出令人信服的闡發，借助這一的闡發，「現代性」視野才不至於單純流於西方的邏輯，而成為中國現代精神生產的一種獨特形式，這些努力的背後，樹立著發現現代中國精神主體性與學術主體性的深遠目標，這可謂是「民國作為方法」的特殊價值。對於這種「文化主體性」的重視，我們同樣可以從作為臺灣學術主流的「臺灣文學」以及史書美、王德威等人倡導的「華語語系文學」那裡看到，彼此對話的空間值得開拓。

「臺灣文學」一度有意識與中華文學相區隔，尋求自己的獨立空間，然而身居「民國」卻是寫作者不能不面對的事實，「民國」與「臺灣」在現實中相互糾纏，在歷史中前後延續、滲透、轉化、變異，無論從哪一個方向來看，離開「民國文學」的歷史與現實，都無法清晰道出現代「臺灣文學」的脈絡與底蘊，這一理念，似乎已經為越來越多的臺灣學者所認可，臺灣文學研究者如陳芳明、黃美娥都多次出席兩岸舉辦的「民國文學研討會」，發表了梳理民國文學與臺灣文學關係的重要論文。

「華語語系文學」（Sinophone literature）是當今華文文學界的最有代表性的命題。儘管其倡導者史書美、王德威、石靜遠等人的具體觀念尚有不少的差異，但是突破華文文學的「中國中心」立場，在類似於英語語系、法語語系、西班牙語系的多樣化格局中建立各華人世界的文化獨立性和主體性，確實是他們的共同追求：「中國內地各種討論海外華文文學的組織、會議、出版，其實存在著一個不可摒除的最後界限，即要歸納在一個大中國的傳承之下，成為四海歸心的一個象徵。很多海外學者會覺得這種做法是過去的、老派的、傳統的帝國主義的延伸，於是提出華語語系文學，使之成為對立面的說法。」〔註 7〕擺脫「西方中心主義」來談論「全球文學」，去「中心」、解「權力話語」，不再將華語文學當作某種「中國」本質的「離散」，而是始終在流動性、在地化、變異與重構中生成，這是「華語語系文學」的基本追求。應當說，「民國文學」的研究理念剛好可以與之構成有趣的對話：作為文化主體性與學術主體性的建構，兩者顯然有著共同的意願，

不過，在不斷表述擺脫西方理論模式束縛的同時，「華語語系文學」卻將主要的批判矛頭對準了「中國性」與「中國文化」，史書美甚至為了執著地對抗「中國」，將中國文學排除在「華語語系文學」之外。這裡就產生了一個需

〔註 7〕李鳳亮：《「華語語系文學」的概念及其操作——王德威教授訪談錄》，載《花城》2008 年第 5 期。

要認真探討的問題：阻擾現代華語世界精神主體性建構的力量是否就主要來自「中國」，而非實力更爲強大的歐美？或者說，在普遍由歐美文化主導的「現代性」格局中，各種現代中華文化形態的經驗更缺少相互啓迪、相互借鑒與相互支撐的可能？如果考慮到「現代性」的言說模式迄今基本還是爲歐美強勢文化所壟斷，「大華文區域」依然共同承受著這些文化壓力之時。以「在地」華文世界各自的經驗獨特性構製各自的「主體性」固然重要，在華文世界與其他世界的比照中尋找我們共同的經驗、重建華文文學本身的認同和主體價值，同樣不可或缺。而「民國文學」的經驗梳理，也就是華文世界的「現代認同」的基礎，也是華文文學主體性的主要根據，「作爲方法的民國」需要在這樣共同的文化經驗的基礎上加以提煉。

這裡具有中華文化的共同傳統與民族記憶，又都在不同的條件下融入了全球現代化的過程。文學發展的背景同樣經歷了農業文明到工業文明、後工業文明的歷史過程，同樣遭遇了從威權專制到現代民主的轉變。

就文學本身而言，同樣具備了中國古典文學的修養和基礎的積澱，同樣進入到現代白話文學的時代，雖然因爲政治意識形態的介入，中國新文學傳統的理解和繼承方式有別，彼此有過對新文學傳統的不同的認識——大陸以左翼文學爲正統，臺灣等區域可能更認同以胡適爲代表的自由主義，但是作爲大的現代文學經驗依然具有相當的同一性。〔註8〕

對主體性的任何形式的尋找最終都不是爲了將自身的族群從周遭的世界中分裂出來，而是爲了更深刻地認識自我，發現自我的價值，最終也可以與「他者」更好地溝通與共存。大陸「中國中心」意識值得警惕和批判，但是與其徑直將大陸中國的華文文化視作對立的「他者」，毋寧將其當作既挑戰自我又激發自我的「他者」，而且這樣的「他者」也不能取代我們從歐美強勢文化的「他者」中承受的壓力，換句話說，大陸中國的華文世界並不是包括臺灣在內的華文世界的唯一的壓力，各區域華文文學的成長同時也不斷感受著來自其他文化力量的持續不斷的擠壓和挑戰。如果我們能夠面對這樣的事實，那麼，就會發現，華文文學世界的「共同經驗」的分享依然有效，依然重要，依然值得進一步挖掘和發揚，而在民國——這樣一個由華人所建立的現代意義的文化形態中，存在著值得我們共同珍惜的精神遺產。正如王德威

〔註 8〕 參見李怡：《命運共同體的文學表述——兩岸華文文學視野中的「民國文學」》，《社會科學研究》2013 年 6 期。

所意識到的那樣：「在我看來，將海外與中國內地相對立，是另一種劃地自限的做法……如果只強調海外的聲音這一面，就跟大陸海外華文文學各種各樣的做法沒有什麼兩樣，只不過站在反面而已。」「對於分離主義者來說，我覺得華語語系文學這個概念也適用……如果你不知道中國是什麼樣子的話，你有什麼樣的能量和自信來聲明你自己的一個獨立自主的自爲的狀態（不論是政治或是文學的狀態呢）？〔註9〕

〔註 9〕李鳳亮：《「華語語系文學」的概念及其操作──王德威教授訪談錄》，載《花城》2008 年第 5 期。

目
次

上冊：政治文化視野下的教育史研究

一、走進共和

挽救危機的失敗：「二十一條」交涉後的袁世凱政府

高翔宇

摘要：「二十一條」交涉後，朝野上下為應對外交危機，在內政方面興起了一場挽救統治危局的運動。不僅各級官吏、名流、士紳紛紛進言獻策，袁世凱也一度表現出修明內政的傾向。儘管北洋政府就教育、實業、軍事、自治、民生、減政、吏治、立法等方面嘗試了短暫性的改制舉措，然而，內政整頓不僅未達如期目標，反而激化了政府的信任危機。尤其值得注意的是，袁世凱最終轉向帝制道路，不僅導致這場挽救危局的努力迅速湮沒在洪憲帝制浪潮中，而且使得民初政局發生了深刻的逆轉。此外，這場由政界同人主導的、以整飭內治為訴求的努力，與思想界同步發起的「新文化運動」，共同構成了同時期改造中國政治與社會的思潮。

關鍵詞：「二十一條」；袁世凱政府；挽救危機；洪憲帝制

    1915 年 5 月 7 日，日本向中國提出答覆「二十一條」的「最後通牒」。因受外患刺激，朝野上下圍繞如何挽救統治危局，展開了相關的討論和實踐。然而，目前學界對於「二十一條」交涉後的朝野回應關注程度並不夠。王奇生提及了「二十一條」交涉引發的危機動員僅有救國儲金及排斥日貨兩種形式，且認為規模及影響遠不如五四、五卅運動〔註1〕。羅志田勾勒出了「二十

〔註 1〕王奇生，〈亡國、亡省與亡人：1915～1925 年中國民族主義運動之演進〉，柯偉林、周言主編，《不確定的遺產》（北京：九州出版社，2012 年），頁 103～128。

「一條」交涉結束後民間主導的救亡活動，以及思想界動向與「五四」新文化運動之間的內在脈絡〔註2〕。兩位學者對於「二十一條」交涉後民間反應的論述貢獻頗多。然而，關於政府在因應時局方面的動向，學界則鮮有涉獵。本文擬以相關史料的梳理爲基礎，以期對「二十一條」交涉後袁世凱政府的研究有所補益。

一、統治危局下的「條陳時代」

「二十一條」交涉的失敗，使得袁世凱政府陷入空前的統治危機。革命黨人掀起了「倒袁風潮」，其將外交受挫歸咎爲袁世凱「一人政治」的惡果，視「二十一條」爲袁世凱與日本交換帝制之條件，直呼以挽救國難「非以萬眾之力推翻袁政府」〔註3〕。民間一面激烈抵制日貨，一面由上海商會發起擴展至全國的「救國儲金」運動。不僅歐戰的紛擾使得外交環境緊張，而且繼《中日新約》，政府又有《中俄蒙協約》之簽署，利權持續外溢。

對於袁世凱而言，爲因應外交危機的負面影響，象徵性地發表了系列救亡「痛言」。其在講話中稱，內政屏弱是外交失敗的重要根源，「歷觀史冊興亡之故，不在外禍之可慮，而在內政之不修」〔註4〕。外交受挫應爲內政興革提供動力，「苟國內政治修明，力量充足，譬如人身血氣壯碩，營衛調和，乃有以禦寒燠溼之不時，而無所侵犯。故有國者，誠求所以自強之道」〔註5〕。故而，袁以政界屛除私見、交相勸勉爲號召，並鼓勵救亡條陳的上達。

政府同人及在野政治家，同樣有呼喚釐革內政的訴求。5月20日，都肅政史莊蘊寬等領銜上「救亡條陳」，提出以「減省軍費以充軍實」、「嚴核浮冗以裕財政」、「整飭吏治以恤民生」、「廣求人才以應時變」爲「治標」之策；「治本」之方，一在普及教育，二在振興實業〔註6〕。袁世凱接到條陳後回應，「汰

〔註2〕 羅志田，〈救國抑救民？「二十一條」時期的反日運動與辛亥五四期間的社會思潮〉，《亂世潛流：民族主義與民國政治》（上海：上海古籍出版社，2001年），頁60～108。

〔註3〕 〈宋淵源所散播傳單〉，臺北「中研院近代史所」編，《中日關係史料・二十一條交涉》（上）（臺北：臺北「中研院近代史所」，1985年），頁406。

〔註4〕 〈去弊救亡令〉，駱寶善、劉路生主編，《袁世凱全集》（第31卷）（鄭州：河南大學出版社，2013年），頁386。

〔註5〕 〈力圖自強勿任浮囂令〉，駱寶善、劉路生主編，《袁世凱全集》（第31卷），頁427～428。

〔註6〕 〈都肅政史莊蘊寬等呈〉，黃紀蓮編，《中日「二十一條」交涉史料全編》（合肥：安徽大學出版社，2001年），頁241～243。

無用之冗兵，裁不急之浮費，愼選愛民之良吏，勤求適時之人才……至普及教育，以增進人民之道德智識技能，振興實業，以利用國家之地力人工資本，尤爲百年之大計」〔註7〕。

肅政史條陳即刻引發了關於救亡時局的討論，各級官吏、社會名流、地方士紳或上書中央，或撰文論政，爲袁世凱政府進言獻策。

在軍事方面，袁世凱對肅政史上書中的「核減軍費」做出了批示，正式陸軍「額不必多，但求精練，務使有一兵即能得一兵之用，俾財不虛糜」〔註8〕。然而，潼關縣知事胡瑞中對肅政史的意見不表苟同，認爲救亡大計之「主藥」當在速行徵兵與設兵工廠，而非教育、實業等「輔藥」之方〔註9〕。山西將軍閻錫山上書，認爲非採取強迫制徵兵不足以強軍，並須知國民教育、實業之發達，地方警察、自治之實行，爲徵兵籌備的前提〔註10〕。薩鎮冰建議整頓各地兵工廠，使統歸陸軍部直轄，避免與中央權限分歧，且調配、劃一各廠槍械數目〔註11〕。康有爲通過觀察歐戰中的軍事較量，倡以國家軍力強弱尤在軍械完備，故建議目下講求治械，當延請德、美之名技師，並「先廣購美及智利之良槍炮、潛水艇以應急需」〔註12〕。袁世凱亦表贊同，「假如財政有百元之寬餘，即以五十元完整軍備，二十五元擴張教育，二十五元振興實業。而完整軍備，對於軍械問題尤須特加注意」〔註13〕。復興海軍成爲時人議題。嚴復以日本依海軍雄厚實力，先後在甲午之役、侵覆德人山東半島租地中獲勝，號呼興辦海軍之必要〔註14〕。譚若森以整頓江南船塢爲例，提出設立完

〔註7〕 〈大總統申令〉，《政府公報》（第57冊），號1911，頁253。

〔註8〕 〈與某顧問談軍備計劃〉，劉路生、駱寶善主編，《袁世凱全集》（第31卷），頁464。

〔註9〕 〈爲敷陳救亡大計之肅政史進一解〉，《神州日報》第4版，1915年6月25日。

〔註10〕 〈軍國主義譚〉，山西省地方志辦公室編，《山西民初散記》（太原：山西人民出版社，2014年），頁96～105。

〔註11〕 〈兵工廠事務督辦薩鎮冰關於擬請整理各省兵工廠詳細條陳詳細條件清折〉，中國第二歷史檔案館編，《北洋政府檔案》（第53卷）（北京：中國檔案出版社，2010年），頁536～545。

〔註12〕 〈治械〉，姜義華等編校，《康有爲全集》（十）（北京：中國人民大學出版社，2007年），頁236～239。

〔註13〕 〈與國務卿徐世昌談關於強國方針〉，劉路生、駱寶善主編，《袁世凱全集》（第31卷），頁654。

〔註14〕 〈新譯〈日本帝國海軍之危機〉序〉，王栻主編，《嚴復集》（一）（北京：中華書局，1986年），頁348～349。

備之軍港，以爲「修造軍艦與艦用機器等物之便利」〔註 15〕。有建言者進一步提出，在造艦、築港兩項外，培養海軍專門人才乃「振興海軍之根本基礎」〔註 16〕。

在實業方面的建議中，伯因對專注軍事改革的條陳提出相反的見解，倘僅「汲汲求於簡單武力之國防」，而不重視經濟實力之培育，不啻捨本逐末，惟有製造國貨、廣築工場、挽回利權，方能樹國家萬年之基〔註 17〕。張謇探討「救國儲金」之用途，認爲五千萬元捐募目標，「言教育，不足支全國應設置大學開辦經常等費，言海軍，不足造一頭等戰艦，言陸軍，不足當全國一歲費也」，不如爲實業備費，「五千萬之棉織業興，足抵五百萬兵之一戰」〔註 18〕。政事堂參議王鴻猷稱，不妨以「救國儲金」興辦勸業銀行，專以勸農通商惠工爲性質，務以引起企業家投資心理爲宗旨〔註 19〕。袁世凱回應，可招股資本五百萬元，投資於水利、森林、畜牧、礦業、工場等項〔註 20〕。又，財政總長周學熙建議籌辦「民國實業銀行」，擬定資本二千萬元，股份由官商各認其半〔註 21〕。袁世凱給予批示，並以專事運輸、保險兩業爲銀行經營之業務〔註 22〕。安徽巡按使倪嗣沖則視農業爲實業之根本，「中國工商欲與東西洋先進之國互相角逐……竊恐難收速效」，不如興植墾牧、講求水利，以藏富於民。農業興，「則興學、練兵自能蒸蒸日上」〔註 23〕。中國銀行總裁李伯芝同樣認爲，「獎勵農業爲今日發達國民經濟之最要政策」，故當設立一種農業金融機關〔註 24〕。該條陳爲袁世凱所注意，並交由財政、農商

〔註 15〕〈陸海軍大元帥統率辦事處爲鈔送威克斯廠譚若森條陳整頓江南船塢及處置上海製造局辦法致兵工廠事務督辦薩鎮冰函〉，中國第二歷史檔案館編，《北洋政府檔案》（第 53 卷），頁 508。
〔註 16〕〈論培養海軍人才之必要〉，《順天時報》第 2 版，1915 年 7 月 21 日。
〔註 17〕伯因，〈煙突主義〉，《正誼雜誌》（第 1 卷第 9 號），「論說三」，頁 1～20。
〔註 18〕〈張謇對於救國儲金之感言〉，《申報》第 11 版，1915 年 5 月 23、24 日。
〔註 19〕〈王鴻猷主張以儲金辦銀行〉，《申報》第 10 版，1915 年 5 月 24 日。
〔註 20〕〈籌設勸業銀行之大概〉，《時報》第 2 張第 3 版，1915 年 8 月 9 日。
〔註 21〕〈財政部呈籌辦民國實業銀行擬具章程並變通營業及招集股本辦法請鈞鑒文〉，虞和平、夏良才編，《周學熙集》（武漢：華中師範大學出版社，1999 年），頁 595。
〔註 22〕〈籌辦民國實業銀行令〉，劉路生、駱寶善主編，《袁世凱全集》（第 32 卷），頁 335。
〔註 23〕〈爲倡農而後興學練兵致徐世昌函〉，李良玉、陳雷主編，《倪嗣沖函電集》（北京：社會科學文獻出版社，2011 年），頁 244～245。
〔註 24〕〈今日之銀行政策〉，《申報》第 6 版，1915 年 7 月 12 日。

部籌議，增設「農工銀行」條例，貸款牛皮蠶絲糧食等農產品，以周轉融通農工資金〔註25〕。

持教育救國論者絡繹不絕。前參議院議員李國珍呈文袁世凱，提請設立教育廳「專興學之責任」〔註26〕。汪家棟呼籲關注社會教育，如設立露天學校及各種補習學校〔註27〕。康有為矚目軍事教育，提議將「救國儲金」設立飛天、遁地、潛水、馳陸、百工博物院五校，「以廣勵物質之學識，以成一切工程之才」〔註28〕。亦有論者稱，練兵所造就者有強健體格，而無愛國精神；興學所造就者具愛國精神，而乏強健體格，惟「軍國民教育」兼具二者之憂〔註29〕。值此外交緊迫背景下於天津召開的「全國教育界聯合會」，最重要的提案即將「義務教育」定於憲法，如是可防因「修改普通法令，手續至為簡易」而造成的朝令夕改之弊〔註30〕。教育部遂擬啟動「義務教育施行程序」，包括劃定學區、調查學齡兒童、普設小學、劃一學制、造就良好師資等〔註31〕。

在澄清吏治方面，安徽巡按使韓國鈞批評稱，近日條陳或為振興實業，或曰提倡教育，實不知治國之經緯當自整頓吏治始〔註32〕。官場腐敗已成士人共識，馮國璋表達了「欲整頓吏治，非用武力解決」的決心〔註33〕。國務卿徐世昌提出以考核政務廳、甄別縣知事、考核鹽務官為清理積弊之要素〔註34〕。王鴻猷勸誡總統當以「學術、經驗、節行、聲名、所言、所事」為官員任用

〔註25〕 〈財政部呈為擬定農工銀行條例繕單仰祈鈞鑒文〉，虞和平、夏良才編，《周學熙集》，頁 626～627。

〔註26〕 〈李國珍對於改良教育之建白〉，《神州日報》第 3 版，1915 年 6 月 19 日。

〔註27〕 汪家棟，〈救國興學方法以外之意見書〉，《時報》第 3 張第 6 版，1915 年 6 月 24、8 月 17、19 日。

〔註28〕 〈救國儲金宜用以設飛天遁地潛水馳陸之校及百工博物院說〉，姜義華等編校，《康有為全集》（十），頁 252。

〔註29〕 〈軍國民教育救國論〉，佚名編，《國恥痛史》（臺北：臺北文海出版社，1966年），頁 190。

〔註30〕 〈1915 年第一屆全國教育會聯合大會議決案之一：請將義務教育列入憲法案〉，朱有瓛主編，《中國近代學制史料》（三·上）（上海：華東師範大學出版社，1989 年），頁 325。

〔註31〕 〈教育部為準義務教育施行程序致大總統呈〉，中國第二歷史檔案館編，《北洋政府檔案》（第 90 卷），頁 23～30。

〔註32〕 〈安徽巡按使韓國鈞呈籌擬整頓吏治辦法當否請示文〉，《政府公報》（第 61冊），號 1149，頁 192。

〔註33〕 〈閒評一〉，《大公報》第 2 版，1915 年 6 月 29 日。

〔註34〕 〈整頓內治之動機〉，《申報》第 6 版，1915 年 6 月 5 日。

之標準，務必破除情面，禁絕濫竽〔註 35〕。關於縣級民政之推動，韓國鈞稱
雖值財政艱處，然必以增加各縣知事辦公經費為要義〔註 36〕。熊希齡認為，
對縣知事應由「內務部查照中外吏治良法，定立功過表則」〔註 37〕。對於吏
治條陳，袁世凱表現出特別的重視，既要使官吏嚴自檢束、慎防中飽，又要
避免以一知半解之徒濫充官場，專門行政必須訪求專門人才〔註 38〕。

至於肅政史條陳及整頓內政的建議，孫洪伊表示並不看好，完善內政僅
係枝節性的改革，改良政體才是興國之根本。若仍以專制精神談維新之政治，
一切努力難免徒勞〔註 39〕。楊永泰回應，所謂修明內政，整飭吏治不過「多
殺幾個王治馨」，振興實業不過「多借數千萬磅之外資」，提倡教育不過「多
編幾種教育綱要」。惟有改良政治組織，是為「根本的療治」〔註 40〕。

共和立憲實行的要素，應以廣開言路，制定憲法，恢復國會、省議會、
自治為目標。徐傳霖反對袁世凱的獨裁政治，並解釋「強有力政府」在西方
語境是「強而善之政府」的含義，呼籲從「建設尊重真正民意機關始」〔註 41〕。
在林長民主筆、政事堂八參議共同起草的條陳中，明確表示「憲法為國家之
根本，不立憲則國家政治無統系」〔註 42〕。政事堂參議曾彝進諫言速行地方
自治，徵兵、退伍、整理財政、調查戶口等行政事務「有委託於自治機關而
克收指臂之效」〔註 43〕。四川將軍胡景伊提出以速開國會為基礎，整理全國
財政、擴張海陸軍、實行軍國民教育、廣設兵工廠〔註 44〕。進步黨人視此際

〔註 35〕 〈王參議忠言讜論之一斑〉，《時報》第 2 張第 3 版，1915 年 5 月 20 日。

〔註 36〕 〈安徽巡按使韓國鈞呈籌擬整頓吏治辦法當否請示文〉，《政府公報》（第 61
冊），號 1149，頁 192。

〔註 37〕 〈為省親沿途考察地方情形呈大總統文〉，周秋光編，《熊希齡集》（五）（長
沙：湖南人民出版社，2008 年），頁 297～303。

〔註 38〕 〈訪求任用專門技術人才令〉，駱寶善、劉路生主編，《袁世凱全集》（第 32
卷），頁 46。

〔註 39〕 孫洪伊，〈對於肅政史救亡條陳之意見〉，《正誼雜誌》1915 年 9 月（第 1 卷第
9 號），雜纂，頁 1～11。

〔註 40〕 楊永泰，〈今後國民應有之自覺心〉，《正誼雜誌》1915 年 8 月（第 1 卷第 8
號），論說四，頁 6～9。

〔註 41〕 徐傳霖，〈強有力政府之效果〉，《正誼雜誌》1915 年 8 月（第 1 卷第 8 號），
論說六，頁 1、16。

〔註 42〕 〈八參議請實行憲法〉，《申報》，第 6 版，1915 年 6 月 30 日。

〔註 43〕 〈內務部呈遵議政事堂參議曾彝進條陳提前實行地方自治暨整理財政辦法併
案呈明請示文並批令〉，《政府公報》（第 57 冊），號 1914，頁 394～395。

〔註 44〕 〈胡景伊亦請速開國會〉，《神州日報》第 4 版，1915 年 6 月 27 日。

為立憲復興良機，提出重建地方議會〔註45〕。閱畢上述建議，袁世凱表面上深與嘉許，一方面宣稱「憲法為立國要典，關係至為重要，全國官民必視均極重視」〔註46〕，未來憲法制定中「宜使立法部權力略為伸張……每年一加修改，俾民權漸次擴張」〔註47〕，另一方面，又言恢復立法機關，「尤以立法與行政相輔，乃能共謀國是」〔註48〕。費樹蔚的論述更進一步，認為在復議會之外，亦應聯絡海外革命黨人，存政黨、收暴徒，因暴徒中不乏超傑之才。該建議固難為袁世凱接受，袁批示「精神可嘉，但有不合情理之論述」〔註49〕。

然而，部分人士對整飭內政及改良政體均持保留態度。楊永泰認為「政治為枝葉，社會為根本」〔註50〕。梁啟超闡明「政治基礎在社會說」，鼓勵聰智勇毅之士「共戮力於社會事業，或遂能樹若干之基礎」〔註51〕。黃遠生反省時局，認為當以改造個人為改造社會的前提〔註52〕。金天翮在上大總統書中提倡從學術、文化為入手，視「正人心，端學術」、「研究性理，崇言陸王之學」為治本之策〔註53〕。社會改良會雍濤發出「多妻乃中國人之大病、嫖賭足以亡國」之警告〔註54〕。馬相伯、英斂之強調，宗教可拔去中國人的懶根性，且認定一個「真宗教」而歸依之，為改良中國社會之要素〔註55〕。袁世凱亦認同以「倡興宗教」，挽救日漸墮落之道德〔註56〕。然而，就改良政治

〔註45〕〈進步黨上大總統書〉，《神州日報》第4版，1915年6月12、13日。
〔註46〕〈與某要人關於憲法起草之談話〉，劉路生、駱寶善主編，《袁世凱全集》（第32卷），頁67。
〔註47〕〈對於制定憲法之意見〉，劉路生、駱寶善主編，《袁世凱全集》（第32卷），頁118。
〔註48〕〈剋期成立立法機關令〉，劉路生、駱寶善主編，《袁世凱全集》（第31卷），頁535。
〔註49〕〈批費澍蔚呈文〉，駱寶善、劉路生主編，《袁世凱全集》（第32卷），頁476～479。
〔註50〕楊永泰，〈黑暗政象之前途〉，《正誼雜誌》1915年（第1卷第7號），論說四，頁8。
〔註51〕〈政治基礎與言論家之指針〉，張品興主編，《梁啟超全集》（九）（北京：北京出版社，1997年），頁2793～2797。
〔註52〕〈懺悔錄〉，王有立主編，《黃遠庸遺著》（臺北：臺灣華文書局印行，1936年），頁103。
〔註53〕〈金天翮上大總統正本救亡大計呈〉，《大公報》第3版，1915年9月22、23日。
〔註54〕〈中央公園之盛況〉，《時事新報》第3張第4版，1915年5月28日。
〔註55〕英斂之，〈社會改良會演說詞〉，《大公報》第1、2版，1915年6月26日。
〔註56〕〈討論倡興宗教進行辦法〉，《大公報》第2版，1915年6月4日。

與社會何者爲先，章士釗批判梁啓超「政治基礎在於社會之說」，認爲此係防止革命之舉。社會事業之進行，不能離乎政治之外，惡政治之下，難以培植出良善社會〔註57〕。

從某種意義上講，「二十一條」交涉結束之初，朝堂內外形成了一股上書、建議、昕夕討論的救亡氣氛。《申報》評論稱，正可謂一段「無日不有所見」的「條陳時代」〔註58〕。曹汝霖亦回憶，政府一時曾力圖振作，以期百廢俱舉，「每次會議，必有新提案提出討論」〔註59〕。可以看出：一方面，對於政府同人及在野政治家而言，即便老生常談之條陳居多，但畢竟受外交失敗之刺激，乃有一番表示振作之決心，這實際上仍沿襲了洋務運動、戊戌維新、清末新政以來「外患-救亡」的傳統路數。另一方面，就袁世凱本人而言，其雖對部分上書作出了相關回應，但從來往函件的批覆中看，似多爲因應條陳者的「應景之作」。對於紛繁瑣碎、雜亂零散的建議，袁世凱無心加以整理、提煉，更談不上在整飭內政中間通盤的統籌與整體性的戰略設計，這也從另一個側面反映了袁世凱缺乏改制的誠意，以及對於時局清醒的認知。

二、內政改制與政府信任危機的激化

在內政整飭中間，由於袁世凱全局意識的缺失、頂層設計的混雜、釐革方向的迷失，不僅決定了繼之而來的實踐活動必然僅是流於瑣屑的小修小補，而且暗示了極爲有限的成效。

教育一項，教育部在小學教育、師範教育、社會教育等方面做出部分調整。在小學教育層面，首先是 7 月 31 日「國民學校令」與「高等小學校令」的發佈。前者爲義務教育性質，自此令頒行，民國元年「小學校令」及「初等小學校」即行停廢、更名；後者係以增進國民學校之學業，並完成初等普通之教育爲宗旨〔註60〕。俟二令通行後，教育部擬定以八年爲期的普及小學教育計劃。8 月 6 日，教育部再頒行「地方學事通則」，明確以地方自治

〔註57〕 〈政治與社會〉，《章士釗全集》（三）（上海：文匯出版社，2000 年），頁 427
　　　　～455。
〔註58〕 〈條陳時代〉，《申報》第 7 版，1915 年 7 月 20 日。
〔註59〕 曹汝霖，《一生之回憶》（臺北：臺北傳記文學出版社，1970 年），頁 102。
〔註60〕 〈公佈高等小學校令〉、〈國民學校令〉，劉路生、駱寶善主編，《袁世凱全集》
　　　　（第 32 卷），頁 215～221。

區爲義務教育辦理之學區，並負擔區內辦學經費各項〔註61〕。隨後，教育部從京師小學入手，檢定教員，期將不稱職之教員，悉從沙汰〔註62〕。就師範教育而言，教育部以統一師範精神爲要旨，於8月10日至28日間，邀請全國各師範學校校長暑假來京會議，討論國民人格教育與生活教育並重、國民適用之文字與高等文學異趣、師範學校招考學生及畢業生服務任用法等論題〔註63〕。社會教育方面，7月18日，教育部頒佈「通俗教育研究會章程」，專事小說、戲曲、講演研究，爲移風易俗之輔用〔註64〕。

在實業方面，農商部的舉措主要表現在勸業委員會及國貨展覽會的籌辦。6月8日，農商部頒佈「勸業委員會」章程，並下設工業試驗所、工商訪問所、商品陳列所，以編纂實業法令、培養工業技術人才、調查海內外工商狀況、提供企業諮詢等爲導向〔註65〕。爲使國貨雲集，「觀摩互益、發揚國粹、標本廣陳、聲譽增高」〔註66〕，6月18日，農商部特設「國貨展覽會」於京師，並「責成各商會就地調查，並由縣知事督同勸募，彙詳巡按使，解交本埠」〔註67〕。爲鼓勵起見，政府特免展品入京之稅釐。9月1日至10日，內務總長朱啓鈐於先農壇組織「京都出品協會」爲導引，並藉以改進京都百工凋敝之象〔註68〕。10月1日至20日，國貨展覽會開幕，除江西、新疆、黑龍江、雲南、貴州未備齊物品外，其餘各省均有特產陳列其間。張謇喜贊，「凡此諸品……或足應國內之需要，或足擴國外之銷場，倘從此更加講求推廣產額，自不難發展經濟，裨益國本」〔註69〕。

〔註61〕 〈教育部爲準地方學事通則致大總統呈〉，中國第二歷史檔案館編，《北洋政府檔案》（第90卷），頁39～45。

〔註62〕 〈教育部呈遵諭考驗京兆各屬小學教員詳擬甄別規程繕單請示文〉，《政府公報》（第62冊），號1167，頁285～286。

〔註63〕 〈教育部採錄全國師範校長會議案〉，中國第二歷史檔案館編，《北洋政府檔案》（第90卷），頁59～8。

〔註64〕 〈通俗教育研究會章程〉，中國第二歷史檔案館編，《中華民國史檔案資料彙編‧文化》（第三輯）（南京：江蘇古籍出版社，1991年版），頁102～103。

〔註65〕 〈將勸業委員會章程繕具清折恭呈鈞鑒〉，《政府公報》（第58冊），號1110，頁404～407。

〔註66〕 〈農商部之公函〉，《北京日報》第3版，1915年7月1日。

〔註67〕 〈農商部呈限期徵集商品開設國貨展覽會請示遵文〉，《政府公報》（第59冊），號1120，頁153。

〔註68〕 〈市政公所籌設國貨展覽會京都出品協會通告〉，朱啓鈐，《蠖園文存》（臺北：臺北文海出版社，1966年），頁183～184。

〔註69〕 〈關於國貨展覽會辦理情形致大總統呈文〉，沈家五編，《張謇農商總長任期經濟資料選編》（南京：南京大學出版社，1987年），頁278。

軍事方面，值得注意的是徵兵制度的啓動。徵兵之議於前清「北洋時代」已啓首端，但民國以後因手續至繁而屢經擱置。軍界同人表示軍備整頓、擴充兵工廠皆爲小修小補之功，根本仍在徵兵制度之改良。故而，統率辦事處擬設立「徵兵講習所」，以陸軍部閒置諮議爲學員，分赴各省廣宣徵兵要義〔註70〕，並計劃組成以陸軍總長王士珍爲會長、原保定軍官學校校長蔣方震爲主任的「徵兵研究會」，磋商以直隸、河南、山東爲先行試辦區域〔註71〕。未久，京兆徵募局、河洛道徵募局先後開幕〔註72〕。

至於地方自治的復辦，若就全國範圍推行，工程浩瀚，實屬不易。審計院顧問葛諾發遂上「建設模範行省」條陳，不如先就一省妥愼推行，從京兆一隅先行試驗。既可足表政府改制的眞心，又可收「由一隅而推及全國」之效〔註73〕。袁世凱於7月21日發佈「籌辦京兆地方自治事宜令」：京兆爲全國所具瞻，當定爲特別區域，以作自治模範……務仿西國都市之政，東鄰町村之規，心摹力追，日久完備」〔註74〕。關於模範自治之內容，按照內務部設想，涵蓋了「學務」（中小學校、蒙養院、教育會、勸學所、宣講所、圖書館、閱報社）、「衛生」（清潔道路、蠲除污穢、施醫藥局、醫院醫學校、公園、戒煙會）、「道路工程」（改正道路、修繕道路、建築橋梁、疏通溝渠、建築公用房屋、路燈）、「農工商務」（改良種植及畜牧漁業、工藝廠、工業學校、勸工廠改良工藝、整理商業、開設市場、防護青苗、籌辦水利、整理田地）、「慈善」（救貧事業、恤嫠、保節、育嬰、施衣放粥、義倉積穀、貧民工業、救生會、救火會、救荒、義棺義冢、保存古蹟）、「公共營業」（電車、電燈、自來水）等方方面面〔註75〕。

實際上，儘管改制名目繁多，但變革舉措的枝節性、實施時間的短暫性、辦理成效的微弱性，使得教育、實業、軍事、地方自治等項，皆不啻爲政府施政進程中的常態，實難副釐革之盛名。並且，因主持者在民生辦理、減政推行、吏治整頓、立法籌備等方面的失當，致使挽救危機的努力非但未能如願奏效，相反陷入更爲尷尬的境地，政府信任危機進一步激化。

〔註70〕〈舉行徵兵制度之先聲〉，《順天時報》第2版，1915年6月29日。

〔註71〕〈設立徵兵研究會之開幕期〉，《盛京時報》第3版，1915年7月6日。

〔註72〕〈京兆徵募局概況〉、〈河洛道徵募局概況〉，張俠等編，《北洋陸軍史料》（天津：天津人民出版社，1987年），頁199～201。

〔註73〕〈葛諾發請建設模範行省之條陳〉，《大公報》第3版，1915年7月21日。

〔註74〕〈籌辦京兆地方自治事宜令〉，劉路生、駱寶善主編，《袁世凱全集》（第32卷），頁149。

〔註75〕〈京師試行模範自治之嚆矢〉，《神州日報》第4版，1915年7月27日。

先言民生辦理方面，目標與結果適得其反。黃遠生曾以合辦平民生計與平民教育，向徐世昌提請組織「全國生計委員會」：「平民生計發達，即可為國家增加稅款，平民教育普及即於練兵前途大有裨益」〔註76〕。6月14日，袁世凱發佈於政事堂內「籌辦全國生計委員會令」：「無論財政如何困難，而民事決不可緩。總期通國無無用之物，亦無無用之人」〔註77〕。然而，「全國生計委員會」的設立不僅未能贏得好感，反而迅即招徠了批評。首先是會長人選互相推諉。最初外間傳請姚錫光擔任會長一職，但因其充「五族同進會」會長，故打消此議〔註78〕。張一麐亦表力辭，楊度又以「不屑小就」而推託，嚴修同樣未行履任。最終，湯叡勉強允任，政府遲至半月之久才確定該會委員名單〔註79〕。其次是各方意見紛雜不一。對實施區域，一種主張縮小範圍，以京師為首區，一謂宜於各省同時調查進行，胡瑛則建議「先從生計尤困之各省著手」〔註80〕。以致該會成立一月有餘，不僅章程未能成立，而且尚未正式開會〔註81〕。再則是政府的不實報導尤為失信。先前多傳辦事員已離京分赴各地考察，但實際上並未出發，「所有各報喧載均繫一種推測，毫不足據」〔註82〕。時各省水災相繼，該會行動之遲緩，不禁令觀者歎息此惟「空作遠大難行之論」〔註83〕。批評者忿然視「全國生計委員會」不過「在政事堂多掛一種空牌子而已」〔註84〕。有建議者進一步揚言，與其縱任該會毫無所表現，不若將此贅瘤機關予以裁廢〔註85〕。

在減政裁員的行動中，政府表現得更是有心無力。袁世凱採擇肅政史條陳中的減政建議，以總統府內裁汰冗員為各行政機關減政之倡，且逐一規定各部職官員額、每月薪俸，並令各總長「不能再以裁無可裁之呈文，敷衍了事」〔註86〕。未久，各部裁減人員見諸報端：外交部裁減30餘人，陸軍部減

〔註76〕〈平民生計教育合辦政策之建議〉，《新聞報》第2張第1版，1915年6月11日。
〔註77〕〈著籌辦全國生計委員會令〉，劉路生、駱寶善主編，《袁世凱全集》（第31卷），頁564。
〔註78〕〈關於國計民生之根本政策〉，《順天時報》第2版，1915年6月21日。
〔註79〕〈生計委員會之人物及章程〉，《時報》第2張第4版，1915年6月26日。
〔註80〕〈師範校長會議與生計委員會議〉，《申報》第6版，1915年8月23日。
〔註81〕〈生計委員會之聞見錄〉，《盛京時報》第2版，1915年7月30日。
〔註82〕〈生計會進行之真相〉，《時報》第3張第5版，1915年8月25日。
〔註83〕〈生計委員會之抽象觀〉，《時報》第2張第4版，1915年8月19日。
〔註84〕〈生計會與勸業會之將來〉，《大公報》第2版，1915年6月26日。
〔註85〕〈生計委員會表見之一端〉，《亞細亞日報》第2張第3版，1915年9月21日。
〔註86〕〈中央減政之大霹靂〉，《神州日報》第3版，1915年7月24日。

少顧問、諮議百十餘人，財政部淘汰部員 69 人，總統府及政事堂裁去辦事員 28 人、顧問及諮議 47 人〔註87〕，鹽務署撤銷人員 13 名〔註88〕。然而，減政並非一帆風順，其迅猛的實施速度，遭遇了各部激烈的反應及「不合作」之困窘，如教育部即抱怨無員可裁〔註89〕，財政、農商部稱「洋員顧問皆以合同關係，不能裁撤」，陸軍部以多半軍官係「有功民國者，待遇不得不稍憂也」〔註90〕，海軍部則擅行特別之法，將應減人員暫緩裁汰並改為諮議〔註91〕。

　　在吏治整頓層面，此間的「五路大參案」，使得政府與刷新吏治的初衷南轅北轍。參案始於肅政史聯名請查辦津浦、京張、京漢、京奉、滬寧等五大鐵路舞弊營私案。6 月 18 日，津浦鐵路局長趙慶華首先被撤職查辦〔註92〕。6 月 20 日，袁世凱又以交通部次長葉公綽與此案最有關係，將其停職候傳〔註93〕。隨即，京張鐵路局長關冕鈞、京漢鐵路局長關賡麟、京奉鐵路局長李福全、滬寧鐵路局長鍾文耀次第被彈劾。參案發生伊始，時人多將「五路大參案」的處置視為澄清吏治之契機，熱忱期待政府嚴格尊重法律，有效懲治，「驅除官邪……有現實之一日」〔註94〕。未久，輿論發生逆轉，有論者揭其內幕，雖以表面觀之，官吏變動是整頓官方之舉，但內中實含有粵系、皖系「政黨傾軋」意味〔註95〕。許寶蘅亦指此案乃「門戶之禍，恐將累及國家，頗欲上書論之」〔註96〕。皖系者，以政事堂左丞楊士琦、周學熙為代表，粵系者，以梁士詒及交通系組成。楊士琦與梁士詒結怨素久，遂擬利用肅政史彈劾之筆，企圖推翻交通系勢力。各界譁然，政府「面子上雖若為察弊除貪起見，而黑幕之中……誰敗誰成，無非雞蟲得失，一進一退，且同鷸蚌交持」〔註97〕。由今日之人心以言中國，「則多一

〔註87〕〈各部被裁人員之總數〉，《順天時報》第 2 版，1915 年 7 月 21 日。
〔註88〕〈鹽務署裁汰人員〉，《東方雜誌》1915 年 9 月（第 12 卷第 9 號），中國大事記，頁 3。
〔註89〕〈教財兩部之裁員情形〉，《申報》第 6 版，1915 年 7 月 23 日。
〔註90〕〈中央舉廢之新計劃〉，《新聞報》第 2 張第 1 版，1915 年 7 月 23 日。
〔註91〕〈海軍部裁員之特別辦法〉，《時報》第 2 張第 4 版，1915 年 8 月 8 日。
〔註92〕〈北京電〉，《申報》第 2 版，1915 年 6 月 20 日。
〔註93〕〈準葉恭綽暫行停職令〉，劉路生、駱寶善主編，《袁世凱全集》（第 31 卷），頁 601。
〔註94〕友箕，〈驅除官邪之希望〉，《神州日報》第 1 版，1915 年 6 月 25 日。
〔註95〕〈北京電〉，《申報》第 2 版，1915 年 6 月 23 日。
〔註96〕許恪儒整理，《許寶蘅日記》（二）（北京：中華書局，2010 年），頁 536。
〔註97〕〈聞評一〉，《大公報》第 2 版，1915 年 7 月 8 日。

黨派，即多一蟊賊」〔註98〕。本是一場整頓吏治之「五路大參案」，不惟淪為黨派鬥爭之工具，而且平政院在審理案件中並未能發揮實質性作用。特別是政府禁刊有關消息，在秘密狀態下辦案，亦不免令外間浮想。許久，參案預審未見動靜，外間感喟不脫官場五分鐘熱氣之作風〔註99〕。最為失望的是該案「雷聲大，雨點小」的結局。8月20日，京張鐵路案審理結果公佈，僅褫去關冕鈞職〔註100〕。10月19日，袁世凱申令，僅將趙慶華著付文官高等懲戒委員會懲戒，又以葉恭綽被劾各節查無實據，銷去停職處分〔註101〕。12月5日，京漢鐵路案收尾，關賡麟交付文官高等懲戒委員會〔註102〕。

立法院的復辦更是遙遙無期。此際，袁世凱一度流露出恢復共和立憲的意圖：5月25日，袁頒發國民會議組織法選舉施行細則令、國民會議暨立法院議員初選資格調查期限令〔註103〕，6月10日，又下達剋期成立立法機關令〔註104〕，7月1日，參政院擬推舉李家駒、汪榮寶、達壽、梁啓超、施愚、楊度、嚴復、馬良、王世澂、曾彝進等十人為中華民國憲法起草委員〔註105〕。一時間，立憲曙光普照，民國社會似有「百世之基亦可從茲鞏固」之相〔註106〕。然而，在欣喜之餘亦免不了疑慮者的擔憂，或恐將來立法院之成績，「決不能大異於現在之參政院，將來國民會議之成績，亦決不能大異於已去之約法會議」〔註107〕，或是揣度「此次所起草者，名為憲法，實則不過將約法略為放大耳」〔註108〕。此外，憲法起草中禁止旁聽的神秘主義，同樣「不足以昭其

〔註98〕 〈黨派之新名詞〉，《申報》第2版，1915年7月3日。
〔註99〕 〈閒評二〉，《大公報》第3版，1915年8月5日。
〔註100〕 岑學呂編，《三水梁燕孫（士詒）先生年譜》（上）（臺北：臺北文海出版社，1972年），頁270。
〔註101〕 〈整頓津浦鐵路責成交通部辦理令〉，劉路生、駱寶善主編，《袁世凱全集》（第34卷），頁157～158。
〔註102〕 岑學呂編，《三水梁燕孫（士詒）先生年譜》（上），頁271。
〔註103〕 〈公佈國民會議組織法選舉施行細則令〉、〈公佈國民會議暨立法院議員初選資格調查期限令〉，劉路生、駱寶善主編，《袁世凱全集》（第31卷），頁419～420。
〔註104〕 〈剋期成立立法機關令〉，劉路生、駱寶善主編，《袁世凱全集》（第31卷），頁535。
〔註105〕 〈參政院呈報推舉李家駒等為中華民國憲法起草委員文〉，《政府公報》（第60冊），號1137，頁293。
〔註106〕 〈憲政進行之曙光〉，《順天時報》第2版，1915年6月12日。
〔註107〕 〈閒評一〉，《大公報》第2版，1915年6月12日。
〔註108〕 〈閒評一〉，《大公報》第2版，1915年7月3日。

慎重也」〔註109〕。時隔不日,「籌安會」粉墨登場,使得方興未艾的共和立憲悉歸泡影。輿論黯然神傷,此不啻「神經病之中國」〔註110〕。

政府在辦理民生、減政、吏治、立法等層面的失誤及「偏轉」,儼然使得當局者標榜的內政改制,信用喪失殆盡。批評者謂,朝野上下無不彌漫著「垂頭喪氣」之相:官吏爭權、軍政窳敗、司法黑暗、風俗惰偷、社會齷齪,已全無新國氣象〔註111〕。如是,不僅挽救危機的努力顯得疲軟無力,而且進一步激化了各方勢力對於政府的積怨之恨。究其原因,一方面是袁世凱在整頓內政中間敷衍與虛偽的態度使然,另一方面,此際袁世凱已將注意力逐漸轉向稱帝的目標,這使其再也無暇兼顧進行中的內政釐革諸業,而朝野上下挽救危局的努力歸於失敗,必成定局。

三、洪憲帝制與「無果而終」的改制結局

改制自身的「先天不足」、外交形勢的干擾,以及「帝制派」的阻撓,注定了無果而終的結局。

首先是改制本身存在著重要的缺陷。其一是經費難產。對「全國生計委員會」而言,任務不但極形重大,且關係甚為緊要,故所需經費極多。然而,財政部一再表示「現值財政艱處,實無籌撥之處」〔註112〕,後雖經屢次爭取,最終該部僅允認「可供給調查之實費而已」〔註113〕。期間教育總長湯化龍力謀的「設立教育廳」草案,卒以經費未能解決,未及實踐便胎死腹中〔註114〕。實業計劃中的「農工銀行」,囿於財力不濟,實施範圍惟以京兆通縣、昌平為限〔註115〕。

其二是人才匱乏。以京師甄別小學教員為例,考核結果實未盡人意,教員國文無根底者居多,故考試結果惟遲遲不發,該試驗終作無形之取消〔註116〕。

〔註109〕 友箕,〈異哉馬叟秘密起草憲法之主張〉,《神州日報》第1版,1915年7月26日。
〔註110〕 冷,〈神經病之中國〉,《申報》第2版,1915年9月10日。
〔註111〕 默,〈無新國氣象〉,《申報》第7版,1915年8月2日。
〔註112〕 〈生計委員會之經費問題〉,《順天時報》第2版,1915年7月9日。
〔註113〕 〈生計委員會之前途觀〉,《順天時報》第2版,1915年8月6日。
〔註114〕 〈設置教育廳之變通法〉,《申報》第6版,1915年8月13日。
〔註115〕 〈全國農工銀行籌備處核擬通縣昌平農工銀行放款規則詳稿〉,中國第二歷史檔案館編,《中華民國史檔案資料彙編·金融》(第三輯),頁414~415。
〔註116〕 〈甄別小學教員發表之遲緩〉,《大公報》第3版,1915年10月5日。

再如「勸業委員會」，進行之初頗顯五分熱血之朝氣，然因會長雍濤於做官一事本不在行，未久便往西山避暑，卒留洋顧問數位敷衍門面，遂成虎頭蛇尾之勢〔註117〕。

其三是施行缺乏必要的準備，有操之過急的傾向。以減政裁員為例，實行之過速，迅即引起了各部恐慌，有識之士注意到其中要害在於善後之策缺失，故建議對被裁人員謀求安置之法〔註118〕。再如京兆自治的辦理，政府亦頗顯激進化姿態：8月初尚決議分四期進行，以半年為一期，第一期為籌劃時期〔註119〕；然一月以後，則提出加速之方，即以「八、九、十三個月為籌備時代」〔註120〕；或言明春完成京兆模範自治，下半年各省成立分會，後年全國各縣通告完竣〔註121〕。

其四是政策自相矛盾。對減政而言，前述「安置裁員」建議一經採納，復呈一番「互相牴觸」之景觀，「一方裁汰若干人員……一方又新設某某局所以位置舊僚」，增、減經費相較，啞然為自欺欺人之事〔註122〕。再以「全國生計委員會」言，政府一面稱籌辦平民生計，一面又行反民生之舉，吳貫因歷數政府與民爭利之例，雖不盼望該會裨益民生，但求「禁止官吏之奪國民之生計」〔註123〕；政府一面標榜「減政主義」，一面又巧設生計會「位置冗員」〔註124〕。

其五是條例的形式主義。政府雖制定出諸多實業方案，但就真正落實情況看，確如張謇批評，「內不過條例，外不過驗場」〔註125〕。再如緊隨「京兆模範自治」而至的各種模範之聲：模范軍警、模範工廠、模範商店、模範農場、模範俱樂部等悉為湧現。然「模範熱」背後，浮於空言者比比皆是〔註126〕。莫里循感歎，「這裡看不見有作為的政治家氣魄，沒有始終如一貫的目

〔註117〕〈勸業委員會之虎頭蛇尾〉，《順天時報》第 2 版，1915 年 7 月 14 日。
〔註118〕〈北京電〉，《申報》第 2 版，1915 年 7 月 13 日。
〔註119〕〈京兆模範政區之分期籌辦〉，《大公報》第 2 版，1915 年 8 月 2 日。
〔註120〕〈京兆辦理自治之程序〉，《大公報》第 3 版，1915 年 9 月 1 日。
〔註121〕〈自治推行之順序〉，《亞細亞日報》第 1 張第 1 版，1915 年 9 月 20 日。
〔註122〕〈減政其名焉耳〉，《順天時報》第 7 版，1915 年 8 月 15 日。
〔註123〕吳貫因：〈敬告全國生計委員會〉，《大中華雜誌》1915 年 9 月（第 1 卷第 9 期），頁 1～6。
〔註124〕〈平民生計會之結束〉，《時事新報》第 2 張第 2 版，1915 年 8 月 17 日。
〔註125〕〈復周自齊函〉，張謇研究中心等編，《張謇全集》（一・政治）（南京：江蘇古籍出版社，1994 年），頁 325。
〔註126〕冷，〈模範〉，《申報》第 2 版，1915 年 7 月 18 日。

標……一切精力都用在草擬那無盡無休的規章法令上，改革只是口頭說說」〔註 127〕。

其次是動蕩的外部環境的衝擊。「二十一條」交涉的結束，並非意味著中日關係得到妥善解決。相反，日本圍繞未竟條款，繼續與中國展開新一輪的爭鋒。期間發生的案件主要有間島交涉、遼西雜居事件交涉、中日長白軍警衝突、張家灣設警案等。日本或強解條約，或故意延宕，牽涉有關滿洲及東部內蒙古諸問題，始終未獲徹底解決，使得袁政府無法獲得喘息的改制環境，相反在處理條約體系等外交事務中捉襟見肘〔註 128〕。

再次，「帝制派」的活動，使得內政整頓的方向發生逆轉。袁克定在「洪憲帝制」中扮演著極重要的角色。早於民國元年，袁克定即欲以「北京兵變」效黃袍加身故事〔註 129〕，此後一直在私下活躍，「設總部於中南海裏的一個島——瀛臺，在這個首都的中心接待擁護帝制的死硬派」〔註 130〕。至於此間袁克定作梗的「五路大參案」與帝制運動的促成具有直接關聯。1915 年初，袁克定曾於湯山就國體問題會晤梁啓超，未獲支持性表態，遂將目光轉投「交通系」頭目、素有「財神」之稱的梁士詒。袁克定先行拉攏了素奉行君主制主張、且與梁士詒結有宿怨的政事堂左丞楊士琦，隨後唆使楊士琦借助肅政史王瑚、蔡寶善之筆，參劾「交通系」〔註 131〕。袁克定既知梁士詒心有餘悸，便邀其談話，單刀直入請其支持帝制之事。梁當夜即召集交通系人員開會，並以「贊成不要臉，不贊成就不要頭」相詢，結果大家表示「要頭」。次日，梁表示回報克定〔註 132〕。交通系各員遂約定「不幹則已，幹起來則不必遮遮

〔註 127〕〈致西·克里門蒂·史密斯函〉，莫里循，《清末民初政情內幕——〈泰晤士報〉駐北京記者、袁世凱政治顧問喬·厄·莫理循書信集：1912～1920》（下）（北京：知識出版社，1986 年），頁 438。

〔註 128〕參見高翔宇，〈《南滿東蒙條約》的簽訂與中日間島交涉述論（1915～1916）——「二十一條」交涉後中日關係史上的一個側面〉，《歷史教學》2014 年第9 期，頁 24～32。

〔註 129〕參見尚小明，〈論袁世凱策劃民元「北京兵變」說之不能成立〉，《史學集刊》2013 年第 1 期，頁 3～25。

〔註 130〕中國社會科學院近代史所譯，《顧維鈞回憶錄》（一）（北京：中華書局，1983年），頁 95～96。

〔註 131〕周志俊，〈粵皖系之爭與帝制活動〉，吳長翼編，《八十三天皇帝夢》，（北京：文史資料出版社，1983 年），頁 226。

〔註 132〕〈洪憲遺聞〉，張國淦，《北洋述聞》（上海：上海書店出版社，1998 年），頁77～78。

掩掩，一定要大權獨攬，有聲有色」〔註133〕。梁士詒與袁克定的「結合」，亦與其在粵、皖兩系鬥爭中反客為主的策略相關。粵系求以迎合之法，獨任帝制運動之財政，得以重覓權力〔註134〕。袁克定利用了皖、粵系矛盾，先與楊士琦結盟，迫使梁士詒就範，次使得皖、粵二系在帝制目標下暫時「合流」。

袁克定亦利用楊度在立法院籌備中混淆視聽。早在辛亥前，楊度即以君憲自命。俟共和後，楊因謀交通部職務不成，與梁士詒成仇，且頗有懷才不遇之憾〔註135〕。然楊仍圖謀重用之機，遂有人告以「與其謂接近項城，不如謂接近克定」〔註136〕。袁克定先使楊度於日媒造成在「參政院提出變更國體建議」之輿論〔註137〕，再將其安置憲法起草委員會，以「舊派」思想左右其間〔註138〕，後利用其炮製《君憲救國論》，與古德諾的《共和與君主論》呼應。袁克定既收撫了原本不和的楊度、梁士詒，以楊為先鋒，成立「籌安會」，再以梁組織的「三次國體請願」緊隨其後。儘管楊、梁矛盾並未隨帝制運動的進行而消除〔註139〕，但接連的帝製鼓吹，迎合了袁世凱的稱帝野心，使其沉醉在「民意」的聲浪中，獲得了重塑權威的滿足與虛幻感。

遺憾的是，此間的內政改制伴隨洪憲帝制的發生而宣告破產。由於袁世凱對帝制權力的急切欲望，故而未能將這場挽救危局的努力持續下去，並錯失了「二十一條」交涉後中國內政釐革的一次契機。

應當認為，內政改制的奏效，尚需一段時間的沉澱。周學熙表示，內政整頓中「凡此應辦之事，苟能次第進行，則中國富強並非無望」。惜「洪憲議起，大局忽變，一切悉歸泡影」〔註140〕。梁啟超則認為，君主立憲萬不可取，但可在總統制下推行內政改制，「今大總統能更為我國盡瘁至十年以外，而於

〔註133〕劉厚生，《張謇傳記》（上海：上海書店，1985年），頁235。

〔註134〕白蕉，《袁世凱與中華民國》（上海：中華書局，2007年），頁223。

〔註135〕楊度在〈乙卯春致楊雪橋師書〉中稱，「度雖有救國之心，然手無斧柯，政權兵權皆不我屬……當局之用人行政亦與度不盡相同」，劉晴波主編，《楊度集》（長沙：湖南人民出版社，1986年），頁565。

〔註136〕〈洪憲遺聞〉，張國淦，《北洋述聞》，頁200。

〔註137〕〈帝制謠〉，《神州日報》第3版，1915年7月10日。

〔註138〕〈憲法起草委員會之近訊〉，《神州日報》第4版，1915年7月14日。

〔註139〕當參政院將國體問題付諸國民代表大會，「籌安會」實無用武之地，於10月13日更名「憲政協進會」，梁士詒取代楊度成為了復辟帝制活動的主要人物。楊雲慧，《從保皇派到秘密黨員——回憶我的父親楊度》（上海：上海文化出版社，1987年），頁62。

〔註140〕周學熙，《周止菴先生自敘年譜》（臺北：臺北文海出版社，1988年），頁50。

其間整飭紀綱,培養元氣……是故中國將來亂與不亂,全視乎大總統之壽命,與其御宇期內之所設施」〔註141〕。稍後梁與英報記者談話,「國體與政體絕不相蒙,能行憲政,則無論為君主為共和,皆可也……毋寧因現在之基礎,而徐圖建設理想的政體於其上」〔註142〕。汪鳳瀛表示,治今日之中國,非開明專制不可,自《新約法》頒佈以來,「中央之威信日彰,政治之進行較利,財政漸歸統一,各省皆極其服從,循而行之,苟無特別外患,中國猶可維持於不敝」〔註143〕。賀振雄稱,「現方籌備國會,規立法院,整飭吏治,澄肅官方……四年之間,國是已經大定」。若由袁連選連任,不十年間,「必能駕先進之歐美,稱雄地球」〔註144〕。

變更國體這一極端化的手段,亦使中國政治捲入翻雲覆雨的漩渦。梁啟超描繪了這一現象,「自辛亥八月迄今未盈四年,忽而滿洲立憲,忽而五族共和,忽而臨時總統,忽而正式總統,忽而制定約法,忽而修改約法,忽而召集國會,忽而解散國會,忽而內閣制,忽而總統制,忽而任期總統,忽而終身總統……大抵一制度之頒,行之平均不盈半年」〔註145〕。朱峙三在日記中困惑於「局勢轉變如此,則人民所不及料者」〔註146〕。更為關鍵的是,復辟帝制非但令社會矛盾日趨尖銳,且使得在內政改制中間政府信任的危機愈加激化。傅熊湘以傳兵符、稅煙酒、制民意、改賬簿為題,諷喻改行帝制社會生活之慘狀〔註147〕。莫里遜觀察,民眾積怨亦是「聯合起來破壞帝制的一些力量。缺乏這類因素,鼓動家就沒法煽起足以造成叛亂的情緒」〔註148〕。嚴修對時局轉折的分析頗為精闢,「為中國計,不改國體,存亡未可知;改則其

〔註141〕 梁啟超,〈異哉所謂國體問題者〉,章伯鋒、李宗一主編,《北洋軍閥》(二)(武漢:武漢出版社,1990年),頁1021。

〔註142〕 〈梁任公與英報記者之談話〉,李華興、吳嘉勳編,《梁啟超選集》(上海:上海人民出版社,1984年),頁682。

〔註143〕 〈汪鳳瀛參政致籌安會楊皙子論國體書〉,《大公報》第4版,1915年9月5日。

〔註144〕 〈賀振雄誅奸救國之原呈〉,《新聞報》第1張第3版,1915年8月20日。

〔註145〕 梁啟超,〈異哉所謂國體問題者〉,章伯鋒、李宗一編,《北洋軍閥》(二),頁1025~1027。

〔註146〕 嚴昌洪編,《朱峙三日記》(武漢:華中師範大學出版社,2011年),頁462。

〔註147〕 〈鄉談小樂府四首〉,顏建華編校,《傅熊湘集》(長沙:湖南人民出版社,2010年),頁76~77。

〔註148〕 〈約·阿·繆爾來函〉,莫里循,《清末民初政情內幕——〈泰晤士報〉駐北京記者、袁世凱政治顧問喬·厄·莫理循書信集:1912~1920》(下),頁539。

亡愈速。爲大總統計，不改國體而亡，猶不失爲亙古惟一之偉人；改而亡，
則內無以對本心，外無以對國民」〔註149〕。而袁世凱墮入洪憲帝制的深淵，
其「竊國大盜」之妖魔化面孔亦隨之迅速建構〔註150〕。

　　「二十一條」交涉結束直至「籌安會」成立之間的這段「被遮蔽的歷史」，
一百年來被塵封在史料深處。一方面，應當認爲，在此間的 3 個月裏，對於
民初政治史的敍述而言，與「帝制派」醞釀復辟運動的同時，還存在另一條
歷史主線，即因外交受挫的刺激，朝野上下爲尋求救亡與釐革內政而做出了
種種的努力。另一方面，如果將研究視野延展至思想史領域，可知這場由政
界同人主導的挽救危局的嘗試，不僅構成了「二十一條」交涉後中國政局上
鮮爲人知的一個側面，更與同時期由思想界悄然興起的「新文化運動」互爲
表裏，兩者實共同構成了國人改造政治與社會思潮的多元實踐。只是，由於
袁世凱未能以誠相待這場內政釐革，隨之洪憲帝制發生，暴露了其欺騙性的
面目，這非但使得這場挽救危局的努力付之東流，更令中國的政治情形愈加
敗壞，以致一度陷入持久性的軍閥分裂。而在這段「被發現的歷史」中間，
雖有精彩，但充滿了無奈。

（作者簡介：高翔宇，男，北京大學歷史學系博士生）

〔註149〕王承禮輯注，《嚴修先生年譜》（濟南：齊魯書社，1990 年），頁 345。
〔註150〕1916 年〈袁氏盜國記〉出版，序言即以「袁世凱固今代一妖孽也……只一狹
　　　　邪無賴之權詐而已」爲蓋棺定論之詞。來新夏主編，《中國近代史資料叢刊‧
　　　　北洋軍閥》（二）（上海：上海人民出版社，1993 年），頁 5。

辛亥鼎革之際南北分立議論以及實質

王慶帥

摘要：辛亥武昌起事後，關於南北分立議論，中外人士或暗地或公然都有所論及。國人議論以盛宣懷、惲毓鼎等人為代表；外人議論以伊集院彥吉、犬養毅等日本人為代表。南北分立議論，從國人一方面來看，其實質在於君主立憲與民主共和之爭；在列強一方面來看，顯為侵略中國策略，本質仍在於為本國謀取最大利益。分析辛亥鼎革之際南北分立議論及其實質，有利於更加深刻理解辛亥革命以及民國之後政局。

關鍵詞：辛亥革命；南北分立；袁世凱；列強

　　辛亥武昌起義爆發後，各省紛紛響應。除山西、陝西外，完全獨立的省份大部分在南方。又因 1912 年 1 月 1 日南京臨時政府的成立，中國在事實上形成了南北兩個政權並存的局面。南北雙方以長江為界，在勢力上大體上保持了平衡。更為關鍵的是，南方主張共和，北方則堅持君憲，雙方在主義上鑿枘不投。正如天蝦在其編纂的《南北春秋》一書例言中所說：「南北未分治，而是書以南北言之，似為通人所哂，然當舊政府未倒於北京，新政府已立於南京之時，儼然成南北對峙之勢，名曰《南北春秋》，蓋紀實也。」〔註1〕

　　當然，南北對峙局面是逐步形成的。隨著革命進程的推進，國人以及外人目睹此種情形，出於種種動機，或暗地或公然發出南北分立議論。此種議論，隨著南北統一當然歸於消滅。但在之後特別是 1916 年之後，南北卻在

〔註 1〕 天蝦編纂，〈南北春秋例言〉，陸寶璿輯，《滿清稗史》，沈雲龍主編，《近代中國史料叢刊》（第 53 輯）（臺北：文海出版社，1973 年），頁 681。

事實上形成了分治局面。因此，分析辛亥鼎革之際南北分立議論以及實質，
不僅能夠更加深刻理解辛亥革命，而且對於理解之後的民國政局不無裨益。
〔註2〕

一

　辛亥鼎革之際，國人的南北分立議論，大都是對清廷以及袁世凱的命運
進行預測，或求自保，或分析時局，並不是刻意宣傳或主張。反而因擔憂外
人干涉，本就有大一統意識的國人即使站在不同立場，大都堅決反對南北分
立。

　武昌起事後，因強力推行鐵路國有引發革命的盛宣懷成為眾矢之的。1911
年 10 月 26 日，在御史以及資政院的彈劾下，清廷將盛宣懷作為替罪羊，「即
行革職，永不敘用」〔註3〕。盛宣懷被清廷革職後仍然不忘為清廷出謀劃策，
致函度支大臣鎮國公載澤，建議以長江為界南北分立。然而載澤在 10 月 28
日覆函中說：

　　承囑小心處事，愛我良深，當銘肺腑。惟某處欲罷不能之地，
　　加以頑劣性成，明哲保身之計，不定做得到否。鴻溝畫界前曾密陳，
　　默審時局，亦恐將來作不到也。昨（10 月 27 日）聞浙江失守，山
　　西亦不靖，四方響應，大局已有瓦解之勢。〔註4〕

載澤雖然將南北分立之策密陳監國攝政王載灃，但面對各省紛紛響應，大局
瓦解的情形，對於將來能否做到南北分立，持有悲觀懷疑態度。於此可見，
僅僅在革命爆發不到 20 天後，清廷內部就曾考慮南北分立的可能性，以求自
保。其悲觀畏葸可見一斑。事實上，清廷也曾有過避居熱河或東三省的設想，
甚至也採取了一些行動，但都無疾而終。比如清廷於 11 月 15 日任命前東三省

〔註2〕對於此問題的研究，就筆者目力所及，僅見張玉法先生的〈辛亥革命時期的
　　　南北問題〉，他就辛亥革命時期南北問題的本質與演變加以研究。其中也涉及
　　　了南北分立議論，但沒有展開分析，還有很大的拓展餘地。參見張玉法，〈辛
　　　亥革命時期的南北問題〉，《辛亥革命史論》（臺北：三民書局，1993 年），頁
　　　473～508。
〔註3〕中國第一歷史檔案館編，《光緒宣統兩朝上諭檔》（第 37 冊）（桂林：廣西師
　　　範大學出版社，1996 年），頁 267。
〔註4〕〈載澤致盛宣懷函〉（1911 年 10 月 28 日），王爾敏、陳善偉編，《近代名人手
　　　箚真跡——盛宣懷珍藏書牘初編》（第 6 冊）（香港：香港中文大學出版社，
　　　1987 年），頁 2893～2894。

總督錫良爲熱河都統〔註5〕，就是清廷在給自己準備退路。〔註6〕

其實，不僅清廷當權者，支持清廷的在野人士對南北分立的前景也曾思考與預測。11月2日，前翰林院侍讀學士惲毓鼎記載袁世凱的「剿匪」方略：「項城以上游未易驟平，建議先固秦、晉、齊、豫之防，以安京師根本之地，然後以次戡定南方。萬一南亂難平，猶可畫江而守。若虛內而爭外，根本一搖，大事去矣。」對此，惲毓鼎評價道：「自是老成謀國之識。」〔註7〕11月9日，惲毓鼎又以牙牌占數：「大河以北猶可保全，其餘各省皆無救矣。」〔註8〕隨著各省紛紛響應，惲毓鼎顯然悲觀了許多。

11月27日，有名叫嚴偉者致函東三省總督趙爾巽，認爲「今日者，南北朝分治之時代也」，故他主張清廷退避東三省，與漢人南北分治：

> 一、以奉天錦州府以東及吉林、黑龍江爲清國領土，用君主立憲制度，內外蒙古爲之屬。二、以內地十八省爲中國領土，用民主共和制度，新疆、青海、西藏爲之屬。〔註9〕

其理由如下：

> 有日人過談，謂北京確願退步議和，惟須以黃河流域爲界，北爲清有，南畀革軍。以方今政府兵財兩絀之時，恐此議仍不易就，即令勉強告成，偉料甘陝秦豫順直之民久之必更反抗，徒滋擾亂殘殺而已。誠如芻議，各有故土，既無鵲巢鳩居之嫌，自無喧賓奪主之慮。及今不圖，恐久持不決，並奉、吉、黑三省之土亦不復存。（革

〔註5〕《宣統政紀》卷六四，宣統三年辛亥九月己丑，《清實錄》（60 冊）（北京：中華書局，1987 年），頁 1190。按，此議論和後來南北議和中要求清帝避居熱河的提議性質完全不同。一是以割據求自保，一是以慶帝避居熱河行宮，僅存名義。

〔註6〕〈蔡廷干上校來訪接談記錄〉（1911 年 11 月 16 日），〔澳〕駱惠敏編，劉桂梁等譯，《清末民初政情內幕——〈泰晤士報〉駐北京記者袁世凱政治顧問喬·厄·莫理循書信集》（上卷）（上海：上海知識出版社，1986 年），頁 795。

〔註7〕惲毓鼎著，史曉風整理，《惲毓鼎澄齋日記》（二）（杭州：浙江古籍出版社，2004 年），頁 556。袁世凱原話爲：「惟祝京師鎮靜，根本穩固，無論外省如何變亂，均尚可圖也。」參見袁世凱，〈致內閣電〉（1911 年 10 月 26 日），駱寶善、劉路生主編，《袁世凱全集》（第 19 卷）（開封：河南大學出版社，2013 年），頁 28。

〔註8〕惲毓鼎著，史曉風整理，《惲毓鼎澄齋日記》（二），頁 558。

〔註9〕《吳靈鳳等關於東三省各項改革、「防患改良」、新軍新章、鐵路地照、東三省軍事意見書等條陳》，中國第一歷史檔案館藏，檔號：75-112-611。

黨來東三省者不少，醞釀既久，必有暴動。）徒守熱河，非自困乎？

（廷旨命錫帥赴熱，蓋亦自謀退步，然計至拙。）〔註10〕

仔細考察其理由，嚴偉似受到日本人滿蒙獨立思想的影響，故而有中國本部與滿蒙邊疆分立的主張。

立憲派人士中也有人對中國統一不抱任何希望。11 月 21 日，徐佛蘇訪問汪榮寶，「力言統一主義之不可行於今日，且謂共濟會徒滋紛擾，必無結果。」〔註11〕汪榮寶覺得徐佛蘇所說頗有理由。所謂「統一主義」，似指楊度、汪兆銘等人提倡的以國民會議公決國體，以達到和平統一中國的主張。〔註12〕為此，楊度、汪兆銘等人還組織國事共濟會以施行其主張。徐佛蘇既然力言中國不能統一，換言之，革命很有可能導致分裂。徐氏議論並不代表他主張南北分立，但對中國前途並不抱統一希望。

同為立憲派的藍公武也十分關注袁世凱的動向。12 月 19 日，他致函梁啓超：

> 項城第一次借款不成，現復借款，在商議中，恐亦無效。奇窘萬狀，故和議內容，據人所述，不過藉此延宕，若至萬不得已時，則劃分南北，挾隆裕、宣統而避居洛陽，以守北方。傳說如是，雖未必可信，其能力之薄弱，於此可見一斑。〔註13〕

革命爆發後清廷財政極端困難。12 月 1 日，據紹英記載：「部庫實存現銀九十八萬七千一百七十一兩□六分三釐一毫，輔幣七十四萬枚。」〔註14〕因此袁世凱不得不謀求借款，但因列強「中立」，大都歸於失敗。袁世凱謀求議和，但時人尤其是革命黨人並不相信袁氏有議和誠意，對議和前景也並不看好。故而，才有人認為袁世凱之目的不過是借議和為延宕之機，到萬不得已時，則南北分立，避居洛陽，以守北方。

〔註10〕嚴偉，〈世界和平論（一曰革命軍前途之希望）〉，參見《吳靈鳳等關於東三省各項改革、「防患改良」、新軍新章、鐵路地照、東三省軍事意見書等條陳》，中國第一歷史檔案館藏，檔號：75-112-611。

〔註11〕韓策、崔學森整理，王曉秋審訂，《汪榮寶日記》（北京：中華書局，2013 年），頁 318。

〔註12〕國事共濟會宗旨，參見〈國事共濟會宣言書（附簡章）〉（1911 年 11 月 15 日），李希泌輯錄，〈有關辛亥南北議和文電抄〉，《文獻》第 3 期（1981 年 9 月），頁 39～41。

〔註13〕藍公武，〈致南海任公兩先生書〉（宣統三年十月二十九日），丁文江、趙豐田編，《梁啓超年譜長編》（上海：上海人民出版社，2009 年），頁 376。

〔註14〕紹英，《紹英日記》（第 2 冊）（北京：國家圖書館出版社，2009 年），頁 247。

隨著南北議和的進展，因 1912 年 1 月 2 日唐紹儀辭職幾乎使得議和瀕於破裂。「從骨子裏反對清朝、主張共和的革命者」〔註15〕汪榮寶對此憂心忡忡，他閱報得知「北省紛紛反對滬議之通電，似此情形恐成南北分治之局。」又聽說武漢方面業經開戰，勝負尚未知。因此感歎：「嗚呼，生民何辜，重遭荼毒，吾儕不知死所矣。」〔註16〕汪榮寶對於南北分立的前景十分憂懼。

總體來說，國人的南北分立議論，大體分爲兩種，「甲說謂，滿人入關，二百餘年，一旦逐之，良復不忍，不若割北方數省以畀之。乙說謂，中國幅員遼廓，戶口繁多，發政施令，周轉不靈，不若劃分南北，使兩國並峙。」〔註17〕但此兩說遭到了時人的批駁。

革命黨人的喉舌《民立報》連續發表文章反駁南北分立議論，認爲南北分立只不過是袁世凱妄圖鎮壓北方革命的詭計而已，主張消除南北界限，謀求共和統一。「不容有一毫自相分裂之心，而倡所謂南北分立之說，以傷南北之感情，而絕同族之血胤，使袁氏得所藉口以煽惑北方同胞，誤與南方爲敵，致天下兵連禍結，不可收拾。」〔註18〕

1911 年 12 月 28 日，葉恭綽主辦的《光華日報》也報導說：「近日官革兩方面不能相下，頗有主張南北分立，以爲調和之計者。聞政府皇族皆不以爲然，民黨亦不甚主張。該說恐難成立矣。」〔註19〕

因 1912 年初南北議和有破裂之勢，康有爲更是寫了《漢族宜憂外分勿內爭論》長篇論文，警告國人勿要內爭，否則將會導致南北分裂，從而引起列強干涉甚至瓜分：

> 頃自信條頒，攝政廢，和議定，退位迫，無論國民會議，南軍數多，即北使提議，亦已降爲滿王，別立總統。舊朝之亡，不待今

〔註15〕莫理循，〈致達・狄・布拉姆函〉（1911 年 11 月 17 日，北京），〔澳〕駱惠敏編，劉桂梁等譯，《清末民初政情內幕——〈泰晤士報〉駐北京記者袁世凱政治顧問喬・厄・莫理循書信集》（上卷），頁 791。
〔註16〕韓策、崔學森整理，王曉秋審訂，《汪榮寶日記》，頁 330。
〔註17〕朱寶綬，〈闢南北分治之謬說〉，《申報》第 1 張第 5 版，1911 年 11 月 18 日。亦見《民立報》第 1 版，1911 年 11 月 18 日。
〔註18〕血兒，〈論今日亟宜消滅南北問題〉，《民立報》第 1 版，1911 年 12 月 29 日。亦可參看〈孰敢言南北分立者〉，《民立報》第 1 版，1911 年 12 月 20 日；周浩，〈南北統一之動機〉，《民立報》第 1 版，1912 年 2 月 5 日。等等。
〔註19〕〈南北分立之說不能成立〉，《光華日報》第 14 號第 2 版，1911 年 12 月 28 日。

言矣。乃以會地議員之數，久持未諧，遂爾南北分裂，大亂蔓延，

一統永絕，中國垂亡。〔註20〕

清朝官僚如孫寶琦、段祺瑞等人認爲南北分立事實上也做不到。孫寶琦說：「或
謂：畫江而守，猶可以爲善國。不知南北分裂，將來戰禍，必無已時，恐北
數省亦將有瓦解之勢。」〔註21〕1912 年 1 月 26 日，段祺瑞以武力要求共和通
電中也說：「即擬南北分立，勉強支持，而以人心論，則西北騷動，形既內潰；
以地理論，則江海盡失，勢成坐亡。」〔註 22〕兩者都認爲北方不可能自立爲
國。

可見，因清朝民心軍心俱失，就連偏安一隅也做不到，何況南北分立。
除了國人的反對之外，避免列強干涉尤爲國人心頭所繫，故不得不謀求迅速
統一。

二

辛亥革命期間，外人的南北分立議論，以日本駐華公使伊集院彥吉以及
支持革命派的犬養毅爲代表，妄圖借革命之機，分裂中國。〔註 23〕英國因支
持袁世凱，雖然反對分裂中國，但在外人看來，卻有主張中國南北分立的意
圖。日英雖然爲同盟國，但因利益不同，態度卻決然不同。

〔註20〕康有爲，〈漢族宜憂外分勿內爭論〉，姜義華、張榮華編校，《康有爲全集》（第
9 集）（北京：中國人民大學出版社，2007 年），頁 257。

〔註21〕孫寶琦，〈發北京袁內閣電〉（1911 年 12 月 4 日），孫寶琦編，《孫寶琦罪言》，
中國史學會濟南分會編，《山東近代史資料》（第 2 分冊）（濟南：山東人民出
版社，1958 年），頁 76～77。

〔註22〕〈宣統三年十二月初八日會辦剿撫事宜第一軍總統官段祺瑞等致內閣請代
奏電〉，故宮檔案館，〈關於南北議和的清方檔案〉，中國史學會主編，《中國
近代史資料叢刊・辛亥革命》（八）（上海：上海人民出版社，1957 年），頁
174。

〔註23〕俄國既同日本沆瀣一氣，也有勾心鬥角。不過試圖分裂中國，以渾水摸魚，
日俄兩國十分一致。如俄國駐華公使於 1911 年 11 月 15 日就曾考慮到若是中
國南北對峙情形出現，俄國在華利益多集中在北方，故建議俄國保持與南方
的友誼關係。「在此情況中，必須估計到南方獨立時，中國南北之間不可避免
的敵對情況，並且由於地理條件，我們和中國人的摩擦幾乎完全集中在北方，
因此，有這樣一個事實，即南方將成爲我們的自然同盟者。」參見〈駐北京
公使密電〉（1911 年 11 月 15 日），張蓉初譯，《紅檔雜誌有關中國交涉史料選
譯》（北京：生活・讀書・新知三聯書店，1957 年），頁 350。由於日俄兩國
在中國南北分立的議論上保持一致，故本文以日本爲代表進行論述。

革命爆發後，時人對於外人干涉就十分警惕。宋教仁針對日本將干涉中國革命以及借款給清朝的傳聞，發表時評警告日本人不得妄圖漁利或分裂中國。「日人之野心勃勃，無微不至，眞可畏也哉！」〔註24〕宋教仁對日本可謂瞭解甚深。

不久，即在 1911 年 10 月 28 日，日本駐華公使伊集院彥吉以絕密信件致外務大臣內田康哉，建議割裂中國。伊集院彥吉判斷各省紛紛獨立，清朝大勢已去，「趁此絕好時機，亟應在華中、華南建立兩個獨立國家，而使滿清朝廷偏安華北，繼續維持其統治。」如何才能做到南北分立？伊集院彥吉建議日本政府「應火速選派適當人才分赴各個方面，以不斷掌握詳密準確之情報，並與武昌革命軍當局及廣東方面首要人物取得聯繫；與此同時，還應增派軍艦分赴各地，以保證上述計劃之順利執行。」總而言之，「維持滿清朝廷於華北一隅，而使其與南方漢人長期對峙，乃屬對帝國有利之上策。」〔註25〕

伊集院彥吉的建議並沒有被日本政府採納。革命爆發還不到一個月，形勢並不明朗，日本還在觀望階段，不可能貿然改變國策，以激烈手段分裂中國。〔註26〕但部分日本人仍然試圖延長戰爭，妄圖渾水摸魚。支持革命黨人爲其中策略之一。

11 月 3 日，日本駐蕪湖領事向內田康哉建議：「就我國對清政策觀之，使革命軍能夠長期持續抵抗，實屬至爲必要。現德國當局極力向官軍提供援助，本職則欲暗中支持革命軍。」〔註27〕德國以軍火支持官軍，那麼日本則以軍火支持革命軍，從而達到延長革命戰爭之目的。不僅如此，日本政客犬養毅還親自來華，擔任南京臨時政府的政治顧問〔註28〕。據莫理循說：

〔註24〕 參見漁父，〈敬告日本人〉，《民立報》第 1 版，1911 年 10 月 19 日；漁父，〈日人借款〉，《民立報》第 1 版，1911 年 10 月 25 日。

〔註25〕 〈伊集院駐清公使致內田外務大臣電〉（1911 年 10 月 28 日），鄒念之編譯，《日本外交文書選譯——關於辛亥革命》（北京：中國社會科學出版社，1980 年），頁 112～113。

〔註26〕 參見〈日本政府關於對清政策問題的內閣會議決議〉（1911 年 10 月 24 日）以及〈內田外務大臣致伊集院駐清公使電〉（1911 年 11 月 2 日），鄒念之編譯，《日本外交文書選譯——關於辛亥革命》，頁 109～111、113～115。

〔註27〕 〈奧田駐蕪湖領事轉松村駐漢口總領事致內田外務大臣電〉（1911 年 11 月 3 日），鄒念之編譯，《日本外交文書選譯——關於辛亥革命》，頁 182。

〔註28〕 《臨時政府公報》第 3 號第 16 版，1912 年 1 月 31 日。

　　　　犬養先生是一個在國會中有八十名議員的政黨的領袖，因此
他是一支應當加以考慮的力量。過去有一段時間他在中國中部；
同革命的領袖們過從甚密。他回到日本以後，一直極力主張立即
承認革命黨人爲交戰的一方。如果內田按照他的政策行事，其結
果一定是把中國分裂爲兩個獨立的國家：一個在北方，另一個在
南方。〔註29〕

犬養毅支持革命派的目的並不單純。其支持革命派，要求承認革命黨人爲交
戰一方，卻很有可能導致南北分裂。與此同時，也有日本人在北方鼓吹南北
分立。據廖宇春在《辛亥革命大事錄》1912 年 1 月 13 日條記載，「日本人倡
南北分治之說」〔註30〕。當清帝遜位前景漸漸明朗之際，部分日本人如川島
浪速等人堅決反對共和。1 月 22 日，川島浪速對惲毓鼎說：

　　　　中國若成共和，日本有必亡之道者二：一則其國民黨必起爲朝
廷爲難，俄羅斯將乘釁而取其國；一則中國南方必大亂，列強將不
得已而瓜分。日本雖可得奉天，然以東方一隅，抵抗各大國；俄得
蒙古、黑龍江後，日本在其包羅中，其折而入於俄也必矣。故今日
扶持中國君主，正所以保東亞也。

對此，惲毓鼎評價川島浪速之看法，「可謂肺腑畢露矣」〔註31〕。基於分裂中
國肺腑，川島浪速還策動肅親王善耆、恭親王溥偉等人逃到東三省，妄圖策
動他們割據東三省。據汪榮寶 2 月 8 日記載，「傳言某邸潛往運動，並欲倚某
國爲外援。」汪榮寶評價善耆「何其所見之謬耳」！〔註32〕

　　　雖然部分日本人有南北分立的議論或行動，但因列強在華均勢，尤其是在
華利益最大的英國反對分裂中國，故而日本人的主張往往受到英國等列強的遏
制。1 月 23 日，英國向美國表明態度，認爲「在敵對雙方之間採取不干涉政策
是唯一明智的政策。支持贊成君主制的北方，可能促使南方以共和國的形式分

〔註29〕莫理循，〈致達·狄·布拉姆函〉（1912 年 2 月 16 日，北京），〔澳〕駱惠敏編，
　　　　劉桂梁等譯，《清末民初政情內幕——〈泰晤士報〉駐北京記者袁世凱政治顧
　　　　問喬·厄·莫理循書信集》（上卷），頁 879～880。
〔註30〕草莽餘生編，〈辛亥革命大事錄〉，沈雲龍主編，《近代中國史料叢刊》（第 3
　　　　編第 44 輯）（臺北：文海出版社，1988 年），頁 54。按，草莽餘生爲廖宇春。
〔註31〕惲毓鼎著，史曉風整理，《惲毓鼎澄齋日記》（二），頁 572。
〔註32〕韓策、崔學森整理，王曉秋審訂，《汪榮寶日記》，頁 342。按，汪榮寶對善耆
　　　　之評價寫下又塗去。

裂出去；如果可能的話，避免這樣一種分裂是可取的」〔註33〕。為了避免中國分裂，英國支持實力派袁世凱統一中國，成為順理成章的選擇。

但英國人因支持袁世凱態度過於顯露，與其表面標榜的「中立」態度顯然有段距離。因此，同情共和的美國人就認為英國之行動導致南北分裂。1月30日，莫理循注意到《紐約先驅報》駐京記者約‧金‧歐勒斷言「英國正在幹著把中國分割成北方和南方的勾當，並說俄國在蒙古的行動就是由英國人的行動引起的符合邏輯的後果」。歐勒的此篇報導後又刊登在英文《北京英文日報》（Peking Daily News）上，中國報紙刊登譯文。結果英國駐華公使朱爾典（John Newell Jordan）遭到暗殺威脅。〔註34〕

日本人割裂中國的陰謀並沒有實現。一方面是因為列強之間的互相牽制，另一方便是國人對於列強干涉，尤其是日本十分警惕。無論持何種立場，國人在報紙上擔心外人干涉的報導以及評論比比皆是。舉一例以概其餘。比如《大公報》就認為「今日之隱憂有二：一、外人之干涉；一、土匪之竊發」。〔註35〕列強干涉，必然有所藉口。因此要防範土匪，保護外人。

清帝遜位之後，南北雖然統一，但南北畛域並沒有消除。因此，日本報紙又鼓吹南北矛盾不可融合，最終會導致南北分裂。「要之，南北兩方無論取若何之徑路，設法統一，而二派之成見，如水與油，終難交融。新國尚未建設，即兆南北分裂之機」。對此《民立報》記者按曰：「近日外間盛傳日人四散謠言，離間吾南北國民。竊意亦一小部分之鄰人耳。項日報有論，頗足以代表其說，持論至淺薄，明眼自能別之」〔註36〕。可見日本分裂中國之賊心不死。

三

辛亥鼎革之際的南北分立議論，從國人一方面來看，其實質在於君主立憲與民主共和的鬥爭；在列強一方面來看，則是侵略中國的策略，本質仍在於為本國謀取最大利益。〔註37〕

〔註33〕 〈格雷爵士致布賴斯先生函〉（1912年1月23日寫於外交部），胡濱譯，《英國藍皮書有關辛亥革命資料選譯》（上冊）（北京：中華書局，1984年），頁319。

〔註34〕 〈致達‧狄‧布拉姆函〉（1912年1月30日，北京），〔澳〕駱惠敏編，劉桂梁等譯，《清末民初政情內幕——〈泰晤士報〉駐北京記者袁世凱政治顧問喬‧厄‧莫理循書信集》（上卷），頁854。

〔註35〕 選，〈論今日宜嚴防土匪與外人干涉〉，《大公報》第2版，1911年11月7日。

〔註36〕 〈日紙論南北統一〉，《民立報》第6版，1912年2月26日。

〔註37〕 列強侵略中國當然是為自己國家利益，毋庸贅述。在此僅分析國人南北分立議論實質。

據張玉法先生分析，辛亥革命時期的南北問題，由武昌革命引發而來。〔註 38〕以惲毓鼎爲例，他在革命爆發後對南人十分不滿。針對南省京官爭相逃遁，車站行李堆積如山的現象，惲毓鼎在 1911 年 10 月 28 日日記裏大發議論：「吉凶自有定數，抑何懦葸浮動若此。甚矣，南人之不可用也。余平日持論，用南人十，不如用北人一，觀於此益信。」〔註 39〕其實，不僅南省京官，北省人士又何嘗不是如此？據《北京日報》報導：「自武昌事起，京官由京赴津者，絡繹不絕。茲聞京津鐵路人言，九月一個月內，由京往天津者，約五十萬人左右，其中女眷居七成雲。」〔註 40〕顯然，逃出北京的京官不可能全部是南人。惲毓鼎只不過對南人首倡革命十分痛恨而已。於此也可概見惲毓鼎的南北畛域觀念因革命爆發有所強化。

隨著南方各省紛紛響應，以長江爲界，南北雙方勢力大體保持平衡。具體來說，10 月 28 日，清軍攻克漢口。但不久，到 11 月，海軍大部反正。11 月 27 日，清軍攻克漢陽。12 月 2 日，民軍又光復南京。袁世凱後來描述道：「漢口甫下，海軍繼叛；漢陽既克，金陵復失。」〔註 41〕南北雙方既然在武力上暫時彼此制衡，那麼以議和謀求統一，自是題中之義。正如楊度在上資政院陳情書中所說：「近者革命事起，全國響應。政府與武昌革命軍各擁重兵，兩不相下。無論孰勝孰敗，皆必民生塗炭，財力困窮，決非可恃兵力以決勝負，必宜別有平和解決之方。」〔註 42〕杜亞泉也說：「然是時北京庫藏，已將告竭，南北分治，民軍既不樂從，兵刃相交，餉項又復不給，稍明大勢者，固已知除和平解決之外，別無他途矣。」〔註 43〕不過，革命本以共和爲目的，而清朝決不可能甘心退位。南北雙方在主義宗旨上便形成了共和與立憲的對

〔註 38〕 張玉法，〈辛亥革命時期的南北問題〉，《辛亥革命史論》，頁 474。

〔註 39〕 惲毓鼎著，史曉風整理，《惲毓鼎澄齋日記》（二），頁 555。

〔註 40〕 〈九月由京赴津人數之調查〉，《北京日報》第 2 版，1911 年 12 月 6 日。按，十分有意思的是，惲毓鼎也記載了京官從北京出逃人數，不過變成了四十萬人。12 月 19 日前後，惲毓鼎記載：「據京津路局調查，京官出京者四十萬人。」參見惲毓鼎著，史曉風整理，《惲毓鼎澄齋日記》（二），頁 565。

〔註 41〕 《宣統政紀》（卷六九），宣統三年辛亥十二月壬寅，《清實錄》（第 60 冊），頁 1269。

〔註 42〕 楊度，〈致資政院陳情書〉（1911 年 11 月 17 日，據中國社會科學院近代史研究所藏原件），劉晴波主編，《楊度集》（2）（長沙：湖南人民出版社，2008 年），頁 539。

〔註 43〕 平佚，〈臨時政府成立記〉，《東方雜誌》第 8 卷第 11 號（1912 年 5 月 1 日），頁 12。

立。國事共濟會雖然提出以國民會議爲解決之道，但如何實行卻是「對於北京政府之行動，由君主立憲黨任之；其對武昌軍政府之行動，由民主立憲黨任之。」〔註44〕便是共和代表南方，立憲代表北方的表徵。英國駐華公使朱爾典在 12 月 27 日更是明白無誤地說道：「長江大致上可以說是代表了立憲的北方和共和的南方之間的分界線，它現在把互相敵對的勢力隔離開來；榮譽也是相當公平地由雙方分享。」〔註45〕

12 月 28 日，清廷頒發上諭，認爲國體採用君主立憲還是共和國體，「此爲對內對外實際利害問題，固非一部分人民所得而私，亦非朝廷一方面所能專決。自應召集臨時國會，付之公決。」〔註46〕採用國民會議來解決國體，自然延續了國事共濟會解決國體問題的思路。〔註47〕但因南北雙方在國民會議開會地點以及產生方法上不可調和，尤其是 1912 年 1 月 1 日南京臨時政府的成立，使得議和瀕於破裂。而此時南北觀念更加凸顯。主張君主立憲的《民視報》就大肆造謠，僞造程德全致黎元洪書：

> 自臨時政府成立後，僕與孫公意見日行齟齬。僕夙有舌強之疾，言語有時艱滯，而孫公謂僕爲假託，然即有所建白，又往往遭其擯斥，即如前日，僕謂：臨時政府無一北人，不足以厭北方同志之心。孫謂：革命之舉，即在驅逐滿奴，不用南人，乃用北狗乎？豈知北方數省非盡爲滿人，尚有數百萬之同胞在南，而孫乃以不可解之言，以抹煞一切，其意蓋以臨時政府必須皆用粵人，非他省人所能丐其餘瀝，較之清政府當年之偏重滿人，又何以異！〔註48〕

對此，《正宗愛國報》並不以爲然，「近日各報多載程德全致黎元洪書，吾對

〔註44〕 〈國事共濟會宣言書（附簡章）〉（1911 年 11 月 15 日），李希泌輯錄，《有關辛亥南北議和文電抄》，頁 41。

〔註45〕 〈朱爾典爵士致格雷爵士函〉（1911 年 12 月 27 日寫於北京，1912 年 1 月 15 日收到），胡濱譯，《英國藍皮書有關辛亥革命資料選譯》（上冊），頁 271。

〔註46〕 中國第一歷史檔案館編，《光緒宣統兩朝上諭檔》（第 37 冊），頁 361～362。

〔註47〕 關於國事共濟會與南北議和之關係，可參看桑兵，〈辛亥國事共濟會與國民會議〉，《近代史研究》2015 年第 2 期，頁 4～34；以及桑兵，〈辛亥南北議和與國民會議〉，《史學月刊》2015 年第 4 期，頁 44～66。

〔註48〕 〈程德全致黎元洪書〉，《民視報》第 1 版，1912 年 1 月 13 日。對於此僞造書信，程德全後有闢謠聲明：「假捏德全致黎元洪書，語意離奇，無非欲肆其離間之計，此種卑劣手段，明眼人自能知之，惟恐年輕無識之人，爲所愚弄，特此布白。」參見〈程雪樓聲明僞函〉，《正宗愛國報》第 3 版，1912 年 1 月 29 日。

於該書不能無疑焉。夫南人北狗之心理，在庸俗之南人，或不能免，若稍有學識者，斷不輕出此言，孫文即或有鄙薄北人之心，亦萬不能形於言色，豈有大功未建，而先自樹敵乎？若果有之，則孫文亦一鄙陋之人也。」〔註49〕其實，《民視報》之所以如此肆意誇張南北畛域，其目的還在於攻擊南京臨時政府，提倡君主立憲而已。因此，當清朝覆亡已經無可挽回時，《民視報》也開始轉變立場，竟然開始擔心清帝遜位後南北畛域會影響民國統一前途了。〔註50〕

其實，南北能否避免分立，關鍵還在袁世凱身上。廖宇春認爲袁世凱大權在握，那麼「南北所爭者，已不在滿而在漢」〔註51〕。若是袁世凱能夠贊同共和，迫使清帝遜位，那麼南北自然就能避免分立。這也是惲毓鼎、藍公武、汪榮寶等人十分關注袁世凱動向的原因所在。從此角度講，袁世凱確實爲解決國體問題之樞紐。無論袁氏出於何種目的，他能夠贊同共和，避免南北分立，對南北統一不無功勞。

然而，即使南北統一之後，每當政爭激烈之時，南北分立的議論就會冒出。1913年5月，南北因「宋案」鬥爭愈加激烈之時，就有論者指出，「晚近政客爲黨見所蔽，每借南北界限以掩飾其感情權勢之爭，無識者從而和之，於是南北分裂之聲，遂洋溢於路道。」「今人見辛亥革命時，南京政府與北京政府，一時並峙，遂疑南北利害，果有不同，南北感情終難一致。當此統一之後，猶復遇事生風。」〔註52〕政爭往往假借南北利害不同爲名，使得南北分立議論叢生。

無獨有偶，袁世凱洪憲稱帝敗亡後，因接著發生護國運動、護法運動，中國事實上南北已經分立，形成了軍閥混戰的局面。孫中山依靠軍閥護法救國，慘遭失敗，深刻認識到「吾國之大患，莫大於武人之爭雄，南與北如一丘之貉」〔註53〕。南北分治乃武人之爭雄，與南北觀念並不一致。因此，陳獨秀原本以爲南北分立可以解決中國問題，但因1919年南北議和的失敗，認

〔註49〕竹園，〈閒談〉，《正宗愛國報》第6版，1912年1月20日。

〔註50〕一鶴，〈中國統一之前途〉，《民視報》第1版，1912年2月4日。

〔註51〕廖少游，〈新中國武裝和平記〉，中國社會科學院近代史研究所近代史資料編輯組編，《辛亥革命資料類編》（北京：中國社會科學出版社，1981年），頁364。按，此書於1912年由陸軍編譯局印行。

〔註52〕〈倡言南北分立者盍一觀中國之歷史乎〉，《順天時報》第2版，1913年5月11日。

〔註53〕孫中山，〈辭大元帥職通電〉（1918年5月4日），《孫中山全集》（第4卷）（北京：中華書局，1985年），頁471。

爲解決中國政治問題的根本要點，「不在南北分立與否，而在能否合輿論的內力和友邦的外力，剷除這南北軍閥的特殊勢力」〔註54〕。可謂深刻之至。

因此，辛亥革命時期的南北議論，歸根結底還是不同政治勢力之間觀點以及互相鬥爭的反應。當然不可否認的是，自古以來，「中國之有南北的分別是事實上的存在，非可以言語否認」〔註55〕。

（作者簡介：王慶帥，男，北京大學歷史學系博士生）

〔註54〕隻眼，〈爲什麼要南北分立？——南北人民分立呢？還是南北特殊勢力分立呢？〉，《每週評論》第14期第2版（1919年3月23日）。

〔註55〕楊鴻烈，〈歷史上地理上看來的中國南北分合論〉（史地新論雜論四），《晨報副鐫》第168號第1版（1924年7月20日）。

二、「紀念全面抗戰爆發 80 週年專輯」：
抗戰時期的教育與文化生態

抗戰時期「成吉思汗」紀念及其形象塑造

郭　輝

摘要：元朝開創者成吉思汗，作爲蒙古族英雄人物受到蒙古人崇敬，但是相關紀念活動因種種原因逐漸衰落。抗日戰爭爆發後國家面臨危難之際，民族處於多難之秋，爲了團結一切可以團結的力量共同抗日，少數民族傳統資源於是被逐漸抬升到民族國家層面。「成吉思汗」充當了這麼一個特殊的角色，越發受到「公眾」關注，其相關歷史記憶被發掘出來以爲現實政治服務，塑造行動的合法性。甚至因爲日本帝國主義者侵入綏遠、察哈爾省後，試圖聯合蒙古親日派盜取伊金霍洛成吉思汗陵墓，受到國民黨政府的重視，於是有陵墓奉移之舉措。遷陵後，因地域關係成吉思汗逐漸成爲中國共產黨紀念的重要對象，用以宣揚民族團結平等的民族政策。成吉思汗從蒙古族地方英雄被塑造成爲中華民族的英雄。

關鍵詞：成吉思汗；抗戰時期；民族英雄；中華民族

　　「民族英雄」問題歷來引人關注，上個世紀五十年代學界曾就岳飛、史可法等是否爲「民族英雄」有過激烈爭議，討論未中止也沒有結果。從「爭議」顯而易見「民族英雄」的「建構論」或「工具論」觀點成爲主流。到底哪些人物能納入「民族英雄」之列？隨著時代變遷、社會需要有所不同。辛亥革命時期爲了「反對帝國主義侵略和民族壓迫，推翻清朝封建統治，爭取民族自由獨立」，使「介紹和宣傳歷史上民族英雄人物，形成辛亥革命時期愛

國主義史學思潮的一個重要組成部分」，〔註1〕而介紹和宣傳皆不可避免的具有選擇性。進一步而言，「政治取向涇渭有別的知識分子群體間，我們可以找到不同的『民族英雄系譜』，」通過「這些不同的『民族英雄系譜』，我們更可以找到爭持對立、抗辯不休的不同的中國『國族想像』」，〔註2〕從民族英雄系譜到國族想像之間更需要不少「建構」。

抗日戰爭時期是另一個民族英雄系譜建構的高潮期。該時期民族英雄系譜的建構相較於辛亥革命時期有顯著差異，面臨外敵入侵，而非內部政權更替。所以，民族英雄系譜爲了能夠最大可能的團結力量抗擊外敵而極具包容性和廣泛性。時人劉覺編著的《中國歷史上之民族英雄》，規定其「民族英雄之界說，以對外有武功或對外有其他之殊績者爲限」，且特別強調「本編所列民族英雄，不限於漢族，凡滿蒙回藏，對外有功績者，亦並載敘，以符五族一家之旨」，目的在「啓發國人之民族意識，並增固其自信力，期對於現在之戰局，及國家之前途有所裨益」。〔註3〕所以其民族英雄系譜起自黃帝，包括元太祖成吉思汗，多達六十餘人，以武人爲主。該時期當然還有其他民族英雄系譜圖景。抗戰時期民族英雄系譜問題頭緒繁雜，牽涉眾多，迥非本文所能解決，亦非本文主旨。此處僅爲說明當時民族英雄之包容極廣，而其中較特殊的是元太祖成吉思汗。蒙古族英雄成吉思汗在辛亥革命時期不可能成爲中華民族的民族英雄，只有在民國成立後五族共和之旗幟下，以往「非我族類」的少數族群才能躋身於「中華民族」，抗戰爆發後的中華民族危機則是一個外在因素。

成吉思汗作爲元太祖開拓了遼闊的元朝疆域，被認爲是偉大的政治家、軍事家，有時甚或被神化。關於成吉思汗的歷史記憶也經歷不斷演變，形象被有意無意的書寫、塑造和建構。有學者指出：「從元朝滅亡到降服清朝，成吉思汗祭奠已經成爲確立和合法化汗位、汗權的必不可少的政治資源，蒙古社會最高權力合法運行的法律基礎。」「隨著歷史的變遷，成吉思汗從一代政治人物逐漸成爲蒙古族英雄，但僅限於「蒙古」一族英雄，甚至在某段時間

〔註1〕俞旦初，〈辛亥革命時期的民族英雄人物史鑒初考〉，《近代史研究》1991年第6期。

〔註2〕沈松僑，〈振大漢之天聲——民族英雄系譜與晚清的國族想像〉，《中央研究院近代史研究所集刊》第6期（2000年）。

〔註3〕劉覺編著，《中國歷史上之民族英雄》，（臺灣：商務印書館，1941年），頁1～2。

裏，其祭奠也限於鄂爾多斯地區。」〔註4〕抗日戰爭爆發後成吉思汗形象發生了急劇變化，從「蒙古族的上帝」、「蒙古族的祖先」成爲「中華民族的英雄」，其作爲「文化符號」開始代表了「整個中華民族」。〔註5〕但抗戰時期成吉思汗從蒙古族英雄到中華民族英雄形象的建構過程，特別是於此相關的諸多問題尚未爲學界關注。筆者認爲此時成吉思汗的「發現」並非偶然，有著特殊時代背景和政治因素，與當時日本帝國主義的侵華、國內政治勢力的訴求等糾葛在一起。該問題也反映出少數民族傳統資源在建構「中華民族」過程中的價值和地位，以及特定時期適合社會需要的「文化符號」的建構過程。鑒於此，筆者試圖梳理出抗戰時期成吉思汗歷史記憶的重新喚起，以觀察政局、社會、政黨互動下成吉思汗的相關紀念活動，進而探析形象的塑造與建構。

一、成吉思汗的「發現」與記憶的喚醒

　　民國成立後成吉思汗的歷史記憶伴隨著陵寢問題的爭議而被喚醒。1915年張相文在《地學雜誌》上發表〈成吉思汗圓寢之發現〉，屠寄則發表文章反對張相文之見解和觀點，由此引發成吉思汗陵寢問題的爭議。1915年第12期《大中華》雜誌彙集相關文章，將之稱爲「成吉思汗陵寢爭議案」，將爭議命名爲「案」，難逃有意擴大宣傳之嫌。文章中張相文表示發現成吉思汗陵寢於鄂爾多斯「伊克召盟」，其中「有所謂埃錦赫洛者，成吉思汗之皇陵也」。屠寄則認爲發現的成吉思汗陵寢實乃「奉祀成吉思汗耳，廟也非陵也。前清理藩院不加深考，因蒙兀人數百年於此望祭，即亦就近承認之耳，守八白室之人非即守陵之人也」。張相文有進一步「辯證書」。〔註6〕事情過去一段時間後，屠寄繼續於1917年《東方雜誌》第1、2期連載〈答張蔚西成吉思汗陵寢辯證書〉，張相文也於1917年《東方雜誌》第9、10、11期連載〈再答屠敬山成吉思汗陵寢辯證書〉。正是一來一往之辯駁使成吉思汗陵寢問題產生持續影響，爭議已然成「案」，且是「公案」。

　　成吉思汗陵寢問題的爭議於國人更多的是喚起關於成吉思汗的歷史記憶，並逐漸蔓延。單就該問題而言，事後二十餘年依舊爲時人屢屢道及，即可見一斑。1936年，呂知止爲紀念「成吉思汗逝世七百十年」，撰文回憶道：

〔註4〕那順巴依爾，〈成吉思汗祭祀的歷史演變及現代境遇〉，《中央民族大學學報（哲學社會科學版）》2010年第2期。
〔註5〕刑莉，〈成吉思汗祭祀儀式的變遷〉，《民族研究》2008年第6期。
〔註6〕〈成吉思汗陵寢爭議案〉，《大中華雜誌》第12期（1915年）。

「伊金霍洛在河套鄂爾多斯東勝縣境內，據傳爲成吉思汗陵寢所在，此問題在二十年前曾引起學術界上一段劇烈爭論。」張相文與屠寄「雙方往復辯駁，形成學術界上一重要公案」。論者似傾向於認可屠寄的觀點：「據著者所知，如箭內亙、李思純及美人拉丁摩，（見去歲五月十四日大公報第四版）均左袒屠寄之說，即多桑蒙古史亦根據拉施哀定、馬可波羅、宋君榮之說，肯定成吉思汗墓在克魯倫斡難兩水發源地之附近，此說似已成定案，至於伊金霍洛之氈幕，則當以拉丁摩認爲係衣冠冢之說爲近是。」〔註7〕幾年後，當日本帝國主義侵入蒙古地區，鄂爾多斯成吉思汗陵寢面臨內遷之需時，「秋生」也回憶了成吉思汗陵寢的「公案」，分析了張相文和屠寄的觀點與後續反應，進而闡明他的意見，最後強調應將鄂爾多斯「成吉思汗陵寢」視爲「象徵」才是「當務之急」。〔註8〕「秋生」的「象徵說」無疑也反映出時代的需要，是現實政治的要求，重新詮釋成吉思汗歷史記憶，並利用之。

撇下成吉思汗陵寢地的爭議不論，九一八事變前，成吉思汗記憶的喚醒多屬偶發性。1924年伊克召盟成吉思汗陵寢被土匪搶掠，「蒙人聞信，恨之刺骨。」雖然成吉思汗是「世界偉人，名滿全球」，〔註9〕但僅爲地方社會所重視。成吉思汗尚爲少數人的記憶，甚或某些記憶並不美好，被認爲是「六百餘年前之侵掠中國者。」〔註10〕乃至有人統計「成吉思汗父子兄弟殺人頭五百萬」。〔註11〕也有人指出：「元俗大可汗金棺，奉安之時，沿途見人必殺以殉。憲宗之葬，殉殺途人至二萬之多。」〔註12〕時人直截了當將他與拿破崙相提並論，認爲「拿破崙之橫行，成吉思汗之狂暴。忽焉而滅，毫無遺留」，由此得出「徒武力不足以治國也」的經驗。〔註13〕如許記憶側重他作爲統治者的「殘暴」面。成吉思汗距今已幾百年，於「歐戰之談戰史者，猶盛道不衰，稱爲黃種之傑」，且「每年四月十五、十六兩日舉行大祭」，「內外蒙各盟旗王公，一時咸集，極稱盛大」。〔註14〕雖說「盛大」，但影響偏於內外蒙。

〔註7〕呂知止，〈成吉思汗逝世七百十年祭〉，《西北嚮導》第3期（1936年）。
〔註8〕秋生，〈從成吉思汗陵寢內移說起〉，《現代中國》第12期（1939年）。
〔註9〕〈國內之事〉，《來復》第301期（1924年）。
〔註10〕〈六百餘年前之侵掠中國者〉，《民眾文學》第6期（1926年）。
〔註11〕恩光，〈殺人頭大略統計〉，《申報》第5張第18版，1928年7月24日。
〔註12〕〈成吉思汗陵寢之秘密〉，《新亞細亞》第4期（1931年）。
〔註13〕靈花，〈印度遊記〉，《申報》第3張第11版，1931年8月7日。
〔註14〕〈成吉思汗大祭期〉，《軍事雜誌》1930年第25期。

內外蒙之外成吉思汗紀念活動的參與者也主要是蒙古人。1931 年 5 月 8 日，北平各蒙古青年在蒙藏學校大禮堂召開成吉思汗誕辰紀念大會。禮堂布置井然，正中懸元太祖遺像，兩側懸蒙、漢文對聯各一副，漢文曰：「鐵蹄踏破天山路；氈幕開成帝業基。」壁間各種標語，如，「紀念元太祖，要繼續他的偉大精神；紀念元太祖，能為東亞民族吐氣，增進黃種人歷史上的光榮等」。參會蒙古青年達二百餘人。紀念會上會議主席榮耀宸報告，指出元太祖成吉思汗的偉大精神在「創造統一歐亞兩洲的大事業」，偉大人格在「提高我們黃種人的地位，增進東亞民族的光榮」。最後「希望我們青年同志們，要繼續著元太祖的精神，來為國家服務，為種族謀幸福，與內地同胞共同團結起來，去打倒外來的帝國主義，鞏固中華民國的基礎，使我們五大民族永久處於青天白日之下」。〔註 15〕北平蒙藏學校紀念活動參與者多蒙古人，但因國家處境，有將紀念意義擴大至整個中華民族的傾向，通過紀念話語喚醒成吉思汗「國家層面」的意義與記憶，以服務於現實政治，此亦成吉思汗能成為民族英雄的起點。

二、成吉思汗紀念「公眾化」與形象的擴散

國人關注成吉思汗的「膨脹」顯然是「九一八事變」後，「成吉思汗」充當了國難之際應對危機的某種「象徵符號」工具，用以凝聚人心或提高自信心。據當時報導和觀察，成吉思汗地方紀念盛大的背後是逐漸「式微」，時論有言：「最近在綏遠境內成吉思汗陵園舉行之集會，乃繫年祭大會，蒙人稱之為『額金合洛』會。」且年祭與「此旬日間之集會」「一併舉行」，同時也具有「會盟」之目的，在「為研討本盟應行興革各事，並檢閱軍實」。因此，成吉思汗年祭本身的蘊涵被淡化，有所謂「三百年來，盟旗本身日趨衰廢，國家亦正利其不治不武，遂形成今日之式微」的說法。〔註 16〕「式微」本身與危難時刻需利用傳統資源凝聚人心有矛盾，但僅停留在表層。實際上正因成吉思汗年祭的「式微」，才有擴大和正規化成吉思汗紀念的傾向和動力。不過，該問題尚有另一層困境，即成吉思汗屬於「少數民族」傳統資源，如何能夠應對「國家」危難，需進行一番處理與操作。

〔註 15〕〈旅平蒙古青年紀念成吉思汗〉，《軍事雜誌》第 37 期（1931 年）。
〔註 16〕蔣默掀，〈成吉思汗年祭〉，《時事月報》第 6 期（1933 年）。

因日本關東軍入侵熱河、察哈爾等省，不久後，內蒙古德穆楚克棟魯普即德王召集西蒙各旗王公召開自治會議，請求南京國民政府允其自治。出於形勢考慮，南京國民政府同意了西蒙各王公所請。根據 1934 年 2 月公佈的《蒙古自治辦法原則》，蒙古地方自治政務委員會（簡稱蒙政會）在烏蘭察布盟百靈廟成立。此時，國民黨和南京國民政府正提倡新生活運動，於此背景下蒙政會也響應號召，決定在蒙古推行新生活運動。此似屬「雙贏」局面，南京國民政府同意其自治，蒙政會則通過新生活運動以示支持南京國民政府，並派遣相關人員「赴京」「考察新生活運動近況，以資參考」。蒙政會因委員長雲瑞旺楚克即云王「返旗治弟喪」，「政務完全由秘書長德王主持」，德王屬親日派。伊克召盟盟長兼吉農（成吉思汗陵奉祀官）沙克都爾扎布即沙王赴任蒙政會副委員長後，即「開政委談話會」，表示支持南京國民政府同時，蒙政會作為「自治機構」，抑或沙王「吉農」（成吉思汗陵主祭官）之特殊身份，決定「搜羅所有關於成吉思汗之事跡」，〔註 17〕蒙政會以此表示對蒙古「地方」的重視。蒙政會試圖處理和調和「地方」與「國家」關係，此時成吉思汗在角逐中更多的充當「地方」角色。蒙政會通過發掘地方傳統資源以強調自身地位和合法性。不過，蒙政會存在時間並不長，1936 年即因內部人員分化而壽終正寢。

沙王與蒙政會（蒙政會被撤銷後分別成立察哈爾省與綏遠省境內蒙古各盟旗地方自治政務委員會即綏境蒙政會）積極推廣成吉思汗紀念，於紀念的「擴散」有特殊作用和突出意義。1934 年「廢曆三月二十一日」是「元太祖成吉思汗誕辰」，該日「國曆四月十二日，向例屆時舉行祭祀典禮。本年更擬擴大舉行，沙王為『吉農』職司主祭，故於三月三十一日由綏來包，準備赴伊金霍洛，主持祭典」。沙王這一蒙古王公領袖人物作為「吉農」的參與主祭，無形中抬升了成吉思汗誕辰紀念的地位。此次沙王因「黃河積冰阻塞，泛濫出岸。包頭對岸，竟遭水災，一時更無法渡過」。於是有沙王「期後候致祭代表前往補祭」，或「擬議在包頭遙祭者」之說。同時，該報導也指出「伊金霍洛祀典，近年來已形式微」的困擾，雖然每年「照常舉行，但較之清季，已遠遜弗及，『不景氣』浪潮，竟波及蒙古地帶矣」。〔註 18〕正是在「不景氣」的前提下，沙王「親祭」才顯得格外突出。

〔註 17〕〈蒙政委會近況〉，《申報》第 3 張第 11 版，1934 年 7 月 1 日。
〔註 18〕〈成吉思汗祭期照例舉行大典〉，《綏遠農村週刊》第 99 期（1934 年）。

　　1935 年，蒙政會通過南京國民政府蒙藏委員會轉請修茸成吉思汗陵墓，並每年派員致祭。國民政府內政部審議結果：「如有必須修理者，由負保管責之伊克召盟盟長隨時修茸，每年致祭時，由蒙藏會斟酌派員參加。即將呈覆行政院」。〔註19〕關於此事，後有決定：以成吉思汗墓向由伊克召盟盟長兼吉農負責保管，原條陳所請修墓一節，如需費過鉅，際此中央財政竭蹶，似難照辦。如需費有限，而又必須加以修理者，應由該盟長隨時加以修茸。至派員致祭一節，似可每年致祭時，由蒙藏委員會斟酌派員參加。〔註20〕行政院依照決定將成吉思汗事推給了伊盟盟長與蒙藏委員會。雖然成吉思汗事曾納入國家議事日程，但於某種程度上尚未引起足夠重視。1937 年又見一則關於成吉思汗陵寢興修撥款的新聞：傅作義電蒙藏會，轉呈行政院，撥款興修成吉思汗陵寢已經行政院通過，並已令飭財部籌款興修。〔註21〕此次呈請國家撥款興修成吉思汗陵寢所以通過，應與傅作義個人影響與地位有關。不管如何，蒙政會推動了「成吉思汗」的「公眾化」。

　　1935 年在鄂爾多斯舉行祭典以紀念成吉思汗誕辰，亦由沙王主持，他並以南京國民政府綏遠省府委員資格代表綏省府致祭。〔註22〕而蒙政會在禮堂舉行成吉思汗紀念典禮，到有委員索諾木達希、德穆楚克棟魯普等十五人，及全體職員二百餘人。〔註23〕1936 年成吉思汗誕辰大典繼續受到重視，擔任主祭的依舊是伊盟盟長兼綏境蒙政會委員長沙王。蒙藏會也以此次典禮隆重，特派綏沙虎口牧場場長黃夢雄代表前往參加。〔註24〕成吉思汗紀念逐漸成為國人關注的對象。1937 年成吉思汗誕辰，綏遠蒙漢各界人士於是日晨 8 時在公共食堂舉行隆重致祭禮，由綏境蒙政會副委員長阿王主祭。禮畢時已 9 時，接開紀念大會，傅作義主席及各廳長均親臨參加，由土默特旗總管怡祥主席致開會詞，次由傅作義致詞，謂：吾人為紀念成吉思汗立功及其奮鬥精神，同時當排除蒙漢畛域，五族聯合，繼續奮鬥，爭求民族國家之自由平等。綏垣還於下午 2 時在龍泉公園舉行有跳神會，由各喇嘛著袈裟袍假面具，扮

〔註19〕〈修茸成吉思汗陵墓並每年致祭〉，《晨熹》第 18～20 期（1935 年）。
〔註20〕〈內部蒙會呈覆修茸成吉思汗陵墓案〉，《申報》第 2 張第 8 版，1935 年 7 月 20 日；〈請修茸成吉思汗墓〉，《蒙藏月報》第 5 期（1935 年）。
〔註21〕〈成吉思汗陵寢將撥款興修〉，《申報》第 4 版，1937 年 4 月 18 日。
〔註22〕〈成吉思汗誕辰〉，《西北論衡》第 19 期（1935 年）。
〔註23〕〈蒙政會舉行成吉思汗紀念典禮〉，《申報》第 2 張第 7 版，1935 年 4 月 25 日。
〔註24〕〈成吉思汗之陵寢〉，《綏遠農村週刊》第 98 期（1936 年）；〈成吉思汗誕辰綏蒙會將舉行公祭〉，《申報》第 3 張第 9 版，1936 年 4 月 3 日。

廿八星踏舞,作種種表演。晚 7 時則在公共會堂舉行遊藝會。〔註25〕該年南京國民政府蒙藏委員會委員長吳忠信電派該會駐綏調查組主任楊芬,代表該會 5 月 1 日親往伊金霍洛成吉思汗陵寢前致祭。但因路途遙遠,交通不便,直到「本月二日方到達目的地,旋即代表蒙藏委員會謁元太祖陵致祭」,〔註26〕似已錯過成吉思汗誕辰日。成吉思汗相關紀念活動越發豐富。1938 年成吉思汗誕辰由沙王致祭陵墓。〔註27〕由此可見,沙王作為成吉思汗奉祀官,本身即負責成吉思汗祭祀事,若沒有「蒙政會」這一南京國民政府管轄的蒙古自治機構的成立,成吉思汗紀念似沒有成為「國家」紀念的平臺,即難將成吉思汗抬升到全國「公眾」面前。沙王與「蒙政會」相得益彰,成吉思汗紀念「擴大化」,媒體關於成吉思汗紀念的報導也逐漸增多。

　　北平蒙藏學校的紀念較特殊,學校地處北平而多蒙藏籍學生。於「蒙政會」及沙王主導成吉思汗擴大紀念的背景下,1935 年北平蒙藏學校舉行成吉思汗紀念大會,除規模「的確夠得上我們說一句『空前的盛大』了」,還有豐富的遊藝項目,此「實在遠過於歷年遊藝會以上」。紀念活動中強調「蒙藏」特色,不僅是蒙曲、藏歌、藏舞等,「開會儀式」中也有「讀蒙文紀念詞」,標語中有「紀念元太祖的要義在喚起蒙古同胞的民族意識」;「紀念元太祖要鞭策蒙古地方自治政委會努力建設」。不過,值得注意的倒是紀念大會強調成吉思汗於民族國傢具有的象徵意義,當時標語中即有「紀念元太祖要加緊救國家救民族的復興工作」。並且因地處北平,處處也有「漢」的體現,禮堂中即懸掛「蒙漢對聯各一付」;「開會儀式」中有「讀漢文紀念詞」。〔註28〕北平蒙藏學校紀念元太祖應是多年來的習慣,該年成吉思汗紀念正是在國家象徵與地方特色之間徘徊。1936 年北平蒙藏學校紀念成吉思汗大會,則「典儀之隆重,氣勢之活躍,更非昔年可比」。北平蒙藏學校的紀念「處處要使一般蒙人及內地同胞得到深刻印象,冀圖效法先烈之偉大精神,來求民族生存和地位」,正是希望通過民族紀念達到國家目的。當然紀念會依舊是蒙漢雜糅。特別是校門前高搭彩牌樓一架,上邊交插兩柄「黨國大旗」,〔註29〕凸顯國家與

〔註25〕〈成吉思汗誕辰節　綏舉行隆重祭禮〉,《申報》第 4 版,1937 年 5 月 3 日。
〔註26〕邊珉,〈致祭成吉思汗〉,《邊事研究》第 1 期(1937 年)。
〔註27〕〈沙王致祭成吉思汗〉,《蒙藏旬刊》第 1～3 期(1938 年)。
〔註28〕小月,〈北平蒙藏學校紀念元太祖大會誌盛〉,《新蒙古》第 5 期(1935 年)。
〔註29〕記者,〈北平蒙藏學校紀念元太祖成吉思汗大會誌盛〉,《新蒙古》第 1 期(1936 年)。

政黨對成吉思汗象徵資源的徵用。

成吉思汗紀念的擴散則多是時代使然，日本帝國主義的入侵才有蒙古自治機構「蒙政會」的成立。換言之，正因國家處於危難之時，民族臨於多難之秋，才使國家與社會意識到成吉思汗紀念的重要性，才有紀念的擴大化，紀念話語正是成吉思汗正面形象形塑與傳播的重要途徑。

民族危機的加深凸顯成吉思汗形象及其象徵意義的重要性。1935 年北平蒙藏學校成吉思汗紀念大會上，籌備會主席雲文翰解釋爲什麼要紀念成吉思汗：「表揚先烈的偉業而知所愧悔，由愧悔而省悟」；「認清我們當前的危機，而知所奮發，以恢復我們過去歷史的光榮。」〔註 30〕所言無非是要運用成吉思汗紀念增強國人之自信心。1936 年北平蒙藏學校成吉思汗紀念會，該校訓育主任鮑維翰也表示「現在的國家，現在的蒙古，已經到了非常危險時期，吾們尚能在這裡平安念書，實在難得的機會，成吉思汗能在荒涼的漠北振奮起來，我們在這美好的環境裏，難道不能奮勉嗎？」〔註 31〕希望能借助過去成吉思汗的輝煌以實現國家的「奮勉」，現實危難使成吉思汗的價值被重新認識。

紀念話語強調成吉思汗於「民族國家」的價值和意義。時論將成吉思汗視爲「武功之盛，前無古人，後無來者，實開東方有史以來未有之奇局」，並且他作爲「騎兵霸王」的豐功偉績能與拿破崙媲美，於是「凡我將校，莫不負有心腹干城之職責，允宜奮志圖強，步霸王之後塵，使我漢滿蒙回藏一體之大中華民族稱雄於世界」。〔註 32〕紀念成吉思汗試圖振奮「將校」的自信心以抵禦外敵。1936 年北平蒙藏學校成吉思汗紀念會，該校學生周中孚稱：「吾們今天紀念成吉思汗，一方面要景仰他的武功，再方面要效法他的能幹，尤其更要效法用人不分畛域的精神。我們五大民族，打破一切畛域思想，來進行爲國家爲民族的事情才好。」報導此次紀念會的記者也指出：「元太祖成吉斯汗當年縱橫歐亞，爲全國爭光榮，不惜頭顱熱血的犧牲，爭取民族之地位，其種種佳績良猷，殊可紀念。」〔註 33〕成吉思汗對於國家的借鑒意義被特別

〔註 30〕小月，〈北平蒙藏學校紀念元太祖大會誌盛〉，《新蒙古》第 5 期（1935 年）。
〔註 31〕記者，〈北平蒙藏學校紀念元太祖成吉思汗大會誌盛〉，《新蒙古》第 1 期（1936 年）。
〔註 32〕〈成吉思汗傳略〉，《騎兵雜誌》第 4 期（1934 年）。
〔註 33〕記者，〈北平蒙藏學校紀念元太祖成吉思汗大會誌盛〉，《新蒙古》第 1 期（1936 年）。

強調。「冷香」覺得「成吉思汗子孫」的字樣被「表示乃特指蒙古民族而言」，但是「蒙古民族，這一個專門名詞，在今日已經消滅了，是與大漢民族一樣的，業已結束了」。現今只有「中華民族」，所以「我們要承認成吉思汗是我們中華民族古代的偉人。」〔註34〕由此將成吉思汗置於「中華民族」視域考慮，並不是狹隘的「蒙古民族」，成吉思汗被建構成中華民族的英雄。

成吉思汗的「世界」價值和意義也是紀念話語闡述和詮釋的重點。時人不僅認爲「成吉思汗」是「英雄簿上一位非常重要的人物」，也是英雄中「有國際地位」者。〔註35〕有論者強調「元太祖統一歐亞兩洲之後，可以說與全世界的民族聚首相見，東西洋的文化彼此溝通」，並且他具有「民主共和的精神」和「大同的思想」，從而將成吉思汗的歷史功績轉換成現代性價值，強調紀念成吉思汗的必要性和重要性，要「站在全世界民族的立場上來紀念」。〔註36〕1935年北平蒙藏學校成吉思汗紀念大會上，蒙藏學校校長指出「元太祖是世界上最偉大的英雄」。該校教務長吳英荃則將成吉思汗與希臘之亞歷山大、法國之拿破崙並列，稱爲「世界歷史上有統一世界理想之大英雄」者，強調「他不但不是破壞世界文明的侵略者，而且是一位促進世界文明者」。〔註37〕紀念話語將成吉思汗的正面英雄形象傳播開來。1936年「若谷」的紀念文章將成吉思汗形容爲「中古世紀東方唯一的世界偉人」，並稱其爲「溝通東西文化的第一個開路先鋒」與「一個具有雄才的大軍事家兼大政治家」，甚至「無論亞歷山大、拿破崙等，不能和他相提並論」。〔註38〕成吉思汗的價值與意義進一步放大，直達世界大英雄。

紀念話語爲了建構成吉思汗的正面形象，將某些與成吉思汗有關的具有爭議性的內容淡化，甚或做正面處理，以此爲現實服務。暴逎權將成吉思汗的帝國和政策與現代帝國主義作出區分，認爲「元太祖之於歐洲，不是侵略，也不是要消滅花刺子模，是爲維持公理，是爲保存民族的地位」。〔註39〕呂知止道出現實社會中存在對成吉思汗「尊如超人的神明」與「野蠻的惡魔」的

〔註34〕冷香，〈成吉思汗子孫〉，《星華》第29期（1936年）。
〔註35〕茂華，〈雜譚英雄〉，《申報》本埠增刊第1版，1934年9月14日。
〔註36〕暴逎權，〈紀念元太祖成吉思汗之意義〉，《新蒙古》第5期（1934年）。
〔註37〕小月，〈北平蒙藏學校紀念元太祖大會誌盛〉，《新蒙古》第5期（1935年）。
〔註38〕若谷，〈七百年前的英名還在　成吉思汗的偉績　紀念鐵木眞的誕辰〉，《申報》
　　　　第2張第7版，1936年4月13日。
〔註39〕暴逎權，〈紀念元太祖成吉思汗之意義〉，《新蒙古》第5期（1934年）。

兩種截然不同的評價，也承認「他的殘酷橫暴，固然是千眞萬確的事實」，但是「比起各時代的侵略者，尤其是啓迪黑人文化掩護其用飛機肆行轟炸無辜的國家，假藉共存共榮暗施其侵略魔手的無賴，似乎還是那中世紀的魔王更具備一些『人性』」。論者不僅爲成吉思汗開脫，且「影射」現實政治，即日本帝國主義的野蠻，覺得成吉思汗的「侵略」往往有「一些不得已的理由」，且「只是用之於戰時」。主觀上成吉思汗「確已盡了一個游牧部落的最大使命。在客觀上他的蹂躪文化，正是爲新的文化開闢一條新的道路」。〔註40〕論者試圖重新定義成吉思汗的行爲，盡可能發掘其積極內涵。

據筆者考證，1935 年即出現用「民族英雄」形容成吉思汗者。當時有言：「成吉思汗是一個偉大的民族英雄，所以他的遺物，在蒙古人看起來，都覺得十分寶貴的。」〔註41〕該「民族英雄」的含義較模糊，不知是蒙古族英雄抑或中華民族英雄。但「文強」的紀念文章明確將成吉思汗視作中華民族的民族英雄，將之與亞歷山大等相提並論，稱：「數到中國的歷史上的英雄，便頓時想到以武力橫掃歐亞兩大洲的元太祖成吉思汗，這個雄才偉略曠世的大民族英雄，爲中華民族史放一彪炳的異彩。」〔註42〕記憶昔日英雄風采，無非是爲強調現實的困境。1936 年，其中一期《學校生活》的封面刊有「民族大英雄成吉思汗像」，有「編者的話」強調「當元盛時，疆土擴拓至歐洲，世界各國聞名喪膽」，現今「則疆宇日蹙，世人亦咄咄逼我，憶往瞻來，應加奮勉」，如此即將「舉行成吉思汗大祭典禮，特揭此像，用示青年」。〔註43〕「憶往瞻來，應加奮勉」道出重新發現成吉思汗歷史記憶的現實訴求。1937 年一則關於成吉思汗陵墓修葺的報導直接稱「我國民族英雄成吉思汗」。〔註44〕民族英雄之「民族」被確定爲「中華民族」。

成吉思汗紀念的擴散和話語的建構與傳播，製造出一個「偉大」與「英雄」的成吉思汗。此後隨著全面抗戰爆發和中華民族反侵略的深入，成吉思汗紀念也進一步強化，成爲政黨的重要紀念活動逐漸浮出水面，賦以相對穩固的意義與內涵。

〔註40〕呂知止，〈成吉思汗逝世七百十年祭〉，《西北嚮導》第 3 期（1936 年）。
〔註41〕陳汝惠，〈成吉思汗的陵寢〉，《常識畫報》第 10 期（1935 年）。
〔註42〕文強，〈曠世英雄成吉思汗〉，《警光週刊》第 16 期（1935 年）。
〔註43〕〈編者的話〉，《學校生活》第 136 期（1936 年）。
〔註44〕〈興修成吉思汗陵寢〉，《邊疆半月刊》第 8 期（1937 年）；〈政院撥款興修成吉思汗陵寢〉，《蒙藏月報》第 1 期（1937 年）。

三、成吉思汗陵墓遷移與政治的表演

「蒙政會」的成立促使成吉思汗進入公眾視野，但其內部人員相當複雜，如秘書長德王屬親日派。1935 年日本侵略軍直犯察哈爾、綏遠等地區後，德王公然投靠日本帝國主義，成立「蒙疆聯合自治政府」。如前文所述，成吉思汗陵寢所在地雖有爭議，但後來一般「象徵性」的認為在伊克召盟郡王旗內伊金霍洛，每年三月均有蒙古同胞的祭祀典禮。據「秋生」所言：成吉思汗誕辰時在伊金霍洛形成了「極熱鬧的集市」，只是「近年來已漸式微」，特別是「自抗戰發動以來，察綏相繼淪陷，大汗的後裔當中竟也有一些引狼入室甘為傀儡的不肖子孫，不但身屈自污。甚且還覷覦到先人的骸骨，兩年來的大祭盛典，不消說已是無從舉行了」。〔註45〕國難發生後民族地區的新動向使成吉思汗自然出現在公眾面前，而不得不採取對策以行挽救。日本佔領綏遠後就有傳聞：「日寇要來盜取大汗的陵寢」，甚至於「這是日寇的一個奸計」。〔註46〕日本帝國主義無非希望從象徵意義上攝取「正統」，試圖瓦解蒙古同胞並獲得支持。所謂「╳╳與德王為圖聯絡蒙民，近竟密遣漢奸赴伊金霍洛，盜劫成吉思汗遺骸，擬移葬于歸綏，以資號召。事為伊金霍洛及各盟旗王公蒙民察覺」。〔註47〕「號召蒙旗，欺騙世人」之心路人皆知，日本「慫恿德王盜取成吉思汗陵寢」。面對如此威脅，沙王即向中央建議希望將陵寢奉移至安全地帶。〔註48〕正因特殊時代背景，成吉思汗陵寢與民族大義和國家榮辱扯上關係，成為搶奪的「政治資源」，成吉思汗陵寢的遷移也成為政治任務。

時人於此已有不少認識，深知大義所在。蒙藏委員會曾做出聲明：

> 自抗戰發動以還，敵人摧毀文化，炸毀古蹟，分化團結，種種毒計，不遺餘力。尤以對於蒙古同胞，更極盡離間威脅之能事。無如我蒙古同胞，深明大義，在中央抗戰國策之下，精誠團結，努力奮鬥。如伊克召盟沙盟長等，均跋涉遠道來渝，共襄國事，即其一例。敵計既不售，乃圖盜取或炸毀成吉思汗陵寢，冀藉此報復舊仇，威脅蒙胞。

〔註45〕秋生，〈從成吉思汗靈寢內移說起〉，《現代中國》第 12 期（1939 年）。

〔註46〕〈奉移成吉思汗靈柩　沿途民眾熱烈歡迎〉，《邊疆通信報》第 4 期（1939 年）。

〔註47〕〈德王醜行〉，《大公報》（香港）第 1 張第 3 版，1939 年 2 月 26 日。

〔註48〕〈奉移成吉思汗陵寢——蒙委會派專員辦理〉，《重慶各報聯合版》第 2 版，1939 年 6 月 18 日。

時沙盟長適在重慶，聞訊之餘，異常痛憤。當以兼任吉農職司護靈，並與各蒙胞首領籌商之結果，決向中央呈請奉移陵寢，以策安全。中央以成吉思汗爲內外蒙及寧青新各省區內蒙胞偉大祖先，其豐功偉烈，震爍古今。匪獨中國所推尊，抑亦世界所景仰。

其孫元世祖兩度征倭，而倭至今尤深戰慄，懷恨極深，無時不謀報復，尤其志在併吞大陸，必須破壞各民族固有文化。則盜炸陵寢之陰謀，當非謠傳。中央追維遺烈，極爲軫念，遂徇沙盟長之請，當派定沙克都爾札布爲起陵主祭官，圖布陞濟爾噶勒等七人爲起陵致祭官，貢帙札布、楚明善、唐井然三人爲護送專員。〔註49〕

蒙藏委員會顯然不是在一般意義上認識成吉思汗陵的遷移，而是將之作爲國難之下「深明大義」的體現。「1939 年 6 月 9 日，沙王、鄧寶珊、高雙成、何柱國、石華岩、榮祥、袁慶增（傅作義代表）、白海風、楚明善、唐井然、陳玉甲等蒙漢大員，分別在伊金霍洛、蘇定霍洛兩地致祭成吉思汗陵寢，及其遺劍，祭畢即奉移，沙王本兼任陵寢主祭官吉農，因事繁，圖王擔任吉農一職。奉移陵寢爲三百年來大事，護陵蒙人達爾哈特有一部隨行，吉農並派貢帙札布爲護陵專員。抗戰成功後，當仍移回伊金霍洛，並將盛修伊金霍洛陵寢。」〔註50〕國民政府將成吉思汗陵寢遷移至內地，顯然保護「成吉思汗」，運用成吉思汗這一政治資源進行自身權威或政治權力的打造。該次遷移的政治操演給社會，特別是沿途民眾產生了很大影響，強化了人們對成吉思汗的記憶，進一步建構出成吉思汗的國家意象。

成吉思汗陵寢於 6 月 15 日過榆林南下，陵寢由北門進入，穿城而過，未停留即出南門。榆城全市懸旗，出城列隊歡迎之公務員、軍隊、學生、商民綿亘數里。奉移陵寢大隊到達時全城鳴放爆竹。〔註51〕成吉思汗陵寢從榆林向南遷移，24 日到達咸陽。靈櫬車於 25 日下午 5 時由咸陽啓程，6 時安達西安郊外。靈車上懸掛黨國旗及紅黃彩綢。車停後各界即舉行迎祭，由蔣鼎文主祭，行禮後靈車啓行。早晨 7 時入安定門，街衢懸旗結綵，遍設路祭，鞭

〔註49〕〈成吉思汗陵寢奉移動經過〉，《重慶各報聯合版》第 2 版，1939 年 6 月 19 日；吳大鈞，〈奉移成吉思汗陵寢經過〉，《時事月報》第 1 期（1939 年）。
〔註50〕〈奉移成吉思汗陵寢──蒙委會派專員辦理〉，《重慶各報聯合版》第 2 版，1939 年 6 月 18 日。
〔註51〕〈成吉思汗陵寢隆重遷移中〉，《大公報》（香港）第 1 張第 3 版，1939 年 6 月 18 日。

爆聲響徹雲霄，沿街萬人空巷。8 時靈櫬始抵禮堂。8 時半祭禮開始，主祭官蔣鼎文，陪祭官周心萬等三十餘人，先舉行公祭，由各機關團體學校分別致祭。迄 11 時許始畢。蔣鼎文還於 25 日晚設宴招待此次護靈之人員。〔註 52〕成吉思汗靈車上覆「黨國旗」及紅黃彩綢，顯示出成吉思汗陵寢遷移的政治性操演，表明國家的涉入，成為「黨國」象徵物。當晚各界代表及民眾數萬人舉行公祭，以蔣鼎文為主祭官。祭堂內懸有各方致祭輓聯，如國民黨陝西省黨部輓聯：「毋忘大汗遺訓，廣土眾民，欲禦敵，要合眾心為一」；「實行總理主義，抗戰建國，進大同，必須意志集中。」陝西教育廳廳長王捷三輓聯：「偉烈邁中西，屈指民族英雄，公自大名垂宇宙」；「馨香崇報享，傷心河山破碎，我於此處拜威靈。」〔註 53〕輓聯上下聯之對照比擬，凸顯成吉思汗功績的同時，也在強調政治目的和內涵。26 日繼續南遷。7 月 1 日安抵甘肅興隆山某寺廟，具體地點保密。甘肅省主席朱紹良親自主持安靈大祭。佛殿四周，幔以黃綾，成陵居中，右為太祖御劍，左為太祖福晉靈櫬，祭儀嚴肅。至此，成陵奉移大典乃告完成。〔註 54〕成陵遷移過程中每到一處皆有盛大祭祀儀式。

　　其中，成吉思汗陵寢於 6 月 21 日抵達延安，中國共產黨於主辦的《新中華報》有詳盡描述，可見中國共產黨之相當重視。延安方面 6 月 18 日即在十里鋪專門成立迎靈辦事處，連日籌備發起盛大祭典。延安市各機關、學校、部隊人員均於 21 日清晨齊赴十里鋪，共百十餘單位近萬餘人。十里鋪前用布幔布置一靈堂，中央懸「世界巨人」的橫額，兩旁懸「蒙漢兩大民族更親密的團結起來！」「承認成吉思汗精神堅持抗戰到底！」聯語。靈堂前用翠草鮮花扎成高大牌樓一座，「恭迎成吉思汗陵寢」的匾額橫懸在牌樓。11 時靈車前後由軍憲護衛慢慢駛來，歡迎群眾高呼：「保衛伊金霍洛，保衛內蒙，保衛中國！」「蒙漢聯合起來打倒日本帝國主義！」汽車將靈寢載入靈堂，祭禮開始。12 時許祭禮完成。翌晨，延安市各機關學校代表均齊赴南門外大操場歡送，蒙民同胞揮手示別，「世界巨人」的靈寢離延南下。〔註 55〕延安民眾感受著成

〔註 52〕〈成吉思汗陵寢由西安西運〉，《大公報》（香港）第 1 張第 3 版，1939 年 6 月 27 日。

〔註 53〕〈成吉思汗遺像〉，《抗建三日刊》第 7 期（1939 年）。

〔註 54〕〈成吉思汗靈櫬過省〉，《抗建三日刊》第 7 期（1939 年）；〈蒙古英雄成吉思汗靈寢遷移〉，《中華》第 80 期（1939 年）。

〔註 55〕〈本市各界人士隆重舉行成吉思汗祭典〉，《新中華報》第 3 版，1939 年 6 月 27 日。

吉思汗靈寢的到來。中國共產黨祭文中有言「日寇逞兵，爲禍中國，不分蒙漢，如出一轍。嚚然反共，實則殘良，漢蒙各族，皆眼中釘。乃有姦人，蠢然附敵，漢有漢奸，蒙有蒙賊。驅除敗類，整我陣容，抗戰到底，大義是宏。頑固份子，準投降派，磨擦愈凶，敵愈稱快。鞏固團結，唯一方針，有破壞者，群起而攻。元朝太祖，世界英傑，今日郊迎，河山生色。而今而後，五族一家，眞正團結，唯敵是摑。平等自由，共同目的，道路雖艱，在乎努力。艱苦奮鬥，共產黨人。煌煌綱領，救國救民」。〔註56〕成吉思汗靈寢過延安的祭祀場面難說有何特別，但附以「祭文」，則表明中國共產黨反對敵寇和漢奸同時，也闡明「救國救民」之綱領和宗旨，及自身的政治主張和意圖。

　　成吉思汗本是中國歷史上諸多政治領袖人物之一，但因特殊原因被賦以時代蘊含，其陵寢也受到國家關注，爲了適應抗戰需要甚而有遷移之舉。時人稱「此度奉移內遷，自屬賢明舉措，足見中央在軍書旁午戎馬倥傯中，並未忽略對於邊民的愛護」。〔註57〕成吉思汗陵寢受到格外重視，靈寢遷移也成爲政治行動，將幾年前尚屬蒙古族英雄的成吉思汗抬升至國家舞臺進行操演，強化相關歷史記憶。當時奉移成陵的蒙古護送人員也意識到此番行動的「政治內涵」，隨護成陵的達爾哈特人通電全國：「移我太祖靈櫬於安全地帶。對我專司守陵之達爾哈特五百戶，不但不使我等因移陵發生任何不安；且每戶每人發放補助費，仰見對我蒙古同胞關懷之切，非但生者深蒙大恩，即我太祖亦當可慰其在天之靈。茲謹率全體守陵達爾哈特，誓本我太祖殲滅倭寇遺志，竭誠擁護最高領袖，抗戰到底，以完成建國使命，復興民族大業。」〔註58〕同樣，護送專員貢帙札布也稱：「此次移陵，於整個中華民族身上說是一件大事；我們的祖先成吉思汗曾有抗日的遺志，現在我們抗戰，如果大汗在天有知，當含笑預祝勝利。此次移陵意義重大，一切可表現蒙旗同胞抗戰的決心。我們當誓死擁護中央，抗戰到底，爭取最後勝利，復興中華民族。」〔註59〕成吉思汗陵墓的遷移與抗戰建構起直接關係，爲少數民族抗戰行動的鋪墊，使他們有抗戰到底、復興民族的決心。沙王表示：「布爲繼承世祖剿倭未遂之志，敬告在天之靈，祈禱默祐，事畢遄返，率領蒙古健兒與倭奮鬥，任

〔註56〕〈祭文〉，《新中華報》第 3 版，1939 年 6 月 27 日。
〔註57〕秋生，〈從成吉思汗靈寢內移說起〉，《現代中國》第 12 期（1939 年）。
〔註58〕〈成吉思汗移陵蒙人表示讚助〉，《大公報》（香港）第 1 張第 3 版，1939 年 6 月 23 日。
〔註59〕〈奉移成吉思汗靈櫬　沿途民眾熱烈歡迎〉，《邊疆通信報》第 4 期（1939 年）。

何犧牲，決不顧惜。」〔註60〕他希望蒙古祖先成吉思汗在天之靈能時加祐護。也因抗戰中沙王的政治立場和民族精神，被譽爲「成吉思汗的繼承者」：「他在妖氛彌漫綏包的前夕，堅決拒絕了日寇的誘逼，率著全體工作人員，轉進伊盟，致力抗建工作，他在蒙旗中的人望因此更形提高。在人們目光中，沙王簡直是成吉思汗再世，沒有一個人談起內蒙時不稱頌這位遠識卓見的沙王。」〔註61〕「成吉思汗」更多了一層政治蘊含，試圖將成吉思汗的象徵意義化爲抗戰行動這一表徵，爲現實服務。

成吉思汗陵寢遷移後，沙王與地方政府去「某地」或在伊金霍洛多有紀念。1940年成吉思汗誕辰，因陵寢「奉移於某地」，沙王自伊盟啓程親往致祭，並受沿途軍政當局致電歡迎。〔註62〕甘肅省政府主席朱紹良則派民政廳廳長施奎齡致祭，先後獻花圈哈達獻燈，並讀祭文。祭畢，又由阿拉善旗親王兼蒙藏委員達理札雅致祭。〔註63〕1941年1月，蒙藏委員會委員長吳忠信率領黨政工作考察團前往西北，臨行前奉蔣介石諭，抵達甘肅後即代表致祭成吉思汗陵寢。後於3日晨協同該地黨政機關各界首長二百餘人專車前往某地行祭典。吳忠信主祭，行禮如儀後宣讀蔣介石祭文。〔註64〕1941年成吉思汗誕辰，沙王親自主持伊金霍洛盛大集會。甘肅省政府主席谷正倫則親往某地致祭成陵。〔註65〕1942年5月5日，谷正倫偕高一涵等前往某地致祭。〔註66〕成吉思汗陵寢被「政治遷移」，形象建構也逐漸從地方走向「民族國家」。相關紀念活動自始至終未上升到國家紀念層面，多屬地方紀念，但有了更多政治蘊含，不再停留於蒙古地方或蒙古人的紀念。

四、成吉思汗紀念「常規化」與中共民族政策的宣揚

成吉思汗陵寢的遷移進一步擴大了公眾影響，同時中國共產黨與國民政

〔註60〕〈沙王啓節去興隆山 祭拜成吉思汗陵〉，《邊疆通信報》總第18期（1940年）。

〔註61〕李國青，〈成吉思汗的繼承者——沙王〉，《塞風》第13〜14期（1941年）。

〔註62〕〈沙王自伊盟起程致祭成吉思汗〉，《申報》第3版，1940年3月3日。

〔註63〕〈成吉思汗誕辰 甘主席派代表致祭〉，《大公報》（香港）第1張第3版，1940年4月30日。

〔註64〕〈蔣委長代表吳忠信致祭成吉思汗陵寢〉，《大公報》（香港）第1張第3版，1941年11月10日。

〔註65〕〈甘綏寧各界祭成吉思汗〉，《大公報》（香港）第1張第3版，1941年4月19日。

〔註66〕〈谷正倫等致祭成吉思汗陵寢〉，《申報》第3版，1942年5月7日。

府也加強了成吉思汗紀念，特別是中國共產黨十分重視，賦予其豐富政治內涵。實際上中國共產黨也正是於紀念過程中塑造和建構成吉思汗形象，表達政治訴求，宣揚民族政策。

中國共產黨特別注重少數民族工作，專門成立蒙古文化促進會。1940 年 3 月 31 日下午 6 時，延安召開蒙古文化促進會成立大會，將少數民族文化的推崇提升至組織制度層面。大會主席臺高懸成吉思汗眞像。延安政要毛澤東、朱德、王明、洛甫、周恩來、王稼祥、外蒙古人民共和國主席阿木耳、伊克召盟盟長沙王，以及孫科、于右任、宋慶齡等爲大會名譽主席團，吳玉章、林伯渠、李富春、高崗、羅邁、烏勒圖那索圖、阿拉騰札布、高自立、蕭勁光等爲大會主席團，可見大會之規格。既然是蒙古文化促進會，作爲蒙古族與蒙古文化代表和象徵的「成吉思汗」自然是重要宣傳對象。雖名爲蒙古文化促進會成立大會，也是中國共產黨實施各民族團結平等政策的一次實踐運作。此次成立大會到有蒙、漢、藏、回等五族同胞和安南、朝鮮等少數民族代表及各機關學校代表千餘人。當時報導稱：「許多東方被壓迫的弱小民族代表濟濟一堂，融洽團結的精神充滿會場。」話語政治化的將少數民族表述爲「被壓迫」民族。艾思奇也將蒙古文化促進會成立的意義進一步提升：「在現在我們成立大會上，我們看，不但只有四五十位蒙古同志參加，而且有許多回回民族、藏民族、朝鮮民族、臺灣民族，以至於安南民族參加，使我們的蒙古文化促進會，儼然成了一個偉大的被壓迫民族協進會，這不能不說是我們的光榮，同時對於各方面同志的熱心幫助和踴躍參加，也不能不在這裡深致謝意，願我們一切民族緊密的團結起來，打倒日本帝國主義，建立自由幸福的新中國，新世界！」〔註 67〕此正是中國共產黨的主要目的所在，蒙古文化促進會不僅是針對蒙古族，也是爲整個中華民族內的各民族，利用這麼一個機構以宣揚自身主張的民族團結平等政策，使各弱小民族獲得眞正的解放和自由。

蒙古文化促進會成立後立即開展了與成吉思汗相關的活動。成吉思汗陵寢安全遷移後，一部分護送人員北返，於 1940 年 4 月 16 日抵達延安。16 日下午蒙古文化促進會在「交際處」舉行歡迎座談會，招待全體蒙古同胞與同行諸人。「席間蒙漢兩民族歡聚一堂，團結愉快之情緒於言表，暢談直至入夜。」

〔註67〕 郁，〈各民族代表歡聚一堂　蒙古文化促進會正式成立〉，《新中華報》第 3 版，1940 年 4 月 19 日。

〔註68〕蒙古文化促進會還主導成吉思汗紀念堂暨蒙古文化陳列館建設。1940年7月24日爲蒙古人民夏季公祭成吉思汗之期。臨近之際延安各界經毛澤東、朱德等發起將於該日舉行紀念大會並成吉思汗紀念堂暨蒙古文化陳列館落成典禮。延安黨政軍民學各界在文化俱樂部召開成吉思汗紀念大會籌備會，由蒙古文化促進會主持。成吉思汗紀念堂暨蒙古文化陳列館籌建過程中，「通知各機關、學校、部隊、團體等向成吉思汗紀念堂送陳紀念物品」交蒙古文化促進會收；且正式舉行落成典禮之日「所有蒙古文化促進會會員應一律參加。」〔註69〕成吉思汗與蒙古文化在某種意義上被劃上等號，正式機構的成立更有利於成吉思汗紀念活動的開展。

中國共產黨除成立機構、建設紀念堂紀念成吉思汗，幾乎每年還要舉行隆重的常規化紀念大會。紀念堂建成後隨即成爲舉行成吉思汗紀念大會的空間場地，並且每次紀念大會均有一番布置，營造紀念氛圍。如，「1940年7月24日夏季公祭成吉思汗，也是成吉思汗紀念堂落成。紅色的橫聯題著「成吉思汗紀念堂」幾個大字，下面又懸著黃色的題爲「世界巨人」的橫匾。主席臺當中懸有成吉思汗的畫像，兩旁懸有馬、恩、列、斯，及毛澤東同志的畫像，古今世界巨人會萃一堂。」〔註70〕成吉思汗乃「世界巨人」、「民族偉人」，特別是紀念現場將其畫像與馬、恩、列、斯、毛畫像置於一起，體現出中國共產黨對成吉思汗符號的運用和整合。1942年延安各界春季公祭成吉思汗紀念大會，成吉思汗紀念堂莊嚴肅穆。祭堂中央端置成吉思汗石膏像，周圍貼掛蒙古人民生活風俗的速寫。喇嘛三人盤地念經。〔註71〕1944年成吉思汗春祭的成吉思汗紀念堂，莊嚴的成吉思汗石膏像前堆著供品、全羊和五杯清澈的酒水，四周貼滿蒙文美術標語。會場搖鼓銅鈴和喇嘛誦經之聲悠揚可聞。〔註72〕成吉思汗紀念堂的空間布置與營造以「成吉思汗」爲核心，飾以蒙古文化，「圖像」與「聲音」融爲一體。於此空間氛圍下操演紀念儀式。

〔註68〕張，〈成吉思汗靈柩已安抵某地　護送人員歸來路過延安〉，《新中華報》第3版，1940年4月23日。

〔註69〕吉，〈毛澤東朱德等同志發起公祭成吉思汗〉，《新中華報》第3版，1940年7月12日。

〔註70〕〈延安各界舉行成吉思汗夏季公祭　全國各民族團結抗戰到底　建立新民主主義的共和國〉，《新中華報》第5版，1940年7月30日。

〔註71〕〈延安各界舉行成吉思汗公祭大典〉，《解放日報》第2版，1942年5月6日。

〔註72〕〈本市蒙胞及各界代表紀念成吉思汗〉，《解放日報》第1版，1944年4月14日。

成吉思汗紀念大會有一定儀式程序。不過，儀節並不固定，抑或中國共產黨並未從官方層面考慮具體儀節。如，1940 年成吉思汗紀念大會亦是紀念堂落成典禮，故應照顧到兩方面。紀念儀式有兩部分：各代表講話與祭祀儀式。代表講話中不僅有中國共產黨代表人物，也有不同民族代表人物，[註73]從中或能顯示紀念本身追求各民族平等與團結的意圖與目的。1944 年成吉思汗紀念會，延安全體蒙胞、各少數民族暨各機關學校代表百餘人前往奠祭，全體蒙古同胞以極虔誠的心情為其英雄先祖敬香、敬酒、敬表，和獻饗品、哈達等。最後繼以蒙漢兩種語言誦讀成吉思汗祭文。[註74]紀念儀式程序無不尊重蒙古文化與習俗，同時也凸顯出紀念會參與民族的廣泛性，體現出「民族團結」與「民族平等」。

紀念大會上有報告、講話、演講等，通過話語傳遞著紀念主旨。若說空間氛圍的營造、紀念儀式的操演間接表達紀念大會主辦者意圖，紀念話語則更為直接的體現出紀念目的。中國共產黨成吉思汗紀念話語中充斥著民族「團結」、「平等」等字眼。正因要表達自身政治訴求，則會有一定的語言論證邏輯。

首先，紀念話語發掘成吉思汗的歷史記憶，稱頌其偉大功績。1940 年成吉思汗紀念會上，吳玉章的講話強調成吉思汗是「中華民族歷史上一個偉大的人物」，肯定「成吉思汗由很小的被壓迫的部落振作起來，為民族雪恥，為父兄報仇，抵抗外族侵略，打敗了強大的金國」。國難背景下重新發掘成吉思汗歷史記憶資源。他並進一步追述成吉思汗「不僅能團結本民族，並能團結被壓迫的各民族」，以獲得成功。王明也認為成吉思汗「能團結蒙古民族，反抗異族侵略」，所以他才能「縱橫歐亞兩」。[註75]紀念會上其他各代表也有著相同思路。1941 年成吉思汗紀念會上，朱德指出：「成吉思汗是民族英雄，他打退了強鄰的進攻」。[註76]紀念話語多讚美成吉思汗取得的歷史功績。吳玉章在 1942 年成吉思汗紀念會上認為成吉思汗的功績「為蒙古人所崇拜，為

〔註73〕〈延安各界舉行成吉思汗夏季公祭 全國各民族團結抗戰到底 建立新民主主義的共和國〉，《新中華報》第 5 版，1940 年 7 月 30 日。

〔註74〕〈本市蒙胞及各界代表紀念成吉思汗〉，《解放日報》第 1 版，1944 年 4 月 14 日。

〔註75〕〈延安各界舉行成吉思汗夏季公祭 全國各民族團結抗戰到底 建立新民主主義的共和國〉，《新中華報》第 5 版，1940 年 7 月 30 日。

〔註76〕杜映，〈本市各界舉行成吉思汗春季公祭〉，《新中華報》第 3 版，1941 年 4 月 27 日。

世界人士所稱道,他建立過地跨歐亞的一個大國家,他能團結民族來抵禦外侮,始終以不屈不撓的精神和敵人搏鬥,成吉思汗事業的成功,由於他能團結人民、甘苦與共,建立了新的社會秩序和正義」。〔註77〕紀念話語強調成吉思汗功績,紀念祭文也不例外。1941年成吉思汗紀念會「祭文」中有言:「籲維大帝,自幼誓雪,不屈不撓,蒙古之英。整軍經武,發奮圖存,團結同族,擊退強鄰,征騎四出,歐亞同驚。帝之遺澤兮,式繼式承;帝之遺教兮,式軾式弔;帝之智勇兮,舉世同欽。」〔註78〕紀念話語稱頌成吉思汗取得的成績,目的在抗戰之際提升民族自信心和凝聚力,也是現實政治需求的反映。

其次,紀念話語強調成吉思汗的民族精神,爲抗日戰爭服務。中國共產黨紀念成吉思汗意在讚頌其精神力量,爲現實抗戰服務。1940年成吉思汗紀念大會上,吳玉章的報告稱紀念成吉思汗「就是要發揚我民族團結禦侮的偉大精神,團結國內各民族爭取抗戰勝利」。朱德也認爲「我們今天來紀念他,要效法他抵抗侵略的精神」。回民代表阿洪也直截了當的指出要「和蒙古同胞學習成吉思汗禦侮的精神,聯合起來打倒日本帝國主義」。〔註79〕國家處於特殊危難之際,精神的力量顯得尤爲重要。羅邁在1941年成吉思汗紀念會上闡述了紀念成吉思汗的四點意義,其中兩點指向「民族精神」:「學習成吉思汗『團結內部,擊退外敵』的民族精神」;「幫助蒙古同胞復活成吉思汗的民族精神」。藏民代表天保認爲紀念成吉思汗要學習他的「內部團結,擊退強敵」的精神。〔註80〕該「民族精神」應是中華民族精神,成吉思汗不僅是蒙古族代表,也是整個中華民族代表,其意義與範疇的擴大正符合抗戰需要,希望各族人民團結起來共同抗擊日本的侵略。烏蘭夫於1944年成吉思汗春祭發表紀念文章,稱成吉思汗「那種反抗侵略,團結禦侮的偉大精神,實是使弱小的蒙古民族,一變而爲威震寰宇的強大民族的重要因素,繼續這種光輝的傳統,是我們每一個成吉思汗的子孫在今天對日抗戰中應有的精神」。〔註81〕實

〔註77〕〈延安各界舉行成吉思汗公祭大典〉,《解放日報》第2版,1942年5月6日。

〔註78〕〈祭文〉,〈本市各界舉行成吉思汗春季公祭〉,《新中華報》第3版,1941年4月27日。

〔註79〕〈延安各界舉行成吉思汗夏季公祭 全國各民族團結抗戰到底 建立新民主主義的共和國〉,《新中華報》第5版,1940年7月30日。

〔註80〕杜映,〈本市各界舉行成吉思汗春季公祭〉,《新中華報》第3版,1941年4月27日。

〔註81〕烏蘭夫,〈紀念蒙古民族的先祖——成吉思汗〉,《解放日報》第1版,1944年4月14日。

際上書寫和強化成吉思汗民族精神，意在配合當前抗戰需要，為抗戰提供精神動力。

最後，紀念話語出於現實政治需要，宣揚民族政策與綱領。中國共產黨顯然是因現實環境而紀念成吉思汗，具體而言，既提倡民族團結、民族平等的民族政策。因成吉思汗本屬蒙古族人物，現今中國共產黨來紀念這麼一個少數民族人物，自然能起到民族團結和民族平等的作用。1940 年成吉思汗紀念會上，董必武覺得紀念成吉思汗「要實行民族平等，研究優良的蒙古文化，將它繼承和發揚起來，構成新民主主義文化的一部分」。並且「我們要認清和反對日寇的分裂陰謀，團結國內各民族，共同打倒日本帝國主義，爭取抗戰最後勝利。」從大會最後呼喊的口號也不難看出紀念成吉思汗的用意：「紀念成吉思汗蒙漢兩大民族聯合抗日」；「紀念成吉思汗實現蒙漢兩大民族的平等」。〔註82〕其實，尊重和發揚蒙古文化本身即民族平等的表現。1941 年成吉思汗紀念，邊區政府代表王子宣舉例說明「邊區對少數民族特別優待」，尋求「邊區內部及邊區周圍民族的親密團結」，〔註83〕以此實現民族平等和民族團結。1942 年成吉思汗紀念會，邊府委員那素滴勒蓋稱：「我們蒙古人要以成吉思汗的精神來團結各民族，我們蒙古同胞的內部，也要以誠相見，在生產上，工作上，學習上來幫助邊區政府。只要全中國的民族團結起來，一定可以戰勝我們的共同敵人——日本強盜。」〔註 84〕烏蘭夫關於成吉思汗的紀念文章中，非常清晰的闡述了共產黨「團結平等的民族政策」。〔註85〕中國共產黨通過成吉思汗紀念宣揚其民族團結平等的政策，團結一切可以團結的力量，為抗日戰爭貢獻著自身的智慧。

紀念活動往往是政治意識形態的操演，其中多少隱含有政治的對抗和鬥爭。抗戰時期成吉思汗紀念也不例外，除了應對國難外，因處特殊時期，其中還隱含有國共矛盾。1941 年延安各界成吉思汗紀念大會，羅邁指出：「國民黨上層現在歪曲了孫中山先生的民族平等政策。修改民族平等變為民族

〔註82〕 〈延安各界舉行成吉思汗夏季公祭　全國各民族團結抗戰到底　建立新民主主義的共和國〉，《新中華報》第 5 版，1940 年 7 月 30 日。
〔註83〕 杜映，〈本市各界舉行成吉思汗春季公祭〉，《新中華報》第 3 版，1941 年 4 月 27 日。
〔註84〕 〈延安各界舉行成吉思汗公祭大典〉，《解放日報》第 2 版，1942 年 5 月 6 日。
〔註85〕 烏蘭夫，〈紀念蒙古民族的先祖——成吉思汗〉，《解放日報》第 1 版，1944 年 4 月 14 日。

統一，殊不知沒有民族間的平等，則統一只是大漢族主義的統一，因為眞正的統一便不可能。另一方面，他們又利用少數民族進行反共，挑撥少數民族和中共的感情」，進一步揭示出國民黨與中共間民族政策不同處及其眞實面目。蒙民代表阿拉騰札布的講話指出國民黨與中國共產黨對待成吉思汗之不同，認爲國民黨「恭維成吉思汗完全是假的，是欺騙蒙古民族的政策」，特別是「抗戰後有些地方還提出抗日滅蒙的口號」。而「中共尊重成吉思汗，尊重蒙古民族是言行一致的」，〔註86〕由此指出兩者民族政策的差別。成吉思汗紀念成爲政治鬥爭的場地和儀式形態，在抗戰大背景下，顯然是特殊政治的表現。中國共產黨利用成吉思汗紀念不僅表達了抗戰，也表達了對國民黨政治的批判，1944 年烏蘭夫在紀念成吉思汗的文章中，指出：「追溯國民黨第一次全國代表大會時，由於孫中山先生主張實行國內各民族一律平等和民族自決的民族政策，當時蒙胞的革命運動得以蓬勃的發展。但自一九二七年以後，這種政策卻爲大漢族主義所代替，復陷千萬蒙胞於同化高壓之下。直至抗戰後，還影響到蒙古民族的團結抗日，這是非常不幸的。」所以，「蒙古民族的解放道路，將依靠在蒙胞和共產黨的團結和互相信賴上面。」〔註 87〕論者強調中國共產黨民族政策的正確，而否定了國民黨實行的民族政策。

中國共產黨較國民黨更重視和擅於運用成吉思汗紀念進行宣傳。抗戰勝利後，「勇夫」則「完全贊成」「中國共產黨對於少數民族的政策」，如此「才是紀念成吉思汗的眞正的態度」。〔註88〕他還強調「如果沒有中國共產黨的幫助，和內蒙古民族自身團結，民族自治就沒有可能」。〔註89〕如此歷史記憶得到不斷的強化。「民族英雄」成吉思汗反抗異族的精神通過紀念活動化爲現實的力量，正是「由於我們偉大的朋友——中國共產黨的幫助，由於全國各民主力量給我們的赤忱的鼓勵，我們內蒙古人民已經開始獲得了解放，我們不僅有了代表蒙古人民自己的組織——內蒙古自治運動聯合會，而且正在逐步

〔註86〕杜映，〈本市各界舉行成吉思汗春季公祭〉，《新中華報》第 3 版，1941 年 4月 27 日。

〔註87〕烏蘭夫，〈紀念蒙古民族的先祖——成吉思汗〉，《解放日報》第 1 版，1944年 4 月 14 日。

〔註88〕勇夫，〈紀念成吉思汗——在成吉思汗紀念會上的演說辭〉，《內蒙古週報》第 6 期（1946 年）。

〔註89〕莊坤，〈成吉思汗大祭典禮〉，《內蒙古週報》第 6 期（1946 年）。

建立與恢復我們民族的文化經濟，逐步爭取與實現一個民族的應有的平等自治的待遇」。〔註90〕國民黨政府對成吉思汗的徵用顯然不如中國共產黨般效果顯著。中國共產黨通過常規化的成吉思汗紀念活動，塑造出形象豐富的成吉思汗，不僅是「民族英雄」、「民族偉人」、「革命民族主義者」，甚至還是「世界巨人」、「世界的大軍事家大政治家」。各種形象的描繪圍繞「民族」、「世界」進行，從話語論證邏輯而言，最終目的在追尋中國共產黨政治利益，表達團結平等的民族政策。

五、結　語

　　民族英雄系譜是抗戰時期國家和政黨重點打造的政治文化，該時期日本帝國主義的侵入促使民族英雄成為重要的精神資源，也成為寶貴的政治財富。於此，諸多民族英雄不斷湧現，有岳飛、戚繼光等古代漢族將領，有周武王、明太祖等漢族皇帝，有屈原等文人騷客，有元太祖成吉思汗等少數民族人士，有張自忠、馬占山等現實抗戰將領。民族英雄成為一個含義極廣，包容極強的概念，受到各方褒揚、書寫與建構。成吉思汗納入民族英雄系譜，既是時代必然，也有偶然一面。成吉思汗本是少數民族的政治領袖人物，但恰恰是整個中華民族危難之時，需要團結各民族共同抗日，為少數民族英雄成為整個中華民族英雄提供了一個「契機」，成吉思汗即成為這麼一個代表性英雄人物。

　　成吉思汗祭祀特別是一年一度的誕辰紀念主要是商業行為，即「集市」，而且還「式微」，日本帝國主義入侵後或有中斷。正是在如此背景下，成吉思汗紀念活動被重新發掘，關於其反抗侵略、抵禦外敵的歷史記憶也復活，重新書寫成吉思汗為民族英雄、世界巨人。其中糾葛著日本帝國主義的侵略與中國人民的反抗，此也是當時紀念成吉思汗的主流意識形態。目的即在利用成吉思汗之豐功偉績增強國人的民族自信心和凝聚力，能夠團結最大多數的力量共同抵抗日本的侵略。不管是成吉思汗陵墓的遷移，還是中國共產黨對成吉思汗的「常規化」紀念，其目的皆在此。不過，中國共產黨將成吉思汗紀念具體落實到了民族團結平等政策的宣揚，正是民族團結平等才有可能凝聚中華民族的力量，才有可能實現中華民族的復興。

〔註90〕〈紀念我們民族的祖先——偉大的成吉思汗〉，《內蒙古週報》第 5 期（1946年）。

　　「九一八」事變後，國家面臨嚴重國難，但凡民族或國家危難之時，傳統即充當重要資源，為現實政治提供滋養，此時傳統實際上為現實訴求需要而被重新闡釋，故稱之為「傳統的發明」，[註91] 這些「『被發明』的傳統是文化工程師們深思熟慮和固定的創作，這些工程師們偽造象徵物、儀式、神話和歷史，以適合工業和民主動員的需要以及被政治化的現代大眾的需要。換句話說，『被發明的傳統』是統治階級別有用心的社會控制工具」。[註92]「抗戰時期國家與政黨利用傳統文化進行一系列發明，不僅恢復自民國成立以來即廢除的國家黃帝祭祀」，[註93]「也將國家祀孔製作成頗具現代意義的孔子誕辰紀念日」，[註94] 與傳統祀孔行為存在明顯差別。傳統被逐漸抬升至制度層面，成為統治工具，也成為國難之際凝聚人心的重要政治文化資源。成吉思汗成為民族英雄也屬於傳統的發明，只是多了另一層含義，即將「少數民族」傳統人物「發明」成現實政治需要的整個「中華民族」的英雄。

　　抗戰時期民族英雄作為一個系譜被建構起來，而成吉思汗扮演的角色確實比較特殊。成吉思汗屬古代中國少數民族具有武人性質的帝王，由此與其他民族英雄區分。如前所述，不難看出當時民族英雄系譜建構的良苦用心，包含各類人士，但皆有一個共同點，即為國家為民族有貢獻之人。換言之，抗戰中各種為國家為民族貢獻的人們皆能找到英雄的榜樣。民族英雄系譜的建構之所以有泛化之嫌，更可能是時代使然抗戰需要，榜樣具有無法言說的力量。於此，成吉思汗則成為少數民族的驕傲，成為少數民族抗擊外侮的精神力量，成為各民族團結平等的文化象徵符號。

（作者簡介：郭輝，男，湖南師範大學歷史文化學院教授）

[註91]　〔英〕霍布斯鮑姆、蘭格編，顧杭、龐冠群譯，《傳統的發明》（南京：譯林出版社，2004 年），頁 1～17。

[註92]　〔英〕安東尼·史密斯著，葉江譯，《民族主義：理論、意識形態、歷史》（上海：上海人民出版社，2011 年），頁 88。

[註93]　郭輝，〈抗戰時期民族掃墓節與民族精神的建構〉，《史學月刊》2012 年第 4 期。

[註94]　郭輝，〈傳統的發明：抗戰時期孔子誕辰紀念日研究〉，《學術研究》2014 年第 7 期。

解放區的天是明朗的天——
延安時期的移民運動與「窮人樂」敘事

周維東

摘要：「窮人樂」敘事是延安文學中「翻身」主題下的一種敘事範型，主要表現邊區人民「翻身」後的幸福生活。「窮人樂」敘事的形成，與延安時期大規模的移民運動有深刻關聯：「窮人樂」敘事出現的重要目的是爲了吸引和鼓勵群眾移民；「窮人樂」敘事的現實基礎，是在近代鄉村社會逐漸衰敗的背景下，邊區政府對鄉村社會的重建和改造；「窮人樂」敘事的重要功能，是邊區民眾在高強度生產之餘的娛樂活動。「窮人樂」敘事出現的背景和功能決定了其作品形式短小、敘事功能弱化、多採用大團圓結局等敘事特徵。

關鍵詞：解放區；移民運動；窮人樂

美國作家韓丁（William Hinton）在其關於中國革命的紀實文學作品《翻身——中國一個村莊的革命紀實》中說：「每一次革命都創造了一些新的詞彙。中國革命創造了一整套新的詞彙，其中一個重要的詞就是『翻身』」〔註1〕。這種說法十分準確，在中國革命創造的若干新詞彙中，「翻身」可能是最有代表性的一個。在現實生活中，「翻身」意味著中國幾億無地和少地的農民站了起來：「打碎地主的枷鎖，獲得土地、牲畜、農具和房屋」；「破除迷信，學習科學」；「掃除文盲，讀書識字」；「不再把婦女視爲男人的財產，而建立男

〔註 1〕〔美〕韓丁，《翻身——中國一個村莊的革命紀實》（北京：北京出版社，1980年），說明頁。

女平等關係」;「廢除委派委派村吏,代之以選舉產生的鄉村政權機構」等等。
〔註2〕通過這樣的革命實踐,新的生產關係和社會面貌在中國被建立起來,群
眾的革命熱情也得到極大的鼓舞和空前的釋放。「翻身」的重要意義,使其成
為延安時期(及解放後初期)文學的重要主題,幾乎延安時期的所有文學作
品都或多或少地涉及到這一主題。不僅如此,在《白毛女》、《血淚仇》、《太
陽照在桑乾河》、《暴風驟雨》等經典作品出現之後,「翻身」還成為了一種成
熟的敘事範型。不過,從深化認識延安文學內在發展脈絡的角度,將「翻身」
理解成一種敘事並不十分科學,至少從創作的動機上,它包含了兩種出發點
——「樂」與「恨」,前者主要表現窮人翻身後的喜悅,後者側重表現翻身前
的仇恨,兩種不同出發點上的「翻身」敘事出現的時間和背景並不一致,在
邊區承擔的功能也不相同。而由於承擔的功能不盡相同,兩種「翻身」敘事
在敘事手法、技巧等諸多環節也體現出很大的差異性。這些問題的存在,提
醒我們在使用「翻身」敘事時應該保持警惕。正是因為這些原因,本文將「翻
身」僅僅視為一種主題,並不將其視為一種敘事範型。

從研究的角度,兩種不同出發點的「翻身」主題書寫可以直接區分成兩種
不同的敘事範型,它們可以用延安文學中兩部經典作品的名字進行命名——「窮
人樂」和「窮人恨」〔註3〕。本節著重探討的「窮人樂」敘事,主要表現在一
些具有民間特色的秧歌劇和歌曲中,如秧歌劇作品《兄妹開荒》、《十二把鐮
刀》、《小放牛》、《夫妻識字》、《兒媳婦紡線》等,歌曲:〈二月裏來〉、〈南泥
灣〉、〈歌唱解放區〉、〈繡金匾〉等等。延安後期出現的敘事作品,如〈太陽
照在桑乾河上〉、《暴風驟雨》等,也大量採用了「窮人樂」敘事的很多手法。
「窮人樂」敘事大多採用了「民族形式」,生動活潑地表現了解放區人民「翻
身」後的幸福生活,風格鮮明,由於傳播廣、影響大,因此給人留下「解放

〔註2〕〔美〕韓丁,《翻身——中國一個村莊的革命紀實》(北京:北京出版社,1980
年),說明頁。

〔註3〕《窮人樂》係晉察冀邊區高街村劇團集體創作的戲劇,全劇共十二場,反映
了邊區人民在中國共產黨的領導下翻身的過程和幸福生活。《窮人樂》演出
後,受到中共中央晉察冀分局的高度重視,要求邊區的文藝創作「沿著『窮
人樂』的方向發展群眾文藝運動」。《窮人恨》係馬健翎編劇的秦腔現代戲,
反映了未解放的中國人民在舊勢力壓榨下水生火熱的生活和他們渴望「翻身」
和「解放」的欲求。戲劇演出後,收到強烈反響,成為當時階級教育的重要
劇目。兩部戲劇一部傾向於「樂」,一部傾向於「恨」,代表了邊區翻身主題
的兩種敘事範型。

區的天是明朗的天」的牢固印象——解放區就是窮人的樂園——與抗戰的另一個中心「霧重慶」形象形成鮮明對比。

「窮人樂」敘事形成原因很多，其中一個重要的背景原因是延安時期的移民運動。從延安移民運動的角度審視「窮人樂」敘事，可以窺見這種敘事產生的現實土壤，而通過邊區經濟和移民安置的具體史實，可以更具體分析這種「敘事」的特色：「窮人樂」的現實依據何在？那些「樂」來自於現實生活的改善，那些「樂」是人為製造的幻境？而在這種考察之下，「窮人樂」對民間形式如何借鑒的脈絡也會逐漸清晰。

一、延安時期的移民運動

抗戰時期的抗日革命根據地，始終存在著大量的移民運動。這也是抗戰時期全中國普遍的現象，戰爭、自然災害、饑荒等諸多原因，使中國人民在這一時期進行了大規模頻繁的遷徙，涉及的階層也十分廣泛，基本包括了城鄉各個行業的人口。延安時期的移民運動，主要包括兩個板塊，一是知識分子和青年學生的內流，這是延安文化史上的佳話；一是大量移、難民（主要是下層勞動者）的移入和內部流動，此類移民運動在人口數量上占優，但並不為大多數人知曉和重視。本文所要探討的移民運動，主要集中在後一種類型上，探討它們與「窮人樂」敘事的內在關聯。

從時間上看，延安時期下層勞動者的移民運動可以分為兩個時期。1937～1940 年是第一個時期，這一時期的移民基本屬於自流狀態，主要來源是邊區之外的一些貧民和難民，為了躲避饑荒和貧困遷移到邊區來。雖然是自流狀態，但移民人數邊區移民的絕大多數，以陝甘寧為例，1937～1940 年間共接受了移民 170172 人，占移民總人數的 63.8%。（見陝甘寧邊區 1937～1945 年移入移難民統計表）這一時期，邊區政府對於這些移民，也沒有採取過多干預的政策，在安置上，「除了對我軍和友軍抗日家屬進行安置外，其餘自謀出路」；而面對移、難民到來後對社會正常秩序造成的壓力，邊區還採取將淪陷區域的難民加以政治的軍事的訓練，組織回鄉到淪陷區發展游擊戰爭，「不時地打擊敵人，以準備配合全國力量來驅逐日寇出中國，此位積極中的積極辦法」〔註4〕——不過這種手段並不能形成大批的移民回流。

〔註 4〕甘肅社會科學院歷史研究所，〈關於邊區賑濟難民的芻議〉，《陝甘寧革命根據地史料選集》（第二輯）（蘭州：甘肅人民出版社，1980 年），頁 67。

陝甘寧邊區 1937～1945 年移入移難民統計表〔註5〕

年 份	1937～1940	1941	1942	1943	1944	1945	合 計
移入戶數	33735 戶	7855 戶	5056 戶	8570 戶	7823 戶	811 戶	63850 戶
移入人口	170172 人	20740 人	12431 人	30447 人	26629 人	6200 人	266619 人

1940 之後，是邊區移民運動的第二個時期。與第一個時期相比，這一時期邊區加強了對移民運動的干預、組織和安置，不再屬於完全自流狀態。就這一時期而言，1940～1942 年的移民運動，屬於從自流狀態向干預狀態的過度時期。「邊區的移民工作，從一九四○年起，開始有了注意，但是在四三年以前，只是局部地區注意移民，主要還是自流狀態。在四二年十月高幹會後，移民工作，就從自流狀態進到了全邊區各分區有計劃、有組織的階段了」。〔註6〕邊區在 1942 年之後開始有組織、有計劃開展移民工作，主要有兩個原因：第一是外界（特別是國民黨）加強了對邊區的經濟封鎖，邊區由原來多種財政收入變成主要依賴農業，在自立更生的大生產運動後，需要大量勞動力和農戶充實邊區的農業生產力量；其次，在對邊區進行經濟封鎖的同時，反動勢力加強了外界向邊區移民的阻撓，通過負面宣傳造謠惑眾，煽動人心，使移民人數明顯降低。（見陝甘寧邊區 1937～1945 年移入移難民統計表）在這種情況下，邊區頒佈了種種安撫、優待移民的政策，如〈陝甘寧邊區移民墾殖暫行辦法〉（1940 年）、〈陝甘寧邊區優待外來難民和貧民之決定〉（1940 年 3 月 1 日）、〈陝甘寧邊區政府報告〉（附〈優待難民辦法〉）（1941 年 4 月 10 日）、〈陝甘寧邊區優待移民實施辦法〉（1942 年 3 月 6 日）、〈陝甘寧邊區優待移民實施辦法補充要項〉（1942 年 4 月 5 日）、〈陝甘寧邊區優待移民難民墾荒辦法〉（1943 年 3 月 1 日）等，對移、難民的安置給予全面而細緻的優惠條件。在這些政策的鼓勵下，邊區的移民人數又開始呈現上升的趨勢。

在移民運動的類型上，邊區的移民運動可分為兩類：一類是外來移民，主要是從國統區、淪陷區流向邊區，這在邊區移民人數的總量上占多數。值得注意的是，延安還有一類移民是內部流動，是邊區政府控制內有組織的移

〔註5〕 資料來源邊區民政廳，〈陝甘寧邊區社會救濟事業概述〉（1946 年 4 月），《抗日戰爭時期陝甘寧邊區財政經濟史料摘編》（人民生活）（西安：陝西人民出版社，1981 年），頁 400。

〔註6〕 中國西北局調查研究室，〈邊區的移民工作〉（1944 年），《抗日戰爭時期陝甘寧邊區財政經濟史料摘編》（農業）（西安：陝西人民出版社，1981 年），頁 643。

民。這類移民的目的是爲了將邊區的勞動力資源和土地資源進行更加有效的配置，從而擴大農業生產的效率和總量〔註7〕。以陝甘寧邊區爲例，這種人口遷移主要是從人口多（勞動力剩餘）土地較少的綏德分區向土地剩餘但勞動力缺乏的延屬分區遷移。內部遷移的規模也十分宏大，譬如綏德分區移出的人口，一九四二年就移出四七一戶，計一四八三人，一九四三年又移出一八三六戶，四九六一人。〔註8〕在 1943 年之後，由於邊區之外的移民數量減少且不易組織，邊區政府對區內人口的遷移還一度成爲工作重心，邊區宣傳的移民英雄如馬丕恩父女，就屬於區內移民致富的典範。

延安文學中有許多文學作品，都直接反映了移民運動。譬如艾青創作的長詩〈吳滿有〉，其主人公吳滿有便是從橫山逃難到延安棗園的移民；唱遍邊區膾炙人口的〈東方紅〉，便是由佳縣移民英雄李增正和李有源改編創作，內容也與「移民」有很大的關係：

> 太陽升，東方紅，/中國出了個毛澤東，/他爲人民謀生存，/他
> 是人民的大救星//山川秀，天地平，/毛主席領導陝甘寧，/迎接移民
> 開山林，/咱們邊區滿地紅。〔註9〕

原文共九段，這裡擇取了前兩段，看得出正是「移民」的背景和身份讓他燃起創造的熱情，讓他將普通的「白馬調」改造成經典紅歌。再如成爲晉察冀邊區創作方向的《窮人樂》戲劇，主要人物和背景也都是移民；秧歌劇作品中，《十二把鐮刀》中的主人公王二，《二媳婦紡線》中的張大嫂等也都是移民。除此之外，還有很多文學作品都與移民這樣那樣的關聯。

〔註7〕在中國西北局調查研究室編印的《邊區的移民工作》中，編者還通過數據詳細地分析這種遷移的意義：在邊區的五個分區內，綏德分區是土地缺少，勞動力剩餘。其他延屬，關中、隴東、三邊四分區，則或多或少都有荒地沒有開墾。譬如：綏德分區五縣，只有耕地面積一百二十萬九千七百零二坰，但人口即有五十一萬二千零七十一人。每人平均有地兩坰多些。再拿勞動力來說：據統計有十萬六千七百九十五個全勞動力；有三萬四千八百一十九個半勞動力；合計則有十二萬四千二百零九個全勞動力。……按邊區的農作條件，農業技術論，一個全勞動力，至少可耕種十五坰土地，再加上畜力的補助，即可耕種到三十坰左右。由此推論，純以人力論，綏德分區，即有三分之一約四萬個勞動力可以移出的。《抗日戰爭時期陝甘寧邊區財政經濟史料摘編》（農業）（西安：陝西人民出版社，1981 年），頁 634。

〔註8〕〈陝甘寧邊區農業〉（1945 年），《抗日戰爭時期陝甘寧邊區財政經濟史料摘編》（農業），頁 644。

〔註9〕陳伯林，〈移民歌手〉，《解放日報》1944 年 3 月 11 日。

　　本文要探討的「窮人樂」敘事，雖然不是所有作品與移民都有直接聯繫，但其表現的內容和表現出的風格都與移民有很大關聯。邊區在有計劃規模化吸引和組織移民後，遇到了政治、經濟、文化上的種種困難。從政治的角度來說，為了封鎖邊區，國統區和淪陷區一度制止移、難民向邊區遷移，很多移民到了邊區的邊境但不能順利進入邊區；而且，為了阻礙移民湧向邊區，他們還製造種種謠言，譬如移民便會被抓丁、被徵收高額賦稅等等。在經濟上，很多移、難民進入邊區僅僅是為了逃荒，災情過後便會返流，這樣的移民並不能形成穩定的生產力，而且還可能破壞一個地區的經濟平衡。在文化上，農耕文化的特點便是喜愛定居和穩定，一旦被組織移民便會產生很多的牴觸情緒。這些原因的存在，要使移民在非災難時期下大量出現，必須堅定他們遷移的信念，讓他們願意克服種種困難前往邊區。為此，邊區宣傳部門採取了種種宣傳策略，其中大力宣傳移民後獲得的優待和「翻身」後的幸福生活是重要的手段之一，《解放日報》、《晉察冀日報》等邊區報紙就大量刊登了移民後獲得倖福生活的真人真事，同時渲染國統區、淪陷區人民的苦難生活。為了提升宣傳效果，有些地區還採用了文藝的形式，譬如綏德分區曾把馬丕恩到延安翻身的故事，畫成聯歡畫到警區廣為宣傳，取得了很大的成績。在這種宣傳的過程中，「窮人樂」的內容和形式也慢慢成型。邊區秧歌劇中表現的很多內容，如開荒（其中還涉及到地權問題）、幫助生產（涉及到優待政策）、致富（涉及經濟制度）等等內容，都是移民關心的重要問題，如果這些顧慮都被打消了，即使再有多大的困難，也會有移民會義無反顧的來到邊區。

二、「樂」的現實依據

　　作為「翻身」主題下的一種敘事範型，「窮人樂」敘事在本質上是一種對比敘事，即通過時間差異（革命前——革命後）或地區差異（解放區——非解放區），揭示窮人「翻身」後的「樂」。在具體的作品中，很多「窮人樂」敘事可能並沒有表現差異，只是描寫了革命後邊區的生活——但這種對比關係還是潛在的存在。在閱讀作品當中，也只有聯繫了這種潛在的對比關係，「窮人樂」也才體會得到，因為許多作品中的邊區農民既不十分富裕也不十分閒適，有的只是沉重的勞動——只是精神顯得愉悅，如果沒有邊區之外的參照，很難相信這些人真的過得很快樂。所以要瞭解「窮人樂」，首先要瞭解邊區之外的「窮人苦」。

　　從很多反映邊區之外農民生活的作品看，邊區之外農民生活的苦，主要
根源爲兩個方面：一是杜贊奇（Prasenjit Duara）所說的「掠奪性經紀」的存
在〔註 10〕；二是黃宗智所講「農村經濟的內捲化」〔註 11〕。所謂「掠奪性經
紀」，其產生的前提是近代社會縣級以下行政單位的自治化，由於政權無力將
自己的力量深入到縣級以下的區域，爲了加強統治，必須大量依賴不拿薪水
的基層鄉紳和地方惡棍。這些不拿薪水的基層鄉紳和地方惡棍便是「掠奪性
經紀」，他們不可能無條件協助處理行政事務，中飽私囊便成爲政權默許獲得
的日常收入。「掠奪性經紀」在戰爭貧乏的近代成爲鄉村社會的絕對主宰，由
於各種賦稅、攤派、勞役增加，他們斂財機會大大增加，並最終導致農民貧
民階層的破產。邊區文藝作品對「掠奪性經紀」描述最多的是那些在兵役制
度中斂財的保長、聯保主任，他們借助拉壯丁拼命斂財、欺男霸女，最終導
致很多農民傾家蕩產、家破人亡。農村經濟的「內捲化」是黃宗智對近代中
國農村經濟的判斷，「內捲化」即「停滯不前」，其說明的問題是中國農村經
濟在進入近代後在生產力和生產關係上都沒有向更高模式發展，規模化生產
始終未能大量出現。「內捲化」使農村過剩勞動力和可以挖掘的土地資源無法
得到充分利用，最終導致鄉村經濟的整體衰落。在邊區很多反映國統區農民
生活作品中，「高利貸」是很多貧民家庭家破人亡的重要根源，而「高利貸」
正是農村經濟「內捲化」出現的副產品。由於農村經濟沒有發展的空間，很
多地主爲了保證收入的增長，便開始向貧民發放高利貸，這種殘酷的剝削方
式導致大量貧民破產，就出現了類似「白毛女」的悲劇。

　　「窮人樂」敘事中，「樂」的第一個根源是鄉村秩序的變化。這種變化
體現在很多方面。首先是「掠奪性經紀」消失了。在「窮人樂」敘事作品中，
雖然也出現了如「村長」、「村主任」、「婦聯主任」等基層自治人員，但他們
的權力十分有限，多數只是承擔勸誡、協調的功能，並沒有決策和行政執法
的權力。實際上，由於邊區地域相對狹窄，政權對基層的領導已經十分深入，
很多基層事務都是「區長」這樣的「公家人」來執行，因此中飽私囊、私自
加重農民負擔的事情便不可能再發生。其次是租佃關係發生了很大的變化。

<hr>

〔註 10〕　〔美〕杜贊奇的《文化、權力與國家》（南京：江蘇人民出版社，1996 年）對
　　　　　近代中國鄉村「經紀統治」的論述。
〔註 11〕　黃宗智的《華北的小農經濟與社會變遷》（北京：中華書局出版，1986 年）對
　　　　　農村經濟「內捲化」的論述。

不管是國統區或淪陷區,鄉村社會最基本的社會關係都是地主和農民的租佃關係,這種關係在邊區正逐漸趨於瓦解。抗戰時期的邊區,土地關係大致分爲兩類,一類是抗戰前經過了土地革命的地區,這些地區的地主已經消失;一類是未經過土地革命的區域,這些地區實行地主「減租減息」,農民「交租交息」的政策。但不管哪一類地區,土地絕對私有的現實已被打破,雖然邊區承認土地私有,但一切變更都必須經過邊區政府批准。這實際將傳統農民—地主的租佃關係,變成了農民—邊區政府的租佃關係。「窮人樂」敘事作品中,有大量描寫農民積極墾荒的情節,而墾荒的背後便涉及到地權關係的問題。話劇《階級仇》(譚碧波編劇 1947 年)中,講到老黑叔受不住地主的氣,搬到北上開荒地,結果莊稼長出來後,來了一個財東,說地是他的,還是要納租子。這就說明爲什麼「開荒」只在邊區出現的原因。在國統區,多數荒地都屬於私人,因此即使開荒也無法改變被剝削的命運——農民也沒有積極性進行開荒。而在邊區,大量荒地被定爲「公荒」,「公荒」開墾出來也屬於公地,農民進行耕種也不必害怕地主的剝削。邊區在大生產運動中大量墾荒,新增土地面積巨大,這使即使沒有進行土地革命的地區,傳統的租佃關係也被打破,農民與政權之間新的租賃關係成爲邊區最基本的生產關係。

邊區爲了吸引移民,制定的許多優待政策。譬如在開荒上,規定「公荒誰開歸誰,私荒本人不開,讓難民開。三年不出租,以資鼓勵」;「吃糧在農民中進行調劑」;「籽種發動農民調劑」;「舉辦難民農具貸款,解決開荒工具」等等。〔註 12〕如果沒有鄉村秩序的改變,這些政策就不可能很好的執行,自然也難以得到移民的認可。

除了農業生產條件的改變,窮人「樂」的第二個原因是勞動價值得到了尊重,特別是一批勞動英雄的樹立,將農民的政治地位得到空前提到。爲了鼓勵農民積極生產,邊區樹立了一大批生產英雄,譬如在移民運動中出現的馬丕恩父女,享譽邊區的農民英雄吳滿有,其實其他行業中的英雄,如工人英雄趙占魁、部隊生產英雄張治國等,也都是通過勞動獲得崇高的政治地位。邊區勞動英雄有的實名出現在「窮人樂」敘事中,還有一些虛構人物被塑造

〔註 12〕毛澤東,〈經濟問題與財政問題〉(九四二年十二月在陝甘寧邊區高幹會上的報告),《抗日戰爭時期陝甘寧邊區財政經濟史料摘編》(農業)(西安:陝西人民出版社,1981 年),頁 664～665。

成基層勞動英雄，無論在虛構或現實中，這些人都獲得了崇高的政治禮遇，譬如：像戰鬥英雄一樣在被廣泛宣傳；在群眾大會上光榮亮相；受到領導人的親切接見等等，這無疑喚起了農民的勞動熱情。與之相對應，在近代中國舊農村，樸實勞動並沒有得到尊重。在邊區「二流子改造」工作中，「二流子」的大量出現，已經說明了這個事實。「二流子」之所以會出現，正是因為在農村經濟內卷化和掠奪性經紀大量存在的局面下，依靠誠實勞動已很難改變自身的命運，更不用說自身的地位。通過誠實勞動發家致富並獲得崇高政治地位，這樣的地區無疑成為農民的烏托邦。

「窮人樂」能夠「樂」的第三個方面原因是邊區這一時期的經濟制度，這也是一個重要的因素。認真閱讀「窮人樂」敘事的經典作品，就會發現這些作品所反映的經濟制度與土地革命及社會主義革命時期有很大不同。這種差別並不能簡單地用「統一戰線」或「新民主主義經濟」來概括，它包含了很多與農民心理更加貼近的要素。具體來說，這種差別表現為兩個方面：首先「窮人樂」敘事沒有刻意強調農村的階級鬥爭，雖然在實際生活中，邊區在「減租」過程中鼓吹並使用了階級鬥爭的方式，但在作品當中並沒有太多反映出來。第二，「窮人樂」反映農村的生產關係，只描述了通過開荒生產發家致富，並沒有進行大規模農村生產模式的轉換。實際上，邊區在抗戰時期發展的經濟形式，可以用「富農經濟」來形容，即通過土地調整和政府鼓勵，在鄉村培育出數量巨大的富農和中農，並促使他們成為農村經濟的主宰〔註13〕。富農經濟對於務實保守的中國農民來說，具有巨大的吸引力：他們渴望通過勤勞節儉創下一份基業，但他們並不具有為實現這一目標所必要的冒險精神，因此有一處地方借助政權的庇護，通過開荒、勤勞最終實現「創業夢」，就必然具有了吸引力。

〔註13〕 可以參見邊區對吳滿有的態度。作為邊區樹立的勞動英雄，吳滿有在經濟上屬於富農，而且還存在雇傭關係，這引起了很多人的不解。為此，《解放日報》特看法〈關於吳滿有的方向〉（1943 年 3 月 15 日）一文表明邊區態度，文章將創造性地提出了「吳滿有式的富農經濟」的概念，認為其本質是「資本主義性的發展」，是「是邊區革命後的必然產物」。進而認為，「明白了以上各節，對於吳滿有的方向是邊區全體農民的方向，就再用不著懷疑了。總而言之，這種方向，就是要全邊區農民都能努力勞動發展生產，使雇農升為貧農，貧農升為中農，中農升為富農，雖然不會有多數農民升為富農，但會比現在又更多的農民上升卻是無問題的，是必然的，必要的，對邊區經濟發展與革命發展有利無害的。」由此可見，當時邊區的經濟可用「富農經濟」來概括。

三、非理性的「樂」

值得注意的，在延安的移民潮中，也存在著人口外流的情況。1937～1945年間，還鄉移民數目爲 5 萬人。〔註14〕相對近陝甘寧邊區近 30 萬的移入人口，這個數目可以忽略不計，但從絕對數字來看，5 萬人也不是個小數字。邊區曾經還專門對人口外移做過調查和研究，當時移民外流已經較爲突出：延屬分區在四三年、四四年冬春之際，都曾發生過移、難民搬走的現象。如延安縣在四三年搬走一千多戶，四千八百五十多人，約一千三百多個勞動力，其他安塞、甘泉、延川等縣也或多或少都發生搬走的現象。〔註 15〕邊區分析移民外流的原因有四個方面：（一）破壞分子的造謠惑眾，煽動人心，使社會不寧；（二）對優待移、難民政策的執行不徹底；（三）老戶和新戶的關係問題；（四）關於地權和佃權的問題〔註 16〕。這些問題都十分具體，任何一個環節都可能導致移民喪失對邊區的信任。不過，就移民外流的根本原因來說，邊區沉重的賦稅和近軍事化的生活方式，也是必須正視的現實。

我們可以將陝甘寧邊區 1938 年～1944 年救國公糧的數量進行比較〔註17〕：

1938	1939	1940	1941	1942	1943	1944
1 萬石	5 萬石	9 萬石	20 萬石	16 萬石	18 萬石	16 萬石

救國公糧的額度與邊區戶數和人口數有直接關係，從 1938 年 1 萬石到 1940 年 9 萬石，增幅雖然不小，但考慮到這一時期是邊區移民最高峰的時期，這種增長可以認爲是正常的「人口紅利」。但 1940～1941 年的增長速度就顯得過於突兀，從 1940 年開始自流移民進入邊區的數量已開始減少，但救國公糧卻成倍增長，唯一的後果便是增加了徵收的稅率。1942～1944 年，公糧數量有所減少，但減幅很小，邊區農戶的負擔並不可能有太多改善。

不過，在抗戰時期全中國普遍稅率較高，邊區的稅率即使比國統區和淪陷區高，但只要沒有「掠奪經紀」，在「減租減息」的環境下，實際負擔也不

〔註14〕《抗日戰爭時期陝甘寧邊區財政經濟史料摘編》（人民生活）（西安：陝西人民出版社，1981 年），頁 400。
〔註15〕《抗日戰爭時期陝甘寧邊區財政經濟史料摘編》（農業）（西安：陝西人民出版社，1981 年），頁 659。
〔註16〕《抗日戰爭時期陝甘寧邊區財政經濟史料摘編》（農業）（西安：陝西人民出版社，1981 年），頁 660～661。
〔註17〕《陝甘寧邊區政府檔選編》（第 10 輯）（北京：檔案出版社，1991 年），頁 26。

可能高於這些地區。所以賦稅重只能說是移民外流的原因之一，並不是全部原因。除此之外，邊區農民近軍事化的生活方式和高強度的勞作，估計也是很多人選擇離開的原因。從「窮人樂」反映的邊區的人際關係看，傳統的人倫關係已經完全為革命生產關係所取代。

「窮人樂」敘事的作品有很多描寫了邊區的家庭關係狀況，如《兄妹開荒》描寫的兄妹關係，《夫妻識字》、《十二把鐮刀》等作品描寫了夫妻關係；《模範妯娌》、《二媳婦紡線》描寫了妯娌關係，還有很多其他作品描寫了母子關係、姑嫂關係等，因為邊區的經濟形式還依賴於以家庭為單位的「富農經濟」，因此必然有許多作家將視野集中到邊區的新家庭上。不過，邊區家庭的基本關係已經發生的改變，簡單的講，它已經由各種不同的私人關係變成普遍相同的公共關係——「工作夥伴」關係，將之落實到邊區的實際，原本複雜的人情關係簡化成「競爭」和「監督」兩種關係。在《兄妹開荒》中兄妹之間是監督關係，妹妹發現哥哥偷懶，便要開始訓誡哥哥，絲毫不顧及兄妹之情。《夫妻識字》、《十二把鐮刀》中的夫妻關係，一方面是競爭關係，另一方面又相互監督。《模範妯娌》中的妯娌之間，也是這兩種關係。《動員起來》等作品中的母子、姑嫂包括鄰里關係，也變成了競爭和監督的關係。

普通人情關係在邊區被簡化成「競爭」和「監督」的關係，根源是邊區政府為提高效率的考慮。邊區人員和物資匱乏，多數地區自然環境十分惡劣，在這樣的環境下求生存，且還要與相對強大的日寇和國民黨政權爭奪中國未來的主動權，不努力提高工作效率是不可能完成的任務。在提高效率的技術環節，「競爭」和「監督」是邊區兩種最基本的手段。競賽可以提高工作者的積極性，促使他們提高效率；監督則可以讓工作者全身心的投入生產當中。在這兩種手段的作用下，邊區的「自立更生」才可能成為現實。不過，將「競爭」和「監督」引入到家庭當中，著實十分恐怖，它意味著個人私生活的消失，當一個人完全沒有了私生活，天天全身心高強度地進行生產和勞動，身心疲憊可想而知。關鍵在於，在邊區的移、難民並不一定都對邊區的現實處境給予充分的理解的同情，當一個只是避難的移民進入邊區，面對如此辛苦的生活，在解決了生計之後，離開可能並不偶然。

不過，任何事物都是辯證存在。簡化了的家庭關係讓邊區的勞動者失去了私生活，徹底被束縛在沉重的勞動生產當中，但同時也讓他們感受到家庭關係被簡化的輕鬆和快樂。在閱讀「窮人樂」敘事作品時，快樂的重要來源

恰恰來自於生活的簡單和單純。其實，既使用現代的眼光來看待「窮人樂」作品，作品中人物單純而簡單的生活，依然能讓人感受到快樂的存在，畢竟沒有家庭的負累和不必為個人的前途、命運太多考慮的生活，不管在什麼時代，都有令人嚮往的一面。在抗戰時期，邊區簡化了的家庭關係更值得普通民眾嚮往，對那個時期的人來說，家庭更多的時候意味著沉重的負擔，家庭親情早已被貧窮和苦難侵蝕得千瘡百孔，邊區簡單的家庭生活雖然意味著繁重的勞動，但何嘗不是卸下精神的重負呢？

「窮人樂」敘事在渲染窮人的快樂時，也有意渲染這種簡化的家庭生活。一個值得注意的現象是：在這些作品中，對「樂」產生破壞力量的因素便是「私」的觀念，如追求個人的安逸，考慮家庭得失等想法和做法。譬如在《兄妹開荒》中，哥哥佯裝偷懶，讓原本和諧的兄妹關係產生裂痕，好在哥哥只是佯裝，如果真的為了個人安逸不積極生產，兄妹感情說不定還會破滅。再譬如在《十二把鐮刀》中，王二夫妻的感情會因為王妻的不覺悟——其實也是正常的私心，便發生了衝突，只有在她轉變過來之後，兩人的感情才重歸於好。由此可見，「窮人樂」敘事對家庭關係的處理，並非無心插柳柳成蔭，其目的是要個人觀念在邊區消失，渲染不計得失、為大家捨小家的快樂。不過，當快樂與個人需要的「私」成為對立物，「快樂」便不再健康和正常，它成為非理性的狂歡。

讓個人拋棄「私念」進入到非理性的狂歡狀態，並不是容易的事情，畢竟「私生活」對於個人息息相關。正是因為如此，政府意志與個人私念的衝突在「窮人樂」敘事中常常被設計成為最主要的矛盾衝突。如果將政府意志與個人私念平等地擺在一起說理，在日常敘事中，很難認為個人私念是一種「錯誤」。譬如邊區對「二流子」的改造中，有很多二流子的習氣，如不顧家、愛串門、貪玩等，只能說他們不夠上進，絕對不能認為是一種錯誤——畢竟在底層社會，我們不能對他們的行為有太高的苛求。「窮人樂」敘事在處理這些矛盾時，迴避了大量的說理，採用了一種最簡單的辦法——多數壓倒少數——使個人私念失去了反駁的可能。「窮人樂」敘事在處理這一矛盾時，我們很明顯感受到，政府的意志得到了多數人的認可，存在個人私念的落後分子只是個別的少數，在多數的幫助下，這些少數最終會拋棄「不良」想法。譬如在秧歌劇《劉二起家》中，面對這位「二流子」的種種惡習，家人勸說、政府勸說，所有人都在幫助他轉變，在這種「多數壓倒少數」的格局中，「個人私念」即使再有道理，也變成了「錯誤」。

「多數壓倒少數」的手法不僅在戲劇中，還表現在如歌曲等抒情文學當中，譬如在塞克作詞的歌曲《二月裏來》中，我們也能感受到這一點：

二月裏來好春光，/家家戶戶種田忙。/指望著今年的收成好，/多捐些五穀充軍糧。/二月裏來好春光，/家家戶戶種田忙。/種瓜的得瓜，/種豆的收豆，/誰種下的仇恨他自己遭殃！/加緊生產呦加緊生產，/努力苦幹呦努力苦幹！/我們能熬過這最苦的現階段，/反攻的勝利就在眼前！/年老的年少的在後方，/多出點勞力也是抗戰！

〔註 18〕

歌詞表現的意圖是讓邊區所有的人都努力積極生產，爲了達到這種效果，歌曲不僅直接呼籲「加緊生產呦加緊生產，努力苦幹呦努力苦幹」，還製造了所有人都已經在積極生產的幻想：「二月裏來好春光，家家戶戶種田忙」，「家家戶戶」四字便製造了「多數壓倒少數」的效果，所有人都在努力生產，所有人都在爲抗戰出力，如果接受者有其他想法，自己便把自己歸於「少數」的行列。在任何時候，「少數」都意味著孤獨和沉重壓力。

「多數壓倒少數」的有效性，根本原因是利用了大眾的從眾心理（conformist mentality）。對於大多數中國農民來說，他們要麼並不具有獨立思考的能力，要麼並沒有勇氣對於「少數」有持久的堅持。其實，這也是康德所認爲的「不成熟狀態」，它認爲人類不利用理智，「當其原因不在於缺乏理智，而在於不經別人的引導就缺乏勇氣與決心去加以運用時，那麼這種不成熟狀態就是自己所加之於自己的了」〔註 19〕。大多數的中國農民自然處在「不成熟的狀態」，當「窮人樂」敘事用「多數壓倒少數」的辦法來宣傳主張時，他們自然難以抵抗，而且很多人因爲自己不再少數而變得十分愉悅。

四、作爲「娛樂」的敘事

在〈講話〉之後延安形成的若干敘事範式中，「窮人樂」敘事與民間形式結合最爲緊密，這種敘事的主要形式是秧歌劇、地方小戲、敘事詩和一些音樂作品，要麼本身就是民間形式，要麼採取了民間形式的諸多要素。在與民間形式稍遠的話劇、歌劇等形式中，「窮人樂」敘事並沒有過多採用。對這種

〔註 18〕《延安文藝叢書・音樂卷》（長沙：湖南文藝出版社，1988 年），頁 425。
〔註 19〕康德，〈答覆這個問題：「什麼是啓蒙運動？」〉，《歷史理性批判文集》（北京：商務印書館，1990 年），頁 22。

現象進一步分析就會發現，「窮人樂」敘事的經典作品（或者說代表作品）多數都是在民間娛樂中傳播，譬如「秧歌劇」是在鬧秧歌過程中表演的一種劇目，「地方小戲」也是民間劇團在民間集會時表演；具有民間形式的歌曲，要麼在邊區舉行歌詠活動時演出，要麼是民間傳唱的歌曲，這種傳播的方式，使「窮人樂」作品在接受方式上與一般意義上的「文藝」略有不同——它在本質上是一種「娛樂」。以「娛樂」形式存在的窮人樂敘事，又影響到其敘事方式的建構。

在「文學」邊界日益模糊化的今天，從理論上分離「文藝」與「娛樂」的差別十分困難，但在具體語境中，兩者的差別其實可以更加具體的說明。在這裡，本文僅從傳播場所的變化，分析「窮人樂」敘事某些特徵——以「秧歌劇」例。

「秧歌劇」表演的場所不是一般戲劇出現的劇場，而是在「鬧秧歌」的群眾聚會上。邊區鬧秧歌的場面嘈雜而熱鬧，觀眾根本無法集中精力去完整欣賞一部「秧歌劇」；而且，秧歌劇演出的對象都是觀劇經驗並不十分豐富的農民，他們也欣賞不了結構十分複雜的戲劇。在這種境況下演出的戲劇，注定具有以下的特徵：

第一、劇情簡單，形式短小，便於理解。秧歌劇的劇情一般都十分簡單，基本只包含一個事件（有的還構不成一個事件）、一個場景，主要人物也只有2～3個，形式十分短小。我們可以對「窮人樂」敘事中經典秧歌劇作品在形式作以簡單的統計：

劇 作	事 件	主要人物	場 次
兄妹開荒	開荒中的誤會	兄、妹	1場
十二把鐮刀	打製十二把鐮刀中的插曲	王二、桂蘭	1場
劉二起家	二流子轉變	劉二、劉妻	1場
夫妻識字	夫妻識字中的小插曲	劉二、劉妻	1場
軍愛民、民擁軍	軍民互助	王二、王二嫂、王班長	1場
貨郎擔	貨郎擔賣貨的場面	貨郎、劉二嫂、李大嫂	1場
二媳婦紡線	二流子轉變	高老婆、二媳婦、大媳婦、張二嫂	4場
模範姙娌	擁軍做軍鞋	張大嫂、張二嫂、李三嫂	3場

第二、敘事功能弱化，烘託氛圍的歌舞場面成為戲劇的重心。這一點，與中國傳統戲曲有相似之處。秧歌劇敘事功能弱化的表現之一，是劇情的展

開和推動都不是依靠劇中人物的行為和衝突，而主要依靠劇中人物的說唱。
譬如，在每一部秧歌劇中，主要人物出場多數都有一段自我介紹的唱詞，唱
詞說明了人物的背景和特徵，同時也基本介紹了戲劇可能出現的戲劇衝突。
如在《兄妹開荒》中，哥哥出場後用「練子嘴」唱道：

> 我小子，本姓王，家住在本縣南區第二鄉。兄妹二人都成長，
> 父親、母親也健康。自從三五年革命後，咱們的生活是一年更比一
> 年強。種地種了三十坰，還有兩條耕牛吃得胖。吃的、穿的都不用
> 愁，一家四口喜洋洋來麼喜洋洋。今年政府號召生產，加緊開荒莫
> 遲緩，別看咱們是莊稼漢，生產也能當狀元。人人趕上勞動英雄，
> 個個都要加油幹來麼加油幹。這件事情本來大，道理我都知道啦，
> 只有我那個妹妹太麻達，一天到晚囉裹囉嗦說不完的話，碰上我這
> 個牛脾氣，偏要跟她討論討論，說著說著就吵一架。噫！說著人，
> 人就到，待我跟她開個玩笑，開個玩笑。〔註20〕

通過這段「練子嘴」，「哥哥」的性格特徵被介紹，「妹妹」的性格特徵也被介
紹，甚至戲劇基本的內容也被介紹了。接下來的情節，「哥哥」和「妹妹」都
按照這個既定性格特徵在劇情中出現，而基本劇情也按介紹的進行。這種一
開場便將人物性格和故事梗概全部介紹的方式，在現代戲劇中基本不可能出
現，可見「敘事」在秧歌劇中的地位已退居非常次要的位置。不僅在一開場，
戲劇的基本情節已經被介紹，在戲劇的劇情發展的過程中，秧歌劇中也會有
唱詞作為過門，其道理也是這樣。秧歌劇敘事弱化的第二個方面的表現是戲
劇衝突的虛擬化。所謂「戲劇衝突的虛擬化」，是秧歌劇實際並沒有真正的戲
劇衝突，雖然每一部戲劇中都會出現矛盾的雙方，但這種矛盾在發生之前就
已經被道德評判，這樣的結果是矛盾衝突變成了先進與落後、莊與諧的差序
結構。戲劇衝突之所以叫「衝突」，是因為矛盾雙方大致處於平等的地位，而
且衝突的結果並不能確定，只有如此「衝突」才具有存在的意義。如果「衝
突」的雙方已經被道德評判，在一定的背景下實際也預示了衝突的結果，這
樣「衝突」的意義就消失了。此時衝突的雙方就成了一種表演。

實際上，秧歌劇突出的便是以說唱為根本的民間趣味。秧歌劇唱詞使用
的「崗調」「十里堆」、「西京調」、「山茶花調」、「練子嘴」、「快板」都是西北
流傳甚廣民間音樂，當地農民聽到這樣的音樂，看到劇中的人物扭著秧歌出

〔註20〕《延安文藝叢書・秧歌劇卷》（長沙：湖南文藝出版社，1985 年），頁 2。

現，就已經產生了很大的興趣。如果更進一步分析劇情，秧歌劇中經常出現
的男女調笑結構、誇張表演的喜劇效果等等，對辛苦勞作的邊區農民來說，
絕對是絕好的放鬆和娛樂。

第三、大團圓的結局。「窮人樂」敘事的秧歌劇，結局一定是「大團圓」。
落實到具體劇情中，便是「落後」分子要麼被成功改造，要麼思想發生了轉
變，於是「先進」與「落後」及所有眾人便會齊心協力唱一段說明主題的歌
曲，表明整個戲劇的意圖和立場。其實，在秧歌劇中，「大團圓」結局時的演
唱是戲劇所要傳遞的主要內容，觀眾可以不注重前面的劇情，但只要注意到
最後的內容，戲劇意圖就已經達到，很多邊區所要傳達的觀念就會潛移默化
到觀眾的心中。

「窮人樂」敘事的「娛樂」本質，其實對其敘事產生了消解的作用。這
種消解，並不是解構了敘事的內容，而是弱化了敘事在傳播中的功能和意義，
也就是說，在實際傳播過程中，「窮人樂」的「樂」並不在於講述了什麼故事，
而純粹在於「形式」。就「秧歌劇」表演來說，它本身就是邊區民眾的娛樂活
動，類似西方的「狂歡節」，在這種氛圍下，只要採用了他們熟悉的形式，就
自然會衍生出無限的樂趣。而在「娛樂」的過程中，類似「翻身」、「解放」
和對邊區和共產黨的歌頌便潛移默化的進入到他們的記憶當中。

（作者簡介：周維東，男，四川大學文學與新聞學院教授）

論1943年國民政府對學田制度的改革

蔡興彤

摘要：清末新政後，科舉制度下的學田逐漸轉爲新式教育提供經費，其定義涵蓋範圍擴大，導致數量巨增。但因新式教育耗資巨大，學田收益在教育經費中的地位有所下降。1943年國民政府力圖對學田制度在管理經營、收益分配等方面加以改革，以提高學田收入，穩定戰時教育經費。但困難重重，學田再也難以在教育經費方面起到重要作用。

關鍵詞：學田；1943年改革；教育經費

　　學田起源於北宋仁宗時期，後逐步成爲科舉制度下維持各級官辦學校運作及官學之外的書院、社學、義學維持經營的重要經費來源。以往學界對於宋代至清代的學田有較爲深入的研究，既有宏觀的審視剖析，亦有微觀的詳細考察。〔註1〕相對而言，對於接續清代而來的民國時期學田，學界的研究還遠遠不夠。特別是清末新政後，全國大力創辦新式學堂，舊有學田如何處理，學田的定義、涵蓋範圍、收入經費使用等方面，有何延續與變化？中央政府

〔註1〕漆俠，〈宋代學田制中封建租佃關係的發展〉，《社會科學戰線》1979年第3期；孟繁清，〈元代的學田〉，《北京大學學報》（哲學社會科學版）1981年第6期；錢蓉，〈清代學田的經營管理〉，《內蒙古師範大學學報》（哲學社會科學版）2003年第4期；王繼訓，〈清代學田個案研究：廣東學田〉，《齊魯學刊》2004年第2期。關於民國時期學田的研究主要有張明，〈清至民國時期皖南官田、學田和義田地權的雙層分化考察〉，《安徽史學》2013年第2期；蘇全有，〈對民國時期學田權雙層分化說的質疑〉，《中國社會經濟史研究》2014年第2期。兩文討論了民國時期學田地權是否發生雙層分化的問題。

對於學田的政策及執行,其實際又如何?以上皆是值得深入探討與研究的問題。筆者以 1943 年國民政府對學田制度的改革爲中心,試對這些問題加以解答。

一、改革背景

1840 年鴉片戰爭後,西方新式教育逐漸影響科舉制度下的中國傳統教育。新政時,清政府大力倡導、推行新式西方教育,明令各省創設、改辦新式學堂。但新式學堂所需甚巨,至南京國民政府統治的 20 世紀 30 年代,各地方政府財政支出大項仍爲教育經費。如江蘇省 60 縣 1933～1935 年平均每年教育經費支出占縣財政總支出的 31.93%;江西南昌 1933 年～1936 年平均每年教育經費占總支出的 37.12%;安徽蕪湖 1933～1935 年平均每年教育經費支出占縣財政總支出的 37.50%。〔註2〕

在地方財政收入方面,1928 年第一屆全國財政會議後,南京國民政府決定將以往屬於中央稅收的田賦稅劃歸地方。各地收入遂大部仰賴田賦及田賦附加。隨之,以往依靠其他稅收的教育經費,即全以田賦爲支柱。因之,一旦田賦收入有何異動,地方教育經費即大受影響。爲儘量避免此種影響,各地紛紛出臺一些政策,希望拓寬財源,穩定教育經費。

另一方面,學田作爲科舉制度的傳統經費來源,清末新政後,順利轉換爲新式學堂及地方教育管理機構提供經費。〔註3〕但學田在教育經費方面所起的作用,因各地具體情況不同而有較大差異。在國民政府統治較爲穩固的江蘇武進,1929～1933 年平均每年田房租息收入僅占教育經費的 1.27%;浙江永嘉等 20 縣 1934 年學產租息收入占教育經費的 6.18%;安徽蕪湖 1932～1935

〔註 2〕 劉大柏,〈江蘇財政研究之經費論〉,南京市圖書館編,《二十世紀三十年代國情調查報告》(第 33 冊)(南京:鳳凰出版社,2012 年),頁 120～122、140～144;葉倍振,〈南昌田賦及其改辦地價稅之研究〉,蕭錚主編,《民國二十年代中國大陸土地問題資料》(第 2 冊)(臺北:成文出版社有限公司、〔美國〕中文資料中心,1977 年),頁 961;藍之章,〈蕪湖田賦研究〉,蕭錚主編,《民國二十年代中國大陸土地問題資料》(第 25 冊),頁 12365。

〔註 3〕 〈裁學田充經費〉,《直隸教育雜誌》第 7 期(1907 年),頁 93;〈署粵督岑等奏粵省書院全改學堂酌提學田充費並立兩廣學務處摺片〉,《政藝通報》第 2 卷第 23 期(光緒二十九年),頁 1～2;〈稟立學田〉,《四川官報》第 27 期(1905 年),頁 39;〈本司遂安縣遵查學田情形稟〉,《浙江教育官報》第 13 期(1909 年),頁 60;〈熱河都統廷傑奏高等初等小學堂成立擬於蒙荒撥給學田摺〉,《學部官報》第 111 期(1910 年),頁 1～2。

年平均每年學田租息占教育經費預算收入的 4.92%；但在江西省，教育經費總收入的 28.20%爲學產收入。〔註 4〕正是針對此種狀況，一些省份及南京國民政府陸續出臺政策，力圖對學田、學產加以整理，以增加收入，緩解地方財政壓力。〔註 5〕

1937 年七七事變後，抗日戰爭全面爆發。國民政府爲堅持長期抗戰，勢必要加強對地方人力資源和物質資源的汲取，以支撐艱苦的抗戰。1939 年西遷重慶的國民政府爲加強對地方社會的控制，實行新縣制。這項新的地方行政制度的推行，導致「各地方行政機關往往誤解《縣各級組織綱要》第二十一條，縣之財政均由縣政府統收統支之規定，強將原有教育捐款捐稅等一切收入與其他經費混合支配，籍以侵佔，其因物價高漲而增大徵收大量收入，致教育事業擴展發生極大困難」〔註 6〕，「縣學田無形中已變成縣有公田，每年收入租息，均列入縣預算或逕發作公糧」。〔註 7〕

同時，國民政府將土地稅重新收歸中央，並於 1941 年下半年開始實行田賦徵實，過去一直屬於省級以下稅源的契稅和營業稅也一併收回。〔註 8〕學田收益被侵佔，地方財政收入來源的縮小，必然教育經費大受影響。1940

〔註 4〕萬國鼎、壯強華、吳永銘，〈江蘇武進南通田賦調查報告〉，吳相湘、劉紹棠，《民國史料叢刊》（第一輯第 14 冊）（臺北：傳記文學出版社，1971 年），頁 112～113；夏昌桃、安春融、范文質，〈浙江省職業教育中等教育社會教育實習報告〉，南京市圖書館編，《二十世紀三十年代國情調查報告》（第 55 冊），頁 140；高煥陞、謝磬林、曹魁武，〈江西省教育經費現狀及推行普及簡易教育公民教育實施之概況與批評〉，南京市圖書館編，《二十世紀三十年代國情調查報告》（第 219 冊），頁 499。

〔註 5〕江蘇省首先出臺政策，詳見〈清查學田及整頓學租辦法〉，《教育季刊》第 1 卷第 4 期（1933 年），頁 262～263；〈江蘇省各縣清查學田及整頓學租補充辦法〉，《江蘇教育》第 3 卷第 9 期（1934 年），頁 174～175。安徽在 1935 年出臺〈安徽省整理學產實施辦法〉，《安徽教育週刊》第 7 期（1935 年），頁 3～6。1937 年國民政府頒發〈各省市縣清理教育款產辦法〉，《法令週刊》第 365 期（1937 年），頁 1～2。

〔註 6〕《行政院抄發地方行政機關誤解財政統收統支辦法挪用教育經費妨礙教育事業請予糾正原提案訓令》（1942 年 4 月 13 日）（南京：中國第二歷史檔案館藏國民政府教育部檔案），五/10366/94～95。注：本文所用檔案皆爲南京中國第二歷史檔案館所藏國民政府教育部檔案，以下不再標注檔案收藏機關及所在地。

〔註 7〕《廣西省政府報各縣辦理學田劃充學校校產困難情形代電》（1943 年 7 月），五/10816（1）/220。

〔註 8〕〔日〕岩井茂樹著，《中國近代財政史研究》（北京：社會科學文獻出版社，2011 年），頁 387～388。

年，應國民教育推行的要求，各地又需大量改辦、新辦中心校、國民校，本已捉襟見肘的教育經費更加入不敷出。因此，抗戰爆發引起國民政府相關政策調整，因而致使地方教育經費短缺，是國民政府考慮改革學田制度的直接原因。

二、政策制定與出臺

1942 年，國民教育推行已屆兩年，因教育經費支絀，不僅對國民教育，對中等教育也造成了一定影響。此時身爲國民黨總裁的蔣介石屢屢提及需要增加教育經費。〔註9〕對於教育經費的重要性，蔣介石認爲「各省預算分配，保安經費不得增加，教育經費應儘量增加」〔註10〕，具體措施則爲「各縣學田撥歸各級學校耕種」。〔註11〕

因此，蔣介石命教育部「各省各縣之學田應皆撥歸當地學校爲校產，並獎勵各學校自行耕種，俾師生得以實習耕種，此項學田究有多少，應令各省各縣調查呈報並限半年內辦理完畢，希即擬具辦法通令實施爲要」。〔註12〕手令指明學田劃爲學校校產，使用方式是自行耕種，確定了學田的分配對象、管理經營方式，後以正式命令下發。〔註13〕

由於手令並未明確學田的定義、涵蓋範圍。奉命擬定實施辦法的教育部首先面臨的問題就是定義學田。清末，四川、廣東兩省是將賓興田、學田兩者合併作爲新的學田，浙江省只是將舊有學田繼續使用，對於學田的定義全國並未有統一的規定。至 20 世紀 30 年代，全國各省各地對學田的定義、範圍，紛繁不一。安徽、福建，仍沿用舊時的官學學田；湖南、四川則增加膏火田；江蘇、湖北、雲南、貴州、河南五省則將學田涵蓋範圍擴大到書院田、義學田、試資田；原來僅用官學學田的浙江省學田囊括的種類則最多，祭祀

〔註 9〕 《蔣介石日記》（手稿）（1942 年 10 月 21、25 日），美國斯坦福大學胡佛研究所檔案館藏，下同。

〔註 10〕 《蔣介石日記》（1942 年 12 月 11 日）。

〔註 11〕 《蔣介石日記》（1942 年 12 月 8 日）。同月，蔣介石手令「明年各省預算其中所列項目，雖准各省主席得以酌量移用，但不得移用爲保安等消極方面之經費，如用擴充衛生與教育等，則可照准希再通令各省主席遵照爲要」。《行政院奉發明年各省預算中所列項目雖准酌量移用但不得用爲消極方面經費訓令》（1942 年 12 月 26 日），五/10812/76。

〔註 12〕 《蔣介石手令》（1942 年 12 月 16 日），五/10812/31。

〔註 13〕 〈調查學田列表呈府以憑彙報〉，《廣西省政府公報》第 1639 期（1943 年），頁 5。

田、社田、文元田，都納入學田範疇；河北省則將廟產納入學田。〔註14〕這些省份是以田地收入的用途來定義學田，如科舉時代的賓興田、試資田、文元田等，都是為試子提供經費資助的田地，隨著科舉制度被廢除，被納入學田。祭祀田原為祭祀孔廟所用，社田則是提供社會福利保障的田地，因為土地所有人的捐贈或年久無人認領，被劃歸學田。〔註15〕

對此，起初教育部認為學田應指明是省、縣原有學田〔註16〕，即 1942 年以前省、縣所有的學田。而對於學田本身，是應可以耕種之土地，抑或可以租賃之房屋、山林、川澤？手令並未明確指出。教育部國民教育司則認為「委座（蔣介石）手令中『學田』二字，似專指田地之可為學校耕種者而言，各種學產如房屋等等似不在內」〔註17〕，建議辦法將學田定義為可以耕種之土

〔註14〕 傅廣澤，〈安徽省田賦研究〉（上冊），蕭錚主編，《民國二十年代中國大陸土地問題資料》（第 17 冊），頁 8205；李奮，〈福建省田賦研究〉，蕭錚主編，《民國二十年代中國大陸土地問題資料》（第 6 冊），頁 2716；李之屏，〈湖南田賦之研究〉，蕭錚主編，《民國二十年代中國大陸土地問題資料》（第 11 冊），頁 5471；李懋驕，〈成都華陽田賦之研究〉，蕭錚主編，《民國二十年代中國大陸土地問題資料》（第 15 冊），頁 7404；廖啟愉，〈武昌田賦之研究〉，蕭錚主編，《民國二十年代中國大陸土地問題資料》（第 25 冊），頁 11995；黃振鋮，〈雲南田賦之研究〉，蕭錚主編，《民國二十年代中國大陸土地問題資料》（第 24 冊），頁 11459；李陰喬，〈貴州田賦之研究〉，蕭錚主編，《民國二十年代中國大陸土地問題資料》（第 1 冊），頁 17；帖毓岐，〈河南田賦概況〉，蕭錚主編，《民國二十年代中國大陸土地問題資料》（第 22 冊），頁 10443；李盛唐，〈麗水田賦之研究〉，蕭錚主編，《民國二十年代中國大陸土地問題資料》（第 5 冊），頁 2136；尤保耕，〈金華田賦之研究〉，蕭錚主編，《民國二十年代中國大陸土地問題資料》（第 19 冊），頁 9050～9051；蔡文國，〈衢縣田賦研究〉，蕭錚主編，《民國二十年代中國大陸土地問題資料》（第 20 冊），頁 9522～9523，頁 9862～9863；胡冠臣，〈建德田賦之研究〉，蕭錚主編，《民國二十年代中國大陸土地問題資料》（第 22 冊），頁 6307；萬國鼎、壯強華、吳永銘，〈江蘇武進南通田賦調查報告〉，吳相湘、劉紹棠，《民國史料叢刊》（第一輯第 14 冊），頁 17。

〔註15〕 對於民國以前學田的定義，漆俠先生認為「學田是封建國家土地所有制的一種形態」，設立學田的目的是「為供應各州縣學校學生的日常生活需要」。高瑩則對學田做了更細化和準確化的定義，「明代的學田有了廣義與狹義之分，廣義的學田包含三種，它們分別為學田、書院膏火田及試資田。最後三種狹義學田的服務對象及受眾分別對應學校、書院、參試者」。詳見漆俠，〈宋代學田制中封建租佃關係的發展〉，《社會科學戰線》1979 年第 3 期，頁 147；高瑩，〈明清時期學田定義及起源再探〉，《農業考古》2015 年第 1 期，頁 159。因此，比照民國時期的情況，一些省份對學田的定義超出廣義學田的定義，存在著廣義與狹義，以及超出廣義範圍的學田的狀況。

〔註16〕 《教育部中等司簽呈》（1942 年 12 月 20 日），五/10812/27。

〔註17〕 《教育部國民教育司簽呈》（1943 年 2 月 12 日），五/10812/33。

地，而不包含其他。但在辦法草案中，教育部明顯是考慮到了戰前各地方學田的實際狀況，「各省省有學田，如科舉時代之府學州學學產，府省道之書院院產等之田地，均應就近分配於省立中等學校及省立小學為校產」。〔註18〕教育部呈報行政院的辦法中，將「等之田地」四字刪去，變為「各省省有學田，如科舉時代之府學州學學產，府省道之書院院產均應就近分配於省立中等學校及省立小學為校產」〔註19〕，與辦法草案相比定義更為擴大，將省有學田的涵蓋範圍變為學產、院產，而不僅僅是可以耕種的田地了。這種定義更加符合各地的實際情形。〈各省市縣學田撥充學校校產實施辦法〉（以下簡稱〈辦法〉）於4月3日正式頒發。〔註20〕

因此，1943年國民政府對於學田的定義是符合戰前各地方實際的。校產不僅包括可以耕種的土地，還含有土地、山林、水塘以及學校所有的自用或對外租賃的房屋等產業。

三、學田總量的統計與比較

按手令要求，各省各縣應先呈報學田數量。此時正處於抗戰相持階段，一些省份處於敵佔區，且由於部分學田有被地方政府侵佔的情況，上報較為困難。但正因為〈辦法〉對學田的定義與以往有著根本性的不同。所以學田總量巨增。從表1即可看出，國統區18省的學田總量為4，107，214.99市畝與清乾隆十八年學田總量最大時相比，增加了3，041，302.99市畝。

表1　清代至民國時期學田總量表　單位：市畝

朝　代	時　間	統計範圍	總　計
清	雍正二年（1724年）	18直省	357 584.70
	乾隆十八年（1753年）	仝上	1 065 912.00
	光緒十三年（1887年）	23直省	327 611.10
中華民國	1943年	18省	4 107 214.99

資料來源：梁方仲編著，《中國歷代戶口、田地、田賦統計》，北京：中華書局，2008年，頁

〔註18〕《教育部國民教育司擬定各省市縣學田撥充學校校產及（耕種）實施辦法草案》（1943年2月15日），五/10812/22。
〔註19〕《教育部擬具各省市縣學田撥充學校校產及耕種辦法請鑒核備案代電》（1943年2月24日），五/10812/18。
〔註20〕〈各省市縣學田撥充學校校產實施辦法〉，《教育部公報》第15卷第4期（1943年），頁10～11。

535、582；《行政院抄發各省縣（市）學田撥充校產實行辦法及實施情況有關文書》（1941 年 10 月至 1948 年 6 月），五/10812/104；《江蘇浙江學田調查的有關文書》（1937 年 8 月至 1944 年 11 月），五/10814/4、16、33、37～38；《福建江西新疆學田調查的有關文件》（1943 年 9 月至 1944 年 4 月），五/10815/15～17、20；《廣西全縣荔浦等三十一縣學田調查表相關文書》（1943 年 2 月至 1944 年 2 月），五/10816（3）/4～52、55～90；《湖北廣東湖南三省學田調查的相關文書》（1939 年 3 月至 1944 年 1 月），五/10817（1）/12～20、157～161、171～182；《甘肅省學田校產調查的相關文書》（1943 年 1 月至 1945 年 5 月），五/10817（2）/13～16；《河南陝西貴州學田撥歸校產學田調查的相關文書》（1941 年 7 月至 1947 年 4 月），五/10818/15～18、27～29、106；《四川省學田調查的相關文件》（1939 年 8 月至 1943 年 12 月），五/10820/6～7、15～17、41-44；《雲南貴州省學田調查的相關文書》（1941 年 9 月至 1945 年 2 月），五/10821/14、18～25、30～50、55、59～64、68～89、94。梁方仲先生的統計單位為清畝約合 0.92 市畝，按此換算為市畝。檔案中一些省份只是呈報了產量，本文按照最接近民國時期的 1911 年糧食平均畝產 295 市斤/市畝，換算為畝數。根據史志宏研究員的研究，清代是中國歷代中農業生產的最高峰，民國時期反而呈下降狀態。因此，以 1911 年的平均畝產換算，學田總畝數在一定程度上縮小了。詳見史志宏，〈清代農業生產指標的估計〉，《中國經濟史研究》2015 年第 5 期，頁 5～30。

本次奉令呈報學田數量的 18 個省中〔註21〕，安徽、福建、江西、廣西、四川、青海六省未報省有學田數量；湖北省僅報了省有學田數量；廣東、西康、寧夏三省未報學田數量；青海、新疆則是第一次報學田數量；安徽省僅報 26 縣數量，陝西省也只報了 17 縣的學田數量。但由表 2 觀之，各省除湖北、湖南兩省學田數量相比清代下降外，其他各省都有巨大增長。

表 2　清代、民國時期各省學田數量比較表 單位：市畝

時　間 省　別	雍正二年（1724）	乾隆十八年（1753）	光緒十三年（1887）	1943 年
安徽	14 616.04	20 256.56	16 916.04	51 747.57
河南	14 806.48	19 385.32	183 911.68	492 786.93
福建	7 958.00	8 344.40	8 344.40	11 562.80
浙江	16 158.88	27.62		56 441.00
江西	6 259.68	6 256.00	6 196.20	55 991.00

〔註21〕 本次統計也包括戰時陪都重慶。因重慶市有學田歸屬四川省的江津、巴縣二縣管理。所以此次統計中，四川省學田就包括了重慶市學田，為 18 省統計。《教育部報辦理省縣學田撥充學校校產實況代電》（1943 年 7 月 17 日），五/10812/103。

湖北	8 076.68	11 092.44		198.40
湖南	3 942.20	671 673.60	6 789.60	137 524.46
廣東	13 907.64	13 906.72	13 907.64	
廣西	12 470.60	12 334.44		44 146.19
雲南		1 368.96		21 057.31
貴州	3 983.60	4 064.56	4 086.64	23 211.74
四川	334.88	2 116.00		310 695.79
西康				
陝西	5 026.88	47 858.40		51 666.73
甘肅	28 635.92	28 635.00	23 482.08	2 840 002.98
寧夏				
青海				5 873.66
新疆				4 308.43
總計	136 177.84	847 320.02	263 624.28	4 107 214.99

資料來源：表 1 數據。

四、《辦法》的推行

（一）學田管理權的重新劃分與學田的再分配

清代的學田管理，有四種方式：一是由地方政府直接管理，二是由學官管理，三是由鄉紳管理，四是由學校生員管理。〔註22〕因學田的所有者不同，採取的管理方式亦不同。二、四兩種方式多是管理官學學田，而在廣東部分地區則由地方政府直接管理。除官學學田之外的書院田、義學田等則多採用第三種方式。有清一代，政府對學田的管理並沒有明確的規定。各省各地區，同一州縣，甚至同一學校、書院乃至同一塊學田前後的管理方式也不同，紛繁複雜，難以劃一。〔註23〕清末時河南、四川、浙江三省則將學田劃為學務司、勸學所之辦學經費，交由地方教育管理機構經營。

〔註22〕錢蓉，〈清代學田的經營管理〉，《內蒙古師範大學學報》（哲學社會科學版）2003 年第 2 期，頁 11；王繼訓，〈清代學田個案研究：廣東學田〉，《齊魯學刊》2004 年第 2 期，頁 61。
〔註23〕錢蓉，〈清代學田的經營管理〉，《內蒙古師範大學學報》（哲學社會科學版）2003 年第 2 期，頁 11；王繼訓，〈清代學田個案研究：廣東學田〉，《齊魯學刊》2004 年第 2 期，頁 62。

　　進入民國，學田的管理則部分延續了清代的複雜方式。安徽、福建、江蘇的武進、南通，由省縣教育行政機關管理。〔註 24〕由省級教育管理機關管理學田，這是與清代極大不同之處。但由各校自行管理的情況也普遍存在，如湖南、浙江永嘉、四川的眉山、犍爲、宜賓、屏山的部分學校。〔註 25〕河南「省教育款產管理處 1933 年接管 3.26 萬餘畝校田，同時南陽公立宛南中學有學田 3 萬畝，由該校派員經理」〔註 26〕，江西「各縣多寡懸殊，因之各縣教育經費多少頗受影響」。〔註 27〕在這種情況下難免因各校所有學田數量、品質的不同而造成各省各地區各校教育經費不均。

　　針對這種情況，早在民國建立之初，北洋政府即要求「各處學田應責成縣知事認眞清查，撥歸縣立學校」。〔註 28〕而〈辦法〉的首要政策，學田劃歸各地學校所有，無疑是想解決抗戰時期面臨的問題，各地方政府藉口統收統支，侵佔教育經費。教育部擬定時即心知肚明，「地方經費實行統收統支後，學田一項已列入統收範圍，（多數地方學田名義，已不存在）」。〔註 29〕對學田所有權的重新劃分，教育部認爲「縣有學田，以分配中心學校爲主，省有學田以分配中等學校爲主」。〔註 30〕在正式辦法中，對於學田所有權的分配對象則加以細化「省有學田，如科舉時代之府學州學學產，府省道之書院院產，均應就近分配於省立中等學校爲校產」、「縣市公有學田均應分配於該市縣內

〔註 24〕 傅廣澤，〈安徽省田賦研究〉（上冊），蕭錚主編，《民國二十年代中國大陸土地問題資料》（第 17 冊），頁 8205；李奮，〈福建省田賦研究〉，蕭錚主編，《民國二十年代中國大陸土地問題資料》（第 6 冊），頁 2716；萬國鼎、壯強華、吳永銘，〈江蘇武進南通田賦調查報告〉，吳相湘、劉紹棠，《民國史料叢刊》（第一輯第 14 冊），頁 17、124。

〔註 25〕 黎定難，〈永嘉田賦之研究〉，蕭錚主編，《民國二十年代中國大陸土地問題資料》（第 5 冊），頁 2139～2140；李炳炎，〈湖南田賦與省縣財政〉，蕭錚主編，《民國二十年代中國大陸土地問題資料》（第 12 冊），頁 622；金海同，〈眉山犍爲田賦研究〉，蕭錚主編，《民國二十年代中國大陸土地問題資料》（第 9 冊），頁 4099～4100；萬德麟，〈宜屏田賦之研究〉，蕭錚主編，《民國二十年代中國大陸土地問題資料》（第 23 冊），頁 10940。

〔註 26〕 帖毓岐，〈河南田賦概況〉，蕭錚主編，《民國二十年代中國大陸土地問題資料》（第 22 冊），頁 10443～10444。

〔註 27〕 高煥陞、謝磐林、曹魁武，〈江西省教育經費現狀及推行普及簡易教育公民教育實施之概況與批評〉，南京市圖書館編，《二十世紀三十年代國情調查報告》（第 219 冊），頁 498。

〔註 28〕〈本部紀事〉，《教育部編撰處月刊》第 1 卷第 2 期（1913 年），頁 1。

〔註 29〕《教育部中等司簽呈》（1942 年 12 月 20 日），五/10812/27。

〔註 30〕《教育部中等司簽呈》（1942 年 12 月 20 日），五/10812/30。

公立之小學及中心學校及中等學校爲校產」;學田的分配數量以學級數量爲準,「中等學校一學級以五到十畝爲原則,中心學校一學級以二到五畝爲原則」,並考慮各地實際斟酌學田多少分配;分配範圍「鄉村學校以附近五里以內,城市校以附近五里以內」。〔註31〕規定看似公允,但教育部只是考慮到公平分配的問題,而沒有顧及到各地學田分佈的複雜情況。

對此,戰時面臨巨大經費壓力的各地方政府無疑是持抗拒態度。但國統區18省的執行情況也有不同。西北五省,寧夏未報學田數量的原因即「各縣學田早經劃歸爲財政廳管理,據稱此項學田劃歸學校爲校產,尚有困難」;青海、新疆呈報了學田數量,對於學田劃撥給各地學校,新疆「迄今報到者寥寥無幾,且與規定不合」,青海則一直未呈報;相對而言,陝西執行情況較優,專門出臺專項條文指導各地實施,至1944年夏,已完成學田數量調查的共69縣,其中17縣已經將學田撥充校產由學校自管,約占總縣數的四分之一,平均每縣分配2314.55市畝,但卻並未報告17縣各校分配的學田詳細數量;甘肅省呈報學田數量的30個縣中22個縣擬撥學田3842.899市畝,約占該省縣有學田總量的0.48%,數量較小,平均每學級約分配4.73市畝,恰好接近中等校分配學田數量的最低值和中心學校分配學田數量的最高值。〔註32〕

重慶國民政府統治的核心區域西南四省,本應爲各地區垂範的四川僅僅呈報了114縣的學田數量,遲至1943年底,具體分配情形仍未呈報;貴州「各縣學田收益全部作爲縣級教師食米,且學田集散不均,須仍由各縣政府統籌支配爲縣級教師食米」;反而處於龍雲統治下的雲南,進行了細緻的劃分,33個縣中15個縣劃撥學校管理學田8089.364市畝,約占雲南學田總量的38.42%。〔註33〕

〔註31〕〈各省市縣學田撥充學校校產實施辦法〉第2〜5條,《教育部公報》第15卷第4期(1943年),頁10〜11。

〔註32〕《行政院抄發各省縣(市)學田撥充校產實行辦法及實施情況有關文書》(1941年10月至1948年6月),五/10812/103;《福建江西新疆學田調查的有關文件》(1943年9月至1944年4月),五/10815/23;《河南陝西貴州學田撥歸校產學田調查的相關文書》(1941年7月至1947年4月),五/10818/132〜134、187〜188;《甘肅省學田校產調查的相關文書》(1943年1月至1945年5月),五/10817(2)/160〜202。

〔註33〕《四川省學田調查的相關文件》(1939年8月至1943年12月),五/10820/39;《雲南貴州省學田調查的相關文書》(1941年9月至1945年2月),五/10821/12〜14、16〜25、29〜50、53〜55、57〜64、67〜89、91〜94、121〜125、173。

華中的湖北「本省各縣原有學產已併入公產內一併清理」，教育部以撥充學田爲校產，「係奉總裁手令限期辦理」爲由，向湖北省政府施壓，但湖北省一直未將詳細劃分情形上報；湖南則認爲「學校耕種縣有學田不得視爲產權之轉移，應由縣依照通例租額發交學校承佃」，其餘不由學校耕種者，其管理權「仍由各縣教育產款經理室統一經管」，後因豫湘桂戰役爆發，湖南遂停止執行。〔註34〕

在華南，廣東未呈報學田數量；劃撥後廣西地方學校所有的學田數量爲21608市畝，約占廣西學田總量的48.95%，但大部分集中於全縣，對於學田管理權劃分困難的原因，廣西一些縣認爲縣財政困難，學田爲收入重要來源，且遵令劃分學田，難免偏裕少數學校，由縣統收統支穩定縣教育經費，利於縣內各校經費均衡，教育部雖一再以行政院訓令施壓，但廣西一直未報劃分情形。〔註35〕

東南地區，福建「各縣因劃分手續繁瑣，致難如期塡報」；浙江，「從前省府道書院之院產，已分歸各縣能否收回分撥各省立學校，又各縣學田中有自前縣立學校校產內集中保管，作爲縣學產，而自國民教育推行後，近已按照原額撥歸鄉鎮保校或有指定撥充者，如再分發糾紛更多，現擬仍舊，不令分配」，積習已久，遵令推行極易造成新的矛盾。〔註36〕

中原的河南，「學田之所有權仍歸縣政府，各級學校以公法人承佃公田，仍照一般公學田招佃標準繳納課租」，並出臺〈修正河南省各縣學田撥充學校校產實施辦法〉，但一直未呈報學田詳細分配情況，整理學田方面卻較有成效，新增學田113,346.403市畝；安徽因「縣城淪陷，冊籍散失」，難以呈報準確數字，所以僅報26縣學田數量。〔註37〕

〔註34〕《湖北廣東湖南三省學田調查的相關文書》(1939年3月至1944年1月)，五/10817(1)/3～6、157、166～167。

〔註35〕《廣西各縣廣東如央縣學田簡明表有關文書》(1938年4月至1948年11月)，五/10816(1)/21～22、176～177、208、210、218～220；《廣西全縣荔浦等三十一縣學田調查表相關文書》(1943年2月至1944年2月)，五/10816(3)/133。

〔註36〕《江蘇浙江學田調查的有關文書》(1937年8月至1944年11月)，五/10814/9；《福建江西新疆學田調查的有關文件》(1943年9月至1944年4月)，五/10815/8。

〔註37〕《江蘇浙江學田調查的有關文書》(1937年8月至1944年11月)，五/10814/36；《河南陝西貴州學田撥歸校產學田調查的相關文書》(1941年7月至1947年4月)，五/10818/9～11、26、33～36。

由此觀之,〈辦法〉的首要措施,學田所有權重新劃歸各地學校,學田按學級數量重新分配,在國統區 18 省中並未得到廣泛而切實的推行。大量學田仍掌握在縣政府手中,由縣財政統收統支。實行重新劃撥學田的省份僅陝西、甘肅、雲南、廣西四省,合計 72887.65 市畝,約占國統區學田總量的 1.8%,實在是微乎其微。〔註38〕

(二)學田由學校自耕

〈辦法〉秉承蔣介石的主張,提倡學田由各地學校自耕,可謂自北宋以來學田經營方式的一大巨變。獎勵師生自耕,將面臨兩個問題。第一、中、小學生能否有能力、條件去自耕,第二、自北宋學田制度興起以來,學田大都採取租佃方式經營,一時突然收回佃農租佃權,原有租佃關係如何處理。

針對第一個問題,各省紛紛表示「1、學校教學與農時不相匹配 2、學田貧瘠,難以自耕 3、學田遠離學校,往來費時」〔註39〕,「以耕種言亦多非小學及中心學校學生之體力技術可以勝任」。〔註40〕對於廢除租佃關係,實行自耕,浙江「各校自行收租,或尚可行,自耕則路途遙遠,勢不可能」,佃農的永佃權受到侵犯,影響其生計,易引起糾紛;廣西全縣「學田一向為人佃種,歷年供租並無積欠,而佃戶生活亦賴以維持」;河南「小學校學生因年在十二歲以下實無耕作能力和技術,雇工耕種則農具牲畜之購置在在需款,飼養與管理均屬不易,如租佃代耕任意租稞,深恐濫用虛支,弊端百出,為地方豪紳所把持」。〔註41〕學田由學校自耕破壞長期的租佃關係,惡化佃農生活,自然引起他們反對,進而造成地方社會生活的緊張與不安。

對此,教育部的答覆也只是命各地斟酌處理,以學校與學田的距離遠近為準,近者自耕,遠者租佃。但實際上各地仍是按照〈辦法〉第七條末的規定「並

〔註38〕 根據表 1 數據計算。

〔註39〕 《教育部報辦理省縣學田撥充學校校產實況代電》(1943 年 7 月 17 日),五/10812/96。

〔註40〕 《湖南省教育廳報各省市縣學田撥充各校校產實施辦法與該省情形略有出入擬酌予變通呈》(1943 年 5 月 19 日),五/10817(1)/167。

〔註41〕 《江蘇浙江學田調查的有關文書》(1937 年 8 月至 1944 年 11 月),五/10814/20;《廣西各縣廣東如央縣學田簡明表有關文書》(1938 年 4 月至 1948 年 11 月),五/10816(1)/210;《河南陝西貴州學田撥歸校產學田調查的相關文書》(1941 年 7 月至 1947 年 4 月),五/10818/10。

得佃租人民耕種」〔註42〕，維持原有的租佃經營方式。可是細查〈辦法〉第七條，教育部明顯是更強調學田劃歸各校自耕，實為自耕在前為主，佃租為輔。租佃經營只是自耕的補充方法。結果，各地的推行本末倒置，前後顛倒，實際上違背了蔣介石和教育部的本意。真正推行自耕的僅雲南、廣西兩省，合計實行自耕的田地亦僅 9230.37 市畝，約占國統區學田總量的 0.22%。〔註43〕

（三）戰時學田的賦稅壓力

前文已述，因種種原因，戰時教育經費短缺嚴重。1942 年，教育部為解決此問題，寬籌經費，令各地成立縣地方教育特種基金，「而事實上僅湖南一省擬定辦法開始實施」。〔註44〕但湖南亦感教育經費籌措的困難，屢屢電請教育部准豁免學田學產帶購軍糧。〔註45〕

因此，為減輕學田賦稅壓力，首次公佈的〈辦法〉第十三條規定「學校自耕學田之收入，除充膳食營養所需外，如有溢餘應作充實設備費，其餘學校田產之收入，除繳納租賦外，如有盈餘得充作擴充校舍設備或補助經常費之用」。〔註46〕按此規定，學校自耕之學田即不必繳納田賦，收益完全供學校自用。可〈辦法〉剛宣佈實施，糧食部即提出疑義，認為如果按此辦理，學田劃撥給各地學校自耕者免賦，對國家賦稅及軍糧徵購影響太大，要求修改該項條文。〔註47〕教育部無法，只得在「『除』字下，『充』字上，加『繳納賦稅及』五字」，就改為「學校自耕學田之收入，除繳納賦稅及充膳食營養所需外」。〔註48〕修正後的〈辦法〉於 8 月 24 日頒發。〔註49〕如果說，〈辦法〉的前幾項措施，劃撥學田為學校所有、按學級分配學田、提倡學校自耕，皆因

〔註42〕〈各省市縣學田撥充學校校產實施辦法〉第 7 條，《教育部公報》第 15 卷第 4 期（1943 年），頁 11。

〔註43〕根據表 1 數據計算。

〔註44〕《教育部中等司簽呈》（1942 年 12 月 20 日），五/10812/28。

〔註45〕《湖北廣東湖南三省學田調查的相關文書》（1939 年 3 月至 1944 年 1 月），五/10817（1）/63～68、92～94、121～123。

〔註46〕〈各省市縣學田撥充學校校產實施辦法〉第 7 條，《教育部公報》第 15 卷第 4 期（1943 年），頁 11。

〔註47〕《糧食部請修改各省市縣學田撥充學校校產實施辦法第十三條前段呈》（1943 年 5 月 6 日），五/10812/121～122。

〔註48〕《教育部致行政院秘書處核覆各省市縣學田撥充學校校產實施辦法第十三條前段修正意見函》（1943 年 6 月 2 日），五/10812/118。

〔註49〕《教育部抄發修正各省市縣學田撥充學校校產實施辦法訓令》（1943 年 8 月 24 日），五/10812/82。

傳統習慣，地方差異而缺乏操作性。那麼，〈辦法〉原十三條，自耕學田免賦，對於行使徵稅權的國民政府來講，完全具有可行性。如能實現，在某種程度上亦可減輕學田的賦稅壓力。但是，抗戰時期糧食是國家的重要戰略資源，同時期參與第二次世界大戰的主要國家，也皆不同程度的採取措施管控本國糧食供應。且以國統區當時的經濟狀況，除卻糧食以外，也難以仰仗其他財源了。學校自耕學田免賦自然難以施行。

五、結　語

　　按蔣介石要求，〈辦法〉應於 1943 年 6 月前在國統區 18 省全部執行完畢，但因上述種種原因，遲至 1944 年 6 月，教育部仍在催各省報學田撥充校產情況。〔註 50〕而〈辦法〉規定的幾項舉施，從各地實際推行的結果觀察，除卻統計了國統區 18 省學田數量以外，其他政策基本是失敗的。劃撥學校所有的學田數量極小，大量學田仍歸縣級政府掌控，學田中由學校自耕的僅占約 12.66%〔註 51〕，份額太小。努力推行的陝西、甘肅、雲南、廣西，亦皆為農業產量不高之地，難以取得較為明顯的成效。再從長時段看，民國時期的學田相比於清代在數量上有了巨增，但在教育經費中的地位有逐漸降低之勢。加之，南京國民政府成立後，接續清政府、北洋政府的目標，力圖建立一套從中央到地方的現代型政府。因現代型政府職權、責任增加，為維持其運作，履行其職責，支撐公共事務開支，必然加大對地方財賦的汲取。現代財政管理制度逐漸建立，以往游離於政府財政之外的學田收益於是就被納入其中，統收統支。如果沒有抗戰全面爆發，教育經費在地方財政中的支出大項地位或許還能維持。一旦耗資巨大的長期戰爭爆發，其必受最大影響。而造成這一問題的最根本原因在於，清末興起的西方新式學堂，完全嫁接於中國傳統農業社會的基礎之上。學田在北宋以後之所以備受重視，就在於其符合科舉制度發展的內在需要。而 1905 年科舉制度被廢除以後，作為科舉制度經濟根基的學田逐漸喪失其作用。新辦的西式新學堂就成為了地方政府財政開支的沉重負擔。這是近代中國教育發展難以擺脫的困境。

（作者簡介：蔡興彤，男，南京大學歷史學院博士生）

〔註 50〕《教育部催報學田撥充學校校產最近辦理情形代電》（1943 年 6 月 14 日），五/10812/108。
〔註 51〕根據表 1 數據計算。

讀經論爭的高潮：《教育雜誌讀經問題專號》再研究

童　亮

摘要：《教育雜誌：讀經問題專號》是 1935 年討論讀經問題最集中的場所，之所以如此於編者和作者的努力密切相關。雜誌雖然有意模糊其對讀經問題的態度，當時通過分析可以看出該專號的主流聲音是否定讀經的。該專號不僅在當時在此後一段時間內也產生了重要影響。

關鍵詞：讀經；《教育雜誌》

　　20 世紀 30 年代關於讀經問題最集中的討論，出現在《教育雜誌讀經問題專號》中，該專號已引起了不少學者的注意。例如楊婷認為這是當時討論讀經問題的集大成者，這次爭論有三個焦點：即「聖人之言」與「六經皆史」、「固有之國粹」與「從歐洲之出發」、「反芻說」與「興趣說」。〔註1〕尤小立對該專號加以分析之後指出：從理論上看「讀經」與不「讀經」之間的根本分歧在於經書是否仍舊承載著它的道德屬性，討論者儘管觀點不一，但絕大多數都能以「科學「的態度，對傳統採取兩分法，且反感「尊孔」以及附加於「讀經」之上的諸種外在因素，他認為這一點是五四新文化運動影響的結

〔註1〕 楊婷，〈1935 年《教育雜誌》讀經專號述評〉，紀念《教育史研究》創刊二十
　　　　週年論文集（3）——中國教育制度史研究。

果。〔註2〕袁詠紅從較宏觀的角度分析了讀經之爭的時代背景,將專家對於讀經之爭的態度按照主張、反對與折中的不同派別進行了分析。〔註3〕對此次論戰研究最爲深入的是林麗蓉《民國讀經問題研究(1912～1937)》一書中第四章讀經論戰之分析,她對參與論戰的作者進行了詳盡的列表介紹,並對各派作者進行了詳細的分析。然後她將讀經的派別分爲絕對贊成讀經派,相對贊成或反對讀經派以及絕對反對讀經派。最後作者借用中心論與邊陲論,實用價值論對讀經論戰的中心理論進行了剖析。〔註4〕筆者期在前人研究的基礎之上,從該專號是如何發起的,該專號的內容解析以及該專號在當時的影響等方面對其展開進一步研究,以期能夠加深對這次論爭的理解。

一、《讀經問題專號》的發動

何以《教育雜誌》會刊載讀經問題專號?以往的研究多從當時社會教育的大背景出發,大都注意到以下的幾種因素:如廣東和湖南的讀經運動引起了關於讀經問題的爭論,由汪懋祖的〈強令讀經與禁習文言〉所引起的文白爭論,新生活運動以及國民黨的尊孔運動等。這些因素可以爲我們提供一個較爲宏觀的背景〔註5〕,但是對於《讀經專號》運作的直接原因則關注不多。從讀經專號有署日期文章的情況來看,這些稿件基本上都是在1935年3月份寫成,最遲的在4月初也已完稿,5月讀經專號就已經面世。之所以《教育雜誌》能在如此短的時間裏集結爲數眾多的專家學者的意見,筆者認爲以下直接因素也值得注意:

其一,《教育雜誌》長期形成的威望。時任國民政府教育部長王世杰認爲:「《教育雜誌》創刊於清季,幾與吾國新教育之韌始相伴,繼續刊行已歷二十餘年,未嘗中輟,實爲我國教育定期刊物中之獨具深長歷史者!刊行以來,

---

〔註2〕 尤小立,〈讀經討論的思想史研究——以1935年《教育雜誌》關於讀經問題的討論爲例〉,《安徽史學》2003年第5期。

〔註3〕 袁詠紅,〈20世紀30年代「讀經」的主張和爭論〉,《史學月刊》2008年第7期。

〔註4〕 林麗蓉,〈民國讀經問題研究(1912～1937)〉,林慶彰主編,《中國學術思想研究研究輯刊》(第10編第31冊)(臺灣:花木蘭文化出版社,2010年)。

〔註5〕 對此最爲詳盡系統的論述請參看林麗蓉《民國讀經問題研究(1912～1937)》(第三章),在該章林在第一節首先論述了抗戰以前的教育改革,其中包括三民主義教育宗旨的建立,祀孔之廢除與恢復,內憂外患下地文化建設。第二節在介紹了何健,陳濟棠以及宋哲元的讀經思想。詳見該書頁49～70。

其與新教育學說之紹介，教育實際問題之討論，類皆出以純正慎重之態度，因獲吾國教育界之一種權威。」〔註6〕

　　其二，何炳松復刊《教育雜誌》後，所做出的改革。何炳松在 1934 年《教育雜誌》復刊號上登載了的〈本雜誌的使命〉一文。在該文中，他明確提出要把《教育雜誌》的範圍擴大，使之「成爲一種教育和文化並重的刊物。」〔註7〕而且「要聯合國內學術界和教育界的全體同仁，共同起來，打倒文盲，建設農村，提倡生產教育，提高文化程度，創造獨立的教育理論和方法，介紹外國的教育理論和實際，以期實現三民主義的教育宗旨，幫助促進中華民族的復興。」〔註8〕他要將《教育雜誌》辦成「全國教育界的一個共同的喉舌」〔註9〕，由此可見何炳松主編《教育雜誌》的抱負之宏遠，由此具體到讀經問題上，無怪乎有學者認爲何炳松在「內心裏，未必沒有爲二十多年來懸而未決的讀經問題作結的願望」〔註10〕。

　　其三，何炳松建立了特約撰述制度。在復刊之際，爲了使《教育雜誌》能夠成爲全國教育界共同發表心得的總機構，他相繼聘請 74 位教育專家作爲特約撰述。他們分別爲王書林、王雲五、江恒源、朱君毅、李石岑、汪懋祖、沈有乾、邰爽秋、何清儒、周予同、孟憲承、吳家鎮、俞子夷、馬宗榮、孫貴定〔註11〕、朱有光、杜佐周、尙仲衣、姜琦、高陽、高覺敷、陳選善、陳禮江、陳鶴琴、章益、程其保、曾作忠、莊澤宣、黃翼、黃炎培、雷同羣、楊亮功、〔註12〕朱經農、李蒸、李建勳、吳俊升、沈履、金曾澄、陸志韋、韋慤、程時煃、崔載陽、張耀翔、湯茂如、董任堅、廖世承、鄭通和、鍾道贊、羅廷光、謝循初〔註13〕、艾偉、林礪儒、邱椿、范壽康、俞慶棠、郭一岑、常道直、黃建中、楊鄂聯、趙廷爲、鄭宗海、魯繼曾、劉廷芳、劉湛恩、歐元懷、蔣夢麟、秦孝嶸。〔註14〕將這一名單與讀經專號上的作者相對，便

〔註 6〕〈《教育雜誌》復刊感言〉，《教育雜誌》第 24 卷第 1 號，頁 1。
〔註 7〕何炳松，〈本雜誌的使命〉，《教育雜誌》第 24 卷第 1 號，頁 7。
〔註 8〕何炳松，〈本雜誌的使命〉，《教育雜誌》第 24 卷第 1 號，頁 7。
〔註 9〕何炳松，〈本雜誌的使命〉，《教育雜誌》第 24 卷第 1 號，頁 6。
〔註 10〕尤小立，〈讀經討論的思想史研究——以 1935 年〈教育雜誌〉關於讀經問題的討論爲例〉。
〔註 11〕〈我們的特約撰述〉，《教育雜誌》第 24 卷第 1 號，頁 193～196。
〔註 12〕〈我們的特約撰述（二）〉，《教育雜誌》第 24 卷第 2 號，頁 129～132。
〔註 13〕〈我們的特約撰述（三）〉，《教育雜誌》第 24 卷第 3 號，頁 121～124。
〔註 14〕〈我們的特約撰述（四）〉，《教育雜誌》第 24 卷第 4 號，頁 123～127。

可發現其中不少作者正是特約撰述,如江恒源、朱君毅、李石岑、汪懋祖、何清儒、周予同、杜佐周、姜琦、高覺敷、陳禮江、陳鶴琴、章益、曾作忠、黃翼、雷同羣、朱經農、李蒸、李建勳、程時煃、崔載陽、趙廷爲。從以上所論可以看出特約撰稿制度對讀經問題討論供稿的貢獻。

其四,何炳松主編《教育雜誌》後多注意對當時熱點教育問題的集中組稿討論。如教育體制、教學方法等問題,《教育雜誌》第 24 卷第 4 號刊登了討論中等教育改制問題的文章〔註15〕,《教育雜誌》第 25 卷第 1 號刊登了全國專家對於教育救國的信念,全國專家對於學制改造的態度,全國專家對於教育上特殊問題的意見〔註16〕,同卷第 3 號刊登了關於讀書問題的討論。〔註17〕這種集中組稿討論的模式在出版讀經問題專號時可謂達到高峰,此後《教育雜誌》還在第 25 卷第 7 號推出《師資訓練專號》,在 25 卷第 8 號推出《上海市推行識字教育專號》,在 25 卷第 12 號推出《兒童年專號》。

其五,何炳松的積極催稿。如姜琦本來對讀經問題有一些意見,特有不欲說,直到在前幾天本刊總編輯何柏丞先生爲中華學藝社年會來到武漢,遇見我的時候,就向我問起已否做就學校讀經問題的文字,我答以「不做」,他促我非做不可,才「接受何先生的盛意」決定寫一些意見。

當時的廣東、湖南的讀經運動,國民政府的尊孔等可當作引發讀經問題討論的原因,具體到《教育雜誌讀經問題專號》本身,則以上直接的因素也應考慮在內。其中,主編何炳松的個人作用在促進《教育雜誌讀經問題專號》短期內出版上尤爲突出。此外,值得注意的是何炳松不僅在組稿上發揮了重要的作用,他在編輯稿件從而呈現本期讀經問題專號時也表現了獨特的技巧,從而較爲隱含的表達自己的觀點。

二、編輯立意和態度的影響

尤小立和楊婷都已經觀察到這次讀經之爭持論者都頗「平靜」。前者認爲,《教育雜誌》這次徵文議論的實際情況看,還是屬於「討論」的範疇,彼此的火藥味兒並不重。〔註18〕後者認爲,在實際的討論中我們可以發現,大部分的論爭者都嚴守學人應該遵循的「言之有理」,「持之有故」的原則,對

〔註15〕詳見《教育雜誌》第 24 卷第 4 號,頁 7～44。
〔註16〕詳見《教育雜誌》第 25 卷第 1 號,頁 1～58,頁 59～114,頁 115～120。
〔註17〕詳見《教育雜誌》第 25 卷第 3 號,頁 2～28。
〔註18〕楊婷,〈教育雜誌讀經專號述評〉。

自己的立場作了較爲充分的解釋，對讀經可能產生的功效作了各種估價。雖然「平心靜氣」其實很難做到，但尚不失學人本色。〔註 19〕這或許與何炳松在編者序言中所說的「還有一點我們這次收到的意見中，大體都是一種平心靜氣的討論」〔註 20〕有關。但在筆者看來這似乎更是主編何炳松的徵文要求，換言之，這只是編輯者想讓這次討論顯得「平心靜氣」而已。當時一般的爭論之情況，正如高卓所說：「國人討論問題，政治的或學術的，往往難免意氣從事，你罵他『狂妄』，他罵你『迷戀骸骨』，各不相下。關於讀經問題的討論，當然不成例外。」〔註 21〕正是由於這種情況的普遍存在，所以作爲主編的何炳松才有特意提醒諸位專家要平心靜氣。鄭師許在〈讀經問題的意見〉中提出徵文信中有「平心靜氣，從長討論」八個字，可見何炳松對讀經問題討論的引導。在《現代》的《反「讀經」「存文」》特輯的文章中，我們就可以看出一種與《教育雜誌》「平心靜氣」的討論明顯不同的文章風格。如汪馥泉在〈反讀經存文〉一文中開山便道：老狗變不出新把戲，封建社會底忠臣孝子，又來玩這鬼花樣了：「讀經」「存文」。〔註 22〕此文的結尾則更爲激烈，其言道：「不會懂得的，老狗老玩著老把戲，老狗是變不出新把戲的。嗚呼，經尚可讀乎哉，狗屁狗屁眞狗屁！文尚可存乎哉，狗屁！狗屁！更狗屁！」〔註 23〕即使在《教育雜誌讀經問題專號》中，各位專家已經十分剋制，也會有如柳亞子的「時代已經是 1935 年，而中國人還提倡讀經，是不是神經病，我也不用多講了」之語。

除了何炳松對於讀經專號的風格的把握之外，何炳松對於讀經問題的態度亦十分值得分析。讀經問題專號在各位專家意見之前，有一篇〈全國專家對於讀經問題的意見〉的序言，本序言僅署名編者，但一般認爲應爲主編何炳松所作。在這篇文章中，何首先指出了「讀經問題之所以成爲問題，就是因爲有人主張中小學生都應該讀經這一點上。」何進一步認爲之所以會有人提倡讀經，是因爲「現代我國思想的混亂和國難的嚴重。」然後作者根據中小學生是否應該讀經這一點，將七十餘位專家的意見分成三種類型，即（一）

〔註 19〕尤小立，〈讀經討論的思想史研究——以 1935 年《教育雜誌》關於讀經問題的討論爲例〉。
〔註 20〕《教育雜誌》第 25 卷第 5 號，頁 76。
〔註 21〕《教育雜誌》第 25 卷第 5 號，頁 76。
〔註 22〕《現代》第 6 卷第 3 期。
〔註 23〕《現代》第 6 卷第 3 期。

絕對的贊成者；（二）相對的贊成者，同時亦可稱為相對的反對者；（三）絕對的反對者。這種分類只是一種有意的呈現，從而掩蓋其反對讀經的真實態度。

筆者認為對於讀經問題的分類本質上只有兩類而已，那就是贊成讀經和反對讀經，更無有所謂折中派或相對派。在這裡所說的贊成派，其實就是肯定經的價值的一派，他們不僅是肯定經的歷史價值，更重要的肯定經的永恒價值，尤其是其在實際運用中的價值，正如楊壽昌所言：「經中之微言大義犖犖大者，其詔示人類生活之原理原則，亙古今，同中外而無以易。」〔註24〕而在當時，似乎道德人格成為了經的這種永恒價值的寄託。這一派其實就是「中學為體，西學為用」的遺緒，也可說是當時在本位文化論爭中持要以「中國固有之文化」為文化建設的基石的學者。另外則是反對派，這一派其實本身很複雜，有承認經有歷史的價值的，但也有完全否定經的，但是其對於經的現實價值則是基本持否定的態度，認為經僅是陳物，不具有時代性。當時的全盤西化派，本位文化中提倡以資本主義文化或社會主義文化為本位的人，其在本質上都如此。相對派和折中派的分法，從其字面意思來看，或許有不少的道理，何炳松甚至將相對派分成五經。但是其實其中的很多人，或者雖然是贊成大學讀經，但是其本質卻是反對讀經的；或者是雖然反對小學讀經，但是在本質上其實是贊成讀經的。這種情況在意見中很多，或者是由於作者行文表達的委婉，〔註25〕或者亦是由於受何炳松規定的討論中小學是否應該讀經的限制。或者是受廣東和湖南讀經問題的直接影響，而在具體的中小學等問題上產生的意見。然而，如此則就拘泥於形式上的分類，而並不能對實際的情況做出更為明確的判斷。

基於以上原因，筆者將按照贊成和反對讀經，將作者的意見重新分類。

贊成讀經的有唐文治、姚永樸、陳朝爵、古直，曾運乾、陳鼎忠、方孝岳、王節、何建、楊壽昌、憶欽、雷通羣、錢基傅、顧實、鄭師許、江亢虎、陳立夫、胡樸安、李權時、陳柱尊。

〔註24〕《教育雜誌》第25卷第5號，頁15。

〔註25〕如劉英士便指出：往往文章做的愈好，說話講的愈圓，意思愈不明顯。本來是三言兩語就可以把話說完了。使人一聽便明白的，經過文人的大筆，立刻變成萬言，結尾常說：鄙人對於這個問題，可說是毫無成見。總之，讀經的利害，不易遽判。我們必須先坐一番研究的工夫，才能決定取捨。或者該說：鄙見如是。顯在反對方面，亦有相當理由，值得考慮。所以我們必須根據各方意見，作一統計，而後才可下一判斷。《教育雜誌》第25卷第5號，頁55。

反對讀經的有李蒸、任鴻雋、鄭鶴聲、蔡元培、李書華、王新命、何清儒、楊衛玉、陳鶴琴、繆鎮藩、劉英士、吳自強、崔載陽、鄭西谷、黃翼、章益、范壽康、謝循初、陳鍾凡、趙廷為、陳禮江、方天遊、朱秉國、陳高傭、傅東華、杜佐周、高覺敷、姜琦、陳望道、謝六逸、孫寒冰、王怡心、江問漁、周憲文、翁文灝、尚仲衣、王西征、陶希聖、劉南陔、林礪儒、吳家鎮、周予同、柳亞子、曾作忠、葉青。

由此從《教育雜誌》讀經專號來看，反對讀經的意見則明顯的在當時處於多數派的地位，若再聯繫當時有 148 人簽署的〈我們對於文化運動的意見〉中反對讀經聲音，則可見當時，讀經的主張確實是處於弱勢的地位，而廣東、湖南讀經的實踐也多受到批評。此外，對經的看法已經發生了實質性的轉變，而對於讀則更多的認為是一種專門的研究而已，僅在歷史上有著其意義，在現實的意義也僅是送入博物館中的觀摩品而已。另外的一少部分人，則仍然在本質上堅持認為經有永恆的價值，尤其對於其所處之時代亦有最重要之價值，他們或許可以被看作王汎森所說「執拗的低音」。下文則探討支持或反對讀經的理由的異同以及其折射出來的時代之特色。

張太原研究了 30 年代思想界的整體狀況，可作為認識贊成和反對讀經理由的宏觀思想背景，他認為當時的思想界已經反思到「沒有了中國」……人們有意識地去重塑中國，卻無意識地扎進世界裏不能自拔；種種「中國化「的背後仍是各式各樣的「世界化」……這表明中國人陷西已深，醒然仍無以自立。〔註 26〕由此我們可以明瞭在爭論中學者所說的時代性的複雜性。其實，中國人陷西到底有多深，尚有討論的餘地。時處 30 年代中期的中國，雖然已歷經辛亥革命之巨變，又歷經新文化運動之對傳統的激烈的全盤否定，傳統政制、傳統文化完全解體，新的政制、新的文化迅速建立。但是由於變化太快太大，所以其實呈現出了非常複雜的局面，新舊並存，很多時候新的東西尚不足以取代舊的東西。這樣，對於主張和否定讀經的人，都能夠從現實中找到足以支持自己的理由，而對於同一種現象也會有不同的解釋和判斷。如陳朝爵觀察到當時的教育，在小學方面，「雖禁止讀經，而人民心理，極為不慊，稍知詩禮之家，多送兒童入私塾，照舊讀論語孟子等書，兼習國文算學，俟小學招生，隨時投考插班，以為私塾讀經，稍具根底，不失國人本性」；在

〔註26〕張太原，〈「沒有了中國」：20 世紀 30 年代中國思想界反思〉，《近代史研究》2011 年第 3 期。

中學方面，「雖並無讀經課程，而國文教科書中，亦往往取經書編入，且國文教師，多有於國文課本外，指示學生讀四書、詩經、左傳者。至白話文雖不能不搪塞門面，而師生雙方，皆不願講，但使學生自看，詢其故，則曰，無可講也」；在大學方面，中國語文學系或有經學，而他院他系則絕無，然歷年招生考試，國文一門，往往出四書五經題目，是隱然以投考大學者，於經學須具有常識也。〔註27〕陳將此三項作為不得不恢復讀經的事實上的理由。無獨有偶，吳自強也觀察到了社會上的一些矛盾現象，即在教育上口口聲聲說提倡生產教育，但社會經濟組織，仍舊是絲毫沒有變動，弄得現在生產教育，完全變成消費教育，就是五四運動後，力言提倡新文化運動，除了白話在教科書上又一點地位以外，在整個的中國社會上，有什麼地位，不但官場之文告記公事，係用文言，就是報紙上也是用文言，尤可笑者，現在初中時文言語體並用，而高中入學試題，例皆出自古文經書。高中雖偏重採用文言，而大學入學試題，盡皆出自古書。〔註28〕

那麼他們所述的是否和事實相符呢？近年來，隨著學者對於近代私塾改造研究的日益增多和深入，使我能夠得知私塾的改造充滿了曲折和複雜性，在二十世紀三十年代仍然有大量的私塾的存在，如有學者指出在天津1935年仍有私塾300餘所。廣州即使在1936年經過嚴厲整頓，並預期停發私塾證，但實際仍然頒證179所。〔註29〕而對於中學國文課的教學問題，則在此之前就有過不少的討論。

至於入學考試的試題，則當時的考試卻有以經書上的為題目者，如陳寅恪在清華入學考試中便考過類似的題目。〔註30〕可以說，陳確是觀察到了當時的事實，可以能夠作為其贊成讀經的理由。但是，在反對讀經的人看來，這些則正可當作傳統的遺毒，是需要繼續清理的。正因為此，所以其實爭論的雙方其實並不能夠達成共識。他們的前提本來就不一，而依靠的思想和學術根源又完全不同。但是，爭論中任何一方也不能夠戰勝或者說服對方。其

〔註27〕《教育雜誌》第25卷第5號，頁7～8。

〔註28〕《教育雜誌》第25卷第5號，頁56～57。

〔註29〕岳紅廷，《近代天津私塾的改良研究》（天津：天津師範大學，2009年）。郁婉萍，《民國時期廣東私塾改良研究（1912～1937）》（廣州：華南師範大學，2007年），頁26。

〔註30〕詳見羅志田：〈斯文觀天意：1932年清華大學入學考試的對對子風波〉，《近代史研究》2008年第3期。

實，這正說明了這場爭論的不明確性。由於這是價值方面的爭論，而不是知識層面上的爭論，所以就無法簡單的用對錯去區分，而只能從各自影響的大小來做一衡量。所以陷西之深顯然是一個進程性的過程之一點，其沿至今日亦仍如此。

三、餘　論

《讀經問題專號》出版後，在當時即其後不久均產生了不小的影響。

首先，讀經雜誌中的某些問題某些文章引起了學者們的進一步辯論，如葉青的文章便引起艾思奇以及李麥麥等的論證〔註31〕。這種論辯發生在同是發對讀經的學者之間，這說明反對讀經的陣營甚為複雜。

第二，就讀經專號發表自己的感想和看法。如葉聖陶發表在《中學生》雜誌上的〈讀教育雜誌讀經問題專號〉，首先這個雜誌是面對中學生的，作者認為這個問題跟中學生大有關係，所以他「特地提出來報告給我們的讀者」，並建議讀者「不妨取這一期的《教育雜誌》來看看」。然後葉聖陶代表《中學生》雜誌對這個專號寫了一些讀後感。葉聖陶認為經書就是「我國古代哲學、文學、政治、經濟、民俗等的總記錄，而大部分染上了儒家的色彩。誰如果是一個這方面的專門家，或者是大學裏研究我國古代哲學，古代文學等等的學生，那麼經書是他所必須修習的東西。」他認為在《教育雜誌》這個專號裏，即使最反對讀經的專家，也都這麼說。對於為什麼會有一些人主張把經書列入學校課程，非使中小學修習不可？葉聖陶認為這由於他們對於經書的認識不同；換一句話說，他們並沒有認識甚麼是經書。他們把經書認作一種符咒似得東西，凡是正人心，治天下，雪國恥等等的目的，都可以從讀經這一簡單的手段來達到。其實這也正是筆者在上文所說的贊成讀經和反對讀經者的根本分歧所在。葉進一步指出：在這一個《讀經問題專號》裏，大概從教育的立場說話的人都不主張讓中小學生讀經。他認為主張讀經的人則不是從教育的立場說話的，並且認為更有教育界以外的人硬要來管教育界的事，致使那些從教育的立場說話的人有開口為難之感。那麼葉聖陶在此是否是有所指呢？筆者認為葉聖陶此說很有可能是針對當時陳濟棠在廣東提倡讀經，而對於發表〈孝經教本評估〉的許地山進行打壓的結果。最後，葉聖陶激烈

〔註31〕詳見另文〈葉青與讀經之爭〉。

的說「凡是不懂教育的人不配來說甚麼話，出甚麼主張。」〔註 32〕從葉聖陶對《讀經專號》的評論來看，他抓住了贊成和反對讀經的爭論的基點是對經書的態度。作為一名堅定的反對讀經者，葉聲援了讀經專號中的贊成讀經者，並且努力將其介紹給廣大的中學生，從而使《讀經專號》在更大的範圍內產生影響。

第三，有人想促進《讀經專號》的傳播，而有人則想遏制其影響力。其中最為明顯的則莫過於西南政務委員會禁止《讀經專號》在兩廣地區發售。認為「《教育雜誌》讀經專號，評論讀經，頗為乖謬。」〔註 33〕陳濟棠之所以封禁讀經專號，主要是由於在反對讀經的言論當中，多有論及廣東讀經問題者，如繆鎮藩即批評廣東教育廳編寫的《經訓讀本》「文字艱深」、「含義玄奧」、「側重孝的方面」、「目標抽象」、「不合教學法」、「不能適應現代社會的需要」。〔註 34〕又如劉英士明確「反對那些帶兵從政的長官們提倡讀經」，並認為「凡是他們所提倡的，大部分都是他們不配提倡的。」〔註 35〕陳濟棠不能在理論對反對者進行論爭，而採取這種強制行政命令的手段，可見，在這一問題上，他只能採取以力治人的手段了。

此外，《教育雜誌》的讀經專號在此後的一段時間裏，一直留存在當時人的記憶之中，1937 年當讀經問題再次形成一個爭論的小高潮時，不少學者想到《教育雜誌》的讀經專號。例如《中國文藝》在 1937 年的一次讀經問題討論中，周木齋和汪馥泉都提到《教育雜誌》的讀經問題。到 1943 年柳亞子在《學習生活》雜誌發表的〈關於讀經問題和其他〉一文中，還記得 8 年前的《教育雜誌》讀經問題專號。一年之後蔣伯潛刊行《十三經概論》亦提及「學校當讀經與否，雙方爭辯，甚囂塵上，當時雜誌有以討論讀經問題為專號者。」

（作者簡介：童亮，男，中共南京市委黨校講師）

〔註 32〕本段引文出自《中學生》第 56 號（1935 年 6 月 1 日）。
〔註 33〕《申報》1935 年 5 月 29 日。
〔註 34〕《教育雜誌》第 25 卷第 5 號，頁 53～55。
〔註 35〕《教育雜誌》第 25 卷第 5 號，頁 55。

小學教育與政治動員：以抗戰初期的晉察冀邊區為例〔註1〕

項浩男

　　摘要：抗戰初期，中國共產黨在晉察冀邊區大力恢復和普及小學教育，既往的研究成果大多從抗日根據地的建設以及文化史、教育史的角度對其進行闡述。本文則認為，抗戰初期晉察冀邊區的小學教育最重要的意義在於政治動員。共產黨在政治動員

〔註1〕 此處的「抗戰初期」主要指的是 1937 年 7 月至 1940 年 12 月，具體歷史階段劃分的原因會在文章結尾論述。抗戰初期晉察冀邊區的小學教育在學術研究上並不是一個新鮮的話題，但是既往的研究成果基本上都是從抗日根據地的建設以及文化史、教育史的角度對其進行分析和闡釋，已公開出版的具有代表性的學術著作包括：抗日根據地的建設方面的有謝忠厚、肖銀成主編，《晉察冀抗日根據地史》（北京：改革出版社 1992 年）；謝忠厚著，《河北抗戰史》（北京：北京出版社，1994 年）；魏宏遠、左志遠主編，《華北抗日根據地史》（北京：檔案出版社，1990 年）等。文化史方面的有戴知賢、李良志編，《抗戰時期的文化教育》（北京：檔案出版社，1995 年）；肖效欽、鍾興錦主編，《抗日戰爭文化史 1937～1945》（北京：中共黨史出版社，1992 年）等。教育史方面的有陳元暉主編，《老解放區教育簡史》（北京：教育科學出版社，1981 年）；董純才主編，《中國革命根據地教育史》（第二卷）（北京：教育科學出版社，1991 年）；陳元暉著，《中國現代教育史》（北京：人民教育出版社，1979 年）；高奇主編，《中國現代教育史》（北京：北京師範大學出版社，1985 年）等。已發表的期刊論文包括：任印錄，〈晉察冀邊區教育發展述論〉，《河北師範大學學報》（教育科學版）2000 年第 3 期；居寅，〈晉察冀邊區中小學教育初探〉，《河北學刊》1985 年第 1 期；康俊娟，〈抗戰時期晉察冀邊區教育事業的發展〉，《檔案天地》2002 年第 1 期；解慶賓，〈抗戰時期晉察冀邊區小學教育初探〉，《延安大學學報》（社會科學版）2010 年第 2 期；申萬昌，〈抗戰時期晉察冀邊區小學教育研究〉，《抗日戰爭研究》2012 年第 3 期。學位論文包括：潘萬靜，《抗戰時期晉察冀邊區小學教育研究》（北京：首都師範大學，2008 年）。目前尚無專門的學術成果從政治動員的角度對其進行研究。

方面具有豐富的經驗，在其提出的抗日民族統一戰線政策之中，兒童也成爲了政治動員的對象，而動員的方式就是通過小學教育實現的：教育動員是政治動員的前提，黨對教育的領導是政治動員的保障，通過各種教育手段對小學生和小學教師進行動員是其主要內容。最終，共產黨取得了顯著的動員效果。本文即選取晉察冀邊區作爲研究對象，從政治動員的角度對其在抗戰初期的小學教育進行全面、深入的梳理和闡釋，並探究其意義與影響。

關鍵詞：抗戰；晉察冀邊區；小學教育；政治動員；共產黨

一、兒童成爲政治動員的對象

以 1937 年的「七七事變」爲起點，中國反抗日本侵略者的全國性抗戰正式開始。在通電全國奮起抗戰的同時，中國共產黨對抗日救國的路線、方針、政策、策略進行了探求。〔註2〕1937 年 7 月 23 日，毛澤東發表了〈反對日本進攻的方針、辦法和前途〉，指出要實行「全國人民的總動員」〔註3〕，當日中共中央在發表的宣言之中也強調了這一點，並提出建立抗日統一戰線的主張。〔註4〕8 月 22 日至 25 日，中共中央在陝北洛川召開政治局擴大會議，會議通過的〈中央關於目前形勢與黨的任務的決定〉指出：中國的政治形勢已進入了實行抗戰的新階段，共產黨在這個階段的中心任務是動員一切力量爭取抗戰的最後勝利。〔註5〕會議還通過了《抗日救國十大綱領》，再次提出「爲動員一切力量爭取抗戰勝利而鬥爭」〔註6〕、「實行全國人民的總動員」〔註7〕，

〔註2〕 中國抗日戰爭史編寫組，《中國抗日戰爭史》（北京：人民出版社 2011 年），頁 51。

〔註3〕 〔日〕竹內實監修，毛澤東文獻資料研究會編集，《毛澤東集》（第 5 卷）（日本：株式會社蒼蒼社，1983 年），頁 237。

〔註4〕 〈中共中央爲日本帝國主義進攻華北第二次宣言〉（1937 年 7 月 23 日）。見中共中央黨校黨史教研室選編，《中共黨史參考資料》（第 8 冊）（北京：人民出版社，1979 年），頁 3。「（三）立刻實行全中國人民的總動員……建立各種各樣人民的抗日統一戰線組織。」

〔註5〕 中央檔案館編，《中共中央文件選集》（第 11 冊）（北京：中共中央黨校出版社，1989 年），頁 324。

〔註6〕 《中共中央文件選集》（第 11 冊），頁 327。

〔註7〕 《中共中央文件選集》（第 11 冊），頁 328。

這標誌著中共全面抗戰思想的初步形成，也成爲抗戰期間全面進行民眾政治動員的指導思想。

全面抗戰與全民的政治動員密不可分，最主要的目標就是要建立起抗日民族統一戰線，這也就要求廣泛地、持久地動員起一切可以動員的力量，這一動員直接爲民族和國家反對外來侵略的抗爭而服務，從動員的對象來看，涉及到工人、農民、知識分子、地主、大資產階級、中小資產階級、民族資產階級等社會各階級，還包括了少數民族以及各階層的老人、青少年甚至是兒童。〔註 8〕可見，在中共的抗戰動員之中，廣大兒童也成爲了政治動員的對象，而且還是一支不容忽視的抗戰力量。中共的這一動員思想在晉察冀邊區〔註 9〕得到了深入的貫徹，1938 年〈晉察冀邊區軍政民代表大會宣言〉提出建立民族統一戰線、充分動員各階層人民抗戰的主張。〔註 10〕即邊區需要動員和集中一切力量，戰勝當前最強大的敵人日本帝國主義。〔註 11〕到 1940年，「動員兒童參加各種抗日救亡工作」〔註 12〕便作爲〈晉察冀邊區抗日兒童

〔註 8〕 劉穎，〈論抗日戰爭時期中國共產黨的社會動員方法〉，《蘭州學刊》2006 年第 4 期，頁 45。

〔註 9〕 在這裡需要說明的是，在中共共產黨的相關文件之中，「晉察冀邊區」一詞最早出現於 1938 年 1 月 14 日發表的《晉察冀邊區軍政民代表大會宣言之中》。根據中共中央北方局的指示，中共晉察冀省委於 1937 年 9 月 26 日在阜平縣成立，趙振聲（李葆華）任書記，劉秀峰任組織部長，王平任武裝部長。10 月 25 日，朱德、彭德懷、任弼時在向毛澤東作的《關於冀察、晉綏軍事部署的報告》中指出：建立平綏路以南，同蒲路以東，正太路以北，平漢路以西地區的晉察冀軍區，以聶榮臻爲司令員兼政治委員。隨後，八路軍第一一五師主力由五台山南下，政治委員聶榮臻率領一部分部隊和軍政幹部共約 3000 餘人，留駐五台山地區，並以阜平爲中心開闢了晉察冀抗日根據地。11 月 7 日，根據中共中央的決定，以阜平、五臺爲中心的晉察冀軍區成立，聶榮臻爲司令員兼政治委員，下轄四個軍分區。1938 年 1 月 10 日～15 日，晉察冀邊區軍政民代表大會在阜平召開，大會選舉產生了邊區政府晉察冀邊區臨時行政委員會，此後「晉察冀邊區」這一名稱才正式出現。在既往的一些學術成果之中，「晉察冀邊區」和「晉察冀抗日根據地」經常不作嚴格的區分，本文爲行文方便，統一使用「晉察冀邊區」來指代研究的這一地域範圍。具體內容見謝忠厚、肖銀成主編，《晉察冀抗日根據地史》（北京：改革出版社，1992 年）。

〔註 10〕《晉察冀抗日根據地》史料叢書編審委員會，《晉察冀抗日根據地》（第一冊·文獻選編·上）（北京：中共黨史資料出版社，1989 年），頁 68。

〔註 11〕謝忠厚、肖銀成主編，《晉察冀抗日根據地史》（北京：改革出版社，1992 年），頁 16。

〔註 12〕河北省社會科學院歷史研究所、河北省檔案館等編，《晉察冀抗日根據地史料選編》（上冊）（石家莊：河北人民出版社，1983 年），頁 358。

團工作綱領〉之一被正式頒佈了。

　　然而，值得注意的是，作爲一個已經被相對廣泛使用的概念，「政治動員」一詞在學術界其實是眾說紛紜，尚無一個明確而清晰的界定。〔註13〕因本文研究需要，筆者在既往諸多觀點的基礎上，對「政治動員」一詞重新進行了界定，即：政治動員是指一定的政治主體，如政黨、國家或其他一些政治集團，按照其自身利益和政治主張，在特定的動員環境之中，爲了實現特定的政治目標，而利用擁有的政治資源及其他各種動員資源，運用各種動員方式去獲得社會成員的認同和支持，並激發、鼓勵和引導其積極性、主動性和創造性，參與到重大政治活動或社會活動的過程之中並發揮相應作用的行爲。〔註14〕在這一

〔註13〕根據學者的研究與考證，「動員」一詞原來是一個軍事用語，即「在戰時或國家發生其他緊急狀況時，組織武裝部隊積極從事軍事行動。就其範圍來說，動員是指組織一國的全部資源支持軍事行動。」《簡明不列顛百科全書》（第2卷）（北京：中國大百科全書出版社，1985年），頁684。在第一次世界大戰之後，這一概念開始逐漸從軍事領域延伸到了政治、經濟、社會等領域，並被賦予更寬泛的含義，泛指「發動人們參加某項活動」。（吳景亭編著，《戰爭動員》（北京：解放軍出版社，1988年），頁2。此後，塞繆爾·亨廷頓、加布里埃爾·阿爾蒙德等人對政治動員進行了理論上的研究。而針對政治動員具體的概念和定義，不同的研究者根據自己的理解給出了不同的解釋，比較具有代表性的如：《中國小百科全書》將政治動員定義爲：「指一定的政治主體如政黨、政治集團等，爲聚集力量，實現某一政治目標而進行的政治宣傳、政治鼓勵等行爲。」《中國小百科全書》（北京：團結出版社，1994年），頁618。美國學者詹姆斯·湯森和布蘭特利·沃馬克在《中國政治》一書中把政治動員定義爲：「獲取資源（在這裡是指人的資源）來爲政治權威服務的過程。」（《中國政治》，華夏出版社第233頁）吳忠民認爲「政治動員是指有目的地引導社會成員積極參與重大社會活動的過程」。《漸進模式與有效發展——中國現代化研究》（北京：東方出版社，1999年），頁184。施雪華在《政治科學原理》一書中說：「作爲一個政治學專門概念，政治動員是指特定政治領導者或領導群以某種系統的價值觀或信仰，說服、誘導或強制本政治團體成員或其他社會成員，獲得他們的認同和支持，引導他們自願服從和主動配合，以實現特定目標、人物的行爲過程。」《政治科學原理》（北京：中山大學出版社，頁266。林尚立認爲：「所謂政治動員，簡單說就是執政黨或政府利用擁有的政治資源，動員社會力量實現經濟、政治和社會發展目標的政治活動。」《當代中國政治形態研究》（天津：天津人民出版社，2000年，頁356。石永義認爲：「政治動員是指政治管理主體對課題進行的一系列宣傳、教育、解釋、說明、激勵等活動，目的是激發政治管理實體實現主體決策的積極性。」《現代政治學原理》（北京：中國人民大學出版社，頁302。
〔註14〕本文的定義主要參考和綜合了如下的研究成果：劉永剛認爲：「政治動員是指一定的政治主體，如政黨、國家或其他政治集團，運用通俗化、生動化的形

定義之中，政治動員是一個歷史範疇〔註 15〕，是一個動態的社會過程，同時也是一個包含著動員環境、動員目標、動員主體、動員客體、動員方式等要素的系統。

在本文的研究之中，動員環境即是抗戰初期的晉察冀邊區；動員目標是努力實現全面抗戰，建立抗日民族統一戰線，並獲得抗戰的最終勝利；動員主體毫無疑問是中國共產黨及其在晉察冀邊區建立的相關組織；動員客體是晉察冀邊區的學齡兒童和小學教師〔註 16〕；動員方式則是通過小學教育實現的，在抗戰這一特殊的動員環境之中，小學教育集中表現為抗戰教育。其實，抗日戰爭正式打響之後，在「抗日高於一切，一切為了抗日」〔註 17〕、「一切服從戰爭」〔註 18〕的精神下，通過教育來實現政治動員是中共明確提出的綱領性主張，《抗日救國十大綱領》中就指出要實行「抗日的教育政策：改變教育的舊制度就課程，實行以抗日救國為目標的新制度新課程」〔註 19〕，這也就是意味著要將教育作為政治動員的手段，將原本作為受教育對象的學生也動員起來投入到抗戰之中，對於兒童來說也是如此。

式、方法、途徑自上而下地激起本階級、集團及其他社會成員積極性和創造性，引導他們自上而下地參與政治活動，以實現特定政治目標的行為和過程。」〈對中國共產黨政治動員的現實思考〉，《理論與改革》1998 年第 4 期。柳翠萍認為：「政治動員是指一定的政治主體如政黨、政治集團等，在特定的動員環境中，為實現一定的政治目標而利用各種動員資源，運用各種動員方式贏得動員課客體的認同和支持的行為與過程。」《晉察冀邊區民眾政治動員工作的考察》（天津：天津師範大學，2009 年。

〔註 15〕高放教授認為：「政治動員是政黨、政黨政治發展到一定階段的產物。任何政黨都是代表一定階級、階層或集團的利益，旨在執掌或參與國家政權以實現其政治綱領的政治組織。」《高放政治學論粹》（北京：團結出版社，2001 年），頁 181。因此，為了獲取政治權力，實現政黨的政治目的，維護其所代表的階級的利益，其勢必要發揮政治動員的功能，動員民眾參與政治以獲取其支持的力量，而這一過程蘊含在政黨發展的歷史過程之中。

〔註 16〕學齡兒童入學之後即成為小學生，在接下來的論述中會根據不同情況採用不同的說法，但是所指代的對象是相同的。此外，這裡還需要注意的是，小學教師並不能完全稱之為動員的主體，儘管其在教育系統之中是施教者、是主體，這是因為中共對晉察冀邊區的小學教師也進行了教育和改造，使其能夠適應抗戰時期教育的需要，這一點在下文會專門進行論述。因此，從政治動員的角度來看，小學教師也是動員的客體。

〔註 17〕《晉察冀抗日根據地》（第一冊・文獻選編・上），頁 132。

〔註 18〕《晉察冀抗日根據地》（第一冊・文獻選編・上），頁 126。

〔註 19〕《中共中央文件選集》（第 11 冊），頁 33。

二、教育動員是政治動員的前提

　　晉察冀邊區農村面積廣大，而且還包括處於幾省交界地帶的山區，交通不便，經濟落後，文化教育也極不發達。〔註 20〕冀東、冀中平原地區人口稠密，物產豐富，工商業較發達，農村教育基礎相對較好，文盲半文盲尚占總人口到 80%。〔註 21〕冀西、晉東北、雁北、察南、平西等山區，土地貧瘠，人民生活比較困難，教育事業不發達〔註 22〕，文盲半文盲的比例就更大〔註 23〕，一些偏僻的山村，甚至幾十個村都沒有一個人識字，寫封信也要跑到一二十里外去求人〔註 24〕。教育基礎的薄弱導致晉察冀地區小學教育也極爲落後，很多地區沒有或只有很少的學校，兒童的入學率很低，據冀中二十六個縣的調查，民國二十六年（1938 年）入學兒童平均僅 30% 上下，如饒陽爲 20.9%，安國爲 32.5%，安平爲 41.3%，冀西山地，如阜平當時僅有高小四處，學生 250 人，初小約 80 處，學生僅 2400 餘人，入學兒童不及 20%。〔註 25〕

　　抗日戰爭爆發後，國民黨軍隊潰退南撤，大部分地區一時處於無政府狀態〔註 26〕，晉察冀地區原本就十分薄弱、落後的教育也基本瀕於癱瘓，學校迫於戰事而解散，不僅許多「學校的負責人十之八九是逃往後方」〔註 27〕，大多數學校所存的款項和教育經費，也「掃數爲各校負責人所鯨吞」〔註 28〕。而日軍的入侵更是爲晉察冀地區的小學教育帶來了滅頂之災，河北農村受到的打擊特別嚴重，直至戰爭爆發後兩年半，敵佔區小學教育的規模仍然比 1937 年以前要小得多，見表格 1。

〔註 20〕魏宏遠、左志遠主編，《河北抗日根據地史》（北京：檔案出版社，1990 年），頁 300。

〔註 21〕董純才主編，《中國革命根據地教育史》（第二卷）（北京：教育科學出版社，1991 年），頁 342。

〔註 22〕曹劍英、劉茗、石璞、謝淑芳，《晉察冀邊區教育史》（石家莊：河北教育出版社，1995 年），頁 11。

〔註 23〕董純才主編，《中國革命根據地教育史》（第二卷），頁 342。

〔註 24〕董純才主編，《中國革命根據地教育史》（第二卷），頁 342。

〔註 25〕教育陣地社編，《抗戰時期邊區教育建設》（上）（石家莊：新華書店晉察冀分店，1946 年），頁 1。原文之中數字爲漢字寫法。

〔註 26〕董純才主編，《中國革命根據地教育史》（第二卷），頁 340。

〔註 27〕李公樸，《華北敵後——晉察冀》，（北京：三聯書店，1979 年），頁 136。

〔註 28〕李公樸，《華北敵後——晉察冀》，頁 136。

表格 1〔註29〕：

項　　目	時　　間	小　　學
學校的數量（個）	1937 年前	29030
	1939 年 12 月	7307
教師的數量（名）	1937 年前	34213
	1939 年 12 月	15253
學生的數量（名）	1937 年前	1151536
	1939 年 12 月	291744

　　晉察冀地區既是抗日的前線戰場，又是日軍的後方，戰略位置十分重要。〔註30〕日本侵略者在侵佔華北的過程中，「將各地小學完全摧毀」〔註31〕，所到之處「社會秩序紊亂到極點，學校十有九停閉，孩子們成群地彷徨流浪在街頭，過著恐怖的日子」〔註32〕。即使是幸存下來的學校，基礎設施也遭到了嚴重的破壞，無法進行正常的教學使用。例如阜平縣原有 150 餘處小學，除辛莊等兩三個村莊校舍殘存外，其餘全都成了一堆瓦礫。〔註33〕總而言之，抗戰初期，晉察冀地區的小學教育基本上陷於了停頓狀態。

　　隨著晉察冀抗日根據地的開闢以及晉察冀邊區行政委員會〔註34〕的正式成立，恢復和發展小學教育成爲了當務之急。從進行民族戰爭和創建根據地的角度來看，十分需要教育，它是推動戰爭取得勝利和社會發展的有力武器。〔註35〕而從邊區整體的教育事業來看，小學教育又是人民教育的基礎，要讓群眾普遍享有受教育的權利，通過教育培養抗日和革命的人才，首先就要從恢復和普及小學教育開始，這是創建根據地，開展抗日戰爭工作的重要內容。〔註36〕

〔註29〕《1937～1941 年的華北日軍》（牛津：牛津大學出版社，1975 年），頁 108。
〔註30〕曹劍英、劉茗、石璞、謝淑芳，《晉察冀邊區教育史》，第 5 頁。
〔註31〕王謙主編，《晉察冀邊區教育資料選編》（教育方針政策分冊·上）（石家莊：河北教育出版社，1990 年），頁 89。
〔註32〕王謙主編，《晉察冀邊區教育資料選編》（教育方針政策分冊·上），頁 212～213。
〔註33〕毛禮銳、沈灌群主編，《中國教育通史》（5 卷）（濟南：山東教育出版社，1988 年），頁 216。
〔註34〕在下文之中會簡稱爲「晉察冀邊委會」或「邊委會」。
〔註35〕曹劍英、劉茗、石璞、謝淑芳，《晉察冀邊區教育史》，頁 7。
〔註36〕曹劍英、劉茗、石璞、謝淑芳，《晉察冀邊區教育史》，頁 33。

　　1938 年 1 月，晉察冀邊區軍政民代表大會召開，並通過了《文化教育決議案》，其中規定要「恢復鄉（村）鎮的初級小學和高級小學，一律於春季開學；學生男女兼收」〔註37〕，並確定了小學完全免費的義務教育的方針〔註 38〕。2 月，邊委會發出通令：「凡不遭受敵人炮火威脅的小學校，一律開學上課，學生男女兼收，一律免除學費。」〔註39〕而且還將軍隊所佔據的各地學校全部退讓出來，並修葺被破壞的校址。〔註40〕1940 年 4 月，中共中央北方局在〈關於國民教育的指示〉中要求盡可能恢復與建立各地小學校，以求達到每行政村有一個初級小學，每區至少有一個高級小學，建立廣泛的小學網。〔註41〕在 8 月頒佈的〈晉察冀邊區目前施政綱領〉中再次提出要普及的免費的義務教育，建立並健全學校教育。〔註42〕1941 年，晉察冀邊區行政委員會在〈關於普及國民教育的指示〉中對動員邊區兒童入學提出了進一步的標準和要求，力爭當年在數量上平均到達百分之六十，實際上已超過百分之六十的地區，須提至百分之七十至八十，在工作基礎差的地區，要求達到百分之五十。〔註43〕

　　推廣和普及免費的小學義務教育，本質上就是在教育事業陷於停頓的晉察冀邊區進行教育動員，爭取讓廣大的學齡兒童入學接受教育。當時，受戰爭的影響，悲觀情緒普遍彌漫在邊區群眾之中，對於政府開展的教育動員表示不理解，甚至出現了「戰爭環境不需要也不可能辦教育」、「兵荒馬亂，連命都保不住，還念什麼書」〔註 44〕的消極論調。爲了切實爭取廣大兒童踊躍

〔註37〕《晉察冀抗日根據地》（第一冊・文獻選編・上），頁 83。
〔註38〕《晉察冀抗日根據地》（第一冊・文獻選編・上），頁 83。
〔註39〕山西省史志研究院編，〈教育志〉，《山西通志》（第 37 卷）（北京：中華書局，2001 年），頁 584。
〔註40〕李公樸，《華北敵後──晉察冀》，頁 137。
〔註41〕《晉察冀抗日根據地史料選編》（上冊），頁 247。
〔註42〕《晉察冀抗日根據地》（第一冊・文獻選編・上），頁 83。
〔註43〕河北省社會科學院歷史研究所、河北省檔案館等編，《晉察冀抗日根據地史料選編》（下冊）（石家莊：河北人民出版社，1983 年），頁 16。
　　　　在 1941 年 1 月 15 日發表的《晉察冀邊區行政委員會成立三週年告全邊區同胞書》中，邊區政府宣佈在文化教育方面，爭取「在今年我們要做到每一個行政村有一個小學校，學齡兒童入學者要達到百分之六十，每一個區要有一個高小，每一個高小要吸收三個免費生。」見河北省社會科學院歷史研究所、河北省檔案館等編，《晉察冀抗日根據地史料選編》（下冊）（石家莊：河北人民出版社，1983 年），頁 10。
〔註44〕董純才主編，《中國革命根據地教育史》（第二卷）（北京：教育科學出版社，1991 年），頁 345。

入學，邊委會開展了廣泛而深入的宣傳解釋，發動各級幹部、群眾團體、小學教職員等，通過懇親會、家庭訪問等方式對群眾進行說服工作，利用組織的力量，深入動員，在必要時還配合上政府法令強迫入學〔註45〕。此外，爲了適應農村地區的社會特點，邊委會對於兒童的入學年齡並未加嚴格限制〔註46〕，對於少數不能設置或難以設置小學的村莊，便建立起巡迴小學以吸收更多的兒童入學〔註47〕。

通過上述各種政策、通令和手段，小學教育在晉察冀邊區得到了良好的恢復與發展，小學校的數量得以大量增加，兒童入學率不斷提升，以致最終超過了戰前的水平。據不完全統計，1938 年晉察冀邊區共有小學 4898 所，小學生數爲 220460 人。〔註48〕到 1939 年，全邊區小學校已發展到 7063 處，入學兒童共 367727 人，其中北嶽區 33 個縣有初小 3902 處，高小 46 處，入學兒童 158037 人；冀中區 21 個縣有初小 3019 處，高小 96 處，入學兒童 207390

〔註45〕 關於採取強迫兒童入學的手段，1943 年晉察冀邊區行政委員會發出《關於實驗強迫兒童入學的指示》，由於當時邊區條件困難，難以全部實行強迫義務教育，因而只能先進行實驗，除盲啞聾癱等殘疾者、瘋癲癡呆即其他精神病者外，適齡兒童均應入學，先通知其家長在接到通知 5 天內送子女入學；家長接到通知 5 天後，仍未入學者，由村長予以勸告；村長勸告無效時，由區公所或督學勸告；區公所或督學勸告無效時，處以 3～5 元罰金（罰金作爲獎勵模範兒童之用）；處罰後，兒童再不入學，則酌情加重處罰。〈邊委會關於實驗強迫兒童入學的指示〉，王謙主編，《晉察冀邊區教育資料選編》（教育方針政策分冊·下）（石家莊：河北教育出版社，1990 年），頁 11～12。

〔註46〕 教育陣地社編，《抗戰時期邊區教育建設》（上），頁 75。
關於晉察冀邊區兒童入學年齡，1941 年 1 月發佈的《晉察冀邊區行政委員會關於普及國民教育的指示》規定「學齡兒童規定爲七足歲至十足歲的男女兒童」；1942 年 4 月，邊委會頒佈的《小學校暫行辦法》再次規定，初級小學入學年齡爲 7～10 歲，高級小學入學年齡爲 10～14 歲。但是由於晉察冀邊區所處抗戰的特殊時期之內，而且直接與日本的敵佔區詳解，抗戰進入相持階段後，日僞軍在此進行多次掃蕩，邊區的小學教育再次遭受嚴重破壞，不少學校被迫解散，大量學生不得不失學，面對這種情況，爲了盡快恢復小徐教育，1942 年春邊區決定放寬在學年齡限制，由之前的 7～14 歲放寬到 17 歲，到 14 歲時不得以學齡期滿爲藉口退學。同時，經過縣教育科批准，一些失學的青年女子，如果是力求進取者，儘管年齡稍大，也可以准許其進入初小肄業，不應一概加以拒絕。1944 年北嶽區頒佈的《小學暫行方案》則是正式將小學在學年齡放寬，規定初小爲 7～15 歲，高小爲 11～17 歲。王謙主編，《晉察冀邊區教育資料選編》（教育方針政策分冊·上），頁 54。

〔註47〕 教育陣地社編，《抗戰時期邊區教育建設》（上），頁 75。
〔註48〕 張向一，〈邊區小學教育的概況〉，《晉察冀日報》1943 年 1 月 23 日。

人。〔註 49〕這只是經過一年多努力便獲得的成果，此後晉察冀邊區的小學數量和入學兒童數量持續增長。從入學率上來看，1941 年 8 月時，全邊區（游擊區在內）總平均入學兒童占學齡兒童總數 62%以上，鞏固區中例如定南、安平、安國等縣入學兒童平均達到學齡兒童總數 90%至 95%以上，不少村莊的學齡兒童是百分之百的入學了。〔註 50〕雖然在戰爭的環境下入學率必然會有波動，而且由於統計方式的不同，統計結果也會有所差別，但是這些數字無疑表明了抗戰初期晉察冀邊區小學教育的狀況確實得到了較大的改善，教育動員取得了顯著的成果。

在進行教育動員，普及義務教育的過程之中，有兩類群體值得我們關注，而且這兩類群體入學率的增加，才真正體現出教育動員的成功。首先是女兒童，教育動員之中最重要的一項政策便是要實現男女受教育權利的均等。在抗戰之前，晉察冀地區教育基礎薄弱，而女子教育則更為落後，受過教育的女性是鳳毛麟角〔註 51〕，這既是由落後的教育條件決定的，而傳統的舊觀念也在其中發揮了重要的影響。當時晉察冀地區女性的生活和遭遇，通過《晉察冀婦女歌謠》便能生動地反映出來，年輕的女子在原本應該入學接受教育的年紀，或被父母賣掉，到大戶人家做二房〔註 52〕；或者早早地做了童養媳，進入婆家之後不僅要承擔繁重的家務，還要遭受丈夫和公婆的虐待〔註 53〕。女性與教育和文化是無緣的，據 1937 年對冀中、冀西的一次調查表明，上學的姑娘的比例遠遠低於 20%。其中饒陽是 4.2%，安國是 17.4%，深縣是 8.8%，唐縣是 5.6%。〔註 54〕晉察冀邊委會成立之後，在發展和普及男子小學教育的同時，也大力改善女子的受教育狀況，發展和推廣女子小學教育。邊委會在頒佈的各種涉及到小學教育的政策和指令中，不斷強調「（小學校）學生男女兼收」〔註 55〕、「應該提倡男女同學，一切學校均應吸收女子入學」〔註 56〕、

〔註 49〕 劉淑珍，〈抗日戰爭時期晉察冀邊區教育工作概況〉，《中央檔案館叢刊》1986年第 2 期，頁 70。

〔註 50〕 教育陣地社編，《抗戰時期邊區教育建設》（上），頁 77。

〔註 51〕 王謙主編，《晉察冀邊區教育資料選編》（回憶錄分冊），頁 212。

〔註 52〕 袁同興編，《晉察冀婦女歌謠》（上海：文化生活出版社，1955 年），頁 46～47。

〔註 53〕 袁同興編，《晉察冀婦女歌謠》，頁 57～61。

〔註 54〕 〔瑞典〕嘉圖著，趙景峰等譯，《走向革命：華北的戰爭、社會變革和中國共產黨》（北京：中共黨史出版社，1987 年），頁 284。

〔註 55〕 《晉察冀抗日根據地》（第一冊‧文獻選編‧上），頁 83。

〔註 56〕 《晉察冀抗日根據地史料選編》（上冊），頁 248。

「須注意大量女子入學，以爭取男女兒童入學之平衡發展」〔註57〕。爲了能動員女童入學，在個別落後的地區，因動員女子確有困難時，盡可能的聘用女教師，或者採用男女分班或分校的辦法。〔註58〕動員女兒童入學在最初受到了一些阻礙，但是隨後便不斷取得進展，經過幾年的努力，在教育工作比較先進的鞏固區，基本上實現了男女教育機會均等。〔註59〕以冀中區爲例，見表格2：

表格2：〈冀中區歷年初高級小學男女學生數目比較表〉〔註60〕

年 月	統計縣數	學生數			
		男 生	女 生	共 計	女生所佔比例
民國二十六年	26	253836	28204	282040	10
民國二十七年八月	26	147950	22410	170360	13.15
民國二十八年十月	21	91428	31601	123029	25.69
民國二十九年二月	21	118041	78767	196808	40.02
民國二十九年八月	23	183695	132674	316342	41.94
民國三十年八月	28	256896	197157	454053	43.42

說明：1、民國二十六年數係抗戰前二十六個完整縣份統計連縣城都包括在內。

2、民國二十八年以後的統計縣城及較大村鎮全部，或大鄉淪於敵手。

3、民國二十九年以後各縣多係因敵分隔封鎖而劃分新縣，如三十年統計的分二十八個縣，只相當於抗戰前的二十一個縣。

至於北嶽區，據 1941 年時三個縣的調查，徐水小學女生占全體學生48.8%，滿城爲49.2%，唐縣爲50%〔註61〕，其他地區由此即可見一斑。經過幾年的努力，在教育工作比較先進的鞏固區，基本上實現了男女教育機會均等。〔註62〕

再者，是通過教育動員實現了佔廣大農村地區人口大多數的貧苦兒童的

〔註57〕河北省社會科學院歷史研究所、河北省檔案館等編，《晉察冀抗日根據地史料選編》（下冊）（石家莊：河北人民出版社，1983年），頁16。

〔註58〕《晉察冀抗日根據地史料選編》（下冊），頁16。

〔註59〕王謙主編，《晉察冀邊區教育資料選編》（回憶錄分冊），頁213。

〔註60〕教育陣地社編，《抗戰時期邊區教育建設》（上），頁78。

〔註61〕教育陣地社編，《抗戰時期邊區教育建設》（上），頁79。

〔註62〕王謙主編，《晉察冀邊區教育資料選編》（回憶錄分冊），頁213。

普遍入學，在抗戰之前，晉察冀農村的教育是少數人的特權，工農大眾的子女是無緣問津的〔註63〕，有機會接受小學教育的，「也都是富有者的子女們」〔註64〕，貧苦子弟，大都被關在學校門外〔註65〕。而小學教育的極大發展，是對農村紳士教育的壟斷的有力挑戰——貧農和中農出身的兒童日益獲得了接受起碼的教育的權利。〔註66〕邊委會在進行教育動員的時候，特別注意要吸收貧苦子弟入學〔註67〕，1938年還頒佈了〈抗屬及貧苦子弟等入學優待暫行辦法〉，為了解決貧苦子弟入學的困難，邊區在教學方面採用了半日制隨習班，巡迴小學等方式〔註68〕，並且還規定每個高小設公費學生 3 名，以救濟貧苦子弟〔註69〕。1941年，邊委會頒佈〈小學貧寒兒童隨學辦法〉，規定「各小學校須根據當地實際情況收容貧寒兒童，按其文化水準的高低，分別制定隨適當年級授課」〔註70〕。經過動員與努力，晉察冀邊區的小學生階級結構也發生了很大的變化，下面的統計數字雖然並不完備，但卻明確地顯示這一點，見表格 3：

表格 3：〈小學生家庭成分的比例〉〔註71〕

	太　行〔註72〕	冀　中〔註73〕
地主	5.2	20
富農	18.8	14
中農	57.0	58
貧農	16.0	26
其他	3.0	

（表內冀中一欄的累計數字超過了 100%，係英文原版如此。）

〔註63〕 教育陣地社編，《抗戰時期邊區教育建設》（上），頁 2。
〔註64〕 晉察冀北嶽區婦女抗日鬥爭史料編輯組編，《晉察冀北嶽區婦女抗日鬥爭史料》（北京：中國老年歷史研究會，1985 年），頁 234。
〔註65〕 教育陣地社編，《抗戰時期邊區教育建設》（上），頁 1。
〔註66〕 〔瑞典〕嘉圖著，《走向革命：華北的戰爭、社會變革和中國共產黨》，頁 268。
〔註67〕 《晉察冀抗日根據地史料選編》（下冊），頁 16。
〔註68〕 教育陣地社編，《抗戰時期邊區教育建設》（上），頁 76。
〔註69〕 《晉察冀抗日根據地史料選編》（下冊），頁 16。
〔註70〕 北京師範大學教育系存晉察冀邊區教育資料。
〔註71〕 〔瑞典〕嘉圖著，《走向革命：華北的戰爭、社會變革和中國共產黨》，頁 269。
〔註72〕 齊武，《一個革命根據地的成長》（北京：人民出版社，1958 年），頁 223。
〔註73〕 《剿共指針》第 7 號（1942 年 1 月 1 日），頁 26。

　　抗戰期間晉察冀邊區的教育動員取得了顯著的成果，小學數量不斷增加，入學率持續提高，但是只有將廣大的女兒童與貧苦子弟動員起來，讓他們獲得受教育的權利，獲得平等的啓蒙，才能夠說教育動員取得了眞正的成功，是全面、深入乃至徹底的動員。在教育動員方面所取得的顯著成果，反映了邊區在文化與教育建設事業上取得的成就，但是從更深層的意義上來看，在抗戰這一特殊的環境之中，在中共全民抗戰、建立抗日民族統一戰線的主張之下，在兒童也成了政治動員的對象、成爲一支不可忽視的抗日力量的情況下，以恢復、發展以至普及小學教育爲目標的教育動員，實際上具有了更深刻的含義，即作爲針對兒童所進行的政治動員的先聲，也就是說教育動員其實在本質上是政治動員的前提，只有讓廣大的兒童首先進入到學校之內，才有機會和條件能夠通過教育的手段對他們進行啓蒙和動員，抗戰教育也才能發揮作用。從這個意義上來看，小學教育是對兒童進行政治動員的主要方式，兒童作爲受教育的對象，同時也是政治動員的客體。

三、教育爲戰爭服務與黨對教育的領導

　　抗日戰爭爆發後，中共率先探討了教育應該在抗戰中扮演的角色與發揮的作用。毛澤東在 1937 年 7 月 23 日即提出：「根本改革過去的教育方針和教育制度。不急之務和不合理的辦法，一概廢棄。」〔註 74〕隨後毛在〈爲動員一切力量爭取抗戰勝利而鬥爭〉一文之中號召實行抗日的教育政策，改變教育的舊制度、舊課程，實行以抗日救國爲目標的新制度、新課程。〔註 75〕儘管毛此時未對此進行更爲深入、具體的闡釋，但是其在抗戰時期的教育政策已初步形成。1938 年 4 月，在邊區國防教育會第一次代表大會開幕典禮上，毛澤東指出：「用教育來支持抗戰，目前的抗戰是規定一切的東西，我們的教育也要聽抗戰的命令，這就叫做抗戰教育。」〔註 76〕接著在〈論新階段〉中，毛澤東重申要「實行抗戰的教育政策，使教育爲長期戰爭服務」〔註 77〕，他指出：「在一切爲著戰爭的原則下，一切文化教育事業均應使之適合戰爭的需要……偉大的抗戰必須有偉大的抗戰教育運動與之相配合。」〔註 78〕〈論新

〔註74〕〔日〕竹内實監修，《毛澤東集》（第 5 卷），頁 237。
〔註75〕〔日〕竹内實監修，《毛澤東集》（第 5 卷），頁 237。
〔註76〕〔日〕竹内實監修，《毛澤東集》（第 9 卷），頁 369。
〔註77〕〔日〕竹内實監修，《毛澤東集》（第 6 卷），頁 163。
〔註78〕〔日〕竹内實監修，《毛澤東集》（第 6 卷），頁 163。

階段〉是毛澤東在中共六屆六中全會上代表中共中央政治局所做的政治報告〔註 79〕，毛針對教育的論述代表了當時中共的主張。隨後，毛又根據根據地的具體情況以及抗戰的形勢與目標，著重指出在抗日民主根據地辦教育必須遵從三個方面的實際出發，即：

一、它是中國共產黨領導下的革命根據地的教育；

二、它是在戰時而不是在平時，教育的主要任務是一切爲了抗日戰
爭的勝利；

三、它是在農村而不是在城市，教育應該適應於和服務於農村的生
產和生活的需要。〔註 80〕

從中可見，抗戰時期中共辦教育有兩條最根本的原則，即堅持抗戰教育，堅持黨對教育的領導。這兩條原則從中共中央一直貫徹到了晉察冀邊區。

而從歷史發展上來看，中共有關抗戰教育的主張，不僅直接來源於戰爭形勢和邊區建設等現實情況的要求，也來自於早期革命時期蘇區教育的示範和啓迪。蘇區的教育方針政策何以概括爲 6 條，即：

一、教育爲革命戰爭服務；

二、教育爲蘇區建設服務；

三、教育與生產勞動相結合；

四、以共產主義思想教育廣大勞動群眾；

五、爭取和培養知識分子爲革命事業服務；

六、依靠群眾辦學。〔註 81〕

戰爭的形勢與歷史的經驗相結合，再根據具體的現實情況進行調整，中共在抗戰時期的邊區教育方針政策逐漸形成並付諸於實踐。1938 年 1 月，晉察冀邊區軍政民大表大會所通過的〈文化教育決議案〉便指出邊區文化教育基本原則的第一點就是要「發揮高度的民族精神，加強抗戰力量」〔註 82〕。1941年 4 月，邊委會頒佈的〈邊區小學校暫行辦法〉之中規定的教育方針是：

〔註 79〕〔日〕竹內實監修：《毛澤東集》（第 6 卷），頁 163。

〔註 80〕高奇主編，《中國現代教育史》（北京：北京師範大學出版社，1985 年），頁
191。

〔註 81〕見曹劍英、劉茗、石璞、謝淑芳，《晉察冀邊區教育史》，頁 8。劉慧林，《中
國農村教育財政體制》（北京：社會科學文獻出版社，2012 年），頁 47～49。
董源來等主編，《中央蘇區教育簡論》（南昌：江西高校出版社，1989 年），頁
77～97。

〔註 82〕《晉察冀抗日根據地》（第一冊·文獻選編·上），頁 82。

小學教育的任務

實施義務教育，培養抗戰建國的健全公民。

小學教育的方針

一、發揚兒童國家民族意識與優良品質。

二、培養兒童普通的科學知能。

三、啓發兒童對社會發展的初步認識。

四、培養兒童對勞動生產之正確認識與習慣。

五、養成兒童優良生活習慣，促進兒童身心發育健康。〔註83〕

抗戰教育成爲小學教育的主要內容，作爲教育大廈的基石的小學教育的首要目標也轉向對小學生在抗戰方面的啓蒙，塑造民族和國家的意識與價值認同，培養能夠爲抗戰服務的「新公民」，將小學生作爲一支能夠在當前和未來發揮重要作用的抗日力量而動員起來。

小學的學校教育其實是一個系統性工程，教育動員僅僅是一個開始。在晉察冀邊區的小學教育系統之中，還包括一個至關重要的角色——中國共產黨，中共構建了這一系統的全部，這一系統內的每一個要素，系統運行的每一個環節，都要有中共參與到其中，起到領導、管理與監督的重要作用。1940年4月20日，〈中共中央北方局關於國民教育的指示〉明確指出：

5、加強黨對國民教育的領導：

（1）黨的宣傳教育部應設國民教育科，經常檢查推動討論幫助國民教育之推行，並總結教育經驗。在上級政府的教育科題，可有專門的巡視團督學團教育團一類的組織去推動國民教育。

（2）上級政府的教育科，應有專人與機關負責編輯審查出版發行各種國民教育的教科書，教材與參考資料，並力求完備與統一。

〔註84〕

可以說，黨對教育事業的領導和監督，黨通過相關組織參與到教育之中，是抗戰教育能夠取得成功、達到政治動員目的最根本的保障。

四、抗戰教育與政治動員的展開

教育是一個複雜而長期的過程，其是通過一系列教育方式和手段，有意

〔註83〕〈邊委會頒佈邊區小學校暫行辦法〉，《邊區教育》1941年4月15日。
〔註84〕《晉察冀抗日根據地史料選編》（上冊），頁247。

識和有目的地對受教育者進行啓蒙、塑造和培養，既包括知識和技能，也包括價值觀與意識形態。〔註85〕即使在和平年代，出於對民族、國家的瞭解與認同，對政權、政黨或政治團體的認可與支持，政治的因素會不可避免地滲透到教育之中，使得教育也在某種程度上爲政治服務。而到了戰爭年代，到了民族和國家生死存亡的危難時刻，教育便會承擔起更爲重要的責任，也就是本文所討論的主題——政治動員。教育成爲政治動員的方式和手段，其內容也勢必要隨著動員的目標而發生相應的變化，這是一個互動的過程，政治動員要求教育適應其環境、目標以及主體和客體，而經過改造的、適應政治動員需求的教育，則能夠促進政治動員過程的進行與目標的實現。

從教育系統上來看，其包括施教者也就是教師，受教育者也就是小學生，二者之間通過一個教育與受教育的過程而聯繫起來，無論是知識的傳遞、技能的教授，還是抗戰意識的啓蒙、民族精神的培養，乃至意識形態的灌輸，都需要經過這個過程。這一過程由許多具體的方式所組成，包括學制、教學時間、課程設置、課時安排、教材以及課餘時間等，通過這些具體的教育或教學方式，抗戰教育的內容才能得到貫徹，學生才能夠被動員起來。

（一）學制與教學時間

1941 年 4 月，邊委會頒佈的〈邊區小學校暫行辦法〉規定晉察冀地區的小學休學年限爲初級小學 4 年，高級小學 2 年，爲「四二制」學制。〔註86〕不過，在小學的這兩個階段之中，初小階段是兒童教育，高小的主要任務是培訓低層幹部和鄉村積極分子，以及爲那些已經有相當工作經驗的幹部提供一些受教育的機會。〔註87〕因此，對小學生所進行的政治動員，主要集中在初小階段。

晉察冀邊區的範圍包括幾個省份，既有平原地區經濟文化相對較爲發達的城市，也有廣大的山區和農村地區，中共的工作主要集中在農村，在農村進行革命和建設與在城市存在著很大的差異，小學教育方面也是如此。晉察

〔註85〕這是筆者自己對於教育的理解。關於「教育」具體的定義、概念和功能，目前也是尚無定論，不同的研究者根據自己的理解給出了不同的闡釋，這裡可以參考一下葉瀾教授的定義，即：「教育是人類社會特有的現象， 是有意識的、以影響人的身心發展爲直接目標的社會活動。」葉瀾著，《教育概論》（北京：人民教育出版社，2006 年），頁 10。

〔註86〕〈邊委會頒佈邊區小學校暫行辦法〉，《邊區教育》1941 年 4 月 15 日。

〔註87〕齊武，《一個革命根據地的成長》，頁 223。

冀的農村地區原本文化教育就極為落後，在恢復與普及小學教育的時候，教育動員工作就遭遇過障礙與牴觸，這其中既有落後的觀念在起作用，更重要的一點是農村地區的生活以農業生產為中心，農民家中無論是男孩兒還是女孩兒，到了一定的年齡就可以參與到家庭的生產之中了。尤其是在戰爭環境之中，維持正常的農業生產已是非常困難，還有部分男丁要到前線去參戰，流失了勞動力，兒童之於農業生產的重要性也就凸顯出來了，而嚴格地執行學制、課時等制度，必然會造成教育與實際生產的衝突。因此，在農村地區進行教育動員，以至開展小學教育進行政治動員，首先要兼顧到當地的具體情況，否則會影響到動員效果，甚至會加重牴觸情緒。因此，晉察冀邊區根據農業節氣的變化和農村生產生活的實際需要，對學制、教學實踐、放假時間等做出了靈活的安排。

在學期的規定上，晉察冀邊區的小學每學年有三個學期，學期之間根據農業節氣的變換進行劃分：第一學期由霜降到大寒，第二學期由雨水到芒種，第三學期由夏至到秋分。〔註 88〕與此相應的是，放假的時間也不同於城市中的寒暑假，邊區的學年為三十六周至四十周，各縣都是根據本地的具體情況決定假期〔註 89〕，一般是只有麥假、秋假和極短的春假〔註 90〕。在特別農忙時，為兒童參加工作的方便，也有臨時放幾天假的。〔註 91〕除此之外，為了適應農村的需要，一些學校改變了星期日，改為每月七、十四、二十二、二十九為休息日，十五、三十或三十一為生產日。〔註 92〕阜平縣小學，為了縮短休息時間，改為十日一休息。〔註 93〕而在有些小學，為了適應附近的集市，將十日的休息制改為根據集市的日期來排列。〔註 94〕

假期根據農村的實際需求進行了相應的調整，在教學時間上也是如此，城市之中的小學大都是整日制，而在廣大的農村地區，教學時間在安排上則更加寬鬆多樣，因地制宜、因人制宜、因時制宜，隨農時忙閒靈活地採用了

〔註 88〕「人民教育社」編，《老解放區教育工作片段》（第二輯）（上海：上海教育出版社，1959 年），頁 88。
〔註 89〕教育陣地社編，《抗戰時期邊區教育建設》（上），頁 96。
〔註 90〕「人民教育社」編，《老解放區教育工作片段》（第二輯），頁 88。
〔註 91〕教育陣地社編，《抗戰時期邊區教育建設》（上），頁 97。
〔註 92〕「人民教育社」編，《老解放區教育工作片段》（第二輯），頁 88。
〔註 93〕「人民教育社」編，《老解放區教育工作片段》（第二輯），頁 88。
〔註 94〕「人民教育社」編，《老解放區教育工作片段》（第二輯），頁 88。

整日制、半日制、早午制、班級教學、小組教學或個別教學等方式。〔註95〕例如龍華桑文義小，採取 40 個入學兒童，24 個上整日，16 個上半日，整日班下午不上游戲課，讓兒童回家勞動，半日班上午勞動，下午上學。41 個兒童家裏貧苦，缺乏勞動力，不能上學，則採取隔日制的形式，全村 80 多個兒童都能上學。〔註96〕

此外，爲了使邊區義務教育能夠迅速普及，使每個失學兒童能儘量受教育，以提高其文化水準，加強其民族意識，充實其抗戰能力，邊委會於 1939 年 11 月 19 日頒發了〈晉察冀邊區小學增設兒童義務隨習班辦法〉。〔註97〕〈辦法〉規定：各小學除充實學額，並充分設置兒童識字班，均應設隨習班，於每星期指定時間，到校入班或上課。隨習班上課時間，定於每周一、三、五上午，學習科目包括國語、算數、常識、唱歌、軍訓和生活指導。〔註98〕

靈活安排和掌握學制與教學時間，帶來的最大的好處就是兼顧了教育動員與農村固有的農業生產活動，消除了二者之間可能存在的時間上的衝突，這樣，廣大農村以至山區的兒童，尤其是貧苦兒童，既能接受到學校教育，又不耽誤自己家庭的農活。因此，有些村莊的家長，過去不讓子女入學，也自動把兒童送到學校裏。〔註99〕在農村，特別是貧苦缺乏勞動力的農村，這些改革是普及教育的很重要的關鍵。〔註100〕其實，在這裡討論這樣一個問題，還有更深一層的考慮，即無論是教育動員，還是其背後的政治動員，都不能脫離其所處的動員環境，一方面，大的動員環境是抗戰，而更爲重要的是，動員必然要深入到民眾之中，而中共所處的落後的農村地區則是動員的小環境，對於廣大農民來說，文化教育以及物質經濟條件的落後，很可能會使他們更加關注自己朝夕生活的小環境，而對於大環境則會多少有些隔膜。而且，如果因爲動員兒童去學校接受教育而導致一些家庭失去了可以依賴的勞動力，使「讀書」與「吃飯」發生了衝突，那麼當「讀書」與「吃飯」二者不可得兼的時候，群眾將毫不猶豫的選擇「吃飯」。〔註101〕這種情況下即使是採

〔註95〕「人民教育社」編，《老解放區教育工作片段》（第二輯），頁 87。
〔註96〕董純才主編，《中國革命根據地教育史》（第二卷），頁 329。
〔註97〕曹劍英、劉茗、石璞、謝淑芳，《晉察冀邊區教育史》，頁 140。
〔註98〕河北省地方志編纂委員會編，〈教育志〉，《河北省志》（第 76 卷）（北京：中華書局，1995 年），頁 140。
〔註99〕教育陣地社編，《抗戰時期邊區教育建設》（上），頁 88。
〔註100〕「人民教育社」編，《老解放區教育工作片段》（第二輯），頁 88。
〔註101〕教育陣地社編，《抗戰時期邊區教育建設》（上），頁 7。

用行政手段強迫兒童入學，也不會有好結果的。因此，無論目標多麼偉大的政治動員，最終都要落腳到具體而實際的動員小環境之中，脫離實際的、遠離群眾的動員是不會取得成功的，甚至會收到相反的效果。

（二）課程設置與課時安排

在動員兒童入學、學制以及教學時間的問題都得到相對妥善的解決之後，學校教育也進入了非常重要的環節，即課程的設置與課時的安排，教學的主要內容即集中體現在這兩個方面。1938 年 2 月，晉察冀邊委會頒佈〈晉察冀邊區小學教學科目及每周教學時間表〉對課程設置與課時安排做出了規定，見表格 4。

表格 4：〈晉察冀邊區小學教學科目及每周教學時間表〉 [註 102]

年級 科目　分鐘	一、二年級	三、四年級	五、六年級
國難講話	60	120	180
國語	540	420	420
社會、自然		180	180
（常識）			120
算數	120	150	180
勞作、美術	120	90	60
（工作）		90	60
體育、音樂	240	240	180
（唱遊）			120
總計	1080	1290	1500

注：1、一、二年級不專授常識科，在國語中授之。

　　2、四年級起，算數科加珠算。

　　3、國難講話以國難中應有的認識，並指出其課外救亡活動的方式，以養成兒童愛國家、復興民族的意識和信念。

　　4、唱歌應多授救亡歌曲。

　　5、每節以 30 分鐘計算。

1941 年 4 月，晉察冀邊區行政委員會頒佈的〈邊區小學校暫行辦法〉規定，初級小學課程及其所佔比率：

〔註 102〕王謙主編，《晉察冀邊區教育資料選編》（初等教育分冊‧上），頁 2。

國語 30%

常識 20%

算術 25%

歌詠 5%

工藝（勞作、繪畫、手工）10%

體育遊戲 10%〔註 103〕

從上表以及附註中可以看出，抗戰初期晉察冀邊區小學課程的設置最值得關注的是政治內容的加入，其貫穿在國難講話、國語以及音樂等許多課程之中，是基礎知識課程之外最為重要的部分，同時也是將教育與抗戰結合緊密結合起來的橋梁。例如崞縣的小學，在上國語課時，主要講述抗日英雄故事，同時，教師留給學生的作業就是編寫抗日宣傳講演稿、抗日宣傳黑板報、抗日宣傳標語口號等。〔註 104〕在音樂課上，老師主要教學生唱《大刀進行曲》、《游擊隊之歌》、《生產運動歌》、《義勇軍進行曲》等抗戰歌曲。〔註 105〕而體育課則以軍事體育為主。〔註 106〕上游戲課時，就讓學生玩「捉漢奸」、「打游擊戰」、「捉俘虜」等。〔註 107〕根據上表可以看出，國難教育再加上仍是以抗戰為主要內容的國語、體育和音樂，這些課程在全部的教學時間中就已經佔有了相當大的比例。這部分內容的重要性也可以從對初小學生學習成果的檢閱上體現出來，如〈邊委會發各級小學檢閱月的號召〉規定：邊區組織縣區檢閱委員會，對一、二年級學生只測驗政治常識一科，用口試的方法；對三、四年級學生用筆試檢測國語、算數，再選每村學生若干，用口試方式檢測政治常識。〔註 108〕

在進行抗戰政治的教育之外，邊區還對小學生進行救亡教育，1938 年 4 月晉察冀邊區頒佈了〈邊委會訓令頒發抗戰時期小學校救亡中心訓練週訓練

〔註 103〕〈邊委會頒佈邊區小學校暫行辦法〉，《邊區教育》第 3 卷第 6 期（1941 年 4 月 15 日）。

〔註 104〕陳克寒，〈模範抗日根據地的晉察冀邊區·嶄新的邊區教育〉，《新華日報》1938 年 9 月 3 日。

〔註 105〕王謙主編，《晉察冀邊區教育資料選編》（回憶錄分冊），頁 133。

〔註 106〕豐潤縣文教局教育志編寫辦公室編，《豐潤縣教育志》（唐山：豐潤縣文教局（內部資料），1988 年），頁 70。

〔註 107〕申國昌，《抗戰時期區域教育研究——以山西為個案》（北京：社會科學文獻出版社，2014 年），頁 73。

〔註 108〕王謙主編，《晉察冀邊區教育資料選編》（初等教育分冊·上），頁 10～11。

條目〉，規定了抗戰期間小學校救亡中心訓練週訓練條目及應注意事項，主要
包括以下內容：統一戰線週、抗戰週、春耕運動週、鋤奸週、自衛週、防空
週、服務週、慰勞週。〔註109〕而且每週的具體條目也都作了詳細規定，如抗
戰週的內容爲：

  1、我受了敵人的攻擊，不屈服，不畏懼，要反抗；

  2、我不受強暴的威脅；

  3、我願爲公理正義奮鬥到底；

  4、我要盡所有力量起來和敵人抵抗；

  5、我寧作戰死鬼，不作亡國奴；

  6、我確信，只有抗戰，中華民族才有生路；

  7、我絕不受敵人的利誘和威屈；

  8、我確信爭取抗戰勝利終會成功的；

  9、我要宣傳我的家人、鄰居，使有抗日熱情；

  10、我決盡我的力量努力救亡工作，不敷衍，不逃避，不畏縮。

  〔註110〕

從這一個週的訓練條目可以看出在小學生之中進行的抗戰教育在內容上的細
緻和深刻，而這僅僅是抗戰週的教育內容。

  抗戰教育成爲小學教育的主要內容，切合戰爭實際的政治性內容在課程
設置以及課時安排中佔有非常高的比重，並且不斷向學生灌輸和傳授，反映
出中共實行抗戰教育、使教育爲戰爭服務的教育主張。更重要的是，從實際
效果和影響上來看，有助於促使學生瞭解和關心抗戰，激發學生的愛國情緒，
培養學生的民族意識，以養成學生愛國家、復興民族的意志和信念，增強抗
戰的信心和力量。上文曾經談到過，教育的主要目的，或者說是主要功能即
在於啓蒙、塑造與培養，而小學教育又是教育大廈的基石，發揮著基礎性的
作用，抗戰教育的內容即是對小學生進行了抗戰啓蒙，致力於將其培養和塑
造爲有民族和國家情懷的抗日力量，而這正符合政治動員的要求和需要。

（三）教材

  教材，也可稱爲教科書，是教學活動之中的核心材料，在學校教育系統

〔註109〕王謙主編，《晉察冀邊區教育資料選編》（教育方針政策分冊·上），頁 5～7。
〔註110〕劉茗，〈略論抗日戰爭時期晉察冀邊區的教育〉，《紀念〈教育史研究〉創刊二
   十週年論文集（11）——中國革命根據地教育史研究》（2009 年），頁 88。

之中也扮演著至關重要的角色，教材是教育的載體，它在哪裏讀響，啓蒙就跟進到哪裏〔註111〕。無論是知識還是技能，意識形態還是價值觀念，最終都要落實到文本上以教材這一形式呈現出來。作爲一種特殊的文本，教材的內容一般是不容置喙的，其在教育活動中逐漸成爲了眞理的化身。〔註112〕在抗戰這一特殊的背景之下，遵循著抗戰教育、教育爲戰爭服務而編寫的教材，既是抗戰啓蒙的載體，又發揮著抗戰宣傳的作用，而且還是進行政治動員的重要工具。

根據堅持黨在教育之中要發揮領導作用這一根本性原則，晉察冀邊區小學教材的編寫，也由中共負責。1938 年晉察冀邊區軍政民大表大會通過的〈文化教育決議案〉便規定要編定各種救亡讀物與教材，將小學的課本重行編定，主要的使內容適應抗戰。〔註113〕最初教材的編寫是按以下大綱來進行的，即：

　　一、配合政府法令。

　　二、解釋申述抗戰建國工作。

　　三、注意兒童需要。

　　四、啓發群眾的國家民族觀念。

　　五、認識國際形勢。

　　六、側重政治訓練。〔註114〕

而且邊委會還強調，所謂「抗戰需要的教材」，並不是多寫一些「要堅決抗戰」等一類的標語口號，而是要培養兒童抗戰勝利的信心，要培養兒童在持久戰下的生活知識，要培養兒童戰勝日軍的技術，要培養兒童忠於民族的道德。〔註115〕

1938 年初，晉察冀邊區行政委員會成立之後，爲了滿足教學的需求以及解決無教材可用的燃眉之急，2 月份，邊委會教育處臨時組織了幾位同志，編印了《臨時小學國語課本》，前後共分六冊，每冊三十課。〔註116〕

〔註111〕石鷗，《百年中國教科書憶》（北京：知識產權出版社，2015 年），頁 2。

〔註112〕石鷗主編，《教科書評論》（北京：首都師範大學出版社，2014 年），卷首語頁 1。

〔註113〕《晉察冀抗日根據地》（第一冊・文獻選編・上），頁 82。

〔註114〕李公樸，《華北敵後——晉察冀》，頁 139。

〔註115〕曹劍英、劉茗、石璞、謝淑芳，《晉察冀邊區教育史》，頁 68。

〔註116〕「人民教育社」編，《老解放區教育工作經驗片段》（上海：上海教育出版社，1958 年），頁 276。

前三冊供初級使用，後三冊供高級使用。〔註117〕但是由於事出突然，這一套課本編纂倉促且粗糙，不僅內容太少，而且課文內容的不適合兒童年齡特點，因此難切實用。然而儘管如此，由於這套臨時課本吸收了當時的救亡歌曲以及一部分抗戰故事，仍然「鼓舞了當時教師學生日益高漲的抗日情緒」〔註118〕。1939 年 12 月，晉察冀邊委會教育處重新組織力量編寫了《抗戰時期初小國語課本》八冊，同時出版常識課本八冊，這套課本儘管在名稱上便突出了「抗日」的主題，但是在具體內容上卻與現時情況脫節，既沒有反映當時火熱的抗日戰爭，又脫離了農村的實際情況，而且政治立場不明確，忽視了中共領導邊區建設的事實。〔註119〕比如，課本的取材，好多是選用了抗戰前上海出版的舊課文，與農村兒童的實際生活有著很大的隔閡，以國語課本第八冊爲例，全書四十課課文之中，僅有兩課講到農村的生活。〔註120〕而僅有的關於政治與抗戰的內容，倒大半反映了抗戰初期國民黨統治區的事跡。〔註121〕用毛澤東在〈湖南農民運動考察報告〉裏的話來說，這其實還是在用舊學校的教育目標來培養農民，「鄉村小學校的教材，完全說些城裏的東西，不合農村的需要」〔註122〕。這樣一套與實際情況嚴重脫節的教材，很難達到政治動員的目的，對於中共來說，在農村所進行的一切工作，無論是動員還是革命，哪怕是小學教育，都必須從農村的實際出發，否則是收不到任何效果的，中國的農村與城市分別運行在兩條幾乎完全不同的軌道之上。

1940 年 7 月，爲了貫徹「加強兒童抗戰教育」〔註123〕的指示，晉察冀邊委會委託晉察冀邊區教育研究會，編寫了《抗戰時期初級小學國語課本》八冊，同時出版《抗戰時期初級小學常識課本》四冊，自當年的秋季學期開始使用。針對前兩套教材的種種缺點，這次編訂工作在「編輯主旨」上特別指出：「提高兒童文化政治水平，使對抗戰有正確認識，增強兒童各種

〔註117〕「人民教育社」編，《老解放區教育工作經驗片段》，頁 276。
〔註118〕「人民教育社」編，《老解放區教育工作經驗片段》，頁 276。
〔註119〕「人民教育社」編，《老解放區教育工作經驗片段》，頁 276。
〔註120〕「人民教育社」編，《老解放區教育工作經驗片段》，頁 278。
〔註121〕「人民教育社」編，《老解放區教育工作經驗片段》，頁 278。
〔註122〕〔日〕竹內實監修，《毛澤東集》（第 1 卷），頁 246～247。
〔註123〕林治金主編，《中國小學語文教學史》（濟南：山東教育出版社，1996 年），頁 355。

必要的抗戰知識和革命道德。」〔註124〕因此，這套教材強烈地突出了抗日的主題，從下面這個教材內容分類的統計表之中就可以清楚地看出，見表格 5。

表格 5：〈抗戰時期初級小學國語、常識課本內容分類統計表〉〔註125〕

項目 課數 科目	兒童 生活	自然 常識	日常生 活常識	政治 常識	生產 勞動	生理 衛生	歷史 知識	地理 知識	共　計
國語課本	27	2	6	246	13		2	1	297
常識課本	1	5	1	68	5	8	8	4	100
共計	28	7	7	314	18	8	10	5	397
百分比	7	2	2	78	5	2	3	1	100

　　從上表可以看出，在國語和常識一共 397 課的課文之中，有關政治常識的佔了 314 課，占全部課文的 78%。如果單獨拿國語課本來計算，全書 297 課之中，有關政治內容的有 246 課，占全部課文的 83%。而常識課本共 100 課的課文之中，政治內容佔了 68%。從具體內容上來看，政治性的內容又可以分為四類，第一類是與抗戰密切相關的，反映抗日的訴求，如「不讓鬼子來破壞」、「加緊鋤奸」、「拿槍幹一場」〔註126〕、「漢奸張蔭梧」、「漢奸白志沂」〔註127〕等，而且每篇課文下面還配有圖畫，如「慰勞傷兵」課文中，就畫有男女學生拿著水果、毛巾等在和傷兵談話；「堅壁清野」課文中畫有農夫在破壞敵人的橋梁、埋藏糧食等。〔註128〕第二類則是通過介紹抗日英雄模範和重大勝利來宣揚共產黨的抗日貢獻，如「八路軍與新四軍」〔註129〕、「劉連長開荒」、「女游擊隊員」、「狼牙山五壯士」〔註130〕、「平型關大戰」、「百團大戰」、

〔註124〕「人民教育社」編，《老解放區教育工作經驗片段》，頁 278。
〔註125〕「人民教育社」編，《老解放區教育工作經驗片段》，頁 279。
〔註126〕抗戰時期初級小學適用課本《國語》（第 2 冊）（晉察冀邊區行政委員會，1940年）。
〔註127〕抗戰時期初級小學適用課本《國語》（第 7 冊）（晉察冀邊區行政委員會 1940年）。
〔註128〕克寒，〈模範抗日根據地的晉察冀邊區‧嶄新的邊區教育〉，《新華日報》1938年 9 月 3 日。
〔註129〕抗戰時期初級小學適用課本《國語》（第 2 冊）（晉察冀邊區行政委員會 1940年）。
〔註130〕抗戰時期初級小學適用課本《國語》（第 3 冊）（晉察冀邊區行政委員會 1940年）。

「東北抗日聯軍」〔註131〕等，在有關歷史的部分則要編入重要的革命紀念日。
第三類是直接對兒童進行抗戰動員，支持和鼓勵兒童參與到抗戰之中，如「參
加兒童團」、「大哥的刀」、「二哥的槍」〔註132〕等，《國語》第 2 冊的第 29 課
名字叫做〈學打仗〉，其課文這樣寫道：

> 拿上木刀和木槍
>
> 大家都來學打仗
>
> 你們裝作日本兵
>
> 我們裝作八路軍
>
> 他們有的裝漢奸
>
> 有的裝作老百姓
>
> 八路軍幫助老百姓
>
> 打走了漢奸和日本〔註133〕

這是對小學生直接的抗戰啓蒙和抗戰動員，反映出了邊區兒童希望手拿武器
參加抗戰的急切心情。第四類是有關晉察冀邊區的內容，如「晉察冀邊區是
怎樣來的」、「邊區的形勢和物產」、「邊區是個怎樣的地方」〔註134〕等，增強
兒童對自己家鄉的瞭解與認同，進而培養其對民族和國家的認同。教材之中
也選取了《晉察冀日報》、《北嶽日報》等邊區報刊上關於抗戰方面的重要文
章和社論。〔註135〕此外，常識課本之中還介紹了一些與抗戰相關的簡單的實
際知識，如「簡單包紮法」、「簡單的防毒法」、「火藥的製造法」、「白乾土作
粉筆」、「黑豆湯染灰布」〔註136〕等，爲日後兒童能夠在實踐方面親身參與到
抗戰之中奠定了基礎。在算數課的文字題中，讓兒童計算「公糧」、「公草」、
「公柴」的數字，學算「合理負擔」、「統一計稅」以及減租減息後的租米和

〔註131〕抗戰時期初級小學適用課本《國語》（第 7 冊）（晉察冀邊區行政委員會 1940
年）。

〔註132〕抗戰時期初級小學適用課本《國語》（第 2 冊）（晉察冀邊區行政委員會 1940
年）。

〔註133〕抗戰時期初級小學適用課本《國語》（第 2 冊）（晉察冀邊區行政委員會 1940
年）。

〔註134〕抗戰時期初級小學適用課本《常識》（第 6 冊）（晉察冀邊區行政委員會 1940
年）。

〔註135〕申國昌，《抗戰時期區域教育研究——以山西爲個案》，頁 69。

〔註136〕劉松濤，〈革命戰爭中對兒童進行愛國教育的點滴經驗〉，《人民教育》1950
年第 3 期。

利息，調查敵偽燒殺的房屋和人數，不僅與抗戰的形勢緊密結合，而且緊扣共產黨在邊區推行的各種政策。

還有不少地方，在課本沒有統一之前，或者是由於經濟困難，印刷條件落後，課本無法滿足正常的教學需要，便由教師根據當地情況，自主編寫了大量的補充教材，這些教材也反映了抗日的需求，也解決了不少問題。如冀東區小學教師王崇實在自編的教材中引用了鄭振鐸的詩歌名篇〈我是少年〉，以此激勵兒童抗日救國、民族救亡的革命熱情。〔註137〕還有許多教師教學生學習、背誦文天祥的〈正氣歌〉、岳飛的〈滿江紅〉等詩詞，並教唱抗日革命歌曲。〔註138〕

小學教材的直接面向者和使用者是兒童，其主要是通過教材這一文本傳達知識、技能、價值觀念以及意識形態，而將原本政治色彩十分濃厚的內容大量增加到課文之中，面臨的一個重要問題是兒童能否在學習的過程之中很好的理解和接受。如果儘管在教材的內容選擇上費盡心思，但是教材的敘述方式、口氣等並不適合兒童，那麼不僅難以達到教學目的，政治動員也就無從談起了。因此，吸取前兩次的經驗，這一套教材在編寫的時候，十分注重運用兒童的口氣，堅持「兒童怎樣說，我們怎樣寫；兒童說什麼話，我們造什麼句」〔註139〕的原則，尤其是最為基礎的《國語課本》，力求適合兒童理解、接受與學習的需要，儘量選擇與搜集兒童身邊的生活題材與故事。

抗戰初期，晉察冀邊區先後編輯出版了三套小學教材，教材的內容根據形勢的變化、現實的情況以及抗戰教育的需求不斷進行修改和完善，抗戰的主題越來越突出，越來越貼合晉察冀邊區農村的實際，越來越適合兒童的需求，使大量政治性的內容越來越易於接受與理解。而且，更值得關注的是，國民黨的成分被壓縮，中共開始進入教材之中並被刻畫為抗日的主體。這時的小學教育，既是在民族和國家陷於危亡關頭的政治動員，同時也包含了對中共的宣教，兒童不僅要認同自己的家鄉晉察冀，認同自己的民族與國家，還要認同中國共產黨。在民族與國家的情懷之外，更增添了一抹濃重的意識形態色彩。

〔註137〕曹劍英、劉茗、石璞、謝淑芳，《晉察冀邊區教育史》，頁7071。

〔註138〕曹劍英、劉茗、石璞、謝淑芳，《晉察冀邊區教育史》，頁71。

〔註139〕李南屯，〈現階段的小學教材編輯法〉，《邊區教育》第1卷第1期（1939年3月15日）。

（四）課餘時間

隨著晉察冀邊區小學教育的逐步恢復與發展，抗戰與教育結合得愈加緊密，小學的學制、教學時間、課程設置、課時安排以及教材等方面都貫徹和突出了抗戰的主題，而且中共在其中扮演的角色也越來越重要。上述這些要素都屬於「課堂時間」，而教育還包括學生的「課餘時間」，即走出教室和學校之後的時間，課餘時間如果也能夠充分利用起來的話，將是對課堂時間很好的補充。隨著抗戰教育的進行，加強對兒童課餘時間的管理勢在必行，其中最重要的措施是成立兒童團，培養兒童自我教育、自我管理的能力，並以此發揮自身的力量支持抗戰。

爲把學生培養成爲抗日救國的小戰士，晉察冀邊區建立初期就倡導各村小學要成立兒童團，將走出課堂的兒童組織起來，但是由於邊區百廢待興，恢復與重建是當前小學教育最緊迫的任務，教育動員尚在進行之中，兒童團一事未能及時推行。1940 年 4 月，中共中央北方局在〈關於國民教育的指示〉之中指出：要使兒童團成爲黨與政府在國民教育方面的第一個助手。〔註 140〕冀中行署發出了「廢除體罰，樹立兒童自覺紀律」的指示，指導兒童自定公約，培養兒童的紀律意識和民主習慣。〔註 141〕同年 7 月，晉察冀邊區行政委員會便正式發佈了〈晉察冀邊區抗日兒童團工作綱領〉，指出兒童團的主要任務在於「團結全邊區兒童打日本救中國；擁護與推動邊區的抗戰教育，努力學習抗戰建國的知識和本領；動員兒童參加各種抗日救亡工作；提高兒童的社會地位；保障兒童參加救亡活動的完全自由，領導兒童學習參政參加民主鬥爭」〔註 142〕等等，兒童團的成立意味著兒童不僅在課堂之中接受抗戰教育和抗戰啓蒙，而且正式成爲了一支重要的抗戰力量。

同時頒佈的〈晉察冀邊區抗日兒童團團章〉對兒童團的成員、組織、活動、團規、團禮等作出了詳細的規定。晉察冀邊區凡是七歲到十四歲抗日的兒童都可以加入兒童團，成爲團員；團員配備有木棍、木刀、木槍、木手榴彈等武器。〔註 143〕爲了行動的靈活與便利，兒童團以行政村爲單位建立，定

〔註 140〕《晉察冀抗日根據地史料選編》（上冊），頁 247。
〔註 141〕丁冠英，〈陶行知教育思想在華北抗日根據地的傳播和影響〉，《陶行知紀念文集》（成都：四川人民出版社，1982 年），頁 209。
〔註 142〕《晉察冀抗日根據地史料選編》（上冊），頁 358。
〔註 143〕《晉察冀抗日根據地史料選編》（上冊），頁 360。

期召開會議。〔註144〕內部則實行編隊制,小隊由5～13名團員組成,中隊由3～5個小隊組成,大隊由3個以上中隊組成,大中小隊均設正副隊長各1人,團設團長副團長。〔註145〕指導員則由各村小學教師擔任,負責訓練、指導、監督兒童團的活動。〔註146〕訓練內容包括軍事訓練(整隊、集合、爬山、擬戰遊戲、防空防毒、救護運輸等演習);政治常識(革命戰爭常識、中日關係及實力比較、日本的侵華政策、統一戰線、抗戰形勢及邊區形勢);生活訓練(主要培養吃苦耐勞與勇敢冒險精神、個人服從集體觀念、守時守紀與整潔衛生的習慣、正當娛樂的習慣等)。〔註147〕開展的活動主要有:組織工作(團員編制登記、組織突擊隊工作、協助救亡工作);宣傳工作(演習、講演、張貼標語、散發傳單、召開紀念會等);教育工作(書寫壁報、調查學童、勸導入學、進行民教);糾察工作(站崗放哨、檢查行人、偵查漢奸、維持秩序等);通信工作(建立兒童通信網、傳送文件或書報);協助工作(如募捐、慰勞、春耕、護秋、幫助抗屬、推銷救國公債)等。〔註148〕

除了兒童團之外,晉察冀邊區的兒童還組織成歌隊、宣傳隊、戲劇團等,開展了多種活動。1940年,崞縣95%以上的小學生參加了選舉的宣傳工作;組織了68個護秋宣傳隊;站崗放哨成爲了小學生的經常工作。〔註149〕而盂縣在這一年則成立了兒童戲劇團40個,演出254次;組織了宣傳隊157個,共參加2500餘人。〔註150〕根據統計,至1940年底,整個冀中區的小學生共計組織宣傳隊2383人,參加學生55552人,印發宣傳品194種、38400份,牆報畫出了1828種,組織話劇214個,出演了298齣,演出429次。〔註151〕在生產方面,組織代收隊3471個,參加學生64211人,共收麥76820畝(其中代抗屬收7196.7畝),組織拾麥隊18053隊,拾麥139畝,組織運輸隊1238對,參加學生16803人,組織崗哨1647隊,此外,還組織了巡查隊、送飯送水隊、打場鋤麥隊、歌詠隊、拉拉隊等。〔註152〕

〔註144〕《晉察冀抗日根據地史料選編》(上冊),頁359:
〔註145〕《晉察冀抗日根據地史料選編》(上冊),頁358:
〔註146〕《晉察冀抗日根據地史料選編》(上冊),頁359。
〔註147〕《晉察冀抗日根據地史料選編》(上冊),頁23～24。
〔註148〕《晉察冀抗日根據地史料選編》(上冊),頁25～26。
〔註149〕王謙主編,《晉察冀邊區教育資料選編》(教育方針政策分冊·下),頁82～83。
〔註150〕王謙主編,《晉察冀邊區教育資料選編》(教育方針政策分冊·下),頁83。
〔註151〕王謙主編,《晉察冀邊區教育資料選編》(回憶錄分冊),頁79。
〔註152〕王謙主編,《晉察冀邊區教育資料選編》(回憶錄分冊),頁79。

在共產黨推動成立兒童團之前，恐怕晉察冀邊區沒有人會想到原本應該幫家裏做農活或者去地主家做童養媳的男女兒童們，看起來與抗戰無關的廣大小學生們，竟能夠發揮如此大的作用，他們利用課餘時間，廣泛而深入地參與到各種社會活動之中，成爲一支不可缺少的強大的抗戰力量。

（五）小學教師

在晉察冀邊區，以小學教育作爲重要手段而進行政治動員的過程之中，還有一個群體是需要我們重點關注的，即小學教師。在一般的教育過程之中，教師都是作爲施教者而處於教育系統的主體地位的，然而在政治動員的過程之中，無論是小學生還是教師，都是以共產黨爲動員主體下的客體。尤其是因爲教師在教育系統之中所扮演的重要角色，共產黨更需要對教師進行政治動員，只有一支被廣泛動員起來的、受過抗戰培訓與指導、具有較高政治覺悟的教師隊伍，才能更好地對小學生進行抗戰教育，才能更廣泛地將小學生動員起來。

抗戰初期，晉察冀邊區的小學教育進行恢復與重建時，在教師方面面臨的問題主要有兩方面，首先是師資嚴重匱乏。這是由幾方面原因造成的，在抗戰開始之前，由於教育的極端落後，小學教師本來就缺乏。而抗戰開始之後，隨著日本侵略者佔領華北，原本就匱乏的師資力量又發生了分流，一部分教師逃亡到了大後方，而晉察冀抗日根據地建立之後，由於缺乏幹部，又吸收了原有教師的 80%參加抗日武裝、抗日政權和其他抗日團體。〔註 153〕這樣，當小學教育逐漸恢復並大力發展的時候，師資匱乏便成爲制約邊區小學教育的重要因素。再者，晉察冀邊區僅有的小學教師，文化素質也是參差不齊，而是普遍較低，更不用說是政治覺悟和抗戰意識了，而且各地區也並不平衡。在經濟文化較爲發達的冀中地區，小學教師多是高小、中學或者簡易師範畢業，文化程度都不太高。〔註 154〕而偏遠的山區，小學教師的文化水平更低，比如晉北應縣的小學教師起初由村幹部和群眾推選能識字者擔任。〔註 155〕

〔註 153〕劉松濤，〈華北抗日根據地用革命辦法辦學的幾點體驗〉，《人民教育》1951年第 2 期。
〔註 154〕王謙主編，《晉察冀邊區教育資料選編》（初等教育分冊‧上），頁 74～75。
〔註 155〕河北省晉察冀邊區教育史編委會編，《晉察冀邊區教育資料選編》（續集），（北京：北京師範大學出版社，1991 年），頁 602。

　　為了解決在師資方面面臨的困難，晉察冀邊區首先採取了一些搶救性的措施：第一是團結、改造和利用舊知識分子，吸收過去的小學教員〔註156〕；第二是以專區和縣為單位，開辦短期師範訓練班和師範學校，大力培養新師資〔註157〕；第三是盡可能吸收一切可以吸收的力量，如青年知識分子〔註158〕，錄用優秀高小畢業生，從農村黨員、幹部及抗日積極分子中抽調一些略有文化的人去從事教學工作，充實教師隊伍。〔註159〕有時甚至連俘虜來的日軍翻譯也利用上了。〔註160〕然而，這樣一些措施只能在數量上盡快滿足師資的需要，在質量上卻無法很好地保證。由於小學教師的質量是小學教育質量的關鍵因素，尤其是在抗戰這一特殊時期，小學教育被賦予了政治動員的意義與內涵，因此，邊區在逐漸滿足教師數量的需求之後，「對小學教師的訓練特別注重，當戰爭演變到某一個程度時，即集合全區的小學教師加以配合現階段抗戰需要來一次短期的訓練，再由這批新的師資去教育兒童」〔註161〕。而訓練的關鍵，就在於政治。

　　對小學教師進行培訓，首先要對其進行檢定，晉察冀邊區建立之初，小學教師的成分十分複雜，為了提高教師的質量，為了能夠很好地滿足抗戰教育的需求，需要對教師隊伍進行篩選。1938年1月晉察冀邊區第一次軍政民代表大會在整頓學校教育的決議中就曾規定：「檢定小學教師，其認識不足、程度過低者加以訓練。」〔註162〕為了保證小學教育在抗戰期間正確的教育方向，保障教育與動員的效果，1938年4月邊委會又頒佈〈小學教師檢定辦法〉，對現任和舊有的小學教師加以檢定。〔註163〕只有檢定合格的教師才能夠獲得

〔註156〕《晉察冀抗日根據地史料選編》（上冊），頁247。
〔註157〕教育陣地社編，《抗戰時期邊區教育建設》（上），頁20。
〔註158〕《晉察冀抗日根據地史料選編》（上冊），頁247。
〔註159〕滿城縣地方志編纂委員會編，《滿城縣志》（北京：中國建材出版社，1997年），頁691。
〔註160〕王謙主編，《晉察冀邊區教育資料選編》（回憶錄分冊），頁124。
〔註161〕漢章、小波，〈挺進中的晉察冀邊區文化教育〉，中國第二歷史檔案館編，《中華民國史檔案資料彙編》（第五輯第二編・教育二）（南京：江蘇古籍出版社，1991年），頁586。
〔註162〕《晉察冀抗日根據地史料選編》（上冊），頁247。
〔註163〕王謙主編，《晉察冀邊區教育資料選編》（教育方針政策分冊・上），頁10～11：「檢定分無試驗檢定和試驗檢定兩種。無試驗檢定（不用考試只檢驗資格）的對象是：（1）師範大學或其他大學教育系畢業者；（2）舊制完全師範及現制師範學校畢業者；（3）簡易師範、鄉村師範及師範講習所畢業者；（4）高級中學畢業曾在教育界服務2年以上者；（5）初級中學畢業曾在教育界服務

政府頒給的小學教師許可證，未能得到許可證的小學教師則一律停用。〔註 164〕
而且對小學教師進行檢定的首要標準就是要「堅決抗日」〔註 165〕。對小學教師的檢定初步保證了師資隊伍的質量，將是否抗日作爲首要的標準，爲接下來進行的政治培訓奠定了基礎。

1938 年 6 月，晉察冀邊委會頒佈〈小學教師短期訓練辦法〉，要求各縣舉辦小學教師短期訓練班，培訓時間爲 2～4 周，學習內容包括小學教學法、抗戰形勢及我們的任務、統一戰線、政治常識、民眾教育、軍事學、救亡歌曲等，培訓期間實行軍事化管理，培訓結束考核合格頒發證書。〔註 166〕1940 年，邊委會頒佈〈邊區附設短期示範班暫行辦法〉，規定短期師範班的教育方針是「提高認識，堅定抗戰建國必勝必成的信心」〔註 167〕。由此可見，這樣的短期訓練班以政治內容爲主，重點在於提高小學教師的政治覺悟、民族精神與抗戰意識。此後，爲了配合抗戰教育的需要，邊委會進一步要求小學教師要加強革命理論學習，每天學習兩小時。〔註 168〕學習社會科學，把握社會發展規律；學習革命史，把握中國革命發展規律；研究革命領袖和各報章雜誌的言論，經常研究時事，從學習中去認識眞理、掌握眞理並將其貫徹到實際行動中。〔註 169〕譬如：五臺縣和繁峙縣就特別注重對教師的短期培訓，1939 年 2 月至 1940 年 8 月，相繼在耿鎭、西奔石村等舉辦師資培訓班 4 期，每期 2 個月，共培訓小學教師 500 餘人。同時，還要求每位教師每天進行兩小時的政治學習，制定學習計劃，備有學習筆記，本著「教啥學啥，教學相長；缺

3 年以上者；（6）事變後曾受短期教師訓練合格者。試驗檢定（需要考試）的對象是：（1）初級中學畢業者；（2）高級小學畢業者，曾在教育界服務 3 年以上者；（3）在教育界服務 3 年以上確有成績者；（4）曾參加救亡工作確有成績者。試驗檢定的試驗科目以政治、國文、算數、口試爲準。試驗檢定各科均以百分爲滿，以平均分達到 60 分者爲及格。檢定時，須呈驗各種證明文件，如證明文件遺失者，得由現在政府機關服務人員 2 人以上之保證。另外，無論試驗檢定與無實驗檢定，凡年在 40 歲以上，身體衰弱，無服務精神者，一律取消其資格。檢定合格的教師由各縣辦給小學教師許可證，並造冊呈報本會教育處備案。」

〔註 164〕王謙主編，《晉察冀邊區教育資料選編》（教育方針政策分冊·上），頁 10～11。
〔註 165〕王謙主編，《晉察冀邊區教育資料選編》（教育方針政策分冊·上），頁 10～11。
〔註 166〕王謙主編，《晉察冀邊區教育資料選編》（教育方針政策分冊·上），頁 13。
〔註 167〕皇甫束玉等編，《中國革命根據地教育紀事 1927.8—1949.9》（北京：教育科學出版社，1989 年），頁 173。
〔註 168〕申國昌，《抗戰時期區域教育研究——以山西爲個案》，頁 63。
〔註 169〕申國昌，《抗戰時期區域教育研究——以山西爲個案》，頁 63。

啥補啥,學以致用;能者爲師,互教互學」的原則,加強平時的理論學習,並將之作爲鑑定與評模的必要條件。〔註170〕此外,爲了提高小學教師隊伍的政治素質,中共還盡力動員了一批黨員和知識分子,投身到小學教育的事業之中,並使其將這種事業當做是共產黨員的光榮任務。〔註171〕提高教師隊伍之中的黨員數量,無疑有助於促進教師政治覺悟的提升。

儘管對小學教師的培訓還包括其他一些專業性的內容,比如教學方法、教學經驗、教育理論等等,但是與這些在課堂教學之中具體應用的教學技能相比,政治性的培訓則更爲重要。在抗戰這一特殊時期,小學生都成爲了政治動員的重要對象,作爲施教者的教師,首要條件是必須在政治上過關,這樣才能在教育過程之中盡可能地達到抗戰教育的目的與政治動員的效果。而從實際的培訓成果來看,廣大小學教師,通過學習,瞭解了中國的社會性質及目前的革命任務,認清了抗戰的形勢,樹立了民族自尊心與自信心,堅定了走革命道路,明確了當前應做的事情。〔註172〕在日常工作中,他們積極參與政權建設,開展群眾工作,教育和保護兒童,同敵人展開了不屈不撓的鬥爭,成爲了邊區文化教育戰線上的一支強大的主力軍,政權建設、對敵鬥爭的有生力量。〔註173〕

五、動員效果的簡要分析

從抗戰開始直至 1940 年低,晉察冀邊區小學教育主要處於恢復、重建和大力發展的階段,這一時期小學教育的內容和方式等,實際上處於不斷地摸索與適應的過程之中,根據晉察冀農村地區的實際情況、抗戰形勢以及抗戰教育的需求,對小學教育進行靈活、多樣的調整。這樣的調整與適應是主動的、積極的,爲之後在邊區陷入困難時期的「反奴化教育」奠定了較爲堅實的基礎。而在這一時期,小學教育的政治動員效果如何,可以從一些具體的事例之中一窺究竟。

李公樸曾於 1939 年 10 月開始對晉察冀邊區進行了爲期半年多的考察,結束之後將自己的所見、所聞、所感等寫就《華北敵後——晉察冀》一書,書中對於當時晉察冀邊區的兒童,有著較爲詳細的記述。在李公樸看來,晉

〔註170〕王謙主編,《晉察冀邊區教育資料選編》回憶錄分冊,頁99。
〔註171〕《晉察冀抗日根據地史料選編》(上冊),頁249。
〔註172〕曹劍英、劉茗、石璞、謝淑芳,《晉察冀邊區教育史》,頁64〜65。
〔註173〕曹劍英、劉茗、石璞、謝淑芳,《晉察冀邊區教育史》,頁65。

察冀邊區的小學教育，就是「抗戰的教育」，〔註174〕「學校就是戰場，戰場就是課堂」〔註175〕，而從邊區的小學生身上，就能清楚地反映出這種教育所帶來的效果。比如，晉察冀站崗放哨是小學生每天經常的工作；平山縣的小學生還曾幫助政府完成了最麻煩的合理負擔工作；幫助軍政民完成了新戰士的動員工作。〔註176〕曲陽縣第十二區各村的兒童團會在重要紀念日上演出自己編排的戲劇。〔註177〕而在冀西地區，小學生們不僅會很整齊地唱「風在吼，馬在叫」，還有他們自己編的一些抗日小調，而《救亡進行曲》、《游擊隊歌》等都是老調子了。〔註178〕

再比如李公樸自己的親身經歷：

> 當你走進一座村莊的時候，查驗路條是必然的手續，路條看過之後，你要認為沒有事了拔腳就走，那位站崗的孩子，把槍一橫，照常的攔住你。

> 「對不起同志，耽誤你一會兒工夫，請你背一背國民公約。」

> 假如你背過來了，你便可以揚長而去，假如不然的話，有時一些更天真的孩子會把你帶到村公所去。他的理由很簡單：中國人就應該記住國民公約。要是年紀大一些的孩子，除了客氣和藹的給你講一篇要背熟國民公約的道理之外，他還教給你第一條是不違背三民主義，第二條是不違背政府法令，第三天是不違背國家民族利益。……而且一條一條的解釋給你聽，最後告訴你：

> 「對不起同志，下次可要背熟呀，每個中國人都要記熟國民公約，這是咱們國民大家的公約」。〔註179〕

這樣的親身經歷書中還有一些，從中至少可以看出抗戰教育所帶來的效果，小學生們確實被很好地動員了起來。

如果從上世紀三、四十年代中國教育思想與實踐的發展歷程來看，抗戰時期晉察冀邊區對小學生的政治動員，其實包含著對「小先生制」的借鑒。所謂「小先生制」，是陶行知提倡的一種普及教育的辦法，主張讓兒童一邊做

〔註174〕李公樸，《華北敵後——晉察冀》，頁 140。
〔註175〕李公樸，《華北敵後——晉察冀》，頁 140。
〔註176〕李公樸，《華北敵後——晉察冀》，頁 141。
〔註177〕李公樸，《華北敵後——晉察冀》，頁 144。
〔註178〕李公樸，《華北敵後——晉察冀》，頁 145。
〔註179〕李公樸，《華北敵後——晉察冀》，頁 142。

學生，一邊當「先生」，即讓上學的兒童當不識字的兒童、成人或老人的教師，即知即傳人，以促進知識的傳播，這種兒童就成爲「小先生」。〔註180〕小先生制曾在全國23個省市推廣，不僅在當時的國統區廣泛施行，也受到了抗日根據地的重視和青睞，晉察冀地區如河北定縣各小學，不僅積極實行，而且不斷總結經驗。〔註181〕徐特立在談到陶行知創立的小先生制時說道：「陶行知的小先生制，我在江西所行的與小先生制密合，但我只有行動沒有理論。他發明了理論，他實際上比我高明，我不是他的學生，但我常尊敬他爲師，我與故舊通信，署名常署『師陶』。」〔註182〕他高度評價小先生制的價值：「生活教育社所提倡的生活教育與小先生制，是實際的，同時又是革命的……如果把生活即教育看爲是對中國的病症下藥，那麼就值得我們特別尊重該社的實際精神和革命精神。」〔註183〕由此可見，陶行知所倡導的教育理念與實踐，獲得了中共的認同，並將其借鑒過來，引入到在根據地推行的抗戰教育之中，並使之成爲一種動員的方式。在恢復和普及小學教育的同時，中共還大力實行了社會教育和幹部教育，力圖將抗戰教育推廣到晉察冀邊區教育事業的方方面面，而小學教育恰恰起到了對其他教育的鞏固作用，在學校受到了抗戰啓蒙的小學生們，將中共關於抗戰的理念、口號、主張乃至實踐等，身體力行，「傳授」給父母、親人、村民等等，無疑有助於提升邊區人民整體的抗戰意識，擴大中共的影響，這也是政治動員的重要效果之一。

再來看小學教師，晉察冀邊區通過加強對小學教師的培訓工作，尤其是在思想與政治方面進行了全面、深入的培養與教育，使得這些經過檢定的小學教師，思想逐漸革命化，樹立起正確的政治方向，政治素質得到了很大程度的提高，成爲革命根據地文化教育戰線上一支強大的主力軍，成爲邊區政權建設、對敵鬥爭的有生力量，爲抗戰教育做出了很大的貢獻。〔註184〕由於

〔註180〕高占祥等主編，《中華文化大百科全書》（教育卷）（長春：長春出版社，1994年），頁67。

〔註181〕金祥林主編，《二十世紀陶行知研究》，（上海：上海教育出版社，2005年），頁46。

〔註182〕徐特立，《再論我們怎樣學習》，（延安）《解放日報》第三版，1942年4月1日。

〔註183〕徐特立，《生活教育社五十週年》，（延安）《解放日報》第一版，1942年3月15日。

〔註184〕潘萬靜，《抗戰時期晉察冀邊區小學教育研究》（北京：首都師範大學，2008年），頁55。

晉察冀邊區經濟物質條件較爲落後，小學教師的待遇較爲微薄〔註185〕，而且需要在極爲艱苦的環境之中，承擔著繁重的工作〔註186〕。然而在完成本職內的學校教育工作之後，小學教師還承擔起了宣傳抗戰、動員民眾的工作，在民眾之中宣傳抗日救國並取得了很好的效果。比如應縣小石口小學的八位青年教師曹百讓、曹公士、姚旭、姚貴、田華、韓培烈、於壁、王才，創辦「八德義務學校」，一面向學生傳授知識，一面宣傳抗日救國思想。〔註187〕此外，在抗戰初期，晉察冀邊區還湧現出了很多教師英模，比如靈丘縣河南鎮西溝村小學教師孫虔，爲村裏的小學教育和抗日工作積極努力，被漢奸告發，1940年 5 月 24 日被日本鬼子逮捕殺害，年僅 23 歲；〔註188〕灤縣馮莊鄉王官營村小學教師孫鳳翥，剛直不阿，凜然大義的民族氣節深得當地群眾的愛戴和尊重，1940 年舊曆 9 月被日僞逮捕，不被敵人威逼利誘所動，最後被敵人殺害。〔註189〕

　　1938 年 7 月，經過周密的準備，中共中央北方局以及河北省委領導了冀東大暴動，遍及冀東農村的日僞政權基本被摧毀，並爲建立冀熱遼抗日根據地奠定了基礎。〔註190〕在暴動的準備階段，冀東區的中小學教師即積極串聯，利用教師的職業掩護，開展地下抗日活動。〔註191〕樂亭縣小學教師張其羽、黎巨峰、閆達開等，在暴動期間，建立了小學教師聯合會。〔註192〕灤縣教師李光宇、丁振軍、張鶴鳴等，則建立了農村游擊小組，有計劃地開展了砸「洋

〔註185〕中國昌，《抗戰時期區域教育研究——以山西爲個案》，頁 85：「小學教師的待遇是所有工作人員中最低的，一般僅爲月薪不到 10 元，據調查，1939 年晉東北的小學教師月薪僅有 4 元左右，這種低廉的工資幾乎難以維持基本生活。1940 年晉察冀邊區文化教育會議提出優待教員之意見，1943 年小學教師的待遇才得到較大的提高。」

〔註186〕〈邊區小學教師的英勇鬥爭〉，《邊區教育》第 1 卷第 7 期（1939 年 9 月 26日）：「一名教師教三四十名學生，一天到晚，除上課，當老媽做飯、洗衣服，還要給老百姓解決困難問題和一切繁雜的事情。一個人的精神有限，而工作卻如此繁忙，生活的艱苦，工作的繁重，在社會上可算首屈一指了。」

〔註187〕《晉察冀邊區教育資料選編》（續集），頁 600。

〔註188〕王謙主編，《晉察冀邊區教育資料選編》（回憶錄分冊），頁 344～346。

〔註189〕王謙主編，《晉察冀邊區教育資料選編》（回憶錄分冊），頁 347～348。

〔註190〕中共北京市委黨史研究室，《中共共產黨北京歷史》（第一卷）（北京：北京出版社，2011 年），頁 306。

〔註191〕曹劍英、劉茗、石璞、謝淑芳，《晉察冀邊區教育史》，頁 65。

〔註192〕中國人民政治協商會議河北省唐山市委員會教科文工作委員會編，《唐山文史資料》（第 2 輯）頁 143。

行」、「大煙館」等活動，爲暴動籌措經費，發展壯大抗日力量。〔註193〕冀東區的小學教師，不僅通過教師聯合會、農村夜校等爲發動冀東抗日大暴動做了思想和輿論上的準備，而且在抗聯總隊之中，擔任了領導幹部，如總隊長、政治部主任、特工大隊長等，有很多教師甚至犧牲在暴動之中，爲冀東大暴動做出了重要貢獻。〔註194〕

　　從上述這些事例基本可以看出，在抗戰初期的晉察冀邊區，無論是對小學生，還是對小學教師，抗戰教育均發揮了重要的作用，而且在政治動員上獲得了良好的效果，使得原本並不被當作是抗戰力量的小學生也投入到了抗戰之中，並且將起初數量匱乏而且素質低下的小學教師塑造成爲了「支持抗戰建國的最重要的柱石」〔註195〕，這不能不說是一項很了不起的成就。

（作者簡介：項浩男，男，北京大學歷史學系碩士生）

〔註193〕中國人民政治協商會議河北省灤縣委員會文史資料研究委員會編，《灤縣文史資料》（第6輯），頁320。
〔註194〕曹劍英、劉茗、石璞、謝淑芳，《晉察冀邊區教育史》，頁65。
〔註195〕申國昌，《抗戰時期區域教育研究——以山西爲個案》，頁85。

三、邊疆教育與民族國家想像

學術與時勢：20世紀30年代中國西北、西南邊疆研究的轉承起伏

段金生

摘要：20世紀30年代是中國近代邊疆研究第二次高峰的重要時段。這一時期，邊疆研究雖然在研究內容的深度與學理構建方面存有一定缺陷，但卻形成了「到邊疆去」的廣泛社會輿論。在1935年之前，西北邊疆問題在國人視野中獨樹一幟，最受社會輿論關注；而在1935年之後，西南邊疆問題所受社會輿論的關注度則逐漸提升，並在抗戰全面爆發後取代了西北邊疆，成為邊疆問題研究中最受重視的區域。西北、西南邊疆問題在20世紀30年代社會輿論中的這一轉承起伏，其中包含著複雜的歷史傳統因素，所受社會時局變遷的影響甚大。

關鍵詞：邊疆；西北；西南

正如梁啓超所論：「學術思想與歷史上之大勢，其關係常密切」。〔註1〕近代中國邊疆民族問題研究的發展，以及它們的興起轉承，都與近代中國的時勢變遷存有密切關係。關於道咸之際的邊疆史地研究，《禹貢》學會就曾分析認為：「清道光後，中國學術界曾激發邊疆學之運動，群以研究邊事相號召；甚至國家開科取士亦每以此等問題命為策論。察此種運動之主要起因，實由於外患之壓迫」；清政府對外不斷簽訂割地條款，使「國中經此數度戟刺，遂

〔註1〕梁啓超，〈論中國學術思想變遷之大勢〉，梁啓超著、吳松等點校，《飲冰室文集》（第一集）（昆明：雲南教育出版社，2001年），頁217。

激起一班學人跳出空疏迂遠之範圍而轉向於經世致用之學術。邊疆學者，經世致用之大端也」。〔註2〕晚清邊疆史地研究勃興之原因如此，20世紀三四十年代邊疆研究的興盛歷程與時勢之聯繫則更爲密切。關於前者，學術界已有相當研究成果；而後者，近幾年則頗受學術界關注。〔註3〕

　　20世紀三四十年代的邊疆民族問題研究，既是「致用」的產物，也是西學傳導下「致知」的自然結果，〔註4〕在近代中國學術與思想史上都有著十分重要的地位，它不僅是近代中國學術研究構成的重要內容，也與近代中國民族國家建設有著深遠關係。目前，學術界在涉及20世紀三四十年代的邊疆民族研究時往往有兩種傾向，一是論述中把20世紀30年代與40年代邊疆研究的發展進程作相對「靜態」理解，在宏大視野之下對這一時期邊疆研究歷程跌宕起伏面相的探討不夠細緻；二是現有研究關涉這一領域問題的討論時，較多呈現的是對具體問題的探討，如探討某一邊疆研究團體或機構、某一人物與邊疆研究學術史諸問題，其中雖然也間有談及邊疆研究與時局關係問題，但多淺言輒止、深入不足。雖然20世紀三四十年代的邊疆民族研究總體呈現出一種勃興的形態，但研究的深入、研究的側重、研究領域的變化等，都經歷了複雜而多維的歷程，既有學術自身發展的內在緣由，也深受時局之牽涉。實際上，20世紀三四十年代的邊疆民族研究，不僅在研究的深度與學理轉移上，而且在研究重視的區域上，尤其是西北、西南邊疆研究的側重上〔註5〕，

〔註2〕《禹貢》學會，〈《禹貢》學會研究邊疆計劃書〉，《史學史研究》1981年第1期，頁66。

〔註3〕相關研究論著主要有：馬大正、劉逖，《二十世紀的中國邊疆研究——一門發展中的邊緣學科》（哈爾濱：黑龍江教育出版社，1996年）；段金生，《南京國民政府的邊政》（北京：民族出版社，2012年）；孫喆、王江，《邊疆、民族、國家：《禹貢》半月刊與20世紀30～40年代的中國邊疆研究》（北京：中國人民大學出版社，2013年）；段金生，《南京國民政府對西南邊疆的治理研究》（北京：社會科學文獻出版社，2013年）；王振剛，《民國學人西南邊疆問題研究》（北京：人民出版社，2013年）；婁貴品，《方國瑜與中國西南邊疆問題研究》（北京：人民出版社，2014年）；汪洪亮，《民國時期的邊政與邊政學（1931～1948）》（北京：人民出版社，2014年）；此外，發表在學術期刊的論文及碩士學位論文較多，限於篇幅，不一一列舉。

〔註4〕段金生，〈20世紀三四十年代的中國邊疆研究及其發展趨向〉，《中國邊疆史地研究》2012年第1期。

〔註5〕有學者在上世紀90年代就觀察到：「19世紀後期的邊疆研究以西北地區的研究最爲突出，50年後邊疆研究的各地區分佈格局雖較前一周段有所均衡，但北重南輕的格局尚未突破」。（馬大正、劉逖，《二十世紀的中國邊疆研究——

都受到政治因素、尤其是抗戰形勢的影響。基於上認識，筆者不揣淺陋，擬在前人研究基礎上，以觀察西北、西南邊疆問題在 20 世紀 30 年代社會輿論中的轉承起伏為視角，對 20 世紀 30 年代邊疆民族研究所表現出的學術與時局關係試作梳理。為免引起不必要的誤會，需要說明的是，本文並非對這一時期的邊疆研究進行全景式描述，亦並非論述此時邊疆研究中的細節問題，立意主要是通過觀察社會輿論對西北、西南邊疆問題關注的轉變，進而觀察西北、西南邊疆研究在 30 年代轉承起伏中蘊含著的時局因素。〔註6〕本文論述的時間段自 20 世紀 20 年代末及 30 年代為主。選擇這一時段，是基於 20 年代開始，雖然已經有論者呼籲應重視邊疆問題，但直到九一八事變後，這種呼聲才在社會輿論中形成相當之影響，而在其後的發展過程中，西北、西南邊疆受到關注的目光又表現了不同的面相。本文的探討，僅屬拋磚引玉，不當之處，敬請批評指正。

一、轉折前的觀察：20世紀20年代末及30年代初期的邊疆研究

在 20 世紀 20 年代末，雖然亦有重視邊疆問題的呼聲，但限於客觀形勢，政界及學術界對邊疆問題並未有過多關注。1924 年，有研究人員在北京東城

一門發展中的邊緣學科》（哈爾濱：黑龍江教育出版社，1996 年），頁 74。）不過，要指出的是，西北、西南邊疆在當時並非一個精準的概念，大致主要以地理方位為依據而又各有變遷，民國時期各家之認識存在差別。例如，當時有論者就認為：「自東北四省淪入，國人視線始集注於『西北』，而開發『西北』之聲浪乃高唱入雲。顧『西北』二字範圍甚廣，究應先從何處入手，實為當前難解決之一大問題」。（馮家昇，〈再介紹「到西北去」的一部書〉，《禹貢半月刊》第 1 卷第 12 期（1934 年 8 月 16 日），頁 27。）西北邊疆如此，西南邊疆也莫能除外。時人關於西北、西南邊疆的具體範圍認知差異頗大，故本文探討的西北、西南邊疆主要採取泛指意義而論，西北主要包括陝甘寧青等，西南主要是川滇黔桂等。其中，本屬西北的蒙古、新疆，及西南的西藏，由於邊疆危機形勢嚴峻，民國以來則一直為國人所關注（參見段金生，〈30 年來南京國民政府邊政研究綜述〉，《中國邊疆史地研究》2010 年第 3 期；〈南京國民政府的邊政機構述論〉，《中國歷史地理論叢》2013 年第 1 期），故不作為本文西北、西南邊疆所指的主要範疇。當然，論述中亦難免關涉。同時，正如有學者曾論：「『西北』和『西北邊疆』其實是兩個不同的概念。但是，在民國時人的認知裏，『西北』與『西北邊疆』往往是相通的。各種刊物上的文章，也每每提及『西北』如何，鮮有專門提及『西北邊疆』的。」（參見孫喆、王江，《邊疆、民族、國家：《禹貢》半月刊與 20 世紀 30～40 年代的中國邊疆研究》（北京：中國人民大學出版社，2013 年），頁 152。）其實，西南邊疆也大致如是。

〔註 6〕關於 20 世紀 40 年代的變化，筆者擬另文探討。

大佛寺成立了籌邊學會，出版季刊《邊事》第 1 期，主要討論蒙藏問題，但後來就未見相關信息。〔註 7〕此或說明，這時對邊疆問題研究的關注尚較零散。1929 年，陳重爲認爲：「自十九世紀功利主義興而社會之正義滅亡；……極端攘奪之結果，竟突破弱肉強食之老調，而形成列強之競爭」，爲轉移國內人口、土地等國內問題，列強不斷對外擴張，造成了壓迫者與被壓迫者之間的危機。英國是侵略他國最急者，而「打擊大英帝國主義者，惟吾國足可當之」，號召重視西藏、西康等邊疆問題。〔註 8〕然而，此後雖有部分邊疆研究的成果出現，例如華企雲撰寫了《蒙古問題》〔註9〕等，但並未形成廣泛的社會影響。其中之因素，徐益棠後來的觀察與總結，頗能表現出邊疆研究與時局關係的內在經緯：「中華民國成立至第十九年，內戰方告平息，然其時，京粵兩方尚因政治意見不合而有爭議；四川尚爲一大小軍閥割據之局面；而紅軍方力爭地盤，自出政令；中央因謀內部之團結，注全力於整軍齊政，以謀各方之協調，心目專囿於一隅，故未嘗措意於邊疆也。」〔註 10〕徐氏所論，主要闡述了從民國成立直到 1930 年前國內政局形態的變化對邊疆問題研究的影響，認爲內政的不統一而導致政府無力過多關注邊疆問題。當然，內政之影響固屬重要，然亦如有學者所觀察到的：20 世紀 20 年代至 30 年代初期的中國，在新文化運動的蕩滌之下，各種主義紛繁複雜眼花繚亂，各種論戰如火如荼激戰正酣，全國很大一部分的學術資源都被吸引至其中，以期爲整個中國的問題求得一個「根本的解決」，而彼時的邊疆和民族研究，自然也就成了「冷門」。〔註 11〕

〔註 7〕 房建昌，〈簡述民國年間有關中國邊疆的機構和刊物〉，《中國邊疆史地研究》1997 年第 2 期，頁 94。

〔註 8〕 陳重爲，《西康問題》（上海：中華書局，1930 年），「自記」，頁 1～2。

〔註 9〕 華企雲，《蒙古問題》（上海：黎明書局，1930 年）。華企雲在 20 世紀三四十年代對中國邊疆的研究著述豐富，影響極大，有學者就稱：「就 20 世紀 30 年代至 40 年代的邊疆研究總體情況而言，論議題之宏富，視野之開闊，內容之全面系統，鮮有能與其相提並論者。特別是，其以歷史學爲立足點所形成的研究體系，對中國邊疆史地學的構建和發展影響極大」。（參見見孫喆、王江，《邊疆、民族、國家：《禹貢》半月刊與 20 世紀 30～40 年代的中國邊疆研究》（北京：中國人民大學出版社，2013 年），頁 172。）關於華企雲的相關研究情況，可參閱蔣正虎，〈論華企雲的邊疆研究〉，《文山學院學報》2012 年第 5 期。

〔註 10〕 徐益棠，〈十年來中國邊疆民族研究之回顧與前瞻〉，《邊政公論》第一卷第五、六合期（1942 年 1 月），頁 51。

〔註 11〕 蔣正虎，〈從邊緣到中心：20 世紀 30～40 年代的邊疆研究〉，待刊稿。

在 1930 年 8 月，一直關注中國邊疆問題的戴季陶就承認：「從事研究中國邊地開發與內地開發者，實屬甚鮮；退卻一步言，眞能指陳中國邊疆之實況者亦不多見」，中國「缺乏研究邊疆問題」。〔註 12〕不過，在近代國家、主權觀念日益明晰的背景之下，雖限於時局及學術界的內部因素，政府及學者無法全力於邊疆問題，如前面所述有學者就認爲彼時之邊疆與民族問題研究爲一「冷門」領域，但當時亦不時有論者認識到應該如同道咸時期西北史地之學那樣重視邊疆問題。1930 年 5 月 12 日，黃惟榮就言：「有清一代之史著乃突飛而猛進，中葉以還，西北史地之研究尤戞戞獨造，學術之進行固當後來居上；然亦外患突逼之要求有以促使之然也。今則外患愈亟矣，日俄擾吾東北，英法伺吾西南，東路事件而後，尼泊爾又以入寇聞。處茲國民外交時代，吾國人當如何奮起哉？」認爲「然暴虎馮河，無益於國，知己知彼，勝算可操」，應當加深對邊疆史地的研究與認識。〔註 13〕華企雲是當時關注中國邊疆問題較早之人，戴季陶稱其「向習史地，留意研究中國邊疆問題者垂六七年（指 1930 年以前，引者）」。〔註 14〕在 1929、1930 年，華氏先後出版了《滿蒙問題》《西藏問題》《蒙古問題》的論著。〔註 15〕對其《滿蒙問題》一書，黃惟榮曾稱：「華君企雲長於史地。曩刊《滿蒙問題》一書，讀者無不稱善」。〔註 16〕此或從一定程度上表現了國人對邊疆問題還是關注的。然即使如此，作爲 20 世紀 30 年代中前期邊疆研究領域中頗有影響之人，華企業對當時中國邊疆問題的研究現狀仍表現了相當的感慨。華企雲認識到列強對邊疆的侵蝕將產生嚴重後果，「我視爲荒土而讓之，彼一經營則荒土化爲奧區以奪我利柄；我見爲甌脫而忽之，彼一布置則甌脫變爲重鎮以逼我嚴疆。伺間蹈瑕，永無止境」；又稱「國人中豈有意研究邊疆今昔之實在狀況而謀補苴罅漏之策乎？」〔註 17〕華氏之語，既道出了研究邊疆問題與時局相關，又表現出其對當時邊疆問題研究薄弱的一種失落之感。邊疆地區少數民族政治人物格桑澤仁也認爲：「中國國內尚有若干民族，如滿蒙回藏，其中如藏蒙兩問題不

〔註 12〕 華企雲，《中國邊疆》（南京：南京新亞細亞學會，1932 年），「戴序」，頁 2。
〔註 13〕 華企雲，《中國邊疆》（南京：南京新亞細亞學會，1932 年），「黃序」，頁 3～4。
〔註 14〕 華企雲，《中國邊疆》（南京：南京新亞細亞學會，1932 年），「戴序」，頁 2。
〔註 15〕 華企雲，《滿蒙問題》（上海：大東書局，1929 年）；《西藏問題》（上海：大東書局，1930 年）；《蒙古問題》（上海：黎明書局，1930 年）。
〔註 16〕 華企雲，《中國邊疆》（南京：新亞細亞學會出版，1932 年），「黃序」，頁 3。
〔註 17〕 華企雲，《中國邊疆》（南京：新亞細亞學會出版，1932 年），「自序」，頁 6。

僅是中國的邊疆問題，同時是亞洲問題的一部分，甚至牽連到亞洲以外的國際問題了」，「內地的同胞與輿論界，對於蒙藏問題加以十分注意研究者，亦不多見，一般報紙，偶而登載一些關於蒙藏的特殊風俗習慣，常多加以滑稽之批評論調，不過供讀者們茶餘酒後之消遣資料。他如蒙藏地方之政治經濟社會……等狀況，更無確實之具體敘述」；「中國對於康藏的敘述，十二萬分的稀少」；呼籲新聞工作者及國內學者，「今後純把視線移轉到邊疆上去，……多注意自己切身的邊疆問題」。〔註18〕格氏此論，既體現了其時對邊疆問題關注及研究較少的現實境況，也表現出時人對邊疆問題的關注乃係依據形勢而論。格氏之觀點並非孤立，華企雲亦曾有類似表述：「中國稱爲邊陲之滿蒙回藏滇五地，……邊陲無事則已，有事則全中國必患半身不遂之疾」，「邊疆問題之研究，誠有刻不容緩者矣！」中國邊疆問題主要表現爲滿洲問題、外蒙問題、新疆問題、西藏問題、雲南問題5個方面。華氏所論的5個邊疆問題，主要就是根據時局的緊迫而按序言之的。〔註19〕

在20世紀20年代末，雖然也有少量政界人士倡導開發西北，但他們的提倡首先是出於內政的需求。1929年，戴季陶先後在不同場合表達了對西北區域的關注。戴氏10月在中央軍官學校作了〈向西北猛進的大意義〉的演說、1929年11月25日在開封作了〈救濟西北與開發西北〉的講話、1929年12月25日在對赴西北工作的人員講了〈開發西北工作之起點〉、1929年11月24日在洛陽講了〈西北文明之再造〉、〔註20〕1929年11月27日在湖北省黨部作了〈東北西北西南三個問題的總解決〉的講話〔註21〕。戴氏在1929年所作的上述關於西北及其相關問題的言說，其緣由是多維的，其中重要因素是爲蔣介石解決政治問題而作的輿論支持。在〈向西北猛進的大意義〉中，戴氏稱：「現在我們的革命工作又到了一個很重大的時期，又上了一個很嚴重的關頭，就是這一回西北的許多頑固野蠻的軍人稱兵謀叛，我們中央已決心討伐他蕩平他，我們的武裝同志大都已到前線效命」；「我們要復興我們西北文化

〔註18〕格桑澤仁，〈亞洲民族問題與中國邊疆問題〉，《新亞細亞》第1期（1930年9月），頁42。

〔註19〕華企雲，〈中國邊疆問題之概觀〉，《新亞細亞》第1期（1930年9月），頁43～53。

〔註20〕戴季陶等，《西北》（南京：新亞細亞學會，1931年10初版，1932年5月再版）。

〔註21〕戴季陶，〈東北西北西南三個問題的總解決〉，《新亞細亞》第2卷第1期（1931年4月1日）。

在民族史的光榮，造成東南西北的文化的大同！」〔註 22〕在〈救濟西北與開發西北〉中，戴氏言：「現在我們要把西北人民救到底；就要把為害人民的西北叛軍根本掃除，……我們要確確實實解決西北人民禍害，救濟西北人民，必定要使此回戰事之後沒有第二回戰事發生」。〔註 23〕在〈開發西北工作之起點〉〈西北文明之再造〉〈東北西北西南一個問題的決解決〉等文中，雖然談西北開發，但其立論之目的是為了解決國民黨內部激烈的政治及軍事博弈。〈東北西北西南三個問題的總解決〉開篇即言：「現在中國當前的重大問題有三個：第一個是東北對俄問題，第二個是解決西北叛逆的問題，第三個是西南〔註 24〕叛逆張發奎的問題。」〔註 25〕戴季陶上述所論，雖然強調要進行西北開發，但立論的目的是為了解決西北軍這一政治、軍事集團，帶有鮮明的政治涵義。客觀而論，戴氏此時之論，雖具有關注西北邊疆的意義，不過並非專就邊疆問題而言，是在國民黨軍政權勢激烈博弈下所作的政治態度的表述。約在 1929 年編遣會議開始後，馬鶴天言「開發西北，為中國重要問題之一，在今日已成為舉國一致之主張」，其普通原因如下：其一，西北地廣人稀，「今欲移民實荒，彼此互救，非開發西北不可」；其二，西北為列強覬覦，「今欲鞏固邊圉，免外人之垂涎侵略，非開發西北不可」；其三，西北民族複雜，「今欲達境內各民族一律平等之目的，非開發西北不可」。而在軍事統一之後，尤有開發西北之必要：其一，安置裁兵之需要；其二，「開發西北，安插流民，為唯一救濟之方法」；其三，「開發西北，移東南之民，實為根本剷除共匪之方法」；其四，「開發西北，始足以增進各民族文化，普及黨義」。〔註 26〕觀察上述所論，不論是戴季陶抑或馬鶴天，其時他們關注西北的主因，並非完全因邊疆危機而引發，而主要是基於內政需求的考慮。

當然，誠如前述徐益棠所觀察的，伴隨 1930 年後國內政治局勢的演變，戴季陶等對邊疆問題的關注視角也發生了變化。1930 年，新亞細亞學會成立，並主辦了《新亞細亞》雜誌。新亞細亞學會的主要目標是：「為整個中國的建

〔註 22〕戴季陶等，《西北》（南京：新亞細亞學會，1931 年），頁 1、12。

〔註 23〕戴季陶等，《西北》（南京：新亞細亞學會，1931 年），頁 16。

〔註 24〕張發奎此時與廣西方面聯合，逐漸形成新的西南政治問題，與北洋時代的西南軍閥所指不同。參閱段金生，〈試論西南軍閥地域範圍流變（1926～1927）〉，《史林》2015 年第 4 期。

〔註 25〕戴季陶，〈東北西北西南三個問題的總解決〉，《新亞細亞》第 2 卷第 1 期（1931 年 4 月 1 日），頁 1。

〔註 26〕戴季陶等，《西北》（南京：新亞細亞學會，1931 年），頁 42～42。

設而研究中國的邊疆問題」;「爲實現民族主義而研究東方民族的解放問題」;「建設中國必須開發中國的邊疆,解放中華民族必須東方民族一律解放」。《新亞細亞》雜誌徵稿的內容第二項就是:「以主義爲原則研究中國的邊疆問題。分析中國邊疆問題之過去現在未來之形勢,歸結於邊疆之開發與建設」。關於邊疆研究的主要對象包括東北部(東三省)、北部(內外蒙古)、西北(新疆、甘肅、陝西)、西部(西藏、西康、青海)、西南(雲南、貴州、廣西)。《新亞細亞》雜誌爲加強關於邊疆與民族問題信息的交流,還宣傳「凡與本刊宗旨相同之團體(如考察邊疆之考察團或旅行隊)與刊物(如研究邊疆問題及民族國際問題之刊物)均可將工作現狀及進行消息扼要告知,以便披載」。〔註27〕新亞細亞學會及《新亞細亞》雜誌,是在戴季陶、馬鶴天等人的支持下而成立並創辦的,政府背景深厚。新亞細亞學會的成立宗旨及雜誌的徵稿取向,說明此時戴、馬諸人對邊疆問題的關注視野與意圖已經開始產生微妙的轉變,在這一時期民族主義浪潮在亞洲高漲的背景下,他們的觀察已經不再限於國內軍政勢力博弈的需求,而是從國家建設與民族解放的立論來思考,他們關於邊疆區域方位的劃分雖不具有唯一性,其中卻表現出該會主張對中國邊疆問題進行全盤研究,同時亦與前述華企雲所論中國邊疆問題主要表現在五個區域的觀點相似,大致按照邊疆形勢在他們思維中的嚴重性進行了區域分組。不過,在戴氏、華氏的邊疆研究思想還未充分拓展之時,中國邊疆問題的形勢發生重要轉換,即九一八事變發生。

二、「開發西北」呼聲的高漲:1931～1935「到邊疆去」輿論中「西南」「西北」的落差

九一八事變,牽動著全國的神經,政界、學術界都感到國難深重。胡適就感慨:九一八事變後,「大火已燒起來了,國難已臨頭了。我們平時夢想的『學術建國』、『科學建國』、『文藝復興』,等等工作,眼看見都要被毀滅了」,「……我們幾個朋友在那個無可如何的局勢裏認爲還可以爲國家盡一點點力的一件工作。當時北平城裏和清華園的一些朋友常常在我家裏或在歐美同學會裏聚會,常常討論國家和世界的形勢」。〔註28〕國難當前,由東北問題而引發了對邊疆危機的普遍關注。一直關注邊疆問題的新亞細亞學會發表了〈爲日

〔註27〕〈本刊徵稿內容〉,《新亞細亞》第2卷第1期(1931年4月),「封頁」。
〔註28〕胡適,《丁文江傳》(海口:海南出版社,1993年),頁119。

本帝國主義暴劫東北宣言〉。宣言指出，日本帝國主義此次寇犯東北，是其數十年來處心積慮，欲以謀我國家、滅我民族而實現其大陸政策的最有力之明證。在此大難當前、禍迫眉睫之時，一方面全國應上下一致，向國際社會揭發日本的侵略暴行，一方面全國同胞應急圖造成一種不分區域、不分界限、不分彼此、不分上下、百折不撓的大團結，積極抵抗暴日侵略。強調「吾國疆土東北已劫於暴日，外蒙扼於赤俄，西北疆土岌岌可危；英謀西藏，法窺雲南，亦非一朝一夕；此次暴日又大舉入寇東北，吾人苟不誓死雪仇，力爭被劫之疆土，則列強帝國主義者將各應其勢力範圍圖謀強佔；瓜分之事立見，亡國之禍立召，形勢之嚴重孰有勝於此者乎？」然而，國人對於疆土之情形向多茫然，國防研究素不措意，在此形勢下應痛下決心，「對邊疆國防諸問題加以徹底之研究；凡我教育界與學術團體，責任較重，尤應以研究邊疆問題為目前要圖，普遍組織研究此種問題之團體，以昭示我國人，喚醒我青年，一致奮起，以國家疆土之發展與國防之保全」。〔註29〕九一八事變使國家與民族面臨亡國滅種危機，作為以邊疆和民族問題為主要研究對象的學術團體，新亞細亞學會這一宣言進一步強調了邊疆問題研究在當前是最重要的研究內容。這一宣言還呼籲教育界與學術界應組織專門團體加強邊疆研究。新亞細亞學會不僅號召，也在其主辦的雜誌上有明確的實踐。緊接其後，《新亞細亞》刊登了大量關於東北邊疆史地研究的文章，其所號召的加強邊疆研究的呼籲，也漸成現實。

　　九一八事變使中國邊疆問題形態發生了重要改變，也使國人對邊疆問題的態度發生重要變化。時人觀察到：「九一八以前，遠東均勢未破，各國對華之侵略，尚稍存互相猜忌之心，雖暗中積極進行，表面上固仍維持『領土完整』『機會均等』之原則，而侵略之範圍，亦僅及於經濟財政。雖對吾錦繡河山，不無垂涎三尺，然各有戒心，尚不敢犯眾怒以為戎首也」。然而自從九一八事變後，「日本冒天下之大不韙以奪吾東北四省，九國公約上，『門戶開放』之原則，摧殘殆盡。遠東之均勢既破，於是各國紛起效尤，對於領土之侵略，更明目張膽，不復有所顧忌。……一八九八年瓜分之局勢，殆將復見於今日矣！」「此吾國邊疆問題所以發生之一大原因也。」〔註30〕此語道明，東北邊疆危機的爆發，刺激了國人對邊疆問題的關注。

〔註29〕新亞細亞學會，〈為日本帝國主義暴劫東北宣言〉，《新亞細亞》第3卷第1期（1931年10月），頁2。

〔註30〕淩純聲等著，《中國今日之邊疆問題・編者序言》（南京：正中書局，1934年），頁1～2。

華企雲所著《中國邊疆》脫稿於 1930 年，於 1932 年 4 月由新亞細亞學會正式出版，但很快就於 1933 年 8 月再版。該書很快再版的原因，在其再版書的宣傳語中有明確表達：「自從晚近日侵東北，俄攘外蒙，英寇康藏，法窺滇邊以來，國中人士都遠瞻高矚的把目光移到了邊疆方面，寢假而『到邊疆去』的呼聲洋溢盈耳的經人鼓吹起來。不過到邊疆去是有先決條件的，就是中國邊疆無論其已往情形，現在狀況，四周環境，國際關係，以及日俄英法等帝國主義為對於滿蒙康藏怎樣的垂涎覬覦，乘隙蠶食，都非要有確切的認識不為功。本書就根據了以上條件把整個中國邊疆的實況來供獻給與讀者。」〔註 31〕從《中國邊疆》的迅速再版及其宣傳語言可以觀察出，在九一八事變後，「到邊疆去」已經形成相當有影響的社會輿論。這個輿論的形成，與時局關係密切，然也因時局的關係，在邊疆諸問題中，西北邊疆問題獨樹一幟，並在抗戰全面爆發前形成了政、學兩界「開發西北」的廣泛共識。這一社會情景的形成，受到多維因素的影響。其中，國民黨為抵抗日本而進行的部署計劃是其中的重要因素，而這一因素的影響事實上及於整個國民政府時期的邊疆問題研究。

九一八事變發生時，蔣介石正忙於剿共及整合國內各軍政勢力。9 月 18 日當天，蔣介石正「籌劃對粵對匪策略」。9 月 19 日，蔣介石在日記中寫道：「昨晚倭寇無故攻擊我瀋陽兵工廠，並佔領我營房，刻接報已佔領我瀋陽與長春，並有佔領牛莊消息，是其欲乘粵逆叛變之時，內部分裂而侵略東省矣。內亂不止，叛逆毫無悔禍之心，國民亦無愛國之心，社會無組織，政府不健全，如此民族，以理論決無存在於今日世界之道，而況天災匪禍相通而來之時乎？」〔註 32〕在這一心理下，蔣介石希望依靠國際力量迫使日本讓步，故而採取不抵抗政策，社會輿論群情激昂。不過，日本得寸進尺，1932 年 1 月 28 日開始進攻淞滬。面對此種局勢，國民黨為抵抗日本侵略進一步作了部署。早在九一八事變後的 9 月 26 日，蔣介石就思考：對日「不如戰而亡，以存我中華民族之人格，故決心移首都於西北，集中主力於隴海路也」。〔註 33〕在日本步步緊逼下，1932 年 1 月 29 日，蔣介石「決心遷移政府於洛陽，與之（指日本，引者）決戰」；1 月 30 日，林森、汪精衛等國民政府要員開始撤離南京，

〔註 31〕華企雲，《中國邊疆》（南京：新亞細亞學會，1933 年再版本），頁 567。
〔註 32〕《蔣介石日記》（1931 年 9 月 18、19 日）。中國社會科學院近代史研究所手抄本。
〔註 33〕《蔣介石日記》（1931 年 9 月 26 日）。

蔣介石也於2月1日抵達開封，並決定當天晚上就赴洛陽。〔註34〕2月5日，蔣介石在日記中寫道：「自黑石關以東至汜水之間地形複雜，雖有飛機大炮亦無所施其技，更知爲遷都西北之必要也」。〔註35〕3月5日，國民黨四屆二中全會通過了〈確定行都與陪都地點案〉，決定「以長安爲陪都，定名爲西京」。〔註36〕5月，西京籌備委員立；10月，全國經濟委員會西北辦事處設立。南京國民政府這一決策，影響著逐漸被人們所廣泛關注的邊疆問題研究區域的側重。

　　1932年國民政府確定以西北爲復興基地後，「開發西北」很快爲朝野熱烈提倡。邵元沖於1932年3月21日在中央黨部留京辦事處紀念周的演講中稱：「二中全會議決西京爲陪都，一方面固在應付國難，準備長期抵抗，其他方面實含有開發西北的意義」。〔註37〕3月21日，何應欽在洛陽中央擴大紀念周演講認爲「開發西北爲我國當前要政」：「現時外患日急，非從速開發西北不足以言國防」；「爲充裕國民生活起見，更有開發西北之必要」；「爲研究與發揚我民族固有文化起見，更要開發西北」；號召集中全國聰明才智之士，「從事西北及一切邊疆問題之探討與考察」。〔註38〕很快，「開發西北」成爲了在朝、在野者的共識。天津《大公報》的評論頗能表現出此時西北開發呼聲在全國社會輿論中的情景：「自遼、吉、黑淪陷，國人愈認識建設西北之亟，西安設陪都，亦足見政府目光漸重西北。近者長安洛陽道中，要人絡繹，皆爲視察關中，將欲爲建設西北之研究者也」，在「東北及沿海沿江受重大外患」的情形下，一般論者「動謂應以西北高原爲中心，以爲長期奮鬥之根據」，而「西北確爲國家之最後防線，國防重心，應置其間，無論現在之外患如何歸宿，今後應以最大之力量，建設西北。此不磨之論，全國應決心圖之得也」。〔註39〕「九一八以後，國人大聲疾呼，往西北高原去」。〔註40〕在這樣的政治形態與社會輿論下，西北邊疆問題研究受到廣泛關注自屬必然。在短期內，

〔註34〕《蔣介石日記》（1931年1月29、30日，2月1、2日）。
〔註35〕《蔣介石日記》（1931年2月5日）。
〔註36〕榮孟源主編，《中國國民黨歷次代表大會上及中央全會資料》（下）（北京：光明日報出版社，1985年），頁156。
〔註37〕邵元沖，〈開發西北的重要〉，《中央週報》第199期（1932年3月28日）。
〔註38〕何應欽，〈開發西北爲我國當前要政〉，《中央週報》第199期（1932年3月28日）。
〔註39〕社評，〈論西北建設〉，《（天津）大公報》1932年4月26日。
〔註40〕社評，〈應盡先注意西北建設〉，《（天津）大公報》1933年8月1日。

西北問題研究會、西北學會、西北評論社、西北屯墾團、疆學會、西北墾殖事宜設計處、開發西北協會等以西北命名的研究團體先後成立，出版《西北問題季刊》《開發西北》《西北論衡》等期刊。〔註41〕這些團體在成立大會上，都宣稱團體成立動機乃為邊疆危機之所促。如西北問題研究會於 1932 年在上海成立總會，很快又於西安成立分會。在西安分會成立宣言中，西北問題研究會明確宣稱：「今東北三省，收拾匪易。而西北各省，仍有食指大動者，窺伺其側，亦非安全無憂之地，故吾人若此時尚不能竭智盡慮，力謀開發，則西北將來，恐不免於仍為東北之續。」〔註42〕1932 年，有學者總結言：「吾國自改造以來，遠見之士，莫不注意於西北之開發；有設立學校，造就開發西北之人材者；有著為論說，以喚起國人者；惟厥時國事蜩螗，軍人分據；杷梳整理，均非時機。民國十七年北伐成功，大局一統；西北問題，遂成為中國整個之問題矣。」「開發西北，幾成全國人士同一之主持；中外學者，對於西北實際考察者亦項背想望。……是西北之開發，已成迫切不可緩之工作矣」；同時從國防、經濟及民族方面分析了「西北何以重要」的問題。〔註43〕該論表明其時西北邊疆在邊疆諸區域中「獨樹一幟」的現象及其與時局的密切關係。

新亞細亞學會一直主張加強邊疆研究，在學會組織中專門設有「中國邊疆問題組」，下又分為「東北股」、「西北股」、「西南股」、「東南股」、「其他」。按照〈新亞細亞學會章程〉所言：「凡關於中國邊疆問題及東方民族問題，本會皆規定次序，分別研究」。〔註44〕「規定次序」一語表明，新亞細亞學會在議定邊疆研究區域的重點時，是由東北、西北而西南及其他。九一八事變的發生，事實上也驗證了新亞細亞學會將「東北問題」列為其研究的首要問題的必要性。但事變後，雖然東北問題一時為國人群情關注，但隨著日本對東北事實上的侵佔，國民政府又決定以西北為抵抗日本的根據地，於是如前所

〔註41〕〈西北問題研究會成立大會紀要——西北問題研究會定期籌備全國邊防會議〉，《（天津）大公報》1932 年 7 月 30 日；李海健，《新亞細亞學會與抗戰時期的邊疆研究》（石家莊：河北大學，2010 年），頁 8～9。

〔註42〕〈西北問題研究會西安分會正式成立紀要——西北問題研究會西安分會正式成立發表宣言促國人注意通過簡章並推舉幹事〉，《（天津）大公報》1932 年 9 月 7 日。

〔註43〕王金紱，《西北地理》（北平：立達書局，1932 年鉛印本），頁 1、3。

〔註44〕〈新亞細亞學會成立會彙記〉，《新亞細亞》第 2 卷第 3 期（1931 年 6 月），頁 166。

述，朝野各界對西北邊疆投入了相當的關注。馮家昇在 1934 年的一段論述頗有意味。馮氏首先稱「我國學者對於自己的邊疆素少研究」，認爲「在前清時代，和別國起了境界問題的交涉時，已不知吃了多少大虧」，就是民國以來，一旦遇上這類問題，仍是受人欺騙。譬如東北四省，就歷史、地理、法律上說，明明是中國的領土，而日本人爲了伸展領土的野心，早在此前就提出，但中國的學者沒有一個能起來加以有力的反駁的。馮氏還指出，日本爲了實現「滿蒙非支那論」的基調起見，雇用了大批學人專門致力於「朝鮮學」或「滿蒙學」的研究，研究的成績還能獨樹一幟；而回顧我國，九一八事變以前，「東北史地簡直無人過問」；九一八事變以後，則「爲了欲證明東北是中國的領土起見，才臨時作起文章來」。在此，馮氏強調了因九一八事變，國人對東北問題較爲關注。不過，馮氏通過對歷史上中國邊疆問題研究的總結，指出「中國人對於東北的研究遠不若西北的研究的有成績」。馮氏「東北的研究遠遠不若西北的研究的有成績」之論，並非完全基於九一八事變後邊疆問題研究的基本情況而論，他也強調自道咸之際中國就表現了對西北邊疆史地研究關注的趨向，而東北史地則因清朝發源地之故而長期被研究者所忌諱。〔註45〕馮家昇在發表上述論斷之前半月，曾結合時局分析認爲：「近年來，『到西北去』的口號喊得很高，什麼日記、筆錄報告等等文字也很多」。〔註46〕這表明，馮氏所言的「東北的研究遠遠不若西北的研究的有成績」，雖然是從道咸西北史地之學而論，但亦爲現實中的感觸。馮家昇的這一觀察，從另一維度說明其時雖然國人號召關注邊疆研究，也發表了諸多關於中國邊疆整體或分區問題的論述，但西北邊疆研究在諸邊疆區域的研究中是相當突出的。當然，此亦現象的形成，亦有歷史傳統因素作用的結果。關於此點，筆者僅引錢穆及蒙文通的兩篇討論文章進行說明。

錢穆於 1935 年在《禹貢半月刊》發表〈中國史上之南北強弱觀〉，該文認爲「中國史上之所謂『北強南弱』說，幾乎爲一般人所信受」，並有種種基於山川形勢、氣候物產、民族文化各方面的解釋；「就中國史的經過論，北方強於南方，是一種顯然的事實」，然「苟仔細論之，則亦有未盡然處」，認爲軍事的勝敗、民族的盛衰，應該還有其他方面的因素。錢氏雖然也承認中國

〔註45〕馮家昇，〈我的研究東北史地的計劃〉，《禹貢半月刊》第 1 卷第 10 期（1934年 7 月 16 日），頁 2。
〔註46〕馮家昇，〈介紹「到西北去」的兩部書〉，《禹貢半月刊》第 1 卷第 9 期（1934年 7 月 1 日），頁 28。

歷史基本上一般由北方統一南方，但並非總是「北強南弱」，其關鍵在於馬政的得失。〔註 47〕而後，蒙文通也在《禹貢半月刊》發表〈讀「中國史上南北強弱觀」〉一文，認爲錢氏「以國馬之耗息驗禦外之盛衰」，雖爲「史部之深識」，但出於「兄言其攻，弟言其守」之意而對錢氏觀點提出商榷，認爲「蓋車敗於騎，皆以攻也。凡用車以牛，列陣則車首向內而尾拒於外，此其要也。用於北而不用於南，用於守而不用於攻，亦或以拒馬木鹿角之屬以當騎，此胡騎雖驍而不究所向披靡者，則以制馬之固有術也。」〔註 48〕姑不論「北強南弱」這一現象的內在眞正因素究爲何故，但從錢、蒙的討論中可以觀察出，中國歷史上的北部邊疆問題較南部邊疆爲重，故學者在視野上也更重視西北邊疆。可見，在國民政府確定以西北爲陪都之所在時，西北邊疆廣受國人關注，自有其歷史傳統。

對於時人關於西北邊疆的具體研究，由於內容較多，顯然難以一一列舉，本文之旨趣亦不在此。要注意觀察的是，同爲邊疆，東北失去、西北「熱鬧」，西南又如何呢？顯然，與「開發西北」的熱浪相較，西南邊疆則備顯沉寂。

事實上，在九一八事變後邊疆問題爲全國關注之時，國人並非沒有注意到西南邊疆問題。前述新亞細亞學會在九一八事變後除了談到東北、西北邊疆問題外，也言「英謀西藏，法窺雲南，亦非一朝一夕」，相關的邊疆研究論著及期刊中也不斷有言及西南邊疆問題者。在 1930 年，楊成志就撰文警告言雲南地接緬、越，「直像一隻馴豬介在虎獅的中間」，任由英法帝國列強進攻，「問諸吾政府失了許多國防要隘或膏腴之地，反茫然無所知」，如果不急起研究雲南邊地情況，「雲南地圖將日見變色」。〔註 49〕九一八事變後，宋人傑在 1932 年從國防視野強調了西南邊疆的重要性。宋氏指出國防關涉陸、海、空問題，其中我國陸防最重要的區域是滿蒙地區，其次是西南邊疆的西藏，英國對侵略西藏十分積極，呼籲應使舉國國民「一致注意到西南國防這個問題上來」，「西藏滇邊是吾中華民國的領土，吾西南民眾，就是中華民國一部分

〔註47〕 錢穆，〈中國史上之南北強弱觀〉，《禹貢半月刊》第 3 卷第 4 期（1935 年 4 月 16 日），頁 1。

〔註48〕 蒙文通，〈讀「中國史上南北強弱觀」〉，《禹貢半月刊》第 4 卷第 1 期（1935 年 9 月 1 日），頁 1～3。

〔註49〕 楊成志，〈雲南民族調查報告〉，《國立中山大學語言歷史學研究所週刊》第十一卷第 129～132 合期（1930 年 5 月 21 日），載李文海主編，《民國時期社會調查叢編》（第一編）（福州：福建教育出版社，2014 年），頁 15。

的國民，保存西藏滇邊的領土，就是以中華民國國民的資格，保存中華民國的領土」。〔註50〕在 1933 年 1 月，居正也稱國人一向不注意邊疆的情形，但現在此等形勢下，應改變以往態度，應增強西北、西南邊陲「對帝國主義侵略的防禦工作」。〔註51〕同年 7 月，時任蒙藏委員會委員長的石青陽曾言：「我國邊疆，除海岸線外，由東三省經蒙古，新疆，西藏，滇，桂，無一處不與強鄰逼處」。〔註52〕同年，馬鶴天在做新亞細亞學會本年度的會務報告中，再次強調新亞細亞學會專門研究中國邊疆及東方民族問題，研究辦法或分地域、或按事項，「除分別研究外，注意實地考察。會員中曾赴蒙古、西康、西藏、新疆、青海、甘肅、寧夏、綏遠、察哈爾、東三省、廣西、雲南及印度、土耳其、南洋各地考察者，先後約十餘人」。〔註53〕結合前面所述，說明雖然在九一八事變後新亞細亞學會表現了對東北邊疆的尤為關注，但東北、西北、西南邊疆區域是其研究的主要對象的宗旨未變。1934 年，開發西北協會在召開第二屆年會時，有會員提出〈組織康藏實業考察團案〉，稱「康藏為我國西南國防，其存亡關係整個中華民國之前途實深且巨」。〔註54〕1934 年，為祝賀邊事研究會成立，時人作詩稱：「我們的東北，已經失掉了四省。蒙古、新疆，日俄久思侵吞；西藏、雲南，英法早在經營；環視我們的邊疆，無處沒有敵人！」〔註55〕《邊事研究》在發刊詞中也稱：「近者如法國占海南九島，俄國既唆使外蒙獨立，又想赤化北疆，英國認西藏為其勢力範圍，且據雲南班洪，又想吞食南疆」。〔註56〕有論者強調「凡稍留心邊事的人們，沒有不知道現在中國的雲南，康，藏，新疆，蒙古……在事實上已不如昔日的……」，「年來國人已有最後的覺悟，且已開始轉移視線於邊疆」。〔註57〕這些政界或學術界

〔註50〕 宋人傑，《西南國防論》（上海：中華書局，1932 年），頁 19、20、34。

〔註51〕 居正，〈東北淪陷中之西北邊陲問題〉，《中央週報》第 243 期（1933 年 1 月 31 日）。

〔註52〕 〈蒙藏委員會委員長石青陽在中央紀念週報告詞〉（1933 年 7 月），載張羽新、張雙志編纂，《民國藏事史料彙編》（第一冊）（北京：學苑出版社，2005 年），頁 196。

〔註53〕 〈新亞細亞學會第三次會員大會記事〉，《新亞細亞》第 5 卷第 1、2 合期（1933 年 1 月），頁 258。

〔註54〕 黃舉安等，〈組織康藏實業考察團案〉，秦孝儀編，《革命文獻》（第 88 輯）（臺北：臺北中國國民黨中央委員會黨史委員會，1981 年），頁 672。

〔註55〕 松高，〈獻與邊事研究會〉，《邊事研究》第 1 卷第 1 期（1934 年 12 月），頁 1。

〔註56〕 〈發刊詞〉，《邊事研究》第 1 卷第 1 期（1934 年 12 月），頁 2。

〔註57〕 霍策時，〈邊疆危機與復興中華民族的前途〉，《邊事研究》第 1 卷第 1 期（1934 年 12 月），頁 65。

的言論，表明時人並非完全忽視西南邊疆問題。然而，就當時整個社會輿論而論，對西南邊疆之重視顯然無法與西北邊疆相提並論。

關於其時西北、西南邊疆問題在時人視野中的變化，1934 年有論者的論述頗能說清此點。該論者觀察到九一八事變後西北邊疆問題研究受到國人廣泛關注的現象，稱國人「群集中視線於邊疆問題，爲亡羊補牢之謀，因此，開發西北的政策，成了中國今日民族復興，救亡圖存的唯一出路」。這是對邊疆問題研究興起之原因及國民政府決定設陪都於西北決策的闡述。國民政府以西北爲抵抗日本進一步侵略基地的決策，對西北邊疆產生了怎樣的影響呢？就是「開發西北的劇本，已經在播音臺上一幕一幕地在放送。學術團體的組織，個人及社團實地的考察，以及在朝碩彥或在野名流，均日在報章雜誌，各抒其鴻文讜論，以備政策之咨詢採納。就是中央政府對於開發西北，最近也下了最大的決心和勢力，如隴海路潼西段年底可以通車，擬在短期內展築至蘭州，再達迪化，與平漢，粵漢，津浦，京滬等路接軌，使迢遙百粵，縮地有方，數丈崑崙，摩天可渡，運輸便利，斯無往不宜矣。其他水利之興修，農業之改良，國貨之展覽，畜牧場之設置，均在積極進行。而各公路之正在建築者，計有新綏，甘新，包寧，蘭臬等線。將來結果如何？成績如何？吾人固然不敢必操勝算，不過近來舉國上下，對於西北問題之重要，確已有深切之認識，『有志者事竟成』，敢爲他日開發西北之預祝」。在指出社會各界對西北問題廣爲關注，政府及各界積極從事西北開發建設時，該論者也明確的強調，國人對西南邊疆問題有所忽視。他認爲，國人其時對邊疆問題的思考視野存有局限，即「『頭痛醫頭，腳痛醫腳，』是中國人向來最大的錯誤」；指出「西北問題，既因東北失掉而爲舉國所重視，然而西南問題又將怎樣呢？」認爲「在此開發西北鬧得很起勁的當兒，我們爲著中國邊疆整個的打算，不得不慮及西南，作一勞永逸之計劃。」該論者分析了整個邊疆形態：列強對中國之侵略，無分英、法、日、俄，無論東南西北，而中國邊疆之國防，亦無關於東北西南，均門戶洞開，「居今日而言治邊，殆如乘漏舟而撐破屋，顧此失彼，扶東倒西，九一八以還，日本不費吹灰之力，劫掠我東北四省，於是依樣葫蘆，法帝國主義者當東北事件緊張時，增兵越南，進窺龍州，近更占我南海九島，以及英人時驅藏人以侵西康，莫不爲趁火打劫酷辣手段。今日者東北失地，一時無收回之望，西北雖廣，開發之功效，亦非旦夕可期」。在這樣的形勢下，號召應從全局上重視邊疆問題：「中央對於邊疆，宜統籌兼

顧，收復東北，開發西北，回顧東南，建設西南，庶使邊疆如天衣無縫，敵人雖狡，亦無所施其技，否則徒知東北之失守，而忘滇，桂之危機，徒知西北之重要，而遺川，康之巨患，此非所語於固邊實圉之根本政策也」。還發出重視西南邊疆的呼籲：「堅壁拒盜易，入室驅盜難，與其臨渴而掘井，曷若未雨綢繆，吾願當軸諸公，愼勿在此開發西北聲中，而不一顧及西南國防，致九一八事變，重演西南」。〔註58〕該論者的這一觀察，是從中國邊疆問題的全局思考來號召國人重視西南邊疆問題，但這一呼籲卻更清楚的說明西南、西北邊疆在此時社會輿論中的不同景象。

其實，當時社會輿論對西北、西南邊疆問題的如此「差別待遇」，西南邊疆的地方人士對此之感受更爲「敏感」。龍雲在1933年3月就曾言：「溯自北伐成功，全國統一，有識之士，咸以建設邊疆爲急務，調查研究之團體，鼓吹宣傳之書刊，所在多有」；但是，這些內容「皆偏於東北西北，其注意西南者，蓋鮮焉」。對此境狀，龍雲批評道：「夫中國之陸地邊疆，爲東北，爲西北，爲西南，其於國防上經濟上之地位，同一重要，固不得有所偏廢。國內人士能集中注意於東北與西北邊疆之研究，而於西南問題，則淡焉漠焉，豈西南邊疆，無關國勢歟？抑茫然於西南情形，而無所措手歟？此不可深長思也。」在表達對這一情景的不滿後，龍雲發出感慨，號召既然「他人」不重視西南邊疆，那麼西南邊疆本土的人士就應該加強研究，改變這一狀況：「吾人生斯長斯，對於西南邊疆，猶尚不從事考察研究，馴致囑文演講，尤須取材於外國人士之著述，則中原人士漠視西南，又何怪乎？此不可不立起直追，作有系統之調查研究，以爲全國倡導者也」。〔註59〕龍雲之論，雖或有「在斯言斯」之偏缺，但大致符合當時整個關注邊疆問題的社會輿論現狀。

前述徐益棠在言1930年前政府未曾注意邊疆的諸重影響因素時，其中之一即「四川尙爲一大小軍閥割據之局面」。這一因素對邊疆問題研究的影響，在開發西北呼聲高漲過程中，也不時爲政府及時人所談及，天津《大公報》的評論頗具代表性。1933年8月1日，《大公報》發表〈應盡先注意西北建設〉的社評。社評認爲國家爲固本自衛計，必須經營後方而以備不測，「故西北建

〔註58〕 郭曙南，〈從開發西北說到西南國防〉，《邊事研究》第1卷第1期（1934年12月），頁34。

〔註59〕 雲南省立昆華民眾教育館編印，《雲南邊地問題研究》（上冊・1933年），「龍序」，頁1。

設,在今後尤爲重要」。《大公報》社論的此一論述,是通過對國內政局的比較分析而來的。社評中有言:「吾人日前論川事,以爲四川亦中國最後之堡壘,故屬望四川軍人覺悟者甚切。惟四川今尚未定,中央政令,猶不通行,故宜暫作別論。至於西北數省,則中央政令,完全貫徹,其官其民,莫不仰望中央以爲之主持。新疆雖向有糾紛,然漢回各族,莫不服從中央,盛世才與馬仲英,皆聽命於中央者也。是以四川難治,而西北易治」。〔註60〕這一評論,表明政府對西北的重視,是因爲「中央政令,(在西北,引者)完全貫徹」之故,而西南四川雖也爲時論關注,然因其「難治」,故「宜作別論」。這間接說明,其間興起的對西北邊疆問題的重視,受到時政因素的影響極大。九一八事變後,邊疆問題受到社會各界廣泛關注:「邊疆問題,就是中國存亡問題」。〔註61〕此一狀況形成的重要原因是緣於時勢,而重視西北邊疆輿論的高漲很大程度上也是由於內外形勢的緣由。或是之故,其興因政,其變亦因政,伴隨國內政局變遷,西北、西南邊疆在 1935 年之後的形勢則漸有變化。

三、時局與輿論的轉折:1935 年後「西南」呼聲的漸起

1934 年 12 月 6 日,范苑聲總結了當時邊疆問題的演進軌跡,認爲「邊疆問題之於今日的中國,是非常嚴重的,它的問題嚴重性,近幾年來,是正在與日俱進著。而這種嚴重性的演進現象,促成了『八方風雨會中州』的今日國難」,指出邊疆問題的嚴重化導致了「中國嚴重的國難臨頭」。〔註62〕在此形勢下,國民政府高層雖然在 1932 年確定以西北爲經營重心,引發了關注西北的熱潮。然如前所論,以西北爲經營中心是國民政府權衡時局所作的決策,而伴隨時局變化,這一決策亦有所轉變。

前曾述及,何應欽在〈開發西北爲我國當前要政〉中雖然強調「非從速開發西北不足以言國防」,但他同時也認爲要開發西北應先瞭解以下基本情況:其一,西北蘊藏著無窮寶藏;其二,西北「大部分國民經濟生活,多未脫原始游牧狀態」;其三,西北「爲中華民族之搖籃,同時爲中華民國之陸屏蔽」。並且,開發西北在國防上的意義重大:「蒙古北境,與新疆西北邊境,

---

〔註60〕 社評,〈應盡先注意西北建設〉,《(天津)大公報》1933 年 8 月 1 日。
〔註61〕 〈發刊詞〉,《邊事研究》(創刊號)(1934 年 12 月),頁 3。
〔註62〕 范苑聲,〈我對於今日的邊疆問題之認識與意見〉,《邊事研究》第 1 卷第 2 期 (1935 年 1 月),頁 133。

接壤蘇俄，新疆西南邊境與英屬印度相毗。蘇俄本其遠東政策，肆意向我侵凌，現在雖認蒙古我國領土而實際已不啻爲蘇俄之一部，歷來爲西北邊境問題，與外人所訂條約，無一次不喪權辱國，全國上下，又鮮注意及此」。〔註63〕何氏的上述所論，道出了經營西北所面臨的幾個難題。即，其一是西北雖資源豐富但經濟落後；其二透露了國民政府經營西北有抵禦蘇俄之意圖，表現出對蘇俄的忌憚之心。何氏此論在當時並非個例。張繼也曾言，中國的發展並非平均而較爲畸形，沿海沿江各處甚爲發達，內地各處則日漸衰敗，尤其以西北爲甚，「西北之衰敗現象，實非吾人所能想像」，「物質建設方面，西北是等於零，……西北之經濟狀態，非但新的沒有，即舊有的亦已日漸衰敗」，「關於開發西北，第一步先須救西北」。在闡述西北經濟形態落後之後，張繼又言：「民國以來，中國之大方針即已錯誤，就是『拋棄邊疆』，這是兄弟倡的名詞，因仍沿用從前的方法，視邊疆爲戍地，是犯罪人充軍去的地方，邊疆之官吏，是國內用不著的，始教他們到邊疆去，以致將邊疆的事情弄壞，結果東北丟掉了，東北如此，西北亦是如此，恐將與東北同其結果。」不過，在對蘇俄問題上，張繼則強調「中俄已恢復邦交，日人要馬上到西北去是不可能，西北是與蘇俄接近的」，故他主張聯俄，現「中俄已復交，此與西北之關係甚大，非特黨內同志，即一般青年亦應注意」，應付日本並非單用外交的方法就可以解決，中俄之間若能維持良好關係，則「中國民族可以解決亞洲事情的」，不僅「西北可以發達，並可藉此解決東北問題的，只要努力去做」。〔註64〕張繼與何應欽所言內容的對象是一致的，但對蘇俄在中國邊疆問題產生影響的認識卻是不同。張氏認爲中蘇關係的良好有利於中國解決邊疆問題，而何應欽則認爲蘇俄對中國西北邊疆的威脅甚大，對其持防禦思想。二人之論，其實代表了當時對蘇俄關係思考的兩種立場，表現出此時中國的西北邊疆並非完全無憂，其實外患仍存。面對如此形態，國民政府對如何布置後方以抵禦日本，不可能不作周全之思考。

對於國人普遍認爲開發西北可以解決人口及糧食諸問題，徐益棠在1935年對此問題進行了闡述。徐氏觀察到「近來研究邊疆問題的同志們，往往過

〔註63〕 何應欽，〈開發西北爲我國當前要政〉，《中央週報》第199期（1932年3月28日）。

〔註64〕 張繼，〈開發西北問題——二十一年十二月十八日在中央大學致知堂開發西北協會講演〉，《中央週報》第199期（1933年2月6日）。

於看重人類的活動，『籌邊救國』，又成爲最近的救國運動中的一個別樹一幟的口號。我們當然很表同情於一切『情勢危迫』的報告，而很想替國家做一些有效率的工作；我們也很同意於做幾篇很動聽的文章，勸大家『到邊疆去』。但是我們要知道『救國』不止一端，『到邊疆去』亦非易事」。「到邊疆去」並不容易，那麼這是爲什麼呢？徐氏回答稱：「幸有幾個學者已注意到沒有根據的，過份宣傳的文章之誤人觀聽。張心一先生曾告訴我們西北方面的可耕地沒有現在一般人的估計的那麼多（獨立評論第一二〇期）；翁文灝先生也告訴我們邊疆可移殖的人口數不能以土地的面積來做比例（獨立評論一二四期）；還有一位美國學者也論及中國邊疆的可耕地實在有限得很，他還斷定：工程技術能夠使中國西北再容納幾百萬人口，但要想把西北當做東北，來安插中國過剩的人口，那是萬萬不能的。」〔註65〕徐氏事實上是告訴人們，西北雖然地域廣闊，但眞正能容納的人口比例並非人們頭腦中根據地理面積所作出的簡單思考。其實，早在 1932 年 6 月 19 日，蔣介石就認識到這一問題。蔣介石當天在日記中記載，翁文灝當日下午曾當面向其彙報西北的資源是有限的：「翁講東北與西北農產地之分量。據其以氣候與雨量而論，則西北只可移數百萬之民爲屯墾防邊之用，絕非如世人所理想者可容八九千萬之移民也。翁實有學有識之人才，不可多得也。」〔註66〕蔣對翁的稱贊，表現他讚同翁氏的觀點。在如此形態下，蔣介石對抵抗日本的戰略根據地自然另有打算的思考一直未斷。1933 年 8 月 17 日，蔣介石在日記中寫道：「大戰未起以前，如何掩護準備，使敵不甚加注意，其惟經營西北與四川乎？」〔註67〕可以說，蔣介石一直在思考如何建立對日根據地的問題。關於蔣介石對日問題的思考過程，學術界已有相當研究，此處不作贅述，僅引 1937 年他的一段回顧之語道明此一問題的過程：「自從九一八經過一二八以至於長城戰役，中正苦心焦慮，都不能定出一個妥當的方案來執行抗日之戰。關於如何使國家轉敗爲勝轉危爲安，我個人總想不出一個比較可行的辦法，只有忍辱待時，鞏固後方，埋頭苦幹。但後來終於定下了抗日戰爭的根本計劃。這個根本計劃，到什麼時候，才定了下來呢？我今天明白告訴各位，就是決定於二十四年入川剿匪

〔註65〕 徐益棠，〈邊疆問題之地理研究的必要〉，《邊事研究》第 1 卷第 3 期（1935年 2 月），頁 14。
〔註66〕 《蔣介石日記》（1932 年 6 月 19 日）。
〔註67〕 《蔣介石日記》（1933 年 8 月 17 日）。

之時。到川以後，我才覺得我們抗日之戰，一定有辦法。因為對外作戰，首先要有後方根據地。如果沒有像四川那樣地大物博人力眾庶的區域作基礎，那我們對抗暴日，只能如一二八時候將中樞退至洛陽為止，而政府所在地，仍不能算作安全。所以自民國二十一年至二十四年入川剿匪之前為止。那時候是絕無對日抗戰的把握，一切誹謗，只好暫時忍受，決不能漫無計劃的將國家犧牲，真正為國家負責者，斷不應該如此。到了二十四年進入四川，這才找到了真正可以持久抗戰的後方。所以從那時起，就致力於實行抗戰的準備。」〔註68〕1934 及 1935 年西南地區政治格局的轉變，使蔣介石在 1935 年決定了以四川作為抗戰的大後方。

在 1934 年，已有論者結合國內外形勢，指出西南邊疆同樣面臨類似東北的危機。魏新在〈一九三四年的中國邊疆〉一文中，先對當時中國整個邊疆形勢進行了分析：「底確中國現在是千瘡百疾，已經到了病入膏肓的時候了，無論我們從哪一方面或是哪一部分來看，各處都可以見到危機的增厚與加深，尤其是整個的邊疆問題，從東北到西南的雲南止，只要你約略的翻開地圖一看，便真個會使你坐臥不安，而感覺到中華民族的前途茫茫」；進而指出：「東北已經完了，而蒙古、新疆、康藏、雲南等省，又究竟怎樣呢？那真是只有天知道，誰也不能擔保，西南或西北將來不致成為東北第二，蒙古是不用說了，自從九一八事變以來，已經被日本人視為禁臠了，新疆方面，南路的疏勒已經宣佈脫離中國而獨立，西藏則自達賴死後已到了重要關頭，英人的東進政策，無論在什麼時候，我們是不會忘記的，其次是班洪問題是已經揭幕了，滇越鐵路的重要地點，法人也正在那裏加緊的建築新機場，簡直沒有一處不是帶著『山雨欲來，風滿樓』的現象。」〔註69〕從中可以觀察出論者對西南邊疆問題的深深憂慮，而 1934 年發生的班洪事件，亦促使國人加深了對西南邊疆危機的認識，對西南邊疆更為關注。張青萍就發表〈班洪事件與西南邊防〉的文章，警示國人應重視西南邊疆問題。〔註70〕次年，時人有言：「今日邊疆的嚴重形態，除著東北四省，已早陷於日本帝國主義者鐵蹄的

〔註68〕蔣介石，〈國府邊渝與抗戰前途〉（1937 年 11 月 19 日），秦孝儀主編，《先總統蔣公思想言論總集》（卷 14），「演講」（臺北：中國國民黨中央黨史會，1984 年），頁 653。

〔註69〕魏新，〈一九三四年的中國邊疆〉，《進展月刊》第 3 卷 7～8 期合刊（1934 年），頁 5。

〔註70〕張青萍，〈班洪事件與西南邊防〉，《國防論壇》第 2 卷第 2 期（1934 年），頁 14。

統制之下而外,最嚴重的恐怕是新疆西藏,次如蒙古雲南等地危機,同樣地極其嚴重的,……恐怕今後中國邊疆危機的演變趨勢,還要在我們的意想預料之外。」〔註71〕蒙古、西藏、新疆一直係時人最為關注的邊疆問題,該論將雲南與蒙古的危機同列,在一定層面表現了西南邊疆問題的嚴重性逐漸得到國人的認同。不過,也要觀察到,雖然其時西南邊疆問題已經引起了一些時人的格外關注,但仍在一定範圍之中,尚未形成普遍性認識。在 1934 年,陳碧笙在其〈一個理想的移民地——雲南普思沿邊〉中曾稱:「要保中國,先保西南;要保西南,先保雲南;要保雲南,先保滇邊」。號召人們關注云南,重視西南邊疆問題。然而,陳氏在 1940 年自身也承認該論「在當時也未能引起人們的注意」。〔註72〕陳氏之論,說明西南邊疆問題在時人的認知中仍處於漸變形態。

西南邊疆危機的加重及邊疆問題的不斷發酵,1935 年蔣介石四川、貴州、雲南之行後國民政府政策的轉變,都使西南邊疆的重要性逐漸得到國人的更多關注。1936 年 2 月,有論者對九一八事變後西北、西南邊疆問題在社會輿論中的情形進行了總結,指出邊疆問題為國人所重視係九一八事變之後的事,九一八事變後,「關於蒙,藏,東北,各方面,國人討論的文字很多」,而惟獨關於西南邊疆包括雲南問題的討論比較少。認為在「開發西北」的呼聲中下,「雲南也許被大家輕視了」。對於這一現象,該論者認為:「固然西北成了日俄英角逐的地帶,很顯然的日本從內蒙要向西北發展」,受到重視有其必要性;然而「雲南的地位,無論在其地位上,對於祖國的密切關係上,至少與東北相等,而其禍患之深,何異於『九一八』以前的東北」。「雲南是中國民族最後的生存地」,「雲南是吾民族最要的一條生命線」,指出雲南土地雖然不像新疆、西藏那樣廣大,但在形勢方面則至少與新疆、西藏相等,甚至在一定方面比新疆、西藏還要重要。雲南這一重要性形成的原因,在於它扼著長江上游之勢:「由雲南到四川是據長江的上游,過貴州至黃平沅江直達湖南,已經可以左右北方,如果東走廣西沿西江而下,又可以控制珠江流域,很明顯的,雲南已經具有倒槃天下的形式。當三國時,諸葛亮出師北伐,所以必先定南蠻,唐代滇南落於南詔,而終困中原的,都是可以證明雲南的地位重要」。認為其時我國的邊疆地區,除了東三省就是雲南了,可謂「正是東

〔註71〕范苑聲,〈我對於今日的邊疆問題之認識與意見〉,《邊事研究》,第一卷第 2 期(1935 年 1 月),頁 133。
〔註72〕陳碧笙,《邊政論叢》(昆明:戰國策社,1940 年),頁 1。

北西南相對應著」，而東北與西南邊疆的背後都有強大的帝國在侵略，並且東北已經成了日本的囊中物，現在「所餘的美滿生存環境，就是雲南了」。「無論從地勢看，或從經濟地位來看，雲南省是吾民族生命所託。雲南之在西南，與遼吉熱黑熱在東北。至少有同樣的重要，日本腳踏四省，而侵燕雲。與經雲南可直蹈四川，中原受的威脅一樣的大。現在燕雲已備夷患，禍亂方興的雲南不容我們忽視了！」〔註73〕誠如時人對該觀點所評論的那樣：「雲南氣候溫和，礦產豐富，為我民族在東北淪亡後之唯一生命線，自不待言，乃近年來國人高唱開發西北，對於民族唯一生命線之雲南，反不重視，〈雲南的過去現在和將來〉，首述雲南之重要性，以及礦產之豐富，食糧之饒，次述我祖先開發成績及現在英法情形，大足以喚起國人之意注（應為注意，引者）」。〔註74〕的確，國人對西南邊疆的普遍性關注，很快就到來了。

七七事變爆發後，國府西遷，1935年後漸起的重視西南邊疆的呼聲很快超過「開發西北」的浪潮，成為舉國一時關注之話題。1938年，一直關注邊疆民族問題研究的凌純聲發表〈建設西南邊疆的重要〉的文章，對九一八事變後國人對西北、西南邊疆關注度進行了比較，道明了西北、西南邊疆在不同時期國人視野中的微妙變化過程。凌氏指出，「自九一八事變以後，國人鑒於外患日亟，邊警頻傳。一般有志之士群起而注意邊疆，研究邊疆，經營邊疆，這不能說不是一種好的現象」；但是，在這股熱烈的開發邊疆的運動中，朝野人士大都注意到西北而忽略西南。對於西南邊疆，只有很少一部分的有心人在呼喊，未能喚起舉國一致的推動。這「實為晚近國家建設上一件不幸之事」。凌氏在文章中還舉例稱：「直至最近還有人說，中國民族最後的生路是在天山的下邊，決不是在昆明湖畔」。這既說明了此前社會輿論獨重西北邊疆的現實，亦從另一維度表明對西南邊疆問題重要性認知的逐步提高。凌純聲就稱：「這兩句話雖有他的言外之意，我們不去管他，如對於建設邊疆而言，似乎還是只要開發西北不必建設西南」，但是，「現在復興中國民族的根據地只有西北與西南了。西北雖是我們的生路，而西南亦並不是死路一條」，認為「西北與西南在抗戰建國中的地位至少是一樣的重要」。他進一步分析認為，「西南的地理位置氣候，資源與民力等等多較優於西北，可說是復興民族的

〔註73〕 馬中俠，〈雲南的過去現在和將來〉，《邊事研究》第3卷第3期（1936年2月），頁17～29。
〔註74〕 〈編輯後記〉，《邊事研究》第3卷第3期（1936年2月），頁131。

主要根據地。自全面抗戰開始以來,沿海諸省淪於敵手。黃河流域的人民退至西北,長江下游的人力物力流向西南,這是地理與交通的關係使然,並沒知道生路與死路的選擇」。凌氏希望在國家民族危機之下,從沿海注入內地的人力物力,在西北者則開發西北,在西南者則經營西南,應努力建設邊疆以增加抗戰的力量,完成建國的使命。以往國人很少注意西南邊疆,對於西南的情形頗多隔膜,現在西南邊疆在抗戰建國的作用非常重要,「希望國人對於西南有一番新的認識,大家去努力建設」。在最後,凌純聲呼籲,「當前抗戰愈趨緊張,愈迫使我們覺得有開發西南的必要」,指出「對日作戰,一定是個長期戰爭」,在這樣的形態下,「將來西南在繼續抗戰中的地位,無論在軍事上經濟上都十分重要」,因此「目下努力建設,已為刻不容緩之事」。〔註75〕顯然,西南邊疆研究在政府、社會輿論中的地位已明顯不同,西北、西南邊疆研究的關注度開始有了明顯改變。徐益棠曾言:「抗戰軍興,國府西遷,各學術機關亦相繼遷至後方。」〔註76〕按照凌純聲曾言:「以前研究邊疆,而邊疆不易來;要開發邊省富源,而資本缺乏。現在沿海的人才財力都已被迫流向邊地,正是建設西南邊疆千載難遇的機會,希望舉國上下,切莫錯過」。〔註77〕相關學術機構的西遷,的確更促進了西南邊疆研究的發展。西南邊疆研究的代表人物方國瑜後來回憶稱:「自一九三七年抗日軍興,內地大學及研究所有播遷至西南,加強抗戰大後方,各地學人多來集昆明,尚論邊政」。〔註78〕西南邊疆研究在「邊政」研究中的重要性顯然更加突出。方國瑜、向達、凌純聲等就共同創辦了《西南邊疆》,旨趣是「以學術研究的立場,把西南邊疆的一切介紹於國人。期於抗戰建國政策的推行上有所貢獻」。〔註79〕1939 年,張其昀稱:「當第二期抗戰之初,……如是則西北諸省可視為左翼,西南諸省可視為右翼。因左(應為右,引者)翼方面距印度洋較近,有天然的海口,故在國防經濟上尤屬重要地位,近年中國經濟建設以注重西南各省

〔註75〕 凌民復,〈建設西南邊疆的重要〉,《西南邊疆》第 2 期(1938 年 11 月),頁121。

〔註76〕 徐益棠,〈十年來中國邊疆民族研究之回顧與前瞻〉,《邊政公論》第 1 卷第 5、6 合期(1942 年 1 月),頁 56。

〔註77〕 凌民復,〈建設西南邊疆的重要〉,《西南邊疆》第 2 期(1938 年 11 月),頁126。

〔註78〕 方國瑜著,《方國瑜文集》(第一輯)(昆明:雲南教育出版社 2001 年版),「自序」,頁 2。

〔註79〕 〈發刊辭〉,《西南邊疆》,第 1 期(1938 年 10 月),頁 3。

爲其確定之方針」。〔註80〕這或表明，西南邊疆在國人視野中的重要性已超越早前「一枝獨秀」的西北邊疆。1940年，國民政府要員陳立夫也言：「自戰局轉移，國府西遷，西南數省，遂爲抗戰復興之根據地，舉國上下，咸明晰西南建設之重要」，「亟須在最短時期，完成西南以國防爲中心之建設，爲維抗戰持久之計，實已無煩侈言，惟在朝野人士如何指臂相連，同心協辦，以超速度完成必要建設，以應時代需要而已」。〔註81〕陳氏之語道明了關注西南邊疆社會輿論的興盛的現狀，也說明了其與時勢的密切關聯，可以觀察出西南邊疆研究因國府西遷而逐漸高峰另起。

四、結　語

　　以上是對20世紀30年代「到邊疆去」浪潮中西北、西南邊疆在社會輿論中的轉承起伏現象的一個觀察與分析。其時社會輿論對西北、西南邊疆關注的差異，在很大程度上表現了時人對西北、西南邊疆民族研究的不同側重。過去雖然有學者提及此一問題，然大多僅隻言片語，或只從這一時期學術刊物名稱的羅列而就較簡單地稱當時對西北邊疆研究的關注較西南邊疆研究爲重。然而，對這一現象形成的歷史傳統因素、社會政治的現實因素卻較少分析。事實上，除了學術發展的因素外，歷史傳統與社會政治對這一時期邊疆研究發展過程的變化也產生了莫大的影響。本文主要從社會輿論對邊疆關注的差異與時局變化的關係爲主進行了討論，它們或能呈現出這一時期邊疆民族問題及其研究的多維面相。在中國這樣一個歷史悠久、傳統深厚的國家探討邊疆研究在一定時期的轉承起伏，其實要求我們不僅要關注於當時的社會現實因素，也應重視歷史因素在其中的重要影響。要再次說明的是，本文並不是關於20世紀30年代邊疆研究具體問題的討論，也非寫這一時期邊疆研究的整體學術史，主要是觀察這一時期社會輿論中西北、西南邊疆研究及其與時局變化之間的關係爲主進行討論，這也或是整個近代邊疆民族史研究與時局密切相關的重要表現，也是近代中國學術史複雜而多維面相的重要內容。

（作者簡介：段金生，男，雲南民族大學人文學院教授）

〔註80〕張其昀，〈今後抗戰之西南經濟基礎〉，《西南邊疆》第5期（1939年3月），頁1。
〔註81〕陳立夫，〈如何共同建設西南〉，《西南實業通訊》第1卷第1期（1940年1月），頁4～5。

「化特殊爲相同」──國民政府的邊疆教育與文化統合之路

馮建勇

　　摘要：1930 年代初至 1940 年代中期，國民政府領導下的邊疆教育實踐，經歷了一個從「蒙藏教育」到「邊疆教育」的發展歷程。與此間國民政府努力強調對邊疆地區之統合要實現從「民族的統合」到「地域的統合」的路徑轉變相一致，教育部主持實施的邊疆教育亦體現了均質化的「地域統合」色彩，其初衷乃是爲了實現對邊疆民族施以無差別的國民化教育統合，然則其效果不彰：一方面從學習過程上來說，邊疆民族在接受國文、國語的教育過程中感到頗有困難；另一方面，邊疆民族從心理認知上覺察到「他者」對本民族文化之蔑視，故有「當學差」之說。國民政府主導下的邊疆教育，雖未能完全實現「去除畛域私見，培養共同意識」的崇高目標，但它確實在一定意義上作爲一面鏡子，讓時人重新認知邊疆文化的意義。彼時，一些內地社會精英開始檢討「華夏蠻夷」的傳統偏見，主張以平等的觀念對待邊疆民族，從「我群」與「他群」的視角重構內地民族與邊疆民族之歷史及關係，藉此推進內地與邊疆民族間的交流與交融。

關鍵詞：邊疆教育；邊疆文化；國民政府；化特殊爲相同

前　言

　　1930 年代至 1940 年代的中國，見證了日本人以建立「大東亞新秩序」爲名對中國實施的侵略和掠奪，亦經歷了在「民族自決」號召下來勢洶洶的邊疆分離主義。基於這樣的時代背景，一批知識分子以其學術論述塑造「中華

民族」，國民政府則直接以其理論模式闡揚、制度框定之辦法，投身於國族邊緣再造之行動中。其時，作爲「邊緣再造」的一種重要手段之一，國民政府致力於邊疆教育的實施與推廣，希冀以此向邊疆民族推行國文、國語，「灌輸整個的國族意識」，從而實現其「化特殊爲相同」之標的。

關於國民政府時期邊疆教育實施之情狀，已有諸多先行研究做了開拓性並富有啓發性的探討，於後來者增進對此期邊疆教育之觀感頗有裨益：一些學者對該問題進行了綜合性的研究，考察了近代以來邊疆教育發展的背景、發展的歷程和存在的問題〔註1〕；另有學者對邊疆教育的區域發展情形做了細緻研討〔註2〕；亦有學者圍繞邊疆教育的制度創建〔註3〕、經費來源〔註4〕、組織機構〔註5〕等進行了專題研究。但顯而易見的是，此諸先行研究或著眼於「教育學」的研究視角，重在闡釋此期邊疆教育作爲「教育學」的一面；又抑或遵循歷史學的研究範式，重在梳理邊疆教育的形成、發展、衰落過程，但對國民政府實施邊疆教育的實際「意圖」及其社會背景之考察，尚不夠充分。

基於上述先行研究之檢討，本文研究之主旨，不在於全景式地呈現 1930 年代至 1940 年代邊疆教育之實態，而在於探究邊疆教育的國家—社會功能，亦即其本身承擔的統合「國族意識」之功能，考察國民政府爲實現「化特殊

〔註1〕 參見于逢春，《中國國民國家構築與國民統合之歷程——以 20 世紀上半葉東北邊疆民族國民教育爲主》（哈爾濱：黑龍江教育出版社，2006 年）；張建中，《中國近代邊疆教育史論（1901～1949）》（長沙：湖南師範大學出版社，2013 年）；孫懿，〈抗戰時期民國政府的邊疆教育政策〉，《中國邊疆史地研究》2005 年第 4 期；劉亞妮，〈南京國民政府時期邊疆教育探析〉，《蘭州大學學報》（哲學社會科學版）2013 年第 1 期。

〔註2〕 參見祁美琴，〈民國時期的新疆學校教育概述〉，《民族教育研究》2002 年第 3 期；馬玉華、李豔，〈民國時期西南地區的邊疆教育研究〉，《昆明師範高等專科學校學報》2006 年第 3 期；儲競爭，〈民族國家建設下的邊疆教育及其困境——以國民政府時期夏河縣教育爲例〉，《北方民族大學學報》（哲學社會科學版）2014 年第 1 期。

〔註3〕 參見周泓，〈民國時期的邊疆教育制度〉，《民族教育研究》2000 年第 4 期。

〔註4〕 參酌田正平、張建中，〈中英庚款與民國時期的邊疆教育〉，《河北師範大學學報》（教育科學版）2006 年第 6 期；張學強、王景，〈國民政府時期邊疆教育經費的籌措與使用〉，《西北師大學報》（社會科學版）2012 年第 2 期。

〔註5〕 參見田正平、張建中，〈近代邊疆教育行政管理機構的創立與演變——以中央政府一級爲中心的考察〉，《社會科學戰線》2008 年第 3 期；朱慈恩，〈蒙藏委員會與民國時期的邊疆教育〉，《民族教育研究》2008 年第 5 期。

為相同」之目標所做的努力及其實效。因由此種問題意識，本文研究框架安排如下：首先，梳理國民政府時期從「蒙藏教育」到「邊疆教育」的轉變，並著重揭示這種轉變背後的隱喻；接下來，從闡釋國民政府邊疆教育的目標與路徑入手，檢討邊疆教育「化異之路」面臨的挑戰及其實際面向；最後，本文還將考察在實施邊疆教育大背景下內地精英對邊疆文化認知發生轉變的契機。

一、從「蒙藏教育」到「邊疆教育」之隱喻

1927 年 4 月，將「促進全國民族的進化」、「達成一個大中華民族的形成」〔註6〕作為國民統合之目標的國民政府宣告成立。由於在形式上已經完成對全國之統一，國民政府對邊疆民族之國民統合有較多的關注和實踐，作為一個基礎選項，邊疆教育開始被提到日程上來了。不過，最初一段時期內，國民政府並未明確提出實施「邊疆教育」，而是以實行「蒙藏教育」代替之。彼時，根據國民政府的制度設計，除蒙藏委員會下設的蒙藏教育委員會承擔實施「蒙藏教育」之職外，主要負責實施「蒙藏教育」的行政機構還有教育部的蒙藏教育司。1929 年 6 月 17 日，國民黨三屆二中全會第 2 次會議通過《關於蒙藏之議決案》，內中提出，「在教育部內特設專管蒙藏教育之司科」。〔註7〕遵照該項決議，教育部遂於 1930 年 2 月正式建立蒙藏教育司，內置第一、二科，其中第一科專管蒙古地方各種教育事項，第二科則專轄西藏地方各種教育事項。〔註8〕

隨後在具體的邊疆教育實踐中，教育部逐漸認識到了「蒙藏教育」的局限性，並通過一系列新的教育章程的修訂和頒佈，漸次拓展了「蒙藏教育」的實際內涵。1931 年 3 月教育部制定〈實施蒙藏教育計劃〉，提出「蒙藏教育計劃需一面顧到全國教育統一的宗旨，一面也注意蒙藏地方實際的事實。新疆回民中，有不能完全適用內地教育辦法的，也有相當的變通辦法」。

〔註6〕中國國民黨中央委員會，《中國國民黨宣言集》（武漢：獨立出版社，1938 年），頁 46。

〔註7〕〈三屆二中全會通過關於蒙藏之決議案〉（1929 年 6 月 17 日），中國第二歷史檔案館編，《國民黨政府政治制度檔案史料選編》（下冊）（合肥：安徽教育出版社，1994 年），頁 410。

〔註8〕〈教育部公佈修正各司分科規程〉（1932 年 7 月 22 日），中國第二歷史檔案館編，《中華民國史檔案資料彙編》（第五輯第一編·教育一）（南京：江蘇古籍出版社，1994 年），頁 62～63。

〔註 9〕在此,「蒙藏教育計劃」明確表示,要將新疆的回民教育置於與蒙藏教育同一地位,強調該地區的教育亦需因地制宜,與內地教育有所區別,顯而易見,蒙藏教育司事實上已將新疆「回民教育」納入自身管理權限範圍。同年,教育部為推進整個邊疆地區教育的普及與發展,頒佈了〈邊疆教育實施原則〉。此為國民政府第一次使用「邊疆教育」的概念發佈法令文件,涵括了邊疆教育之目標、計劃、組織、經費、設備、課程、訓育等 7 個方面的內容。該「實施原則」提出,邊疆教育的目標在於「注意其民族意識之養成」,「由教育力量力圖邊疆人民語言意志之統一,以期五族共和之大民族主義國家之完成」,「力謀邊疆各民族抵禦各帝國主義侵略意識之增高」〔註 10〕。至於邊疆教育之組織實施機構,「實施原則」專門規定,「教育部已有之蒙藏教育司,應積極負責主持邊疆教育」〔註 11〕。至此,教育部蒙藏教育司的行政管理權限進一步得以擴展,實現了從「民族性」到「地域性」的轉換,其職能不再限於專管蒙藏回等民族教育,而是擔負主持整個邊疆地區教育實施之責任。

此後相當長的一段時期內,教育部蒙藏教育司實際承擔起了主持開展邊疆教育之責。教育部 1935 年 3 月頒佈的〈推廣邊疆教育實施辦法〉,規定應於邊地文化最落後處,盡先設立小學 36 所,包括察哈爾二十旗 3 所,錫林郭勒盟十旗 3 所,烏蘭察布盟六旗 2 所,伊克昭盟七旗 2 所,土默特特別旗 1 所,阿拉善特別旗 1 所,額濟納特別旗 1 所,青海蒙古二十九旗 4 所,新疆蒙古二十三旗 3 所,青海回族 1 所,新疆回部 4 所,青海藏族 1 所,雲南苗族 8 所。〔註 12〕此為教育部首次在正式法令文件裏將雲南邊疆地區的苗族教育納入邊疆教育的範疇,「邊疆教育」的內涵亦得到進一步擴充。〔註 13〕同年

〔註 9〕〈教育部實施蒙藏教育計劃〉(1931 年 3 月),中國第二歷史檔案館編,《中華民國史檔案資料彙編》(第五輯第一編‧教育二)(南京:江蘇古籍出版社,1994 年),頁 820。

〔註 10〕〈教育部訂定邊疆教育實施原則〉(1931 年),中國第二歷史檔案館編,《中華民國史檔案資料彙編》(第五輯第一編‧教育二),頁 830。

〔註 11〕〈教育部訂定邊疆教育實施原則〉(1931 年),中國第二歷史檔案館編,《中華民國史檔案資料彙編》(第五輯第一編‧教育二),頁 831。

〔註 12〕〈教育部二十四年度推廣邊疆教育實施辦法案的文件〉(1935 年 1~3 月),中國第二歷史檔案館編,《中華民國史檔案資料彙編》(第五輯第一編‧教育二),頁 868~870。

〔註 13〕〈教育部二十四年度推廣邊疆教育實施辦法案的文件〉(1935 年 1~3 月),中國第二歷史檔案館編,《中華民國史檔案資料彙編》(第五輯第一編‧教育二),頁 868~869。

6 月，教育部公佈〈修正待遇蒙藏學生章程〉，規定蒙古、西藏各盟旗地方官署、各級學校，以及與蒙藏相連之沿邊各省縣政府可向蒙藏委員會或駐北平辦事處保送學生來中央及各省求學，該章程所涵蓋地域，除蒙古、西藏以外，還包括「與蒙藏相連之沿邊各省縣」，即新疆、西康、青海、寧夏、甘肅等五省的蒙藏學生。〔註14〕由此可以看出，這時的「蒙藏教育」，在地域、民族上已不僅僅局限蒙藏民族分佈的地區，也不僅僅包括此前已被納入蒙藏教育體系的新疆回民，事實上，它已將整個西北邊疆民族地區納入到邊疆教育體系當中。1936 年 10 月 3 日，時任蒙藏委員會委員長吳忠信在致教育部函中提及，此間西南夷族文化促進會南京總會呈請蒙藏委員會，要求比照〈修正待遇蒙藏學生章程〉之規定，保送「苗夷」子弟分赴內地求學。吳氏認為，該會所請援照〈修正待遇蒙藏學生章程〉保送「苗夷」子弟一事尚屬可行，惟該章程對於蒙、藏、甘、寧、青、新、康諸省區學生之待遇均有個別規定，寬嚴不一，「苗夷」學生究應比照何項規定，尚須教育部查酌商定後通令各級學校，一律比照援用。〔註15〕相比 1935 年〈推廣邊疆教育實施辦法〉僅將雲南苗民教育納入邊疆教育之範疇，此次蒙藏委員會敦促教育部進一步擴大邊疆教育的範圍，欲將整個西南地區之「苗夷」納入邊疆教育視野。該函件精神不久即得以落實，據 1937 年教育部公佈的〈二十六年度推行邊疆教育計劃大綱〉，此間的邊疆教育業已涵蓋綏遠、察哈爾、寧夏、甘肅、青海、西康、雲南、貴州、四川、湖南、廣西、新疆、西藏等十三個邊疆省份。〔註16〕

彼時，辦理邊疆教育之機關，除前述教育部蒙藏教育司外，另有蒙藏委員會（蒙藏學校及蒙藏訓練班），中央政治學校（附設蒙藏學校及包頭、西寧、肅州、康定、大理等邊疆分校），中央組織部（拉卜楞職業學校及松潘職業學校等），以及西藏駐京辦事處（西藏補習學校）等相關機構。由於蒙藏委員會、中央組織部、中央政治學校等機構下設邊疆學校，教育部蒙藏教育司並未完全實現對邊疆教育的專管與統轄，以至於在邊疆教育行政管理層面政出多

〔註14〕〈修正待遇蒙藏學生章程〉（二十四年六月二十五日教育部公佈），《內蒙古教育志》編委會編，《內蒙古教育史志資料》（第 2 輯）（呼和浩特：內蒙古大學出版社，1995 年），頁 129。

〔註15〕〈蒙藏委員會致教育部函〉（1936 年 10 月 3 日），中國第二歷史檔案館編，《中華民國史檔案資料彙編》（第五輯第一編·教育二），頁 866～867。

〔註16〕〈教育部二十六年推行邊疆教育計劃大綱〉（1937 年），中國第二歷史檔案館編，《中華民國史檔案資料彙編》（第五輯第一編·教育二），頁 895～906。

門、歧義迭出。熱心邊疆教育者大多痛感此諸機構「各自爲政，不相統率，以至於事權不一，方針互異，流弊茲甚」，乃有統一管轄之請。〔註17〕其時，蒙藏委員會實際主導了蒙藏地區教育政策的制定與實施，是以對「事權不一」引發的掣肘感受頗深。在該委員會看來，教育部爲全國教育行政的最高機關，蒙藏教育本應統歸監督指導，然則邊地情形特殊，一切行政事務均受環境影響，辦理教育實不如內地之簡單，是以蒙藏委員會因人事之便、邊情之悉，不得不對蒙藏教育經費之支配、學校之興辦、文化事業之規劃實施等諸事務均有綜理。爲釐清教育部、蒙藏委員會兩部門在蒙藏教育問題上的權責，1939年 4 月第三次全國教育會議期間，蒙藏委員會就蒙藏教育權問題向大會提議蒙藏教育權及其工作之劃分標準三項。〔註18〕同年 5 月，教育部聯合蒙藏教育會、國民黨中央組織部、中央政治學校、中英庚款會等，將原邊疆問題討論會改組爲邊疆教育委員會，並賦予該委員會如下職責：(1) 研究邊疆教育之推進方針及辦理原則；(2) 籌擬並審議推進邊疆教育各種方案；(3) 建議調整並聯絡各邊疆教育事業機關；(4) 建議調整各機關邊教經費；(5) 調查邊疆教育實施情形；(6) 指導邊疆青年升學及就業。〔註19〕1941 年早間，教育部西南邊疆教育考察團通過對西南邊疆地區教育狀況的考察發現，「目前如中英庚款董事會、中央黨部均於邊區設有中等學校，未經立案手續，教育部自無從派員督導，實有礙邊疆教育政策之推行，其影響所及，非步驟凌亂，即經濟浪費」，有鑒於此，考察團在改進邊疆教育的建議書中提議，邊疆教育的行政權必須統一。〔註20〕迄至 1941 年 11 月，行政院頒佈的〈邊地青年教育及人事行政實施綱領〉明確規定，「中央對邊地青年教育依一般教育行政系統，仍由教育部主管」。至此，教育部蒙藏教育司從制度上確立了主持實施「邊疆教育」的行政領導地位，其時，除若干機關所辦邊疆學校已經結束者外，

〔註17〕 曹樹勳，《邊疆教育新論》（南京：正中書局，1945 年），頁 19。

〔註18〕 〈蒙藏委員會關於第三次全國教育會議提出關於蒙藏教育權及其與教育部劃分工作範圍的提案〉（1939 年 4 月），中國第二歷史檔案館編，《中華民國史檔案資料彙編》（第五輯第二編・教育二）（南京：江蘇古籍出版社，1997 年），頁 122～128。

〔註19〕 〈教育法令：教育部邊疆教育委員會章程〉，《教育通訊（漢口）》第 2 卷第 18 期（1939 年），頁 8。

〔註20〕 〈教育部西南邊疆教育考察團關於改進西南各省邊疆教育總建議書〉（1941 年），中國第二歷史檔案館編，《中華民國史檔案資料彙編》（第五輯第二編・教育二），頁 158。

所有中央政治學校與中央組織部主辦之邊疆學校先後改隸教育部蒙藏教育司，邊疆教育行政權之統一終告完成。此外，該實施綱領還以「文化的邊疆」爲邊疆教育所涵蓋的區域，規定「蒙藏及其他地方各地語言文化具有特殊性質者，一律施以邊地教育」。〔註21〕這樣一來，邊疆教育的範圍則由「民族上的邊疆」延伸至「文化上的邊疆」。

考察時人對邊疆教育實施進程之批評，除了有上述「事權不一」之物議，另一個頗能引起多數論者共鳴的議題，則是對專管邊疆教育之行政機構——教育部蒙藏教育司的針砭。一般論者認爲，邊疆教育的實施，首先須有名實相副的教育行政機構來策動。中國邊疆地區分佈著大量的少數民族，其地域所至包括西南、西北、北部、東北等諸地方，其民族所指更是繁蕪。基於此，時人多認爲，蒙藏教育司在事實上承擔著推廣整個邊疆教育的職責，然則僅就其名稱上觀之，取名「蒙藏教育司」，以「蒙藏教育」取代「邊疆教育」，在事實上並不合理，同時亦容易造成誤解，有論者即提出，「教育部之設立蒙藏教育司，好像就只顧到了一面，沒有把整個的『邊疆教育』包括在內」〔註22〕。對蒙藏教育司的行政職權與運作流程頗爲熟悉的曹樹勳解釋稱：「教育部設司，以蒙藏爲名，常引起其他邊地民族之誤會，實際上該司搜轄邊教，廣達十一省之邊區，對各邊疆民族教育向無軒輊，亦未嘗以蒙藏爲限。」〔註23〕事實上，由於很長一段時期內國民政府的邊疆教育以「蒙藏教育」之名統領，確實引發了蒙藏以外的邊疆民族社會精英之不滿和批評。1939 年，來自西北邊疆的回族人士馬祖齡撰文直指近年來中央當局對於邊疆教育的發展多偏蒙藏部分，例如〈三民主義教育實施原則〉特立「蒙藏教育」一章，對於蒙藏教育的目標和實施綱要均有綦詳的規定，此外如〈獎勵蒙藏學生求學辦法〉、〈實施蒙藏教育計劃〉、〈待遇蒙藏學生章程〉，無一不爲發展邊教的良法美意，然則均不包括回民教育，實在「是一個很大的缺點」，爲此他呼籲，「我們希望邊疆教育委員會，對於蒙古，西藏，西北各省，及其他邊疆教育，加以同等的重視；並以促進邊疆教育精神，讚助內地回民教育的發展」。〔註24〕

〔註21〕教育部邊疆教育司編印，《邊疆教育概況》（1947 年 8 月續編），頁 1。

〔註22〕方東澄，〈邊疆教育問題概論〉，《邊疆半月刊》第 2 卷第 2 期（1936 年），頁 6。

〔註23〕曹樹勳，〈戰後中國的邊疆教育〉，《教育雜誌》第 2 期（1947 年），頁 74。

〔註24〕馬祖齡，〈邊疆教育與回民教育〉，《回民言論半月刊（重慶版）》第 2 期（1939 年），頁 24～25。

鑒於上述情形，此間已有論者提出，「教育部應統籌邊疆教育之一切計劃與實施，蒙藏教育司實應改稱爲邊疆教育司，綜理東北、西北、西南邊地的邊民之教育事業，爲統一職權計，其他機關所辦之邊教事業，工作上應隸屬邊疆教育司管轄。」〔註 25〕該論者還指出，年來中央對邊疆地區各族人民的教育設施均積極推進，因而有「蒙藏教育」「回民教育」「苗人教育」等名詞，此所謂「邊疆教育」，係以諸族同胞爲主要對象，於其智慧、思想、行爲上謀爲合理的改進，所以與蒙、藏、回、苗等教育本質上並無不同，不過，不將特定同胞的稱號標明，一方面可免少數人對整個國家民族養成「自外人群」的怪鄙思想，一方面將範圍擴大，「特定同胞界限以外的邊疆人民，亦可在教育領域之內」。〔註 26〕邊疆教育問題專家王鳳喈亦提議：「在中央方面，應將教育部蒙藏教育司改組爲邊疆教育司，擴大其組織，而以推進整個的邊疆教育爲範圍。」〔註 27〕深諳蒙藏教育司行政職權與運作流程的曹樹勳抱有相同見解：「教育部設司，以蒙藏爲名，常引起其他邊地民族之誤會，實際上該司所轄邊教，廣達十一省之邊區，對各邊疆民族教育向無軒輊，亦未嘗以蒙、藏爲限。」〔註 28〕時至 1941 年初，《申報》曾有「教育部重視邊疆人民教育，將添設邊疆教育司」的新聞報導〔註 29〕；同年 6 月 12 日召開的邊疆教育委員會二屆一次會議上，有論者正式提出將「蒙藏教育司」易名爲「邊疆教育司」，不過多數人認爲該名稱沿用已久，不便驟改，此議便就此作罷。〔註 30〕

彼時，不惟熱心邊疆教育者對「蒙藏教育司」之名頗有責難，伴隨著邊疆教育事業的內容與範圍的拓展，教育部當局自身在實際的邊疆教育實踐中亦逐漸認識到，「蒙藏教育司「的名稱及職能設定與邊疆教育的實施狀況確實不相適宜。因此之故，1942 年召開的國民黨五屆十中全會期間，教育部指陳蒙藏教育司的名稱與管理範圍之間存在著矛盾：「蒙藏兩字，只指蒙民與藏民

〔註 25〕黃熙庚，〈邊疆教育的特性及其應有之設施〉，《貴州教育》第 7～9 期（1942 年），汪洪亮等編，《民國時期邊疆教育文選》（合肥：黃山書社，2010 年），頁 120。

〔註 26〕黃熙庚，〈邊疆教育的特性及其應有之設施〉，《貴州教育》第 7～9 期（1942 年），汪洪亮等編，《民國時期邊疆教育文選》，頁 117。

〔註 27〕王鳳喈、章育才，〈我國邊疆教育推進之途徑〉，《邊聲》第 1 卷第 1 期（1938 年），頁 26。

〔註 28〕曹樹勳，〈戰後中國的邊疆教育〉，《教育雜誌》第 32 卷第 2 期（1947 年），頁 74。

〔註 29〕〈教育部將添設邊疆教育司〉，《申報》第 11 版，1941 年 1 月 13 日。

〔註 30〕〈邊疆教育委員會開全體會〉，《申報》第 7 版，1941 年 6 月 14 日。

而言，當不能包括回苗等民族。」〔註31〕1946 年國民政府還都南京以後，教育部再次呈請改名「蒙藏教育司」。至於其理由，教育部認為，蒙藏教育司以「蒙藏」為名設司，易滋其他邊地民族之誤會，還都以後，各方對於邊疆教育之對象範圍已有相當之瞭解與習慣，故擬呈請行政院修改教育部組織法，將該司更名為「邊疆教育司」。本次動議後經行政院議決通過，教育部於 1947 年 4 月 15 日頒佈了〈修正教育部組織法〉，最終將「蒙藏教育司」正式更名為「邊疆教育司」。〔註32〕

　　根據上述考察，我們可以得出如下認識：教育部與蒙藏委員會具體實施的「邊疆教育」實施過程中，漸次突破蒙、藏的民族限制，就地域範圍而言，從西北民族地區漸次擴充至西南民族地區，並最終以「文化的邊疆」為準繩來界定邊疆教育的適用範圍，將「語言文化具有特殊性質者」皆納入邊疆教育視野的範疇。具體來說，教育部主導實施的邊疆教育在具體的邊疆實踐過程中實現了兩個突破：（1）從邊疆教育範圍來說，由最初專管蒙藏地方教育事項發展為針對整個邊疆地區教育的普及與推廣；（2）就教育組織實施機構而言，由原來「事權不一」的分散式邊疆教育管理發展為以教育部蒙藏教育司（1947 年以後則為「邊疆教育司」）為主導的邊疆教育行政權的統一。

　　從「蒙藏教育」到「邊疆教育」，從「蒙藏教育司」到「邊疆教育司」，此兩種轉變體現出來的不單是一個「名實相副」的問題，實際上還蘊含了一種隱喻：與此間國民政府努力強調對邊疆地區之統合要實現從「民族的統合」到「地域的統合」的路徑轉變相一致，教育部主持實施的邊疆教育亦體現了均質化「地域統合」色彩，其初衷乃是為了對世居邊疆地區之人施以無差別的國民化教育統合。徵諸相關文獻大概可知，其時，國民政府在制度設計層面上有意識地淡化「民族」色彩，漸以「邊區」或「邊疆」代之。早在 1935 年 12 月 7 日，國民黨五屆一中全會通過的黨務工作綱領即提出，要加強「邊遠省區方面「的組織、宣傳和民眾訓練，派人主持「邊區」黨務，增進各該地區的國民之國家民族意識，團結「國族」，共赴國難。〔註33〕隨後，國民黨

〔註31〕 杜元載，《革命文獻（抗戰時期教育）》（臺北：中國國民黨中央委員會黨史史料編纂委員會，1972 年），頁 230。
〔註32〕 蔣致餘，《第三次中國教育年鑒》（臺北：宗青圖書公司，1991 年），頁 911。
〔註33〕 〈關於今後黨務工作綱領案〉，榮孟源主編，《中國國民黨歷次代表大會及中央全會資料》（下冊）（北京：光明日報出版社，1986 年），頁 378～380、382。

中央組織部將蒙藏組織科改名為「邊區黨務科」。〔註34〕1936年2月公佈實施的《修正邊疆武職人員敘授官銜暫行條例》更對「邊疆地區」的範圍做了界定，即指「蒙古、康、藏、新疆等處」。〔註35〕此外，行政考試院擬定的〈蒙藏邊區公務人員任用資格標準〉文件亦特別強調了蒙藏地區的「邊區」性質，而非民族屬性。〔註36〕因此之故，中央政府在邊疆教育實施中亦儘量避免使用「民族「字眼。比如，教育部頒佈的1937年度邊疆教育計劃中明確提出，以前蒙、藏、回、苗學校概稱蒙民、藏民、回民、苗民小學或師範，為統一種族觀念起見，此後所有學校應一律以地名稱呼；邊疆各族小學應以地名冠名，「不得以任何族別字樣，以泯界限」。〔註37〕

二、「國族意識」之養成目標及其實效

國民政府推行的邊疆教育，就總體而言，是將邊疆作為一個「問題」予以對待的。關於這一點，可從歷次教育部頒佈的文件中有關邊疆教育實施原則之表述中得以體現：1931年教育部制定了〈教育部訂定邊疆教育實施原則〉提出，注意邊疆民族的民族意識之養成，由教育力量力圖邊疆人民語言意志之統一，以期「五族共和」之大民族主義國家之完成，力謀邊疆各民族抵禦各帝國主義侵略意識之提高〔註38〕；1935年3月，教育部頒佈了〈推廣邊疆教育實施辦法〉，希冀通過愛國主義、科學知識的普及，以削弱邊疆民族人民的宗教、部落意識，強化其國家觀念，進而實現邊疆地區的鞏固和發展，亦即「灌輸科學智識，併兼以政治材料，捍衛國家之歷史人物，以啟迪知識，養成國家觀念之鵠的」〔註39〕；1941年4月教育部發佈〈邊地教育視導應特

〔註34〕 楊潤霖，〈國民黨對少數民族的政策及黨務工作〉，中國人民政治協商會議河北省張家口市委員會文史資料研究委員會編，《張家口文史資料》（第8輯）（1985年），頁159～160。

〔註35〕 〈蒙藏邊區公務人員任用標準〉，中國第二歷史檔案館編，《中華民國檔案資料彙編》（第五輯第三編·政治五）（南京：江蘇古籍出版社，1999年），頁18～22。

〔註36〕 〈考試院擬暫行辦法，蒙藏邊區公務人員任用資格標準宜較本部各省略寬〉，《大公報》第4版，1936年10月5日。

〔註37〕 〈教育部二十六年度推行邊疆教育計劃大綱〉（1937年），中國第二歷史檔案館編，《中華民國史檔案資料彙編》（第五輯第一編·教育二），頁905。

〔註38〕 〈教育部訂定邊疆教育實施原則〉（1931年），中國第二歷史檔案館編，《中華民國史檔案資料彙編》（第五輯第一編·教育二），頁830。

〔註39〕 〈教育部二十四年度推廣邊疆教育實施辦法案〉（1935年1～3月），中國第二歷史檔案館編，《中華民國史檔案資料彙編》（第五輯第一編·教育二），頁868～869。

別注意事項〉之通令，內中提出邊疆教育政策的四大宣傳要點，第一點即強調「邊教設施乃在不同文化現象中求其相同」，第二點倡導「邊教應努力融合各地民族」，第三點提出「邊教應推行國語教育」。〔註 40〕誠如時人所指出的那樣，中央政府主導下開展的邊疆教育之重要目標，即在於如何消滅內地人民與邊疆同胞在語言思想及生活方式上所產生的隔閡，即如何加速內地與邊疆文化的交流，以建立邊疆各民族間的相互瞭解與信賴，俾能團結一致，共同負起發揚中華民族歷史之偉大使命。〔註41〕

彼時，多數社會精英期待，邊疆教育在實踐中本應具有雙重機能：一方面，從國家的立場出發，邊疆教育旨在培育「國族」精神，塑造中國國民，構築統一的國家政治認同；另一方面，站在邊疆民族的立場，尤其對於一些邊疆民族精英而言，邊疆教育本應著重於技藝培養與本民族的文化傳承。然而，很多時候，邊疆教育的「國家性」與「民族性」存在著一定的異質性，從而難以兼容。因此之故，一個問題不得不予以提出：如何協調邊疆教育的「國家性」與「民族性」？時人對此問題已經有所思量，邊疆問題專家淩純聲即發過感想：「我辦理邊疆教育常抱有一個理想，就是教育的國家成分與民族成分各假定百分之五十，一半是國家教育，一半是民族教育，這是比較公允的，邊民有他們的語文、藝哲，我們要讓他們學習，同時，邊民對於國文國語以及公民知識的訓練也是極其重要的，我們也要他學習，以便擔當國家與世界公民的責任。現代化的標準就是要邊疆人民從愛他的民族擴大到愛他的國家以至全世界，所有合於現代化目的的民族遺產要保留它，改進它，使它成爲國家文化的一部分。」〔註 42〕應當指出的是，從研究者的視野出發，邊疆教育的「國家性」與「民族性」在理論上或可做均勻的安排與協調，但在具體的邊疆教育實踐中則難以實現這種平衡，並且由於國家力量的制度性供給，多數時候「國家性」的一面顯得更爲強勢，「民族性」的一面則不得不俯仰於前者。1941 年國民政府行政院頒佈的〈邊地青年教育及人事行政實施

〔註40〕中華民國教育部蒙藏教育司編，《邊疆教育法令彙編》（第 1 輯）（1941 年），頁 15，見宋恩榮、章咸主編，《中華民國教育法規選編（1912～1949）》（修訂本）（南京：江蘇教育出版社，2005 年），頁 584 頁。

〔註41〕司以忠，〈建設邊疆文化的我見〉，《邊疆通訊》第 2 卷第 10 期（1944 年），頁 2。

〔註42〕〈邊疆自治與文化——本刊邊疆問題座談會紀錄〉，《邊政公論》第 6 卷第 2 期（1947 年），頁 1～2。

綱領〉即明確提出，邊疆教育的首要功能即是「化特殊爲相同」〔註43〕。所謂「化特殊爲相同」，自然係指將多樣性的邊疆民族文化統合爲均質化的「國族文化」，在此，中央政府仍然將邊疆民族文化視爲「特殊」一類。站在中央政府的立場觀察，作爲「均質化」的重要手段之一，即是要努力推進邊疆國文、國語教育。

事實上，「化特殊爲相同」的立場不僅爲國民政府的既定主張，亦爲一般的社會、知識精英所推崇。此間多數內地人心目中的邊疆民族，「既乏國家觀念，又無民族意識。散處邊地，易受外人誘惑，今日爲中國人，明日亦可爲外國人。朝秦暮楚，不知國家爲何物」〔註44〕。因此之故，針對邊疆民族而開展的教育，亟應在注意尊重邊疆民族文化的基礎上，促使漢族與邊疆民族文化互相融合，以形成整體的國族意識。特別是在各帝國主義國家以「民族自決」爲幌子，誘使煽動邊疆民族自決、獨立的背景下，尤應加強邊疆民族的「國族意識」教育。正如有論者指出的那樣，「邊省的種族複雜，宗教分歧，對於整個國家民族的觀念不深」，所以，邊疆教育的第一要義就是「要著重培養整個的民族意識」。〔註45〕所謂「整個的民族意識」，當然是指「國族意識」的培養，則需特別注意：（1）以內地固有之語文文化漸次陶冶邊疆青年及兒童，力求語文與意志之統一；（2）闡發國族精神，泯除其他地域觀念與狹義的民族觀念所生的隔閡；（3）注意講解民族融合史及邊疆與內地地理經濟等之密切關係，以闡明國內整個民族意志與力量集中之必要；（4）維持其宗教信仰並隨時利用科學常識，亦破除其有礙於智育體育進展之迷信習慣；（5）由國際時事之講解與團體生活之訓練，以養成其愛國家、愛民族之精神；（6）引證內地及邊疆禮俗，說明其利弊，使其知對於社會國家及國際應有之態度。〔註46〕

早在清末語言文字改革運動期間，章太炎就曾提出，每一種語言「各含國性以成名」，「文字者，語言之符；語言者，心思之幟」。〔註47〕三四十年後，

〔註43〕教育部蒙藏教育司編，《邊疆教育概況》（1943年），頁6。

〔註44〕淩明復，〈建設西南邊疆的重要〉，《西南邊疆》第2期（1938年），頁6。

〔註45〕宗亮東，〈國難中的邊疆教育〉，《文化與教育旬刊》第102期，轉引自方東澄：〈邊疆教育問題概論〉，《邊疆半月刊》第2卷第2期（1936年），頁7。

〔註46〕〈教育部頒佈之訓育綱要〉（1939年9月25日），中國第二歷史檔案館編，《中華民國史檔案資料彙編》（第五輯第二編·教育一）（南京：江蘇古籍出版社，1997年），頁178。

〔註47〕章太炎，〈規新世紀〉，《民報》第24號（1908年10月10日），頁55。

時人亦多認爲，提倡國文、國語、統一語言，爲清除民族間的隔閡、養成「國族意識「的重要途徑，正所謂「一個統一的國家，必須有統一的語文……有了共同的語文，便會產生共同的信仰力量」〔註48〕。推其緣由，乃因二利：（1）有助於少數族裔尤其是少數族裔青少年提高文化教育水平，幫助少數族群人民更好地適應現代社會的發展，提高社會競爭力，俾利於解決邊疆地區整體落後的問題。「我們根據『一個統一的中國和一個民族的文化』爲效力目標，似不宜有多元語文的長久存在，但爲顧及邊民需要及實際教學效率起見，亦須允許使用邊民固有之語文，因此，一面須確定以國語國字──漢文爲主體，一面於初等中等教育階段，仍可任其自由使用方言文字。教科用書中，亦以國字與方言文字並列，而以注音符號爲過渡標準，以注音國字減少認字的困難，而增加學習過問的速度，高等教育階段，則應完全使用國語國字，以爲獲得現代文化之有效工具。」〔註49〕（2）增進不同族群之間的相互交流、溝通、融和與團結。「語言文字是民族構成的重要工具之一，我們要求民族統一，則語言文字也是一種力量。邊疆人民與內地人民如採用同一的語言，就容易傳遞文化，溝通情意，消弭民族間的隔閡，以形成共同的思想和信仰，而成爲團結一致的民族。」〔註50〕正基於此種考量，1941年教育部西南邊疆教育考察團考察貴州石門坎、雲南祿豐等地區的邊疆教育實施情況後，特意強調要「設法禁止現行苗文之蔓延」，「厲行語文統一政策」，用作「鞏固統一之基礎」。〔註51〕

　　上述邊疆教育「問題化」之導向，源於歷史傳統和現實政治的雙重影響：一方面，在傳統的歷史敘述話語體系中，中原漢文化被置於毋庸置疑的中心地位，它以一種天然的優越感自上而下、自中心向邊緣輻射，在此過程中，邊疆文化則被視爲一個與中原文化相對應的、異質且落後的文化形態，地處邊緣的「五方之民」亦被想當然地歸屬爲受教化的對象；另一方面，源於構

〔註48〕張承熾，〈邊疆自治與文化──本刊邊疆問題座談會紀錄〉，《邊政公論》第6卷第2期（1947年），頁2。

〔註49〕黃熙庚，〈邊疆教育的特性及其應有之設施〉，《貴州教育》第7～9期（1942年），收入汪洪亮等編，《民國時期邊疆教育文選》，頁122。

〔註50〕王鳳喈、章育才，〈我國邊疆教育推進之途徑〉，《邊聲》第1卷第1期（1938年），頁27。

〔註51〕〈教育部西南邊疆教育考察團關於改進西南各省邊疆教育總建議書〉（1941年），中國第二歷史檔案館編，《中華民國史檔案資料彙編》（第五輯第二編‧教育二），頁163～166。

築統一的中國國家認同意識的強烈使命感，並且基於自上而下的制度主義視角，中央政府從政治制度構建的前提出發，主觀上希冀將視爲異質的邊疆文化統合於國家主流文化——華夏（漢族）文化的範疇之內。作爲一個飽受屈辱的後進民族國家，近代以降中國面對巨大的生存壓力與競爭焦慮，受此影響，民族國家世界體系的「優先權」和「進步性」，內化於民族自強、自我保護和獨立自尊的脈絡之中，於是，構建一個現代化民族國家的使命被置於至高無上之地位。在民族國家構建模式的「國家民族主義」線性敘事體系當中，一般論者經常將國內主體民族的文化作爲進步、啓蒙的象徵，並認爲其在民族國家構建的征程中擁有無可置疑的優先權。與之相對應，該視角下的邊疆文化總是以「一個民族一個國家」之名被視爲異質的、需要被統合的對象，這在一定程度上遮蔽了邊疆多元文化的價值，進而使得邊疆社會與中央政府之間保持著一定的張力。因此之故，在現代化主流論述的話語體系當中，邊疆文化更多的是作爲問題之源和統合對象而存在。

毋庸置疑，前述自上而下「提倡國文、國語，消除隔閡」之立場不無根據，但仍然經不起進一步的追問。「交流溝通」固然爲語言的一項重要功能，但語言同樣也是一個民族或族群文化的重要載體，寄託著其所屬民族或族群的歷史傳統與文化情感，一味地在邊疆地區強制性推行國文、國語教育，一方面從學習過程上來說，在接受國文、國語的教育過程中會讓邊疆民族感到頗有困難，另一方面難免會讓邊疆民族從心理認知上覺察到「他者」對本民族文化之蔑視。正基於此，有論者提議，應對「提倡國文、國語，消除隔閡「的路徑稍作修正，「我國邊疆各民族，各有其固有的地方性的語言文字，在當地已經根深蒂固，爲社會相互間通用的工具，如果立即完全採用國語，而廢止其母語，則生活應用上將感覺許多不便，所以邊疆學校的語言學科，要以國語爲主，而兼教母語文，國文教材應編選中國歷來優美的詩文，使認識中國文字的優美，以喚起其民族意識。」〔註 52〕另有論者亦指出，從某種意義上說，邊疆教育的重要一途，即在於推進邊疆文化的國族化、現代化；當然，邊疆教育的國族化絕不應不等同於狹隘的漢化，「書同文車同軌以及屯墾實邊的方式，已是歷史的名詞，根本沒有時代的意義和價值」；而更應該說是邊疆教育的現代化，即以邊疆教育視野中的邊疆語文而言，各邊疆民族均有

〔註52〕王鳳喈、章育才，〈我國邊疆教育推進之途徑〉，《邊聲》第 1 卷第 1 期（1938年），頁 27。

自己的語文，邊疆教育絕不應將統一語文、限制思想作為基本目標，而應專注於輸送現代化的知識，將一國疆域內的國民塑造為「一個國族的公民、現代的公民」。〔註53〕

　　根據時人的觀察，國民政府自成立以來，即恪遵孫中山先生建國大綱「扶植邊疆弱小民族」的規定，將內地和邊疆的民眾完全視為一體，並且顧慮到邊疆情形的特殊，而處處力謀補救；即如邊疆教育一項，除教育部對於發展邊疆教育有種種的辦法和設施外，其他中央的重要機關如中央黨部、蒙藏委員會，以及管理中英庚款委員會，亦莫不劃定專款，銳意興辦，「各機關的努力，都是值得崇重的」〔註54〕。平心而論，教育部為推進邊疆教育，可謂不遺餘力。但是，邊疆教育的實際收效如何呢？1937年春至1938年9月，陶孟和、顧頡剛、王文俊、戴樂仁等組成「西北考察團」，分赴綏遠、寧夏、甘肅、青海四省視察邊疆教育情形。據顧頡剛的觀察，西北邊疆地區的回族學生多入清真寺讀伊斯蘭教經典，信仰喇嘛教的藏民和蒙古人則在寺院中讀經，他們均不願意入漢人創辦的新式學校。為應付政府的強迫命令，蒙人、藏人竟然雇傭漢人子弟入新式學校讀書，以至於邊疆學校的學生多為漢人子弟〔註55〕。另據李式金在青海藏族地區之調查，「藏民寧入寺院，不願入學校讀漢書，故拉（拉卜楞）地雖有若干學校之設立，惟學生多為漢回，藏民甚少，藏民對子女入學事常多規避，或雇人入學，故常須強迫入學。」〔註56〕柯象峰在西康的調查結論大抵如是，此間西康人民視子弟入學為「當學差」，名為「娃娃兒差」，「迭次向政府陳請豁免或減免學差的名額，甚而有些人家不願其子弟當學差，而出資請人頂替」。〔註57〕俞湘文做過統計，1934年甘肅夏河縣學齡兒童1800人，入學兒童56人，入學率僅為3.1%，而同一時期的臨潭縣則為23.9%。〔註58〕除了低入學率，本地藏族入學者更少。1939年拉卜楞初級實用

〔註53〕張漢光，〈論邊疆文化國族化〉，《邊疆通訊》第4卷第3期（1947年），頁1～3。

〔註54〕馬祖齡，〈邊疆教育與回民教育〉，《回民言論半月刊（重慶版）》第2期（1939年），頁24。

〔註55〕顧頡剛，〈考察西北後的感想〉（1938年10月講於中央政治學校附屬蒙藏學校），收入顧頡剛，《寶樹園文存》第4卷（北京：中華書局，2011年），頁80～88。

〔註56〕李式金，〈拉卜楞之民風〉，《民族研究集刊》第6期（1948年），頁46。

〔註57〕柯象峰、符氣雄，〈西康省邊民教育之研究〉，中國第二歷史檔案館藏全宗第五號，案卷第12454號。

〔註58〕劉曼卿，《邊疆教育》（上海：商務印書館，1937年），頁52。

職業學校 51 名學生中只 1 個藏人，縣立中心小學 1940 年時 99 名學生中有藏族學生 3 人，拉卜楞女子小學 80 餘名學生中，藏族學生亦僅十餘人。〔註59〕與西北、藏區類似，在新疆地區，囿於宗教因素，維吾爾人每每視學校爲畏途、相率逃避〔註60〕，多數雇人代讀，謂之「當差代官念牌子」；更有甚者，潛往境外，投入外籍。鑒於強制性攤派學生制度多所困難，有的地方政府不得已將學生畢業期限延長，或將舊生之姓名更改，「蒙蔽上峰，以爲又招來一批新生矣」，以至於學校中鬢髮將白之老學生甚多，「蓋此輩專以『作學生』爲其職業，或將終老學校，在彼等即無所畢業與不畢業之一觀念，是亦新省回民教育史中之一特殊怪現象也」。〔註61〕邊疆教育實施之情狀大致如此，蓋其效果亦可想見，1934 年間，有新疆本地維吾爾族精英評論稱，「新省回民學校之創辦已有二十餘年之歷史，然實際上每縣之諳漢文者，仍千不得一，其效果可謂直等於零，是爲極大憾事」〔註62〕。事實上，教育部內部亦注意到了這一點，並在內部報告中予以檢討：「若干年來，從事邊教工作者，都很努力於推行國語教育，此在一般國民教育原則上自極重要，但邊地青年如果強迫其讀國文，習國語，均以學習困難而視爲畏途，甚或根本不願入學，反致阻礙正常教育的發展。其實，語文不過是教育的工具，並非教育的目的，故權衡輕重，斟酌得宜，對國語教育之推行，實無強迫的必要，至少在國民教育階段中，應不必強迫學習，可任邊生自由選擇。」〔註63〕

國民政府實施邊疆教育之初衷，原本是爲了養成邊疆民族的國語、國文，培育邊疆民族的「國族意識」，從而達到「化特殊爲相同」之目標，然而其結果卻適得其反：在邊疆地區的學校，如前所述，無論是蒙人、藏人，還是維吾爾人，均將入學視爲累贅，同一地區的漢人子弟入學率相對較高；在內地的學校，中央政府爲鼓勵邊疆學生赴內地求學，特頒佈優待章程，對邊疆學生給予優待，不過邊疆學生對此不以爲意，反而是內地學生對此頗爲倚重，時有假冒邊疆籍貫、投考學校之事，以至於蒙藏委員會不得不咨請教育部對

〔註59〕俞湘文，《西北遊牧藏區之社會調查》（上海：商務印書館，1947 年），頁 81～83。

〔註60〕〈新疆省政府第 55 次會議記錄摘要〉（1930 年 6 月 25 日上午 11 時），《新疆省政府公報》第 8 期（1930 年），頁 144。

〔註61〕艾沙，〈新疆教育之回顧與瞻望續〉，《邊鐸半月刊》第 3 期（1934 年），頁 204。

〔註62〕艾沙，〈新疆教育之回顧與瞻望續〉，《邊鐸半月刊》第 3 期（1934 年），頁 204。

〔註63〕〈教育部周輝福關於邊疆教育的檢討報告〉（1944 年 5 月 3 日），中國第二歷史檔案館編，《中華民國史檔案資料彙編》（第五輯第二編·教育二），頁 208。

此「嚴行取締」，「以杜倖進」。〔註64〕原來，國民政府推行的邊疆教育往往注重於邊疆教育之組織與實施，而對於邊疆學生的後期境況沒有給予足夠的重視，——對於那些獲得過現代教育的邊疆民族子弟來說，並未獲得預期的收益，反而使得其在本民族文化與現代化生活之間有無所適從、動輒得咎之感。〔註65〕此外，還應留意到，由於政府著重強調養成邊疆民族之「國族意識」，一些邊疆學生在投考所享受的「從寬」，以及入學所獲得的「優待」，多限定在政府部門負責管理的政校、警校、軍校以及各種各樣的黨團訓練機關，而各公私立大學並未「從寬」，以至於有邊疆學生抱怨稱，此舉名為「優待邊疆學生」，實則「心存利用」。〔註66〕

三、邊疆文化認知的「在地化」視角

1930年代至1940年代，適逢抗日戰爭如火如荼進行之時。當時有研究者注意到，推行邊疆教育不得不面臨一個「頗微妙而極難應付的問題」，這就是邊疆民族的「民族自決」問題。該問題的嚴重性大致體現在兩個方面：（1）日本人曲解和濫用「民族自決」，煽動漢、滿、蒙、回、藏、苗等族獨立建國，希冀將統一的中國分割為若干半獨立的日本保護國；（2）來自邊疆地區的民族學生因「不健全的民族理論和錯誤的學校教育」而誤讀「民族自決」的意義，強化了褊狹的畛域私見。鑒於此，該論者認為，民族自決的理論和邊疆教育的政策均有重新解釋和徹底檢討的必要：民族自決理論方面，今後國人最好將民族這名詞的應用專限於中華民族，過去國人所謂的漢族、滿族、蒙族等名稱都改稱為漢人、滿人、蒙人等，「所謂民族自決是中華民族的自決，並非滿人蒙人的自決」；至於邊疆教育層面，今後應以去除畛域私見，培養共同意識，實現「國家至上」的原則為其首要職務。〔註67〕

〔註64〕 詳情參見，〈教育部取締冒名邊疆學生投考〉，《申報》第15版，1935年9月12日；〈嚴杜倖進，邊疆學生優待辦法，禁止內地學生享受〉，《益世報》第8版，1935年9月26日。

〔註65〕 據俞湘文在拉卜楞的調查，其時，拉卜楞藏民小學歷年畢業生，「不升學者回到家裏，沒有特別的職業可做，與不讀書的人無異；赴內地升學者有許多因水土不服，飲食不慣而客死他鄉，或因留戀於內地的生活享受而不願返鄉者，或有在學校中被開除而缺乏川資回家者」。參見俞湘文，《西北遊牧藏區之社會調查》，頁82。

〔註66〕 〈優待邊疆學生不該心存利用〉，《新華日報》第4版，1945年7月27日。

〔註67〕 邱椿，〈邊疆教育與民族問題〉，《教育通訊（漢口）》第2卷第23期（1939年），頁1。

上述聲音在彼時並不鮮見，據時人觀察，此間民族自決已經成爲世界上的一種政治潮流，但這對於一個後發的民族國家而言則不啻於一種沉重的打擊，多數情形下，所謂「民族自決」，其演進路徑，不過是邊疆民族受少數野心家的慫恿和蠱惑，進而在鄰國的支持下提出的獨立自主要求，「在原則上這些運動本來無可厚非，或者政府所顧慮的，自治可能演爲自主，自主蛻嬗獨立，獨立以後可能投入另一個國家而變爲他們拓疆的先鋒。在國際關係微妙的情形下，這無疑會形成國防上的一種新威脅」。〔註68〕時人多認爲，邊疆民族問題正在或可能被國外勢力利用。他們傾向於將國內的一致性當作保證全民抗戰勝利的前提，是故，邊疆教育不僅是一個普通的教育推廣問題，還是一個文化「國族化「的問題，亦即一個價值和精神滲透、解構的過程，——它希冀將國語、國文加諸於邊疆民族，用以建立一個「均質化」的國家與社會。循此路徑，相當長的一段時期內，政治界、學術界的主流觀點，乃是提倡「中華民族是一個」，以期凝聚共識。〔註69〕

如果說，前述國內主流社會從「國家本位」的視角將維護國家—民族的一致性視作抗戰勝利之基礎，與此相對應的是，在一些深入邊疆地區調研的社會學、人類學、民族學學者看來，承認和尊重國內各民族的差異才是保證民族團結和國家統一之前提。在他們看來，「中華民族是一個」的提法與其說是一種學術觀點，毋寧說是一個政治議題。衛惠林曾就該問題撰文提出，「中華民族是一個」的觀點表明「華夏蠻夷」的傳統偏見自有史以來支配著中國史家的頭腦，以至於當下雖然在政治原則上早已確立了「國內民族一律平等」的民族主義，但在學術界卻還有一些人立腳在原始觀念上研究中國民族史，「致有學術跟不上政治之感」。他還嚴厲地批評道，從學術的立場出發，諸如「中華民族一元論」、「反對提出『邊疆』或『民族』的字樣」、「高倡中華民族以下不再提出什麼民族」之類的說法，既不合政治原則，也不合科學精神，「其實『民族』這名辭是指 people，而不是指 nation，即『民族』不是『國族』」；世界上的大國很少是由單一民族組成的，事實上民族的自覺對愛國心之培養與大民族的團結，並不能成爲基本的障

〔註68〕 吳澤霖，〈邊疆問題的一種看法〉，《邊政公論》第6卷第4期（1947年），頁1。

〔註69〕 關於此問題的研究，可參酌馮建勇，〈想像的民族（國家）與誰的想像：民國時期邊疆民族問題話語的雙重表述〉，《領導者》總第65期（2015年8月），頁143～156。

礙，反之，勉強的要取消民族的自覺則絕非易事，必然會導致邊疆民族的反對。〔註 70〕

　　彼時，深入邊疆田野調查的研究者們主張在邊疆教育實踐中以平等的觀念對待邊疆民族，即「在法律上、經濟上、社會上決不允許有差別歧視的態度。大家應享的權利，絲毫不能剝奪他們，但大家應盡的義務也不應隨便躲避。藉口少數民族而免其應有的負擔，從長時間看，是最不聰明的政策」。〔註71〕為切實貫徹各民族一律平等之義，消除歧視邊胞之謂，1939 年第三次全國教育會議議決請教育部轉請中央，通令全國，以後對於苗、夷、蠻、猺、猓、獞以及少數民族等名稱，禁止濫用。至於訂正之辦法，教育部提出：「普通文告及著作品宣傳品等，對於邊疆同胞之稱謂，似應以地域為區分。如內地人所稱某某省縣人等。如此則原籍蒙古地方者，可稱為蒙古人，原籍西藏地方者，可稱為西藏人。其他雜居於各省邊僻地方，文化差異之同胞，似亦不妨照內地人分為城市人鄉村人之習慣，稱為某某省邊地或邊縣人民，以儘量減少分化民族之稱謂。」〔註 72〕稍後，中央研究院依照該項指示將〈西南少數民族命名表〉予以改訂，並呈請中央通飭遵照實施。

　　除了上述「平等」之觀念，一些社會學、民族學、人類學學者還主張摒棄「民族同化」的精神與政策，從某種意義上來說，此種認識是對前述「化特殊為相同」邊疆教育路徑的反思與檢討。已經有研究者觀察到，漢族與非漢族、邊疆與內地之間，在語言、文化、宗教等方面確實有顯著的不同，但不同的現象有其具體的歷史背景，並不牽涉到優劣的問題，強制邊疆民族去改變他們的語言信仰風俗習慣是最不明智的政策，乃因這些非物質的文化特質是人民精神寄託的象徵，壓制她們的發展，徒然激起邊民情緒上的反抗與疑慮，於精神團結上反而有損無益，並且一個國家內儘管有不同的語言文化，並不損害一國的統一精神。〔註 73〕另有論者指出，用現代文化的標準來衡量，國內各族文化均有很多不適時代的遺留，夠不上現代利用厚生富國強民的文

〔註 70〕衛惠林，〈中國邊疆研究的幾個問題〉，《邊疆研究通訊》第 1 卷第 1 期（1942 年），頁 2。
〔註 71〕吳澤霖，〈邊疆問題的一種看法〉，《邊政公論》第 6 卷第 4 期（1947 年），頁 2。
〔註 72〕〈邊胞稱謂改正原則之商兌〉，《邊疆研究季刊》第 1 期（1940 年），頁 14。
〔註 73〕吳澤霖，〈邊疆問題的一種看法〉，《邊政公論》第 6 卷第 4 期（1947 年），頁 2～3。

化水準,因此,任何一族文化均沒有同化他族的資格。〔註 74〕正基於此種現狀,有論者提出,邊疆民族文化的發展方向,既不是單純地保存民族文化,亦不應是籠統地發揚國家文化,即邊疆文化「不是孤立發展,也不是同化、漢化,而應該是現代化,在現代化的標準下,民族文化需要選優去劣,發揚光大,殫盡文化傳播、改進與創造的任務」。〔註 75〕

此間另有論者基於西方民族學、人類學的研究範式,提出從「我群」與「他群」的視角重構內地民族與邊疆民族之歷史及關係。在一些學者看來,本於文化的觀點,邊疆之涵義原爲「中華民族文化之邊緣」。依據傳統的觀念,中國民族之「我群」,經常被認爲是居於內地之漢族;所謂「他群」,即生活在邊疆地區之民族及內地之「淺化族」。歷史的看,中國數千年來文化之演進,實以「我群」與「他群」之融合爲其主流,時至今日,國危族殆,整個中華民族之「群」,已不容再有「他」「我」之分。是故,在文化上如何謀加速融合之道,實爲刻不容緩之圖。〔註 76〕如何實現「我群」與「他群」的融合?吳澤霖提出,邊疆與本土所以發生隔閡與誤會,主要的原因由於交通阻塞,彼此沒有接觸,意見就無法暢達,習而久之,形成天各一方,各自爲政的態度;爲欲打破這種區域上的界限,第一要務即在發展以鐵路爲主及空運、公路爲輔的交通建設。與交通一樣重要而且應當同時進行的,就是切實的推行邊疆經濟社會建設,繁榮當地社會,借由統一的大市場的形成,推進民族間的交流與交融。〔註 77〕

需要特別指出的是,這一時期的人們對邊疆文化與邊疆地位認知的變化,除了因前述西方社會學、民族學、人類學研究範式的引進而帶來的認知變遷外,還有一個因素應予重視,這就是 1941 年拉鐵摩爾《中國之邊疆》一書在中國的翻譯與出版而引發的觀念性啓蒙。傳統的研究往往以漢地社會爲本體,而作爲另一方主體的游牧社會,成了客體對象,甚至被某些研究者描述爲具有蠻夷色彩的「邊患人群」。但是在《中國之邊疆》一書中,拉鐵摩爾

〔註 74〕〈邊疆自治與文化——本刊邊疆問題座談會紀錄〉,《邊政公論》第 6 卷第 2 期(1947 年),頁 7。
〔註 75〕〈邊疆自治與文化——本刊邊疆問題座談會紀錄〉,《邊政公論》第 6 卷第 2 期(1947 年),頁 1~2。
〔註 76〕「發刊詞」,《邊疆研究》第 1 期(1940 年),頁 1~2。
〔註 77〕吳澤霖,〈邊疆問題的一種看法〉,《邊政公論》第 6 卷第 4 期(1947 年),頁 2~3。

打破了這種以中原農耕文化為本體的傳統研究模式。他認為，正像專門化的農業文明一樣，游牧文明亦是畜牧經濟高度專門化的產物，二者並無優劣之分。中國的邊疆問題源於漢地社會的農業文明和草原社會的游牧文明的交匯、碰撞與衝突。正是由於二者的互動，構成了邊疆紛爭的主要矛盾，而並非因為游牧民族的單方面闖入漢地社會。因此，他恢復了游牧民族在中國邊疆矛盾衝突中的主體地位，採用平視的視角，在農耕文明和游牧文明的互動中，更為客觀、公允地重構中國邊疆的歷史。時人認為，拉鐵摩爾這本書，處處用社會和經濟的眼光，去解釋邊疆地理和歷史的關係，展現了獨到的方法與貢獻。〔註78〕受該書觀點之影響，越來越多的留心邊疆問題者開始認識到這樣一個問題：用邊疆民族去解釋歷史過程，對中華民族自然有更正確的認識。並且，根據時人的觀察，近數年來，中西歷史界形成了一種新的趨向，以邊疆歷史去解釋整個歷史過程與發展。「美人拉鐵摩爾在《中國之邊疆》一書中，提出了若干值得注意的新解釋；他堅持一個史前原始中華民族的存在。」為此，他們開始反思傳統的研究取向，「對於邊疆文化及民族歷史，歷史家泰半都根據歷代官書及漢族觀點去研究，失去了歷史的正確與公平。明白了用邊疆民族去解釋歷史過程，對原始中華民族的存在及自後的繁衍與發展，自然有更正確的認識。目前新的交通工具已漸次展延，超越了地理文化的限制，歷史已不再把中原及邊疆分隔開來，文化上的邊疆亦漸漸隨孤立生活的突破而慢慢地消滅，但尚未進至融和無間的地步。」「我們如果用歷史上各朝代的力量所能及到的地區，解釋中華民族的疆域，這是歷史的褊狹與錯誤；中華民族的疆域過去沒有清晰的界線的記載，但西部有帕米爾高寒地帶與印度分界，北部新疆蒙古東九省等邊疆地帶，與中亞細亞及西伯利亞分界，東南面臨海洋，在科學的交通工具沒有征服自然以前，群體與個別的接觸非常困難，歷史家自然無法作更詳細的記載。」〔註79〕

曹聚仁在〈談邊疆學〉一文中亦論及拉鐵摩爾一書對自身思想的衝擊。在其看來，拉鐵摩爾關注到了一般人心目中未曾留意的中國文化的一支──邊疆文化，用邊疆現象作根據，以經濟社會的觀點去解釋中國邊疆問題的歷史形成，確實具有重要意義。曹聚仁從拉鐵摩爾的著作中得到啟發，認為「所

〔註78〕林超，〈新書介紹：中國的邊疆〉，《圖書月刊》第 3 卷第 1 期（1943 年），頁
　　　219。
〔註79〕周容，〈歷史、民族、邊疆──兼論文化邊疆〉，《臺灣訓練》第 5 卷第 10 期
　　　（1948 年），頁 14。

謂邊疆,是兩個不相等形式的文化,互相接觸,因而產生相互的影響,造成了許多行動及反動,形成了特殊的勢力,並從中發展處新的觀點來」;「每一邊疆社會,兩個文化的基礎,必然有其力求本身發展,超越另一種文化的企圖,乃是很自然的現象。」鑒於此,曹氏指出,不管在以往的士大夫心目中,如何輕視所謂「夷狄」的邊疆民族,然則在當下環境下,必得將邊疆與內地的文化放在平等地位重新加以研究,承認中華民族文化是在夷夏之間不斷矛盾、衝突、融化中發展起來的。〔註80〕

總體而言,基於兩個方面的原因——邊疆實踐與西學範式,時人對邊疆社會與邊疆文化的認知較之傳統觀念已經有所轉變。如果說,在傳統的自上而下的想像性「夷夏觀」的觀念之下,邊疆地區在地理上被視為荒涼不毛之地,在文化上則被認為是粗鄙野蠻的對應物,那麼,經由親歷的邊疆政治、社會、文化實踐,在一般研究者、社會輿論的筆觸之下,邊疆印象不再停留在傳統的認知層面,「邊疆不僅是不荒涼不毛,而且有水有草,有許多內地比不上的產物,塞外不僅不荒涼,而且風景宜人,苗夷不僅不是穴居的野人,而且長得和我們一樣的清秀,穿的衣服,離我們的時代並不很遠,現在我們的農村中,正可以普遍的找得到類似的縮影,就其他的樂器藝術品來看,他們不僅自己有文化有藝術,而且有許多地方還值得我們去學習。」〔註81〕

結　語

根據本文的研究,1930年代至1940年代,普及邊疆教育,開啟民智,成為抗日救亡第一要義。彼時,國民政府組織實施的邊疆教育運動,與其說是一個教育命題,毋寧說是一個政治性議題,民族國家構建、國民啟蒙、政治認同等現代性議題皆囊括其中。就此意義而言,民族國家主義的訴求成了邊疆教育與文化統合運動的內在動力,國民政府的終極目標,在於開啟邊疆民智,塑造現代國民,構建一個統一的現代國族,用以服務於抗日救亡運動。

就過程而言,國民政府領導下的邊疆教育實踐,經歷了一個從「蒙藏教育」到「邊疆教育」的發展歷程。最初,教育部設立蒙藏教育司,專職管理邊疆教育政策、文件之制定與相關具體性事務的落實;隨後,由於邊疆教育

〔註80〕曹聚仁,〈談邊疆學〉,收入《曹聚仁雜文集》(北京:三聯書店,1994年),頁528～530。

〔註81〕司以忠,〈建設邊疆文化的我見〉,《邊疆通訊》第2卷第10期(1944年),頁1～2。

所涉的地域範圍逐漸超越蒙藏地區之限，加以國民政府在邊疆民族政策設計的制度層面強調用「行政區域的統合」替代既有的「民族的統合」，遂有蒙藏教育司之撤、邊疆教育司之設。此兩種轉變展現的不單是一個「名實相副」的問題，實際上還蘊含了一種隱喻：與此間國民政府努力強調對邊疆地區之統合要實現從「民族的統合」到「地域的統合」的路徑轉變相一致，教育部主持實施的邊疆教育亦體現了均質化的「地域統合」色彩，其初衷乃是爲了對邊疆民族施以無差別的國民化教育統合。

國民政府實施邊疆教育之基軸，原本是爲了養成邊疆民族的國語、國文，培育邊疆民族的「國族意識」，從而達致「化特殊爲相同」之標的，然則其效果並不彰顯：（1）從學習過程來說，邊疆民族學生在接受國文、國語的教育過程中感到頗有困難，其結果，邊疆學生，無論是蒙人、藏人，還是維吾爾人，多將入學視爲累贅，故有「當學差」之說；（2）國民政府苦心孤詣地強制邊疆民族青少年接受現代化的新式教育，但學校與社會之間未能順利銜接，學生畢業後大多仍然回歸本民族傳統，尋找今後的生活道路，其結果，邊疆民族學生在學校所學對自己的生活並無多少補益，而且還得對本民族的語言和生活再度面臨一個文化適應的問題。這種文化轉換導致許多邊疆學生在現實生活中進退失據，陷入困境；（3）政府當局費盡心機地促使邊疆學生養成「國族意識」，這使得一些邊疆學生和邊疆民族精英從心理認知上覺察到「他者」對本民族文化之蔑視，是以難免抱有厭煩之感，反而激發其民族主義情緒。

誠然，國民政府主導下的邊疆教育，未能實現「去除畛域私見，培養共同意識」之崇高目標，但它確實在一定意義上成爲了一面鏡子。透過這面鏡子，當時的內地社會、知識精英得以重新認知邊疆文化的意義：彼時，一些研究者開始檢討「華夏蠻夷」的傳統偏見，主張以平等的觀念對待邊疆民族，摒棄「民族同化」的精神與政策，從「我群」與「他群」的視角重構內地與邊疆之歷史及關係，藉此促進雙方間的交流與交融。

（作者簡介：馮建勇，男，浙江師範大學環東海與邊疆研究院特聘教授）

（本文係國家社科基金一般項目「150年來中國邊疆研究學術思想史」階段性成果，項目編號：15BZS108）

帝國的邊疆知識爭奪——18、19世紀清朝、俄國對內亞空間的認識與政策取向

袁　劍

摘要：在17世紀之前，清朝與俄國的力量都還沒有深入內亞地區，這一區域對於這兩大地緣政治力量來說仍然處在一種知識空白與想像時期。進入18世紀，隨著雙方在這一地區的力量推進，清朝與俄國開始逐漸在對內亞地區的知識梳理和掌控方面進行或明或暗的爭奪，並在相關的內亞政策上凸顯出自身的風格，並對後來的內亞地區政治與社會走向產生深遠的影響。本文擬通過對相關材料的分析與梳理，指出這一問題內在的討論可能性及其後續價值。

關鍵詞：帝國；知識爭奪；清朝；俄國；內亞政策

一、從隔絕到相遇

清朝與俄國從隔絕到相遇，不僅是一般意義上的國土毗鄰，而且也是雙方之間如何認識與適應對方的過程。

在十七世紀之前，清朝與俄國並不接壤，雙方的從隔絕到相遇的過程，也正是一個歐亞大陸歷史地緣發生重大變化的時期。十六世紀之前的歐亞大陸，在經歷了蒙古世界帝國的征服之後，又陷入相互隔絕與紛爭當中。

十六世紀末，俄國力量開始向東越過烏拉爾山，向西伯利亞挺進，到十七世紀初，逐步控制了西西伯利亞地區，開始進入內亞地區。在俄國的邏輯中，其向西伯利亞與中亞東進的歷史往往自認為具有這樣的特點：他們「與

野蠻人為鄰，他們除強權外，既不承認國際法，也不承認任何法律，這就迫使我們修築要塞防線以鞏固疆界；偶而，有些野蠻部落被更強大的部落所壓迫，前來請求給予公民權，即請求庇護，他們也受到這些要塞的保護；過了一段時間，這些新來的臣民竟然比敵人還要壞；我們只得嚴加鎮壓，或予以驅逐，但無論在哪種情況下，都必須修築許多新的工事以遏制被他們所佔領的地區，於是就出現了一條新防線。這在舊時稱作『界線』」。〔註1〕

　　與此同時，位於東方的清朝力量正逐步從中國的地方性政權發展為全國性政權，但值得注意的是，清朝對整個中原漢地以及內亞部分區域的大一統局面並不是一蹴而就的，而是經歷了將近一個世紀的時間，直到18世紀中葉才最終實現。在這過程中，與對北方、南方和西南部地區的控制相比較，清廷對於內亞區域的控制遇到了更多的挑戰，對這一區域知識空間的掌控也花費了更多的時間。

二、共有的內亞空白

　　對於內亞的範圍，項英傑先生曾這樣界定：「以阿姆河和錫爾河兩河流域為中心，以現今中亞五個共和國，即哈薩克、烏茲別克、吉爾吉斯、土庫曼和塔吉克為主體。附帶涉及其周鄰的有歷史上疆域盈縮關係的地區，如伊朗東部、阿富汗、巴基斯坦、印度北部、西伯利亞西部、烏拉爾西部，以及我國的新疆和西藏。」〔註2〕可以說，這一塊處於歐亞大陸中心位置的區域成為當時分處歐亞大陸東西端的清朝與俄國在逐漸拓展過程中所必然會面對的知識空間，而在這兩大政權力量向內亞區域前進的時候，它們之間對於內亞的初步認知都是模糊不清的，存在一個需要填補的內亞知識「空白地帶」，而在如何填補這些「空白」方面，雙方在路徑選擇方面存在不同之處。

三、帝國的內亞知識爭奪：以對歷史地理的考察為例

　　在十八、十九世紀，內亞地區的民眾對於其自身在種族、語言和文化上所存在的差異性並沒有成為關注的重點，當時對於這些問題的地方性知識可以說是以所居住的地域特點來加以劃分的，清朝方面對這方面的認識較為淡漠，所關注的往往是一般的風土人情，缺乏對具體社會結構與社會文化的敘

〔註1〕〔俄〕M‧A‧捷連季耶夫著，武漢大學外文系譯，《征服中亞史》（第一卷）（北京：商務印書館，1980年），頁14。
〔註2〕項英傑，〈《中亞史叢刊》第1期編後記〉，《中亞史叢刊》第1期。

述與分析。而當時控制中亞的俄國當局最初對這方面也沒有像他們的歐洲同行那樣對這一地區的地貌、人種、語言等進行深入的探究。〔註3〕

在清朝的官方歷史記錄如《清實錄》中，由於視角的問題，對於內亞的認識往往趨於碎化，並在其軍事力量尚未達及的地方，常常將之放到傳統統治結構中加以認識和想像，以其符合某種統治的「理想範式」，而這種所謂的「理想範式」正是漢唐宋明一脈相承的。例如，《明實錄》曾記載永樂年間李達、陳誠等遣使西域的事情，並記述了當時所經過的西域諸國哈烈、撒馬兒罕、火州等的情況，對於其飲食、服飾、物產等記載詳備，但卻缺乏對於其權力結構以及知識傳統的認識，僅以「人性獷戾，君臣上下無禮統」等寥寥數語帶過。〔註4〕進入清朝之後，在順治十三年（1656 年），清廷諭厄魯特部落巴圖魯臺吉、土謝圖巴圖魯戴青等曰：「分疆別界，各有定制，是以上不陵下，下不侵上，古帝王統御之常經也。朕懷撫恤遠人之意，正欲共躋斯世於隆平，乃數年來，爾等頻犯內地，劫奪馬牛，拒敵官兵，率領番彝，威脅搶掠，該地方督撫巡按，奏報二十餘次，經部臣屢行遣官曉諭，爾終不悛朕體天地好生之心，宥茲小過……毋得遠境混擾，則有以副朕撫綏之心，而爾等亦享無疆之休矣」，〔註5〕而在康熙十七年（1678 年）面對準噶爾部的時候，清廷對其所處位置還沒有清晰的認識，當時的甘肅提督侯張勇奏稱：「臣召其頭目永柱等訊之，言噶爾丹居西北金山，距嘉峪關兩月程，即古大宛國也」，〔註6〕而在康熙五十八年（1719 年）《皇輿全覽圖》完成後，康熙帝曾言：「……東南東北，皆際海為界，西南西北，直達番回諸部，以至瑤池阿耨絕域之國，黃流黑水發源之地，皆琛盡所賓貢，版輿所隸屬，舉其土壤，驚為創見之名，溯厥道途，即可按程而至，以六合為疆索，以八方為門戶，幅帽該廣，靡遠弗屆，從來輿圖所未有也……」〔註7〕除了官方的記載之外，清朝對於內亞的專門認識最早要數鵬翮的《漠北日記》、圖理琛的《異域錄》、方式濟的《龍沙紀略》以及松筠的《綏服紀略》等等，在康熙五十一年至五十四年奉命出使當時位於俄國伏爾加河流域厄魯特蒙古土爾扈特部的圖理琛（1667～1740）

〔註3〕吳築星，《沙俄征服中亞史考敘》（貴陽：貴州教育出版社，1996 年），頁 20。
〔註4〕《明太宗寶訓》（卷 169），頁 2～6。轉引自田衛疆編，《〈明實錄〉新疆資料輯錄》（烏魯木齊：新疆人民出版社，2002 年），頁 35～38。
〔註5〕《清世祖實錄》（卷 103），頁 10～11。
〔註6〕《清聖祖實錄》（卷 76），頁 2。
〔註7〕《清聖祖實錄》（卷 283），頁 11～12。

在《異域錄》中,意在「述其道里山川、民風物產,以及應對禮儀」,〔註8〕由於這些記述者的清朝官方背景,因此這些著述初步構建起了清朝對於內亞的基本認識。

在這過程中,清朝曾數次意圖確立起自身帝國與未知的內亞其他地域之間的界限。例如,在雍正三年(1725年),為與當時控制西域的蒙古準噶爾部達成和議,雍正帝曾下諭:「……顧欲修和好,不可不計久遠,議定疆界,以杜爭端,乃垂久遠之道也。朕去歲遣使與爾定議疆界,大概以阿爾泰山嶺為界,原未實指地名……應自克里野以南,定為我國疆界。朕為元後,統一寰宇,爾所請可行,無不俞允,豈為蕞爾廢地,致啓爭論,不過欲明疆界,永結和好耳……」〔註9〕而到了清廷底定準噶爾部之後,清廷開始專門重視對內亞信息知識的收集,乾隆帝「於1756年派遣了一個專門委員會,要他們對新疆的地理、民族等情況作出一份詳細可靠的有統計數字的報告。這樣,耶穌會士便繼承並完成了他們的先輩關於測繪新疆的事業;據學識淵博的布呂克神甫指出,乾隆年間在北京刊印的主要地理作品,尤其是曾多次增訂再版的《大清一統志》和《皇輿西域圖志》中,凡涉及西域的地圖與說明都是以他們所測定的經緯度和其他觀測成果為根據的」。〔註10〕而值得注意的是,儘管存在著這些對內亞知識的梳理準備,但清廷在後續的政策推進上卻始終小心翼翼,沒有進行大規模的制度推進。

到了近代,清朝對於內亞的認識則具有了某種地緣政治的色彩。在龔自珍著名的《西域置行省議》中,是這樣來說明被稱為「西域」的內亞地區的:「天下有大物,渾員曰海,四邊見之曰四海。四海之國無算數,莫大於我大清。大清國,堯以來所謂中國也。其實居地之東,東南臨海,西北不臨海,書契所能言,無有言西北海狀者。今西極徼,至愛烏罕而止;北極徼,至烏梁海總管治而止。若干路,若水路,若大山小山,大川小川,若平地,皆非盛京、山東、閩、粵版圖盡處即是海比。西域者,釋典以為地中央,而古近謂之為西域矣。我大清肇祖以來,宅長白之山,天以東海界大清最先。世祖入關,盡有唐、堯以來南海、東南西北,設行省者十有八,方計二萬里,積二百萬里。古之有天下者,號稱有天下,尚不能以有一海。博聞之士,言廓

〔註8〕圖理琛,〈異域錄〉,《欽定四庫全書》(史部十一,地理類十)。

〔註9〕《清世宗實錄》(卷31),頁11~13。

〔註10〕〔英〕約·弗·巴德利著,吳持哲、吳有剛譯,胡鍾達校,《俄國·蒙古·中國》(上卷·第一冊)(北京:商務印書館,1981年),頁357~358。

恢者摒勿信，於北則小隃，望見之；於西北正西則大隃，望而不見。今聖朝
既全有東、南二海，又控制蒙古喀爾喀部落，於北不可謂隃。高宗皇帝又應
天運而生，應天運而用武，則遂能承祖宗之兵力，兼用東南北之眾，開拓西
邊，遠者距京師一萬七千里，西藩屬國尚不預，則是天遂將通西海乎？未可
測矣。」〔註11〕在他的這種敘述中可以清楚地看到，內亞在某種程度上具有
自身的歷史地理性格，因此中國歷史上的天下王朝在對內亞的控制方面都稍
顯薄弱，而到了19世紀後期，隨著對這一地區知識挖掘的深入，也到了清廷
對這一地區在政治和文化層面上重新進行認知並正視俄國在這一地區知識控制
深度的時候了，而1884年清廷在新疆建省則可以看做是這種轉變的一大標誌。

在俄國方面，他們對內亞的認知也並不是與生俱來的，最初通過東正教
使團前來北京的機會，對所經過的內亞地區進行觀察敘述，如Georg Timkowski
（Egor Fedorovitch Timkovskij）（1790～1875）在1821年9月作為北京的俄國
使團成員之一抵達北京，他對往返途中在內亞地區的所見所聞進行了細緻的
描述，並於1824年在聖彼得堡以《1820至1821年穿越蒙古地區前往中國的
旅行》為名出版，兩年之後，德文版面世。〔註12〕在這部書的第三和最後一
部分中，作者講述了他返回俄國以及在途中經過蒙古地區的見聞。而在俄國
方面所繪製的，並在聖彼得堡出版的地圖，「與康熙年間的地圖比起來，這套
地圖雖篇幅更大，內容也更詳細，但是正確性卻差一些；其主要缺陷是俄國
與中國之間的邊界標得不夠清楚；中國本部的地名論數量雖為康熙地圖的三
倍，但注的字體很小，好些地方顯得太擠」。〔註13〕

在具體的操作中，俄國在內亞「制定了一種特別的行動方式：部隊的下
級軍官有開創局面的自由，動輒違背政府的方針，而他們進取的結果，又被
政府看做既成事實，當作『歷史財富』而予以承認」。〔註14〕蘇聯科學院院士
奧勃魯切夫在評述俄國對十八、十九世紀內亞實地研究的概況時曾這麼認

〔註11〕 龔自珍：《西域置行省議》。

〔註12〕 俄文版：Egor Timkovskij, *Putesestvie v Kitaj crez Mongoliju v 1820 i 1821 gg.*
Tipografij Medicinskago Departamenta Ministerstva Vnytrennich, St. Petersburg
1824. 德文版：Georg Timkowski *Reise nach China durch die Mongolen, in den*
Jahren 1820 und 1821. Gerhard Fleischer, Leipzig 1825～26。

〔註13〕 〔英〕約·弗·巴德利著，吳持哲、吳有剛譯，胡鍾達校，《俄國·蒙古·中
國》（上卷·第一冊）（北京：商務印書館，1981年），頁363。

〔註14〕 〔蘇〕尼·伊·帕甫連科著，斯庸譯，《彼得大帝傳》（北京：三聯書店，1982
年），頁331。

爲：「內陸亞洲眞正的科學考察，從波塔寧、普爾熱瓦爾斯基和別夫佐夫的旅行開始……他們三個人共同勾畫了內陸亞洲地理面貌的基本輪廓。後繼者們是在此基礎上從各自的專業領域展示成就，也就是說，在同一幅圖上描繪細節……在這三位地理考察先驅當中，捨棄哪一位都是不可能的，甚至很難說出，作爲亞洲探險家，他們誰比誰做得更多，誰是第一、誰是第二、誰是第三」。〔註15〕「如果將他們三位學者考察的路線繪到同一個地圖上，那麼我們將看到的是一幅縱橫交錯的亞洲內陸圖，除西藏南部地區以外，沒有一個地方是他們中的某一個人沒有到達過的」。〔註16〕在這種表述中，實際上就將其他國家的內亞探險活動與探險家給排除出去了，從而形成了俄國對於內亞空間與知識的獨佔性敘述。

在俄國全面進行中亞諸汗國之前，「1858 年向伊朗、中亞汗國和喀什噶爾派出哈內科夫、伊格納季耶夫和瓦里汗諾夫的代表團……哈內科夫率領一個大型的『科學』考察隊，伊格納季耶夫上校領導一個官方外交使團，而瓦里汗諾夫則扮成穆斯林商人的樣子上路。不過三個代表團都有相同的目的和任務，那就是深入研究亞洲鄰國的政治、經濟狀況，以及利用這些國家來作爲發展了的俄國資本主義的原料產地與銷售市場的可能性」。〔註17〕

作爲科學調查機構上的準備，1887 年，俄國地理學會在鄂木斯克成立了西西伯利亞分部，取代之前設立在伊爾庫茨克的西西伯利亞分會。儘管先前的西西伯利亞分會在東西伯利亞知識搜集方面做了一些工作，但對「關於緊挨著俄國歐洲部分的西西伯利亞的特殊自然界、眾多的不同民族的居民，當時只有一些很不完全的零星資料，而且往往都是缺少可靠性的令人生疑的資料。填補研究西西伯利亞以及臨近中部和中央亞細亞空白的任務，就由新成立的地理學會西西伯利亞分會承擔了」。〔註18〕在相關的工作條例規定中，指明該分會既

〔註15〕 轉引自楊鐮、阿拉騰奧其爾，〈探索天山與崑崙的奧秘〉（代序），〔俄〕米哈伊爾・瓦西里耶維奇・別夫佐夫著，佟玉泉、佟松柏譯，《別夫佐夫探險記》（烏魯木齊：新疆人民出版社，2013 年），頁 10。

〔註16〕 Я・瑪爾果林，〈別夫佐夫與俄羅斯的中亞探險〉，〔俄〕米哈伊爾・瓦西里耶維奇・別夫佐夫著，佟玉泉、佟松柏譯，《別夫佐夫探險記》（烏魯木齊：新疆人民出版社，2013 年），頁 333。

〔註17〕 哈爾芬，《俄國在中亞的政策》（俄文），頁 78。

〔註18〕 〔俄〕Я・瑪爾果林，〈別夫佐夫與俄羅斯的中亞探險〉，〔俄〕米哈伊爾・瓦西里耶維奇・別夫佐夫著，佟玉泉、佟松柏譯，《別夫佐夫探險記》（烏魯木齊：新疆人民出版社，2013 年），頁 317。

研究本地區，也研究與其相鄰的中亞各國和中國西部，尤其是其地理、地質、自然博物、民族志、統計、古文獻和考古。此外，條例進一步做了細分：「1. 查詢並整理在地方檔案和私人手中的關於西西伯利亞和與其相鄰的中亞各國和中國西部的檔案資料，分析其中有哪些能為科研服務。2. 就地進行科學考察，邊區的研究考察要側重於〈條例〉所指出的地理、自然博物、民族志和統計方面。3. 對以學術為目的的西西伯利亞探訪以及當地從事本地區研究工作的人員一視同仁，給予協助，總之吸引各方進行對分會有利的邊區研究工作。4. 注意收集和保存於本會研究範圍有關的學術著作，如圖書、手稿、契據和地圖；同時也支持建立地方礦物、自然博物、民族和考古博物館。」〔註19〕

當然，俄國的策略往往吸收了當地部族的傳統又有所革新，從而進一步強化了其推進能力。1891年，俄國在其制定的〈草原條例〉中規定了繼承權，肯定了對所屬建築物、林木栽培區以及耕地的私有財產權，這樣就強化了對游牧地區的固定化控制。此外，「俄羅斯的擴張與厄魯特人的突襲有很大的不同。它是緩慢的，卻又是無情的，並以建築要塞為其特徵：1716年的鄂木斯克，1718年的塞米巴拉金斯克，1719年的烏斯季卡緬諾戈爾斯克，1732～1757年沿額爾齊斯河的各個要塞，1735年的奧爾斯克，1752～1755年沿伊施姆河的各要塞」。〔註20〕1897年，俄國在其控制的內亞區域進行了首次人口調查，統計了當時五個省（錫爾河省、費爾幹納省、撒馬爾罕省、七河省以及外裏海省）的人口，總計約526萬人。〔註21〕而這更是成為將這些地區納入俄國統治的關鍵標誌。

在對內亞的具體推進策略方面，俄國在內亞充分利用要塞和要塞線（укредленная линия），推進自身的軍事與政治控制力。「俄國人以奧倫堡、彼得羅巴甫洛夫斯克、鄂木斯克、塞米巴拉金斯克以及烏斯季卡緬諾戈爾斯克為基地，建立了一條從裏海到阿爾泰山的漫長的哥薩克殖民線，以阻止哈薩克入侵伏爾加河地區和西西伯利亞。」〔註22〕而關於這一問題，19世紀被

〔註19〕 Я・瑪爾果林，〈別夫佐夫與俄羅斯的中亞探險〉，〔俄〕米哈伊爾・瓦西里耶維奇・別夫佐夫著，佟玉泉、佟松柏譯，《別夫佐夫探險記》（烏魯木齊：新疆人民出版社，2013年），頁318。
〔註20〕 韓百里，〈中亞史〉，《中亞史叢刊》第6期。
〔註21〕 〔俄〕M・A・捷連季耶夫著，西北師範學院外語系譯，《征服中亞史》（第三卷）（北京：商務印書館，1986年），頁463。
〔註22〕 加文・漢布里主編，吳玉貴譯，《中亞史綱要》（北京：商務印書館，1994年），頁277。

派駐清朝新疆地區的俄國領事鮑戈亞夫連斯基曾指出：「一個沒有到過亞洲，特別是沒有到過中亞的人，很難想像它們（指當地村莊）是什麼樣子。邊疆地區的特殊歷史情況正在創造一種『堡壘型』的城鎮和村莊。如我們所知，中亞細亞（也即內亞）在很久以前，即從史前期起，就是各民族發生種種衝突的場所……因此，每個城鎮，甚至每一個人都必須關心自衛……這樣，就出現了四周打著圍牆的房子和城鎮」。〔註23〕俄國在內亞草原上建立起一批草原要塞，使其成為將所控制的內亞俄國化的一種重要方式。從18世紀中葉，俄國政府著手在全國，其中包括伏爾加河流域、烏拉爾河流域、西伯利亞和哈薩克斯坦地區改善舊有的軍事要塞線的配備，並建立新的軍事要塞線。這種要塞線的設置，將傳統來回移牧的部族力量加以隔絕，從而成功地實現了對草原地區的分割控制，其歷史效果也甚為明顯：「阿布賚也確實在中帳起著重要作用，他能根據汗國的需要，在強鄰面前做一個為本國爭利的辯士，又是善於在強鄰之間周旋的外交家，手法巧妙，竟能自稱為兩個強國的臣民，但同時又不盡任何義務，還能不斷地按期領取賞賜。由於地處兩個強鄰之間，游牧民族雙重納貢的情況其實是十分自然的結果，因為他們的夏季牧地在這一鄰國境內，而冬季牧地又在另一鄰國境內。所以，只有當我們不僅掌握了吉爾吉斯人的夏季牧地，而且也掌握著他們的冬季牧地時，才能使他們完全聽命於我們。」〔註24〕而「以侵襲方式去征服草原是很不明智的，因為叛亂者總是提前離開了，而留在原地的只是無辜的、和平的游牧人。能夠多少達到一些目的的唯一辦法，只是在叛亂分子撤退的路上修築工事，或在這一帶派出常駐部隊。如果游牧人的冬季牧地和夏季牧地在我們牢固地佔領著的、用工事圈圍起來的地區內，那麼，他們就不會時而歸附我們，時而歸附我們的鄰居了」。〔註25〕此外，「政府的新計劃非常高明：開始時不干涉臣屬我國的游牧民族的自治，但立即在其游牧地中間修建十分堅固的工事，這些工事既為我們自己，也為游牧民族提供了抵禦外侮的據點。俄國工事永遠標誌著我們的統治權，給我們頭一次帶來了貿易自由，同時也使游牧民族逐漸習慣

〔註23〕〔俄〕尼・維・鮑戈亞夫連斯基著，新疆大學外語系俄語教研室譯，《長城外的中國西部地區》（北京：商務印書館，1980年），頁75。

〔註24〕〔俄〕М・А・捷連季耶夫著，武漢大學外文系譯，《征服中亞史》（第一卷）（北京：商務印書館，1980年），頁102。

〔註25〕〔俄〕М・А・捷連季耶夫著，武漢大學外文系譯：《征服中亞史》（第一卷）（北京：商務印書館，1980年），頁123。

於服從我們，瞭解我們。臣屬成了真正的現實。此外，維爾納工事的建成使醞釀已久的計劃得以實現。該計劃是用一長串工事把西伯利亞防線和奧倫堡防線連接起來。維爾納成為1864年軍事行動的主要基地，接著又修建了一長串的外楚河工事。後來，隸屬浩罕的大帳吉爾吉斯人所居住的那部分浩罕國土也被征服。歷史悠久的哈薩克聯盟中的所有部落，就這樣一個接一個地逐漸臣服於俄國。只剩下大帳的一部分，分佈在天山南坡的中國西部境內。」〔註26〕

正如研究者所指出的，「就像同一時期其他的殖民政權一樣，俄國人以人道主義為藉口，為他們佔據中亞的行為辯護。他們認為，他們的擴張是一種文明的使命。但是在這背後，實際上存在著他們很少承認的謀求經濟與戰略優勢的考慮。然而，不管他們通知的目的是什麼，俄國人與其他的殖民政權一樣，都是力求以某種方式將土著民族納於外國的統治之下。俄國人已經多次面臨這一問題，由於數量上的優勢、相對的文化優勢以及普遍缺乏法定權力或者甚至是心理上的歧視，所有這些都大大有助於俄國人對其統治下的許多民族從種族上以及文化上進行同化。但是十九世紀的民族主義和殖民爭奪，結束了早期那種比較輕鬆的同化方式。從十九世紀中葉起，俄國人發起了一場運動，以便使異族臣民與俄國政權形成一種更為密切的關係，他們向異族臣民灌輸與俄國保持一致和忠誠的思想，教給他們俄羅斯語言和文化，如果可能的話，就使他們改信東正教。」〔註27〕可以說，在對內亞地區的具體知識競爭中，清朝與俄國在整個18和19世紀，較為鮮明地展現出兩種路徑，清朝最初沒有對內亞進行有意識的近代式的考察與調查，而是在某種程度上將傳統藩屬體制向內亞地區延伸，秉承「修其教不易其俗，齊其政不易其宜」的方針，因此在對內亞的掌控力度上顯得較為薄弱；而與此同時，俄國在對內亞地區的知識與空間控制上，則在一開始就進行近代式的考察與調查，並輔助以軍事力量的堡壘式推進，將當地傳統的游牧傳統和社會機構進行大面積的改造，從而在19世紀後期最終將大部分內亞地區納入到帝國版圖之中。而在19世紀後期，英國作為最強大的海上力量，開始取代清朝參與到與俄國對內亞地區的爭奪之中，歷史進入了一個新的階段。

〔註26〕〔俄〕Ｍ・Ａ・捷連季耶夫著，武漢大學外文系譯：《征服中亞史》（第一卷）
（北京：商務印書館，1980年），頁109。

〔註27〕加文・漢布里主編，吳玉貴譯，《中亞史綱要》（北京：商務印書館，1994年），
頁293～294。

四、後帝國時代的思考

　　距離 19 世紀末清朝與俄國各自在內亞的知識爭奪與實踐，時間已經過去了一個世紀，這兩大帝國早已成為歷史。如今的內亞開始重新成為新的大國角逐地，而清朝和俄國各自留下的帝國遺產又成為在各個方面影響內亞社會與未來的重要因素。我們對內亞新的治理方式與思維的期許與追求，在很大程度上有無法脫離開清朝和俄國曾經有過的認知與治理方式，而不管清朝和俄國兩者之間在認知和治理方式上有多少的不同。但在這裡，新的問題出現了，在可以說相當迥異的清朝與俄國內亞治理方式上，面對新的內亞地緣與政治態勢，我們對於內亞知識的新認識又該建立在何種基礎上，應該以何種邏輯去認識內亞的歷史與未來，並進而建立起對中國周邊區域的新的整體性認知。

　　此外，清朝與俄國對內亞的既有知識在當代內亞的認知中又應該佔據怎樣的地位？重建中國對內亞知識的新認知，又該如何對待清朝的內亞知識遺產，如何處理俄國曾經相當豐富的內亞知識遺產？這些同樣是需要進一步思考的問題。本文所要處理的僅僅是 18、19 世界清朝對內亞地區的知識爭奪問題，而上述的一些問題，則是在本文基礎上需要進一步深入的地方。

（作者簡介：袁劍，男，中央民族大學世界民族學人類學研究中心副教授）

秋海棠・桑葉・雄雞——政治文化視野下近現代中國領土形象變遷

　　摘要：清末以降，對中國版圖的比喻，相繼出現過「秋海棠」、「桑葉」、「雄雞」等三種主流想像。由於近代中國的邊境被主動與被動地加以確定以及其後中國部分領土的淪喪，中國領土版圖從「虛邊」到「實邊」，而中國的領土形象逐漸從「秋海棠」、「桑葉」演變成了「雄雞」。隨著民國時期領土與民族危機的增強，對中國版圖的想像得到了廣泛傳播，並成為激發與傳播愛國主義與民族主義的有效載體。中國的版圖形象在愛國主義與民族認同的激蕩下，版圖的形象變遷起於斯亦歸於斯。而這一變遷的副產品，便是使得政府獲得了稀缺的政治合法性與現代政治認同。

關鍵詞：邊界；版圖形象；「秋海棠」；「桑葉」；「雄雞」

引　子

　　一篇小學生優秀作文的一節：

> 「我轉動著地球儀尋找中國，『呵！我找到了！』我驚喜地喊了出來。呵！在我們祖國的版圖上，描著紅紅的顏色，它像一隻大紅的雄雞，昂著頭，挺著胸，似乎在向世界大聲説：『我們中國多麼偉大！我們有奔騰不息的長江、黃河；有雄偉壯麗的長城……』」。〔註1〕

〔註 1〕 胡文傑主編，《小學生特級教師教你寫作文》（三年級）（桂林：灕江出版社，2012 年），頁 160。

一、序　言

　　鴉片戰爭以降，中西交衝尖銳，民眾的愛國主義與民族主義情緒得到激發。在整個民眾的情緒日益高漲的背景下，政黨與政府運用政治儀式、符號象徵等柔性機制與其互動，相互渲染，從而喚醒和激發民眾的愛國情緒與民族認同，進而爲政黨與政府自身的立足獲得民意支持與政治合法性。近些年，以政治符號、儀式、象徵等相關問題日益得到學術界的關注。國外學者中埃里克・霍布斯鮑姆（Eric Hobsbawm）、史考特・M.鈞特（Scot M.Guenter）、約翰・包德納（John Bodnar）等學者已有諸多成果〔註2〕。國內方面，在近代中國國族主義研究中，以「儀式」或「象徵」作爲切入點，也取得了重要成果，尤其以陳蘊茜、李恭忠兩位學者爲代表〔註3〕。黃東蘭曾以〈領土、疆域、國恥〉題，從「疆域空間」與「領土空間」的角度探討清末民國地理教科書的空間表象〔註4〕，但其所關注的對象仍爲地理教科書中的「空間」問題，史料範圍過於狹窄，且未能進一步探討「空間」想像背後的形象變遷與政治文化。筆者曾以〈秋海棠、桑葉、雄雞與中國〉爲題撰寫一篇學術隨筆對這個問題進行初步探討，但文中部分史料存在判斷失誤的情況。〔註5〕中國是世界上陸地邊界線最長與鄰國最多的國家，目前陸地邊界總長兩萬兩千多公里，分別與朝鮮、俄羅斯、蒙古、哈薩克、吉爾吉斯斯坦、塔吉克斯坦、阿富汗、巴基斯坦、印度、尼泊爾、不丹、緬甸、老撾、越南等數十個國接壤。而這一客觀現實便使得加強對近代以來中國國境線的變遷及與此相關的中國版圖形象變遷的瞭解顯得愈發重要。

〔註2〕Eric Hobsbawm and Terence Ranger ends., *The Invention of Tradition*, Cambridge : Cambridge University Press,1983. Scot M. Guenter, *The American Flag, 1777～1924 : Cultural Shifts from Creation to Codification*, Rutherford, N.J., Fairleigh Cickinson University Press, 1990. John Bodnar, *Remaking America : Public memory, Commemoration, and patriotism in the twentieth Century*, Princeton, N.J. : Princeton University Press, 1992.

〔註3〕陳蘊茜，《崇拜與記憶：孫中山符號的建構與傳播》（南京：南京大學出版社，2009 年）。李恭忠，《中山陵：一個現代政治符號的誕生》（北京，社會科學文獻出版社，2009 年）。

〔註4〕黃東蘭，〈領土・疆域・國恥——清末民國地理教科書的空間表象〉，黃東蘭主編，《身體・心性・權力》（杭州：浙江人民出版社，2005 年），頁 77～107。

〔註5〕徐鵬，〈秋海棠、桑葉、雄雞與中國〉，《博覽群書》2016 年第 11 期，頁 111～116。

　　目前學術界對晚清直至共和國初期中國的領土版圖形象的研究仍相對薄弱，而中國領土版圖變遷的宏觀過程、不同時期對中國版圖的形象認知、抽象不同版圖形象時的政治目的與動機等相關問題都值得進行深入研究。版圖形象的確立源自於現代民族國家的形成，昇華於愛國主義與民族主義的闡發。本文不欲對近代中國領土變遷的問題進行道德評價，也不欲對近代疆界的具體變革做細緻的考證，僅從宏觀的角度探究從晚清到共和國初期中國版圖的變遷，以 20 世紀中國版圖形象的變遷爲個案，探討其作爲一個現代政治符號的建構過程。並將其置於清末直至共和國初期革命與「民族危機」等大背景之下，進而探討政府（政黨）、民眾利用這一政治符號提升國家形象，增進現代國家認同的努力，從一個側面探析 20 世紀中國政治文化變遷的多樣性與複雜性。

二、從「虛邊」到「實邊」

　　歷史上，所謂「中國」的概念不斷變化，在這一方面，葛劍雄曾將對其進行政治性、民族性、文化性、地域性四個不同範疇的界定﹝註6﹞。本文即採用其所述的政治性中國的含義，所論述時段內，依時間先後順序分別爲清國、中華民國、中華人民共和國。其中需要指出的是，這裡所謂的清國，不僅包括內地十八省，也包括滿蒙回藏等地區。

　　人們習慣性地將中華民國時期的中國版圖喻之爲「秋海棠」，而將新中國（即中華人民共和國）的版圖喻之爲「雄雞」。秋海棠地圖是指中國 1947 年以前出版的中國地圖。秋海棠地圖就主要是包括蒙古在內，連江東六十四屯、烏梁海、江心坡、新疆最西邊的一段全都算在內的中國地圖。秋海棠地圖以山東半島和塔里木盆地中軸爲中心線，左右對稱，像一片秋海棠樹葉。中國現在的版圖與清末以及中華民國時期相比，變化最大的部分即爲東北、西北國界線的變遷及蒙古的獨立，而國界線的變遷則直接導致了中國版圖形象的變化，即──從「秋海棠」、「桑葉」到「雄雞」。

　　對於清初期的疆域，《清史稿》將其概括爲：「自茲以來，東極三姓所屬庫頁島，西極新疆疏勒至於葱嶺，北極外興安嶺，南極廣東瓊州之崖山，莫

﹝註6﹞ 參見葛劍雄，〈地圖上的中國與屬史上的中國疆域──讀《中國歷史地圖集・前言》、《歷史上的中國和中國歷代疆域》感言〉，《河南大學學報》（社會科學版）2012 年第 5 期，頁 1～8。

不稽顙內鄉，誠係本朝。於皇鑠哉！漢、唐以來未之有也。」〔註7〕然而時人雖知國之四至，但在封貢體系之下，只知有「天下」，不知有「萬國」，中國與周邊國家邊界不明，國家疆域具有相當大的模糊性。清末以前，中國與大多數周邊國家「有疆無界」。在宗藩體系與華夷秩序之下，中原王朝與周邊的藩屬國乃至鄰國並不存在確切的國境線。清建立後，通過與蒙古聯姻、對西北的征戰和對西南的招撫，逐漸建立起強大的清王朝，並建立起以清王朝為核心，包括朝鮮、越南、琉球、南掌在內的朝貢體系。但此時，中國的國境線除個別地區是以河流為界之外尚未出現明確的邊界線。正如民國時期學者葛綏成所說的那樣，「從前我國對於省的界線，雖很注重，但對國界卻毫不關心。其故有二：一因那時候邊疆寥闊荒遠，而環繞鄰地，大都是知識淺薄的游牧民族，不曉得劃界的事情；二因我國又自誇為東亞大邦，以為人家不敢欺侮，所以古時並無國界的規定」。〔註8〕

清政府與鄰國簽訂的第一個邊界條約，應是雅克薩之戰之後簽訂的《尼布楚條約》。《尼布楚條約》第一款「以流入黑龍江之綽爾河，即韃靼語所稱烏倫穆河附近之格爾必齊河為兩國之界。格爾必齊河發源處為石大興安嶺，此嶺直達於海，亦為兩國之界；凡嶺南一帶土地及流入黑龍江大小諸川，應歸中國管轄；其嶺北一帶土地及川流，應歸俄國管轄。又流入黑龍江之額爾古納河亦為兩國之界：河以南諸地盡屬中國，河以北諸地盡屬俄國。」〔註9〕如此，則最早確定了中俄兩國在東北地區的邊界，而東北、西北、西南的國界線尚未劃定。

18世紀末開始形成一次邊疆史地研究的高潮，梁啟超曾將之評價為「一時風會所趨，士大夫人人樂談」，「茲學遂成道光間顯學」〔註10〕。隨著邊疆史地之學的興起與西人東來的衝擊，史地學者的近代國家邊界觀念逐漸形成，版圖、疆域意識增強。沈垚認為，「祖宗開闢之地，尺寸不可失」〔註11〕。何秋濤指出，「我朝德教覃敷，天威遠震，舉凡鞑靼、蒙古悉居內地，以俄羅斯為北徼」，如此，則蒙古為界內，俄羅斯為界外。儘管如此，19世紀上半葉，一批有識之士如魏源、徐繼畬，在描繪中國疆域的時候，仍要面對不可避免

〔註 7〕《清史稿》（卷五十四志二十九）。
〔註 8〕葛綏成，《中國近代邊疆沿革考》（上海：中華書局，1934 年），頁 298。
〔註 9〕《清康熙實錄》（卷一四三），頁 16～17。
〔註 10〕梁啟超，《中國近三百年學術史》（北京，東方出版社，1996 年），頁 388～390。
〔註 11〕《落帆樓文集》（卷 1）。

的模糊性。魏源在其《海國圖志》指出中國位於亞洲東南，「徑六千里，東西大抵略同」〔註12〕。而在《聖武紀》中，魏源更是明確地指出，「十七行省及東三省地爲中國。自中國而西回部而南衛藏，而東朝鮮，而北鄂（俄）羅斯，其民皆土著之人，其國皆城郭之國」〔註13〕；蒙古、回部、西藏、俄羅斯、朝鮮、緬甸、安南等同爲中國外藩。徐繼畬的中國地域觀與魏源有所不同，認爲除了俄羅斯、日本、印度以及在遙遠西部的一些穆斯林部落以外，整個亞洲盡屬中國「幅員」。

隨著西人東來，中國面臨「三千年未有之大變局」。清政府與英、法、日、俄等國相繼簽訂了諸多不平等條約，而這些條約中，則有多款條文涉及中國的疆界。中俄《璦琿條約》第一款「黑龍江、松花江（指黑龍江下游）左岸，由額爾古納河至松花江口（指黑龍江口），作爲俄羅斯國所屬之地；右岸順江流至烏蘇里河，作爲大清國所屬之地，由烏蘇里河往彼至海所有之地，此地如同連接兩國交界明定之間地方，作爲兩國共管之地。由黑龍江、松花江、烏蘇里河，此後只准中國、俄國行船，其他外國船隻不准由此江、河行走。黑龍江左岸，由精奇里河以南，至霍爾漠津屯，居住之滿洲人等，照舊准其各在所住屯中永遠居住，仍由滿洲國大臣官員管理，俄羅斯人等和好，不得侵犯。」中俄《北京條約》不僅迫使清政府承認《璦琿條約》的條款，並進一步確定了中俄兩國在東北和西北的邊境，加之後來的中俄《勘分西北界約記》及相關條約，中國在東北和西北地方共丟失了 150 餘萬平方公里的領土。清政府在東北與西北大面積喪失國土，但也在客觀上爲西北與東北劃出了一條相對存在的國境線，使得清政府領土版圖的北方部分得以大致定型。

隨著清政府國力的衰弱與數次戰敗，清政府的朝貢國也逐漸減少。如此，清政府周邊的屏障逐漸喪失，而與此同時的邊疆建省以及實邊運動，使得其統治的區域也逐漸明晰。從虛邊到實邊──晚清中國版圖形象的逐漸確定，但此處仍只能稱之爲形象確定，畢竟，諸多國境線尚未確定，至今仍存在諸多爭議地區。由於無法有效地對蒙古地區諸多盟旗加強控制，從而爲民國時期蒙古的脫離留下隱患。

〔註12〕魏源，《海國圖志》（卷五東南洋一），清光緒二年魏光燾平慶涇固道署刻本。
〔註13〕魏源，《聖武記》（卷三），清道光刻本。

三、「一葉秋海棠」

　　對於近代以來中國領土形象，曾出現「三角形」、「秋海棠」、「桑葉」、「雄雞」等幾種。清末之際，教科書中開始出現對中國版圖的「大三角形」想像。清朝學部所審定的《最新地理教科書》中描述如是，「全國之境，爲一大三角形，銳端當其西。東西橫廣八千八百里，南北縱長五千四百里」〔註 14〕。只是這個版本的教科書中，沒有相應的圖像資源可供利用。這一版圖想像並未成爲主流，故而僅在此處簡單論述。至於這種「三角形」的想像是否先於「秋海棠」，黃東蘭認爲「三角形」最早出現，「秋海棠」的形象應出現於民國元年，然而，而同一時期學部所編《初等小學國文教科書》，即已有「我國地形，如秋海棠葉。出渤海，如葉之莖；西至葱嶺，如葉之尖；各省及藩屬，合爲全葉。」〔註 15〕的描繪。徐復觀也曾表示，其在發蒙讀書時，便讀到「我國地圖，如秋海棠葉」這句話。〔註 16〕這是筆者清末民初教科書中目前所能找到的關於「秋海棠」最早的描述。即，不晚於清末，教科書中已開始採用「秋海棠」這一象徵來形容中國的版圖，從而進行民眾教育與宣傳。

　　辛亥後，清帝遜位，民國肇興。商務印書館出版的共和國教科書《新地理》中，再次採用「秋海棠」這一意象。這部教材利用圖文結合的方式，一方面給出秋海棠葉的示意圖，繪出其葉脈，另一方面則給出中國版圖的示意圖，形狀與上文所述的秋海棠葉十分相似。圖畫之外，還有解釋說明的文字：「中華民國之地形，頗似秋海棠之葉。西方爲銳角，似葉之尖。東方則斜平，且有凹處，似葉之本。南北兩方或凹或凸，似葉之邊。熟審秋海棠葉即知我國之地形矣」〔註 17〕。

　　隨著「秋海棠」這一版圖想像的產生，「大三角形」這一想像逐漸消退，偶而有教科書將「大三角形」與「秋海棠葉」相糅合，即「全國地形略似橫鋪之秋海棠葉，以西部之葱嶺爲葉尖，東部之渤海爲葉本，成一大三角形」

〔註14〕謝洪賚編，學部審定，《最新地理教科書》（第 1 冊）（商務印書館，出版年不詳），頁 1。

〔註15〕肖玉輝、康強吉口述，羅筱元整理，〈「五四」時期自貢地方的群眾運動〉，中國人民政治協商會議四川省自貢市委員會文史資料研究委員會，《自貢文史資料選輯》（第 6～10 輯）（自貢：中國人民政治協商會議四川省自貢委員會文史資料研究委員會，1982 年），頁 124～125。

〔註16〕徐復觀，《學術與政治之間續篇》（一）（北京：九州出版社，2014 年），頁 411。

〔註17〕莊俞編，教育部審定，《共和國教科書〈新地理〉》（一）（上海：商務印書館，1912 年），頁 1。

〔註 18〕。可以說，「大三角形」的版圖想像被「秋海棠葉」所取代，並逐漸淡出了人們的視野。

1916 年，作爲袁世凱籌備帝制時的試印的印花稅票，北京財政部印刷局印製了名爲「海棠葉地圖」的印花稅票。〔註 19〕隨著將中國地圖比喻爲「秋海棠」的做法逐漸被推廣，「秋海棠」的形象逐漸被用於反帝愛國宣傳。1919 年五四運動時期，四川自貢的學生即利用暑假「制定許多標語、圖畫傳單和詩歌等（圖畫中用幾種顏色繪中國地圖如秋海棠葉，把日本地圖畫成蠶子張口向著膠州灣以示蠶食之意）」。學生們的愛國要求借「秋海棠」得以伸張。

1920 年出版的武進譚所編《新法地理教科書》第一冊中，開篇即有「全國地方的形狀，很像橫鋪的秋海棠葉子，葉尖在西面，葉腳在東面」。〔註 20〕1924 年出版的地理教科書中，書中這樣描繪，「原來中華民國的地形，宛像一張橫鋪著的秋海棠葉子。葉柄附近的凹處，對著東面，恰是遼東、山東兩半島所挾持成爲的渤海。葉尖微向西北，便是葱嶺北端的烏赤別里山口。那葉緣的四周，除東北繞河，東南環海外，從北面沿邊向西，一直盤到西南，全是高山」〔註 21〕。1933 年中華書局出版的《小學地理課本》中，作者對中國版圖作了如下說明：「中華民國地圖，不是很像一張秋海棠葉嗎？東部渤海灣入海的地方，很像葉腳，西部帕米爾高原，很像葉尖。……那曲曲折折的邊界，好像是葉邊，境內的山川縱橫，更好像葉的脈絡。」〔註 22〕一定意義上，教科書的內容是一種國家意志的體現。以教科書作爲宣傳媒介，更便於在民眾心中形成深刻的認知。

20 世紀三四十年代，隨著日本法西斯的崛起與第二次世界大戰的爆發，中國的國土受到了強大的威脅。愛國主義與民族主義情緒日益高漲，而作爲回應，民國政府與民眾開始進一步建構對民國版圖形象的想像。除了教科書之外，「秋海棠」開始廣泛出現於報刊雜誌等公共媒介並廣爲民眾所接受，關

〔註 18〕鄧志清編，《現代中國地理課本》（第 1 冊・新學制小學用）（1931 年），頁 1。

〔註 19〕參見王平武、徐惠恩主編，《中國印花稅票總目錄》（北京：中國稅務出版社，2001 年），頁 111。

〔註 20〕武進譚編、教育部審定，《新法地理教科書》（第一冊）（上海：商務印書館，1920 年），頁 1。

〔註 21〕王鍾麒編，《現代教科書：初中本國地理》（上冊）（上海：商務印書館，1924 年），頁 58～59。

〔註 22〕喻璞編，《中小學地理課本》（高級第 1 冊・新課程標準適用）（上海：中華書局，1933 年），頁 2。

於對中國版圖的想像愈發地折射出對現實的焦灼感。根據筆者目前所掌握的材料來看，「秋海棠」這一版圖形象，尤其在「九一八」事變之後，開始頻繁出現在公共宣傳媒介之中。「秋海棠」這一形象便被充分用來激發民眾的愛國情緒與民族認同。

1930 年，已有人開始預見到中國的發展正面臨著威脅，惲天炫在《徐匯師範校刊》發表名為〈殘葉——蠶食的中國〉〔註23〕的文章，文中寫道：

> 它現在簡直是一張殘葉了，但是它在前幾天還是如何地闊大青綠興盛！看它那藐藐的神情，興隆底發長，誰不想它將要獨榮全幹，將來底發長，更是不可限量的；連它自似乎也頗有稱榮的奢望，這也許因為它是株守園圃，還不知道自然界的廣大，還沒有覺悟到利齒的可畏吧！

> 這樣說來，或許有人問說：「這時難道沒有蟲嗎？怎麼不蝕它呢？」不錯，蟲是早已有的，只是因為不知道它的內容，恐怕它有毒汁，不是好惹的，所以他們不但不敢食它，甚至連望都不敢望一望。

> 現在它是怎樣呢？——全身已經變成蒼黃色了，那蠍兒蠋兒螻兒，一個個地都爬上身來，爭先恐後地剝蝕它的邊緣；彷彿它們已經把它的內容看透了，知道它是不會抵抗它們的，因此可任意地剝蝕，它的面積也就免不得日漸減銷了，但蟲兒們仍是一步緊一步地爭食它的邊緣，由邊緣而將至腹地了。自然界裏恐怕將沒有它存地的餘地了。

> 啊！真正可畏。

> 它那從前藐藐的神情，卻變成快速底消磨了。它現在簡直是一張殘葉了——蠶食的中國。

從文本中，我們可以發現，作者將中國的版圖比喻成了一片葉子，隨著局勢的發展，將要遭到蠶食，只是這裡並未將這片葉子明確表述為「秋海棠」的葉子。

1931 年，隨著「九一八」事變的爆發，《大公報》發表名為〈租界裏的中國人〉的文章，作者這樣描述，「我曾從行人步履的倉皇，見到人心的恐怖，從東浮橋洋車的擁擠，曉得時局依然嚴重；現在又從租界裏片刻的佇立，認識了整個的中國民族性，是這樣的卑污、畏葸、依賴和僵死！象徵出國魂的已死，

〔註23〕惲天炫，〈殘葉：蠶食的中國〉，《徐匯師範校刊》第 4 卷第 7 期（1930 年），頁 182。

只蛻遺下一具海棠葉似的枯骸屍殼，不知在多久的將來，就要在地圖上變了顏色，做異族鐵蹄馳騁的沙場了？！」〔註24〕作者尖銳地指出，國魂已死，秋海棠似的中國版圖有變更顏色的危機。同時，也是在九一八事變後，杜重遠到四川省立高級商業職業學校宣傳抗日，即曾激動地演講：「我是個被日本軍國主義奪去家園的東北青年，也是個秋海棠葉被蠶食入關內的亡國者！」〔註25〕

1935年《申報》發表時評〈中日事件與意阿事件〉，認為針對東三省事件，國民政府所努力的目的，「不過『一葉秋海棠』之形態在『地圖上』保持其完整而已」〔註26〕。1936年，隨著日軍大舉進攻熱河綏遠之際，《東方雜誌》刊登〈綏遠戰事〉，「……能更進一步的進攻，直取匪偽軍的根據地商都、多倫等地，收回察北六縣，並進一步的向前直趨，收復所有的失地，使我們的『海棠地圖』仍然完整無缺」〔註27〕

七七事變爆發後，雲南詩人彭桂萼發表於夏衍主編的《救亡日報》上題為〈用血寫滿這偉大的史詩〉的詩中，即有「漠北的烽火高衝，華南的炮聲隆隆，為了瘋狂的劊子手橫行，使我們美麗的秋海棠葉裏，捲起了血雨腥風。」〔註28〕而著名海內外的天津《大公報》二十六年七月九日的社論大意說：「前幾天發生的『蘆溝橋事變』，比較1931年『9・18』事變，其嚴重性實在加強了若干倍。『9・18』事變的結果，是日本軍閥強佔了我國的東三省及熱河，拉宣統廢帝上臺，成立偽滿洲國。這好像蠶食秋海棠葉的東北角，也是田中奏摺第一步的實行。現時的77事變，日本的野心更大，其意欲滅亡全中國，造成以日本為中心的東亞共榮圈。事急矣，我們能夠忍受的時間已經過去了，我們不能再讓侵略者割取國家的一寸土地，只能以全國的武裝力量，打擊侵略者，以保衛祖國，並爭取最大成功和最後的勝利。這是我全國同胞和海外華僑的共同希望。」〔註29〕

〔註24〕植璐，〈租界裏的中國人〉，《大公報》1931年12月12日。
〔註25〕李華飛，〈杜重遠兩次來重慶〉，蕭乾主編，姚以恩、劉華庭選編，《新筆記大觀》（上海：上海書店出版社，1996年），頁183。
〔註26〕時評，〈中日事件與意阿事件〉，《申報》第5版，1935年9月19日。
〔註27〕張明養，〈綏遠戰事〉，《東方雜誌》第33卷第24號（1936年），頁5～6。
〔註28〕段世林，〈瀾滄江畔的詩人──彭桂萼〉，政協臨滄縣委員會文史資料委員會，《臨滄文史資料》（第1輯）（臨滄：中國人民政治協商會議雲南省臨滄地區工作委員會文史資料委員會，1989年），頁40。
〔註29〕謝康，〈抗戰初期的輿論（摘編）〉，政協柳州市魚峰區委員會，《魚峰文史》（第13輯）（柳州：政協柳州市魚峰區委員會，1995年），頁70。

1938 年刊於《石南青年》的一篇文章，名爲〈秋海棠葉的蟲傷〉〔註30〕，
文中有如下描述：

> 凜冽無情的北風，虎嘯般的怒吼著，在這個時候我們都看不見
> 青的山，綠的草，千紅萬紫的野花。寒風壓迫下那可愛的小孩子不
> 像春天時的那樣活潑可愛了，那大地上都現出寂靜的樣子。
>
> 在這一個時期中，梧桐的葉抵不住北風的怒吼，都漸漸地萎黃
> 凋零了。漠漠的林木，茫茫的大地，也都呈著一種悲慘的氣象。在
> 這裡還夾著一片純潔可愛的秋海棠葉，呀！
>
> 你看多麼春節的秋海棠葉呀！但是，你看見嗎？在這秋海棠葉
> 的東北角，是不是著一條可惡的害蟲蠶食嗎？在此處爲了受到它的
> 毒汁的緣故吧！已經變成黑色了，並且已將延蔓到葉的中部了，唉！
> 多麼可惜的秋海棠葉呦！但是我們不可歎息，歎息是無用的，我們
> 應該把這一條害蟲除去，再用我們鮮潔的熱血去灌溉，我想必能將
> 這黑色的毒汁除去，然後再塗上晶亮的白色，這不是可愛、純潔的
> 秋海棠葉嗎？這不是美麗、無瑕的秋海棠葉嗎？
>
> 直到 1944 年，蔣君章等人所著的《中國邊疆地理》在描述中
> 國邊疆的時候，仍認爲，「我們中國的領土，好像一張秋海棠的葉子」
> 〔註31〕。

除了教材的引入與公共傳媒的推廣，抗日戰爭時期對「秋海棠」的認知，因
師生的愛國情結與教師的講授，在校園中得到了迅速的接受。而這種做法，
在抗戰全面爆發之前既已出現，並在抗戰時期達到高潮。

山東省教育界知名人士彭畏三，1927 年從北京師範大學畢業後，受聘於
吉林省立第二師範。其在講述中國地理時，曾舉例說「我們的祖國像一張秋
海棠葉，被蠶咬了無數空洞，竟成了殘破不全的葉子。同學們，你們是熱愛
祖國的青年人，要努力學習，報效祖國，趕走帝國主義，把祖國變得更加美
麗，使這張秋海棠葉恢復原來的樣子」。〔註32〕彭的言論傳到該校校長耳中

〔註30〕陳國璵，〈秋海棠葉的蟲傷〉，《石南青年》第 2 期（1938 年），頁 30～31。

〔註31〕蔣君章、張國鈞、嚴重敏，《中國邊疆地理》（重慶：文信書局，1944 年），
頁 1。

〔註32〕孔慶沛，〈教育界知名人士彭畏三〉，濟寧市政協文史資料委員會編：《濟寧文
史資料》（第 9 輯）（濟寧：濟寧市政協文史資料委員會，1992 年），頁 286～
287。

後，因煽動反日情緒被解聘。其後彭接到山東省立第四師範的聘書並任教，1931 年秋就任設於濟寧的山東省立第七中學校長。關於彭畏三的言論來自於文史資料，如果作者回憶的事件沒錯，那麼彭畏三早在九一八事變之前即便已有「秋海棠葉」被蠶蠶食的想像。

陝西富平教師王若愚，「一次是在講課的時候，大約是在抗日戰爭前夕，由於當局的不抵抗主義和內戰政策，加快了日本對華侵略的步伐，在侵佔我東北四省之後，便會謀策劃華北自治。面對這種時局，先生異常激憤，他走進教室二話不說，在黑板上幾筆勾畫出一幅中國地圖，向學生發問像什麼？學生異口同聲『秋海棠葉』，他隨即勾去外蒙古又問像什麼，學生一時回答不出；接著他重重一筆刪去東北四省，大聲喝問像什麼？學生似有所感，啞然無聲；他反問像不像一隻待宰的羊？！然後又用一條虛線把華北勾去，悲憤地說：『你們不要回答了，因為已經什麼也不是了』。這次他不是講課，而是控訴日本的侵華罪行，也批評『廟堂元良策』的可悲局面。聲色俱厲，竟至連續折斷了幾支粉筆而不覺。」〔註33〕也是在抗戰全面爆發之前，四川雙流縣第三小學在七七事變之前，即在學校的牆壁上貼有「列強蠶食中國（秋海棠葉）地圖、東北淪亡圖、日寇侵略華北地圖，太陽旗插入東北圖、日軍炮擊中國城鎮圖、日兵手持長槍殘殺中國同胞圖」等抗日宣傳圖片。〔註34〕

「七・七事變」後，四川劍閣縣城人民聞悉，無不義憤填膺，「首先在省立劍閣師範學校迸發出抗日怒潮。師生們抬上繪製的『蠶食秋海棠葉』中國地圖，走出學校在街頭高唱愛國歌曲，呼喊『趕走日本強盜』、『還我河山』等口號。」〔註35〕

也是上文中提到的王若愚，在其學生記憶中，四十年代初，在給他的學

〔註33〕章純，〈萬人敬仰　凌霄一羽──在紀念王愚若先生誕辰九十五週年大會上的發言（附詩五首）〉，中國人民政治協商會議陝西省富平縣委員會文史資料委員會：《富平文史資料・王愚若先生》（第 19 輯）（渭南：中國人民政治協商會議陝西省富平縣委員會文史資料委員會，1997 年），頁 16。

〔註34〕王齊銳，〈雙流三小的救亡活動〉，中國人民政治協商會議四川省雙流縣委員會文史資料研究委員會：《雙流縣文史資料選輯・紀念抗日戰爭勝利四十週年專輯》（第 4 輯）（成都：中國人民政治協商會議四川省雙流縣委員會文史資料研究委員會，1985 年），頁 158。

〔註35〕王守義，〈劍閣人民的抗日救亡活動〉，中國人民政治協商會議四川省劍閣縣委員會文史資料研究委員會編，《劍閣文史資料選輯》（第 15 輯）（廣元：中國人民政治協商會議四川省劍閣縣委員會文史資料研究委員會，1991 年），頁 61。

生講中國地理時，在第一堂課上，「非常嫻熟地在黑板上畫了一個類似桑葉或秋海棠葉的地圖，東鄰又畫了朝鮮和日本。他說，這個桑葉就是中國的版圖。日本像隻蠶，現在這隻蠶正在吞食這張桑葉，已經吃掉了將近一半。王老師用這個形象的比喻，說明日本帝國主義侵略中國的狼子野心，要求大家要學好本領，將來爲報效祖國保護民族利益，把日本帝國主義趕出中國去。」〔註36〕在抗日戰爭時期，沿河縣標準小學音樂老師教唱的歌也在宣傳抗日救國思想，「一首〈我愛祖國〉的歌，其中有幾句印象最深刻：『我忘不了秋海棠葉兒的美麗（當時蒙古尙未獨立，中國版圖形如海棠葉），我丟不開白梅花深深的情意。……我死後會變做泣血的杜鵑，從西藏飛到遼東，從海南飛到北地。我不斷地呼喚著您的名字。我朝朝暮暮守望著您。』」〔註37〕

　　四川資中縣「全縣45個鄉鎮小學師生也積極參與宣傳活動，每逢場期活躍在鬧市街頭。他們自編了許多宣傳詞，如爲紀念『九‧一八』而編寫的〈永遠忘不了〉。其詞曰：『永遠忘不了！永遠忘不了！我們的秋海棠葉，被敵人蠶食；我們的美麗河山，被鐵蹄踐踏！同胞被宰割，老幼被屠殺！忘不了，永遠忘不了！『我們要永遠記住這恥辱，把敵人趕出國門外！』又如舒家橋小學宣傳隊編唱的抗日募捐宣傳詞：青頭蘿蔔蜜蜜甜，看到看到要過年，今年臘肉不好乾，怕的鬼子要進川，進川就把成都佔，那時叫你喊皇天。各位同胞請稍站，早些出點愛國捐，跟著領袖努力幹，趕走鬼子好過年！這些宣傳詞語句淺顯，通俗易懂，能啓人深思，引發共鳴。」〔註38〕

　　抗日戰爭時期，江蘇豐縣城西北三十多里的渠新莊村屬抗日根據地。其於 1940 年所成立的渠新莊抗日小學在對學生啓發抗日思想，提高民族意識之時，即教育學生「中國地圖像一隻秋海棠葉，被帝國主義蛀蟲咬得支離破

〔註36〕 杜兆龍，〈憶王若愚老師的教學實踐〉，中國人民政治協商會議陝西省富平縣
　　　　委員會文史資料委員會，《富平文史資料‧王愚若先生》（第 19 輯），頁 89。
〔註37〕 李洪遊，〈解放前夕沿河校園流行的歌曲〉，中國人民政治協商會議沿河土家
　　　　族自治縣委員會文史資料研究委員會，《沿河文史資料》（第 5 輯）（銅仁：中
　　　　國人民政治協商會議沿河土家族自治縣委員會文史資料研究委員會，1993
　　　　年），頁 60。文章標題雖爲「解放前夕」，但也用了大量篇幅描述了抗日戰爭
　　　　時期的情況。
〔註38〕 王志行，〈資中的抗日救亡宣傳活動〉，中國人民政治協商會議四川省內江市
　　　　委員會文史和學習委員會，《內江文史資料選輯‧紀念抗日戰爭勝利 50 週年
　　　　專輯》（第 12 輯）（內江：中國人民政治協商會議四川省內江市委員會文史和
　　　　學習委員會，1995 年），頁 125。

碎了，這就啓發學生認識到只有起來打倒日本帝國主義，才能恢復中國的版圖」。〔註 39〕敘永城區一高小的美術老師，在一堂美術課上，即「畫了一張秋海棠葉子，葉子旁邊臥著一條蠶子」，並講述「中國的地形就像一張秋海棠葉，日本鬼子就像一條蠶子，它正蠶食著我們的領土，我們能坐視不理嗎？」。〔註 40〕

當然，對「秋海棠」的強調並不僅表現在教師的授課上，成立於 1941 年的射洪女中即以一張秋海棠葉的中國地圖作爲學校的標識，女中學生佩戴的校徽也是這個圖樣，可謂是「小小機關，膽大妄爲」。〔註 41〕對「秋海棠」暗指中國的隱喻也出現在電影中。「1937 年聯華停業以前，由 8 個導演分別拍攝了一段有聲故事片，採取『集錦』的方式組成《聯華交響曲》。這 8 段小故事長短不一，亦莊亦諧，內容豐富，有暴露也有隱喻，有控訴也有象徵，總的彙集成一支整體和諧的反帝反封建交響曲。這在當時國產片中是創舉，是爲了和電影檢查會和租界當局的禁令作鬥爭而創造的特殊產物。」其中費穆編導的〈春閨夢斷〉其中一個場景，即「在一片軍號聲中，一個『起著大風、飄著雪花的地方』（暗示東北）』，一名軍人輕輕地撫摸手中的一片海棠葉。而另一個場景中，一個狂徒把玩著地球儀，暗指對全球的欲望，與此同時，『一片秋海棠葉子』（暗示中國）被一個狂徒投入火中」〔註42〕。

更有意思的是，隨著日軍的投降，中國的危局得以減輕，在抗日戰爭時期深入民心的「秋海棠」形象更是被運用在商業炒作之中，成爲一款香煙的名字，其在《申報》上打出廣告，「秋海棠葉子，是我們中國的地圖，秋海棠香煙，是我們華商的出品。以精誠團結的精神，來完整秋海棠葉子。以提倡

〔註39〕 渠愼奎，〈抗日戰爭時期的渠新莊小學〉，中國人民政治協商會議江蘇省豐縣委員會文史資料研究委員會，《豐縣文史資料》（第 6 輯）（徐州：中國人民政治協商會議江蘇省豐縣委員會文史資料研究委員會，1987 年），頁 133。
〔註40〕 陳尚剛、趙學禮，〈敘永城區一高小的抗日救亡活動〉，中國人民政治協商會議四川省敘永縣委員會文史資料研究委員會，《敘永縣文史資料》（第 9 輯），（瀘州：中國人民政治協商會議四川省敘永縣委員會文史資料研究委員會，1987 年），頁 21～22。
〔註41〕 袁應軍，〈射洪女中的風韻——回憶我在射女中三年的讀書生活〉，射洪縣政協文史資料委員會、射洪縣教育局，《射洪文史・教育專輯》（第 15 輯）（遂寧：射洪縣政協文史資料委員會，2001 年），頁 281。
〔註42〕 孫瑜，〈憶聯華影片公司片段〉，吳漢民主編，蔣澄瀾、周駿羽、陶人觀等副主編，《20 世紀上海文史資料文庫・影劇娛樂》（第 7 輯）（上海：上海書店出版社，1999 年），頁 275。

國貨的思想，來愛吸秋海棠香煙。」〔註43〕商業利潤與愛國情感相結合，通過商業炒作，商人們利用「秋海棠」這一意象背後所蘊含的愛國情緒與民族認同，成功提高所售香煙的公眾認知度。

抗日戰爭勝利後，「秋海棠」的形象被延續。1947 年 10 月，交通部官員在巡視杭州灣的時候，隨行記者是這樣描述杭州與杭州灣的，「翻開中華民國的地圖來，齊巧在這瓣秋海棠葉東端下面一隻小小缺角的邊緣。這就是中山先生計劃中的東方大港，敵人——日本侵入華東，華中最先的缺口，也是民間商運的吐納地。」〔註44〕這裡雖不是爲了描述「秋海棠」，但作爲一種文化或地理背景，其已得到廣泛的認可。

四、被蠶食的「桑葉」

除了「大三角形」、「秋海棠葉」之外，民國時期還存在著第三種對中國版圖的想像——「桑葉」。從筆者目前所掌握的材料來看，「桑葉」形象的出現，在時間上略晚於「一葉秋海棠」。與「秋海棠」形象類似，「桑葉」的形象也在雜誌、教材與學校教學中傳播開來。

五四運動爆發後，浙江人陳靜秋於 1919 年 5 月的街頭宣講與抵制日貨的活動中，即「用拼幅白布畫了一幅五、六尺長的中國地圖，將日本畫成一條蠶，中國地形如桑葉，寓意蠶吃桑葉，在山東省青島處著以紅色，表示蠶已吃掉桑葉一角」。〔註45〕這是筆者目前所能找到的「桑葉」形象出現最早的史料。但因其出現於文史資料中，此類回憶性史料的真實性仍需考慮。

1922 年商務印書館發行的《新法地理教科書》第三冊第一課〈中國大勢〉中有如下文字：「（中國）全部地形好像橫鋪著的一個大桑葉，葉尖在西，葉腳在東；再巧不過，中國本是蠶絲的發源的地方」〔註46〕。書中沒有出現具體的桑葉形象，但從上文可知，用「桑葉」比喻中國版圖是源於中國是蠶絲的發源地。這與其後中國面臨亡國民眾的危機之時認爲「桑葉」慘被蠶食的救亡宣傳

〔註43〕廣告，〈秋海棠〉，《申報》第 5 版，1946 年 7 月 13 日。
〔註44〕特派員儲裕生，〈巡視杭州灣〉，《申報》第 5 版，1947 年 10 月 1 日。
〔註45〕陳靜秋，〈「五四」運動在仙居〉，中國人民政治協商會議浙江省仙居縣委員會文史資料工作委員會：《仙居文史資料》（第 1 輯）（台州：中國人民政治協商會議浙江省仙居縣委員會文史資料工作委員會，1986 年），頁 23。
〔註46〕傅運森編，《新法地理教科書》（第 3 冊・新學制小學後期用）（上海：商務印書館，1922 年），頁 1～2。

是不同的。這種話語體系將中華民國的版圖抽象爲「桑葉」，將日本版圖抽象爲「蠶」。於是作爲「桑葉」的中國遭到了作爲「蠶」的日本的「蠶食」。而中國舊有的成語即有「蠶食鯨吞」之說，於是這種話語得到了很快的傳播。

1921～1925 年間，王仁夒（字乘六）在崑山縣立第一小學擔任校長並講授地理課時，「上課時他不僅動人地邊繪邊講中國疆域的歷史沿革，並把相關歷史也作扼要的闡述，他曾把中國疆域喻爲一完整的卵圓形桑葉，可是不斷地被許多帝國主義者所吞食，以致大好河山殘缺損形。」〔註 47〕遼寧省康平縣人楊滿堤 1929 年在刀蘭套海小學學習時，該校所使用的《修身》教材上，「課本上繪有中國地圖，並說明中國版圖形如桑葉，帝國主義的侵略正如蠶吃桑葉一樣」。〔註 48〕地處東北，其危機意識相對較濃，較急迫。

在「九一八事變」之後，安丘縣立第一小學教師張竹坡，「他教地理，就在黑板上畫一張中國地圖，並標出這個完整的桑葉已被日本鯨吞了一大塊，其餘邊緣也被列強蠶食得破碎不堪。他在中國地圖旁邊畫出了日本諸島。他形象地說：『中國像一頭大象，日本像鷯子屎（家鄉稱小鳥爲鷯子），連起來也不過像一條小蛇那麼大，小蛇想吞吃大象，大象就甘心被它吃掉嗎？』」〔註 49〕。

山西武鄉縣人程步龘，1935 年應考蟠龍鎮高小時，該校國文命題爲〈我的救國意見〉，見到有個富家子弟作文寫道，「從地圖上看日本像個蠶，中國像片桑葉，蠶吃桑葉是天經地義的，不值得大驚小怪，蠶吃飽了自然會變蛹死去等等」。程步龘認爲這「完全是一派亡國奴腔調！」〔註 50〕如果可以把「蠶吃桑葉是天經地義的」，那麼也爲我們理解「桑葉」這一形象提供了新的視角。

〔註 47〕朱爲繩，〈崑山「縣學堂」〉，中國人民政治協商會議江蘇省崑山縣委員會文史徵集委員會，《崑山文史》（第 5 輯）（蘇州：中國人民政治協商會議江蘇省崑山縣委員會文史徵集委員會，1986 年），頁 150。

〔註 48〕楊滿堤，〈回憶民國時期我在小學時的人和事〉，中國人民政治協商會議康平縣委員會文史資料委員會，《康平文史資料》（第 5 輯）（瀋陽：中國人民政治協商會議康平縣委員會文史資料委員會，1991 年），頁 49。

〔註 49〕張逸，〈東門裏小學的抗日愛國教育〉，中國人民政治協商會議安丘縣委員會，《安丘文史資料》（第 9 輯）（濰坊：中國人民政治協商會議安丘縣委員會，1993 年），頁 208。

〔註 50〕程步龘，〈在老區抗戰教學中成長〉，《山西文史資料》編輯部，《山西文史資料全編》（第 10 卷第 109～120 輯）（太原：《山西文史資料》編輯部，2000 年），頁 364。

　　「一二九運動」後，陝西省山陽縣北小校長周八如在講地理課時揭發日本帝國主義長期蓄謀侵略中國說，「日本在初級教育時就灌輸軍國主義思想，說中國地形象一片桑葉，日本國土是一隻蠶，蠶吃桑葉才能壯大。還利用蘋果講課說，中國蘋果鮮紅味美，大家愛吃，長大要立志到中國去，天天就有蘋果吃」。〔註51〕日本的初級教育是否真的如周八如所說的，將中國比作桑葉日本比作蠶，但不可否認，即在周八如自己的認知中，已如是比作。江蘇太倉人唐元，1936 年在沙溪高小讀五年級時，與幾位同學共同組成了兒童文學社，並油印出版自辦刊物《兒童文藝》，在其記憶中，「記得有一期插圖畫一桑葉象徵祖國，被蠶吞咬，以控訴日本蠶食東北」。〔註52〕

　　1937 年登在《東方雜誌》的諷刺漫畫〈世界小諷刺：日本帝國主義又來蠶食中國了〉則不只是提及「蠶食」這一詞彙，而且還明確指出在蠶食中國的是日本帝國主義。〔註53〕

　　八一三事變後，謝衡耀正在從化縣第四高級小學讀書，時任廣東省教育廳廳長的謝瀛洲回家探親，順便到該校作形式報告。「他在作報告時，將日本的版圖畫成一個人像，正在虎視耽耽地看中國。他又將中國的版圖畫成一塊桑葉形狀，在東北三省的位置上畫了一條蠶蟲。他說；『日本帝國正虎視耽耽地看著中國這塊肥肉，企圖用蠶食桑葉的方法來侵略中國，先侵佔我國東北，現又來侵佔上海。日本帝國的目的是要滅亡中國。現在我國正處在生死存亡的緊要關頭，如果我們不積極起來反抗，就有做亡國奴的危險。』他用圖形結合現實事件的方法，用通俗易懂的語言，對我們進行了一次生動的愛國主義教育，給我們幼小的心靈留下了深刻的印象。這使我至今不能忘懷。」〔註54〕

〔註51〕陳書啓，〈北小師生抗日救亡宣傳活動片段——紀念抗日戰爭勝利四十五週年〉，中國人民政治協商會議陝西省山陽縣委員會文史資料研究委員會編，《山陽縣文史資料》（第 1 輯）（南洛：中國人民政治協商會議陝西省山陽縣委員會文史資料研究委員會，1985），頁 49～50。

〔註52〕唐元，〈回憶我投身革命的經過〉，政協太倉縣文史資料研究委員會，《太倉文史資料輯存》（第 3 輯）（蘇州：政協太倉縣文史資料研究委員會，1985 年），頁 52。

〔註53〕佚名，〈世界小諷刺：日本帝國主義又來蠶食中國了〉，《東方雜誌》第 34 卷第 18/19 號（1937 年），頁 72。

〔註54〕謝衡耀，〈謝瀛洲勉勵青年抗日〉，政協廣東省從化縣委員會文史資料研究委員會，《從化文史資料》（第 6 輯）（廣州：政協廣東省從化縣委員會文史資料研究委員會，1986 年），頁 9。

1938 年刊登在《抗戰漫畫》的漫畫〈我們不怕鯨吞！我們只怕蠶食！〉所試圖表達的寓意就已經很清晰了。〔註 55〕此畫作者梁中銘，長期在國民黨內從事政治宣傳工作，時任軍事委員會政訓處上校宣傳委員兼《陣中畫報》社長。漫畫分爲兩幅，上圖將日寇描繪成一頭張開血盆大口的巨鯨，但毫不畏懼的中國人正手持利箭向其刺去，決心與其奮戰到底。而下圖中，中華民國的版圖被畫成了一片桑葉，而在桑葉的右上角，有幾隻蠶正在啃食。更有意思的是，圖畫中所顯示的桑葉被蠶所蠶食掉的部分，與當時，即 1938 年日軍所佔領的中國國土的輪廓具有高度一致性。這作者希望借這幅漫畫告訴讀者，日本妄圖「三個月滅亡中國」的「鯨吞」計劃已經破產，但民衆更應對日本的「蠶食」政策提高警惕。這幅象徵性的比喻漫畫，一方面反映出日本侵略者對中國領土的「蠶食鯨吞」，從另一個角度也反映出國民黨宣傳部門對於將中華民國的版圖比喻爲「桑葉」這種做法的認可與推廣。

當然，抗日戰爭期間的教材中也依然存在著將中國版圖比喻爲「桑葉」的做法，1938 年世界書局出版的《高小新地理》第四冊第一課〈我國的領土和地勢〉中，刊載了名爲「我國的位置境界和地勢圖」的地圖，而且在圖中左下部分繪有桑葉的示意圖。文中說：「我國領土在帕米爾之東，其形狀如一張橫鋪的桑葉。葉尖在西方，葉柄在東方」。〔註 56〕

另一方面，在抗日戰爭期間中國共產黨所控制的地區內，其所編寫的教材中，出現了將中國版圖比喻爲「桑葉」的做法。爲了提高抗大總校第八期學員的地理素養，抗大政治文化教育科研究室 1941 年 4 月出版的《中國地理讀本》（第一分冊）中，也將中國的版圖形狀稱之爲桑葉，「在太平洋的西岸，亞洲的東南，有一個國度像一張橫鋪著的桑葉，這就是我們安身立命的中國」〔註 57〕。

抗日戰爭時期的株洲，位於株洲大衝的新群初級中學在「課堂教學中，有的老師結合課本和時事，對學生進行了一些愛國抗日的宣傳教育。比如喻秉誠主任兼教地理，他在教學中，便通過教繪地圖，將我國版圖比爲桑葉（課本上是比作秋海棠葉），將日寇比爲蠶蟲，要同學們學號本領，堅持抗日救

〔註 55〕梁中銘，〈我們不怕鯨吞！我們只怕蠶食！〉，《抗戰漫畫》第 3 期（1938 年），頁 1。

〔註 56〕朱翊新編，教育部核定，《高小新地理》（新課程標準教科書，社會課本第 4 冊）（上海：世界書局，1938 年），頁 1。

〔註 57〕抗大政治文化教育科研究室編，《中國地理讀本》（第一分冊）（晉中：華北新華書店，1941 年），頁 1。

國，回覆大好河山，保持版圖完整」。〔註58〕山東昌邑人董雨亭，於 1926 年創辦育德小學。抗戰爆發後，董雨亭上課時，「有一次在黑板上畫了一個中國大地圖，問同學們這是什麼，都回答是中國地圖。他說不對，這是一個大桑葉。又在長江口外畫了一個日本列島，他說這是一個蠶，妄想吃掉這大桑葉，可是這個桑葉太大，蠶蟲太小，吃不到一半便就做繭自縛。這件事情給同學們留下抗日必勝的信念。」〔註59〕

抗戰期間，雲南省立昆華小學的美術老師利用教室牆壁畫了一些提高學生愛國主義思想覺悟的油畫，其中一幅即是「『蠶吃桑葉』，把日寇比作蠶，把中國的地圖畫成一片桑葉，寓意是中國人不奮起抵抗日寇侵略，中國將成為日寇口中之食」。〔註60〕浙江人徐匡迪「忘不了地理課堂上，一位東北籍老師一邊在黑板上畫著山河破碎的中國版圖，一邊流著熱淚說中國像一片大桑葉，日本帝國主義就像一條蠶蟲，正在一點一點地蠶食我們的國土。」〔註61〕仁懷縣老教師趙敦彝抗戰期間在給學生上地理課時，「邊講邊在黑板上徒手作畫，黑板上出現了中國和日本的國土地圖，他指著黑板上的圖給我們講：我們的國土像一張桑葉，日本是一條蠶，蠶吃桑葉叫做蠶食。現在，小日本是小蠶正蠶食我們的國土，踐踏我們的同胞，我們能甘心作亡國奴嗎？自古來：天下興亡匹夫有責，我輩能袖手旁觀嗎？」〔註62〕

〔註58〕郭子凡，〈株洲戰時部分中、小學的愛國教育〉，中國人民政治協商會議湖南省株洲市委員會文史資料研究委員會，《株洲文史》（第 7 輯）（株洲：中國人民政治協商會議湖南省株洲市委員會文史資料研究委員會，1985 年），頁 116 ～117。

〔註59〕董京海，〈董雨亭辦育德小學校〉，中國人民政治協商會議山東省昌邑市委員會文史資料研究委員會編，《昌邑文史資料》（第 9 輯）（昌邑：中國人民政治協商會議山東省昌邑市委員會文史資料研究委員會，1999 年），頁 151。

〔註60〕陳榮，〈記昆華小學的「獻刀」及抗日宣傳活動〉，中國人民政治協商會議五華區文史資料委員會編，《五華文史‧紀念世界反法西斯戰爭和抗日戰爭勝利五十週年專輯》（第 8 輯）（昆明：中國人民政治協商會議五華區文史資料委員會）頁 195。

〔註61〕徐匡迪，〈誰言寸草心　報得三春暉〉，嘉興市政學習和文史和資料委員會編，《嘉興市文史資料‧嘉興驕子》（第 6 輯‧下冊）（北京：當代中國出版社，2000 年），頁 354。

〔註62〕張占良，〈老教師趙敦彝及其詩文簡介〉，貴州省仁懷縣政協仁懷縣文史數據編輯部，《仁懷縣文史資料》（第 10 輯）（貴陽：貴州人民出版社，1984 年），第 96 頁。

　　同樣也是抗日戰爭時期，位於江蘇南通縣的海晏小學，學校裏讀的是校長丁國瑞和其他老師們編的抗日課本，簡稱「抗本」，同時備一套僞化教材。一旦敵人襲擊時，即將「抗本」藏起來，拿出僞化教材來應付敵人。「記得一次歷史課上，丁校長給我們講了近代西方列強蠶食我國領土的史實。他說我們中華民「族的版圖像一片完整的桑葉，從鴉片戰爭以來，英、法、德、日、俄等帝國主義國家像蠶一樣吞食我國的國土，把這片完美無缺的桑葉蠶食得殘缺不全、百孔千瘡；特別是日本帝國主義『九‧一八』侵佔我國東三省後，接著染指華北，現在又發動全面的侵華戰爭，佔領我國大片河山，我們四萬萬五千萬熱血同胞孰能忍受？這堂課，激起我們對日本侵略者的刻骨仇恨。」〔註63〕胡克焘在回憶其1940年就讀的福山縣立興隆山小學時，記得該校校長林純之，「在一次周會上，林純之校長作了長篇演講，大意是：你們在學地理課時知道了我們的祖國版圖像個大桑葉，葉柄在東，葉尖在西。可是現在怎麼樣了呢？日本帝國主義侵吞了我們的東三省，日寇的鐵蹄又踐踏到我們的華北平原，並進而想侵吞整個中國，把我四萬萬五千萬同胞變成它的奴隸。」〔註64〕

　　徐維道記憶中的固始縣至德中學，1941年創辦，該校教師方亞伯「在教地理課裏的『中國行政區劃』一節時，在黑板中間畫了一幅中國地圖，又在右邊畫了一幅日本地圖，指給學生看，說「中國地圖像桑葉？日本地圖像個蠶，日本這個蠶正在吃中國這片桑葉，已經吃過東北、吃過黃河和沿海，還想蠶食全中國，我們絕不能任日本侵略者橫行。要熱愛我們的祖國，保衛我們祖國領土的完整，抗日救亡，驅逐倭寇，還我河山。生動地進行了愛國主義教育。」〔註65〕1942年，八歲的惠城人劉叔新考上第四戰區司令部辦的子弟學校四年級。這所稱爲實驗小學的子弟學校，校長和部分老師都是從華東參加抗戰過來的年輕知識分子。該校所使用的教材對劉叔新印象深刻，「上四

〔註63〕黃錦才，〈懷念丁國瑞校長〉，中國人民政治協商會議江蘇省通州市委員會學習文史委員會文史資料編輯部，《通州文史》第15輯（通州：中國人民政治協商會議江蘇省通州市委員會學習文史委員會文史資料編輯部，1998年），頁87～88。

〔註64〕胡克焘，〈我成長的搖籃——興隆山學校〉，煙臺市福山區政協文史資料委員會，《福山文史資料專輯‧福山教育鈎沉》（第5輯）（煙臺：煙臺市福山區政協文史資料委員會，1989年），頁63。

〔註65〕徐維道，〈至德中學始末〉，政協淮濱縣委員會文史資料科，《淮濱文史》（第1輯）（信陽：政協淮濱縣委員會文史資料科，1985年），頁10。

年級時一篇課文的教學。該課文大意是：日本首相田中義一給天皇上了一份秘密奏摺，內稱『欲征服中國，必先征服滿蒙；欲征服世界，必先征服中國』，充分暴露了日本侵略中國的圖謀；而日本正像一條蠶蟲那樣，已把像塊桑葉那樣的中國咬掉一部分了。課文還附有一幅中國和日本的國土範圍的簡圖，中國被日軍侵佔的領土是標以黑斜線的。老師講解時非常憤慨和沉痛。我思想上大為震動，一下子看清楚日本帝國主義的陰險面目，內心燃起了仇目的高高火焰，同時又為祖國面臨淪亡的危險而擔憂。」〔註66〕

民國期的愛國電影中，也出現了「桑葉」的形象。「〈精誠團結〉由朱石麟編劇，萬氏兄弟導演、繪製，1932 年聯華影業公司攝制。影片以一條軟件惡蟲正在蠶食一張桑葉的東北角畫面開頭，惡蟲頭部標有『日帝』二字，桑葉上標有『中華民國』字樣。一群穿著不同民族服裝的中國民眾扛著鐵鍬，挑著土筐趕到桑葉東北角，齊心協力地用土把蠶食掉的桑葉東北角填蓋上，此時畫面上重複出現『精誠團結』的標語口號。」〔註67〕

與「秋海棠」被用於商業宣傳一樣，桑葉所體現出來的愛國意識也與商業相結合。1943 年春，中國縫紉機製造廠於上海馬白路（今新會路）227 號建立，該廠「確定產品商標為中國牌（china）。圖案是桑葉形地圖，地圖中有中國二字，以表示中國也有了自己製造的縫紉機，可為國爭光。」〔註68〕

抗戰勝利後，「桑葉」的認知也得以延續。湖北美術家趙合儔，在中等學校指教，教授美術課程「一九四八年，那年，趙老師又畫了落款為《看你橫行到幾時？》的漫畫：畫面由三個物體組成：底面是一幅中國國土桑葉形的地圖，地圖上有一隻橫行的螃蟹（暗指國民黨）；旁邊有位漁翁（暗指中國共產黨）正在抓它。」〔註69〕

〔註66〕 劉叔新，〈我童年時期的學習生活〉，惠城區政協文史資料研究委員會編輯，《惠城文史資料》（第 17 輯）（惠州：惠城區政協文史資料研究委員會，2001 年），頁 8。

〔註67〕 顏慧、索亞斌，〈抗戰時期的中國動畫電影〉，陳景亮主編，《回顧與展望：中國電影 100 週年國際論壇文集》（北京：中國電影出版社，2007 年），頁 197。

〔註68〕 《中華文史資料文庫・經濟工商編・工業》（第 12 卷・20～12）（北京：中國文史出版社，1996 年），頁 148。

〔註69〕 李西亭，〈懷念趙合儔先生〉，中國人民政治協商會議武漢市武昌區委員會：《武昌文史》（第 3 輯）（武漢：中國人民政治協商會議武漢市武昌區委員會，1987 年），頁 121。

　　當然，通過對「秋海棠」與「桑葉」形象的宣傳以激發民眾的愛國主義思想，對於國共兩黨而言，都有極大的益處。兩黨在對版圖形象的宣傳上並不衝突。需要說明的是，由於受材料限制，目前尚不清楚共產黨與國民黨之間對中國版圖的形象是否有不同認知。

五、「雄雞一唱天下白」

　　中華民國時期，蒙古問題，雖產生長時段的反覆，但民間的認知上，仍將民國版圖稱之為「秋海棠」，甚至於在蒙古獨立後，依然將其繪入地圖。1946年 9 月，王成組、盧村禾合編，新中國出版社的《新中國分省圖》中仍收錄了蒙古地圖，《申報》對這一做法評論為，「外蒙古人民共和國原係我國的領土，它的得失影響我國前途至大，今雖依照『中蘇協議』准其獨立，但手續仍不完備，只要我國能發奮圖強，還是可以重回我國的版圖的。本圖把外蒙古共和國附列出來，也是含有深意的」〔註70〕。同樣，在新中國即將成立之時，國旗的設計者曾聯松在設計五星紅旗時，將四顆小星排列呈橢圓形，即象徵著中國版圖呈秋海棠葉狀。〔註71〕

　　中國共產黨主掌中國政局後，由於當時與蘇聯同屬於社會主義陣營，在蒙古問題上，為了得到支持，在與蘇聯簽訂《中蘇友好互助同盟條約》時，承認「蒙古人民共和國」。於是，在中國原本的「秋海棠」或「桑葉」的版圖上出現了一個巨大的凹陷，而這一巨大的凹陷使得中國的版圖形象再次發生巨大的變化。於是，一種新的版圖想像應運而生，人們開始將中國版圖比喻為「雄雞」

　　「雄雞一唱天下白」，「雄雞」代之中國共產黨的領導下的新中國，毛澤東援引此句形容走出黑暗的新中國，進而將「雄雞」引申為新中國。從遭到西方蠶食鯨吞的「秋海棠葉」、「桑葉」到昂然挺立在亞洲東方的「雄雞」的形象轉變，有助於重塑蓬勃向上、自強不息的國民形象。

　　根據目前所掌握的材料，在中共的官方說法中，最早將中國版圖比喻為「雄雞」的做法是在 1952 年。《人民日報》1952 年 4 月 13 日的報導：「西安

〔註70〕張永，〈介紹一本地圖〉，《申報》第 10 版，1946 年 11 月 28 日。

〔註71〕曾一沖，〈懷念慈父〉，中國人民政治協商會議里安市文史資料委員會編，《里安文史資料》（第 20 輯）（溫州：中國人民政治協商會議里安市文史資料委員會，2000 年），頁 181。

的少先隊員曾指著中國版圖的模型對中國人民志願軍歸國代表龐煥洲說,『咱們祖國真像一隻美麗的大雄雞』〔註72〕。」而這一官方報紙的宣傳,無疑將會推動這一認知的宣傳。此外,舊有海棠葉地圖中難以突出臺灣的地位,而雄雞地圖中,將臺灣視為雄雞邁出去的一隻腳。這一解釋被成功運用於政治解釋之中,並成為大陸與臺灣關係建構中的重要一環。

然而雄雞地圖依然有其盲區。對於南海的疆域,新中國繼承了民國政府在南海所劃的「九段線」,在隨後的地圖印刷中,通常便是將南海用一個小框以小比例尺的形式單獨繪在地圖右下角,沒有將它與北部灣、海南島等地區連在一起。這便給人們形成一個誤區,即南海的海洋面積比較小,而且,與大陸相隔較遠。此種做法類似於在繪製美國地圖時需單獨繪出阿拉斯加和夏威夷群島的做法。隨著近來南海爭端的加劇和民眾海權意識的增強,地圖的繪製也發生新的轉變。放棄了舊有的繪圖辦法,直接將南海與大陸按相同比例畫在一起。於是,這種做法使得中國領土領海的南北邊界顯得異常清晰,尤其是南到曾母暗沙。而隨著地圖繪製方式的轉變,一種對中國版圖新的想像方式便產生了。

六、結　語

晚清時期,製圖與測繪技術的發展,地圖逐漸進入民眾視野。通過簽訂諸多邊界條約、撤藩、邊疆建省活動,中國的邊境從「虛邊」演變為「實邊」,中國的國土輪廓逐漸清晰。這一清晰的輪廓在民國初期逐漸被抽象成了「一葉秋海棠」與「桑葉」。隨著日人入侵,中國面臨亡國滅種的危機,在「秋海棠」的版圖形象之外,民眾將「桑葉」的隱喻重新賦予民國版圖,暗示作為「桑葉」的中國遭到了作為「蠶」的日本的「蠶食」。隨著新中國的建立與承認蒙古的獨立,中國的版圖再次發生重大變化,作為「雄雞」的中國版圖開始出現在民眾的視野中,而「雄雞」則自然而然地戰勝被抽象為「蠶」的日本,於是「雄雞一唱天下白」。

中國版圖形象的建構與認知過程是漫長而緩慢的。作為一種更為柔性的政治符號,它不同於晚清時期對「黃龍旗」,中華民國時期對「孫中山」、「中山陵」,共和國時期對「毛澤東」、「天安門」等政治符號的建構與宣傳,而且,這一建構過程與其他政治符號的建構並不衝突。中國的版圖想像在近代民族

〔註72〕 龐煥洲,〈為保衛祖國的孩子們而戰鬥〉,《人民日報》第 4 版,1952 年 4 月 13 日。

危亡、政局動蕩的大背景下，始終處於「創造」與「再創造」的過程。安德森在討論近代民族主義時曾指出，存在著兩種不同類型的民族主義，一種是「眞實的、自發的民族主義熱情」，另一種是「系統的、甚至是馬基雅維利式的民族主義意識形態灌輸」。中國版圖想像發展的動力，既存在自下而上的民眾自發，也存在自上而下的政府引導，而且是民眾自發在前，政府引導在後，然後二者共鳴形成一種爲民眾普遍接受的公共認知。此類國家形象的崇拜，在新國家創立初期和面臨嚴重的國家民族危機的時期體現得更爲明顯。國家版圖形象的客觀存在轉化爲崇拜者心目中一種抽象的主觀形象印記，與崇拜者自身的情感、觀念融爲一體。如此，版圖形象作爲一種超然存在的政治符號或形象，通過諸多崇拜者互相渲染，形成一種無形的巨大影響力。

總之，中國版圖的建構過程，起於愛國主義與民族認同，歸於愛國主義與民族認同，而這一建構過程的副產品，便是使得政府與政黨獲得了其迫切需要的政治合法性。通過這種國家版圖形象的塑造與變遷，民眾獲得了情感滿足，政府獲得了其魅力形象與合法性，作爲一個整體的社會與國家則在這一變遷中獲得了內生的凝聚力。

（作者簡介：徐鵬，男，北京大學歷史學系博士生）

轉型與敗落：近代軍事變革下京師旗人新式教育述論

黃圓晴

　　摘要：八旗作爲滿洲開國根本，不論是軍事方面或教育方面，向爲統治者所注重。清入關後，北京成爲首都，大體沿襲明代政治制度的同時，又增設具有滿洲特色的制度。在教育方面，除了國子監和各類專門學校，地方學校有府學、縣學等；另一方面，又興辦了各類八旗學校，構成特有的一個教育類別。八旗學校在與普通儒學教育接軌的同時，也特別注重國語和騎射訓練，以維護滿洲固有的社會文化傳統。清中葉後，八旗官學因經費不濟，學舍失修，逐漸毀壞，雖歷經整頓，但成效甚微。八國聯軍以後，京城受到重創，秩序大亂，皇室都難以自保，八旗教育徹底衰敗。在新政時期，爲了解決八旗生計問題，清政府特別興辦了八旗新式學堂與工藝廠，企圖環節八旗壯丁生計問題並培育出足以適應新時代發展的人員。但進入民國後，財政的困難與政策的調整，八旗學校紛紛更名，取消原有的八旗學校屬性，八旗教育黯然退出歷史舞臺。

關鍵詞：八旗教育；新式教育；癸卯學制；軍事變革

一、八旗開辦新式教育的原因

　　八旗原作爲清代武裝力量的一種軍制，也是滿洲開國的政治基本制度。清政府向來十分重視八旗子弟的文武發展。但隨著時間的流逝，八旗逐漸失去其軍事的功能，而經濟生計的問題成爲了國家財政的巨大漏洞。但由於其作爲「國朝根本」地位，八旗軍事實力雖日漸下滑，但其軍事地位卻無人敢

質疑。歷史上出現的八旗生計問題,也因八旗地位無法動搖而無法徹底解決。導致八旗生計的根本原因是八旗自帶的「全族皆兵」的軍事屬性。而近現代的軍事變革進程卻動搖了八旗軍制地位。

光緒二十五年(1899年),梁啓超在《清議報》上發表〈論變法必自平滿漢之界始〉〔註1〕一文,第一次率先提出旗籍軍事屬性已不適用於時代要求的問題。在文章中,梁啓超談到平滿漢之界有以下四點,分別是散籍貫、通婚姻、并官闕與廣生計。其中,散籍貫與廣生計兩款,是對於旗籍的軍事屬性已不適用於當代之論述,其具體論述如下:散籍貫,「向例凡漢人皆稱某府某縣人,凡滿人皆稱某旗人。某旗云者,兵籍貫之表記也,當國初之際,滿洲人盡爲兵,且在塞外爲游牧之國,無有定居,故以旗別焉。今則情形大殊,昔之行國,易爲居國矣;昔之專爲兵者,今則不盡然矣,何必更留此名以獨異於齊民哉?故宜各因其所居之地,注其民籍,與漢人一律,則畛域之見自化矣」;廣生計,「國家定例,凡旗人皆列兵籍,給以口糧,不使其營他業焉,其本意欲養勁旅以備非常,且加優恤以示區別也。然承平既久,此輩老弱駑惰,已無復可用,而他業又爲功令所禁,於是乎不能爲士,不能爲農,不能爲工,不能爲商,並且不能爲兵,而國家歲縻巨帑以贍之,運南漕以給之,故八旗生計,爲數百年來談治家之一大問題。夫以數百萬滿人,不自爲生,而仰食於國家,則國家受其病。然徒豢養之,而不導以謀生之路,則滿人亦何嘗不受其病乎?譬之父母之愛於者,將養其子終身使之無所事事,然後爲愛乎?抑責督其學,導引其業,使之自謀生計,然後爲愛乎?然則國家之以養滿人爲愛滿人者,實則類滿人耳;滿人之以仰給國家爲得計者,實則自累耳。故計莫如弛旗丁營業之禁止,免口糧供給之例,使人人各有所業,則國家與滿人,均受其利矣」。

從籍貫與生計的角度,梁啓超敏銳的把握住從前對旗人的種種禁令,事實上是根植於八旗制度建立之初的「全族皆兵」的特性。然而在近代軍事改革的背景下,這種世兵制逐漸爲新建陸軍所用的募兵製取代,其原作爲保證八旗兵源的戰鬥力的種種禁令反變成束縛八旗生計的最大阻礙且原有戰鬥力也因生計問題早已消失殆盡。國家付出鉅額財政,非但不能維持其戰鬥力,又因其滿漢分別制度飽受批評。故而梁啓超以爲,裁撤八旗不僅是爲了節約

〔註1〕梁啓超,《變法通議》(北京:華夏出版社,2002年),頁162~173頁,以下引文出自本注。

國家財政，更是由於中國近代軍事改革，所實行的兵役制度也到了需要全盤改革的時候，而八旗世兵制將會直接面臨此巨大之衝擊。

梁氏的論述在新政時期成爲了清政府在不得不面臨的現實。庚子一役，國家重創，京畿地位軍事力量毀於一旦，國家奄奄一息。爲挽救國運，清廷下詔實行新政〔註2〕。爲此，劉坤一、張之洞聯名陳奏舉世聞名的《江楚會奏變法三摺》，陳述當前國家施政改革的重點。當中內容涉及多個方面，其中一項便是嚴峻的八旗生計問題。針對八旗問題，劉、張首先指出了最根本的問題，即餉額固定而丁數倍增的無解困境，致使「國家雖歲費鉅款而旗兵、旗丁等不免拮据之憂，殊鮮飽騰之樂」，其生活窘迫如此而軍事戰力亦急速下滑，以至於自「蕩平髮逆以來，南北各省軍民團練，其竭忠戮力、效命行間者，旗民皆同，並無區別。況方今中外大通乃天子守在四裔之時，無論旗、民皆有同患難、共安樂之誼。然則兩京二十一省，凡有血氣者，皆是供衛國家之人，干城腹心原不必專恃禁旅。況八旗近來文才日盛而武勇漸遜於前，向非國初之舊，若猶令豐鎬子弟，沿襲舊制，坐困都城，外省駐防株守一隅，局於兵額，非所以昭同仁而規久遠也」，指出了八旗軍隊組織已徹底失去了作戰能力，公開質疑八旗軍事功能，並提出過往解決八旗生計之方法只以屯墾爲唯一辦法並無成效，而「朝廷養人不必指定何項生計但宜使之有自謀生計之才」，因此應該解開對旗制對旗人的束縛，「凡京城及駐防旗人有願至各省隨宦遊幕投親訪友以及農、工、商、賈各業，悉聽其便。僑寓地方願寄籍應小考、鄉試者，亦聽其便，准附入所寄居地方之籍一律取中，但注明寄居某旗人而已；有駐防省分或即附入駐防之額其自願歸入民卷者，必其自揣文藝可與眾人爭衡，即不必爲之區別寄居者，即歸地方官與民人一體約束看待」，推廣以後，八旗餉銀可節省出若干轉而充八旗學堂開辦之費用，凡士、農、工、商、兵五門皆可隨其所願學習，惟「習武備，須擇在年在二十歲以下者，如本係當兵者，既入學堂則尋常舊例演操，勿庸再到，以免分其學堂之日力」〔註3〕。

從其建議來看，劉、張二人不僅直接點名了八旗戰力已然不存的事實，更提出了以職業分流的方式來解決八旗生計的問題。《江楚變法》一摺，不僅

〔註2〕《德宗景皇帝實錄》（卷476），光緒二十六年十二月上丁未（北京：中華書局，1985年）。

〔註3〕（清）毛佩之，《江督劉鄂督張覆奏條陳變法第二摺》《變法自強奏議彙編》（卷17），（北京：北京大學圖書館古籍部特藏）。

是劉、張二人對朝廷變法上諭的回應，其後更成爲了清末新政時期國家施政的總綱領。因此，後來的職業分流規劃也影響了八旗生計計劃的制定，也是朝廷重臣第一次對於八旗軍事地位的公開質疑，從而迫使清廷不得不逐漸放棄重整八旗軍事的傳統而將目光放在了新軍建設的層面。

隨著旗籍新軍的創建（如京旗常備軍、禁衛軍等均是以旗籍兵源爲主的新軍），八旗出現了的非「軍事化」的趨勢而形成社會上的特殊團體。雖然終清之世，八旗仍未來得及正式取消國家的軍事地位，相關旗務仍歸陸軍部管理，但相關管理機關已出現不同。如陸軍第一鎮雖然以京旗兵丁爲主要兵源，但由於其以新軍規制創練，因此在陸軍部內管理其事務的機構主要爲陸軍部軍制司下的步、馬、砲、工、輜重各科管理；但是原有的八旗事務則主要歸軍衡司下的旗務科管理〔註4〕，旗人原具有的「兵籍」身份開始出現變化〔註5〕，原有八旗成爲需要政府救助的弱勢團體。在各界的呼籲以及財政早已不堪負荷的情況下，變通旗制處的成立，而此部門的成立標誌著八旗將被裁撤，而清政府也需要對其餘旗人做出社會職業或未來生計出路的規劃。

與此同時，革命勢力的壯大〔註6〕，也成爲八旗軍事地位的危機。針對八旗的輿論攻擊作品也越來越多，且傳播已甚爲廣泛，這從而使得八旗的地位蒙上了異樣的色彩。其中，以《革命軍》與《滅漢種策》兩書作爲例證。

鄒容在《革命軍》中攻擊駐防八旗的地位，其文載：「令八旗子弟駐防各省，另爲內城以處之，若江寧，若成都，若西安，若福州，若杭州，若廣州，若鎮江等處，雖閱年二百有奇，而滿自滿，漢自漢，不相錯雜，蓋顯然有賤族不得等倫於貴族之心。且試繹「駐防」二字之義，猶有大可稱駭者，得毋時時恐漢人之叛我，而羈束之如盜賊乎？不然，何爲而防，又何爲而駐也？又何爲駐而防之也？」〔註7〕此語，將駐防八旗的軍事地位直接歸類爲防範漢人對軍事監察，而不論其在國家戰略中的軍事地位。《革命軍》出版後，其影響力十分大，即如孫中山在〈革命原起〉一文中，追溯《革命軍》一文時，

〔註4〕〈陸軍各廳司處應辦事宜〉，收於《陸軍部奏稿》（北京：國家圖書館藏）。

〔註5〕關於新軍建設後，旗人身份的變化可參見拙文，〈晚清軍制變革與旗人身份變化〉，《軍事歷史研究》2014年第4期，頁98～108。

〔註6〕孫中山，〈革命原起〉，收於中國史學會編，中國近代史資料叢刊《辛亥革命》（一）（武漢：湖北人民出版社，2006年），頁9。

〔註7〕（清）鄒容，《革命軍》（北京：華夏出版社，2002年）。

說道：「華僑極為歡迎，其開導華僑風氣，為力甚大，此則革命風潮初盛時代也」〔註8〕，可見《革命軍》一文所帶來的影響力。

除《革命軍》一文外，還有《滅漢種策》一文。1905年（明治三十八年，光緒三十一年）駐長沙的日本外交官向臨時兼任外務大臣的桂太郎報告，該書是在東京的革命黨人偽裝八旗子弟口吻編輯的一本排滿文獻〔註9〕，目的是激起對八旗的仇恨，以達到反滿之目的。相比較《革命軍》一文，《滅漢種策》的主要打擊目標是全體的八旗子弟，其文章開篇即用「咱們都是游牧種耳」以自稱，而咱們即為「凡我八旗子弟」，並有八策以滅漢人，八策分別為：第一，滅農商（工人附於商內）；第二，滅會黨；第三，滅學生；第四，滅士；第五，滅官吏；第六，滅兵；第七，滅婦女；第八，滅僧道。以上八策，基本涵蓋所有職業與人群，而其建議的目的即為「務使一網打盡，世界之中，沒有一個漢人，漢人一天不殺盡，咱們一天不能安枕已。（眉批：漢人如此寂寂不動，非為彼野種殺盡不止。）八策的重點皆在建議以八旗子弟為主而漢人為輔。以上諸語，再再皆是依託八旗制度，將八旗的地位徹底宣傳成殘暴之統治者，欲除盡漢人而後快，文中結尾，更以「嗚呼！咱們八旗的同胞，勿謂目前安，死日在後日。勿貪目前歡，極樂在後日。勿墮祖宗之威靈，勿遺後人以大禍，其各戒之，凜之，奮之，勉之。臥薪嘗膽，戮力同心，以殲滅此四萬萬之醜類而後朝食。」之語，以這種徹底激化出旗、漢之間難共存之矛盾。

至此，透過以上二種關於反滿文獻的考察，我們可以發現，八旗原作為清代武裝力量之一的軍隊，在清末反滿宣傳時期，八旗在國家政治裏的軍事功能被忽視（事實上，也幾乎無戰力可言）而成為一種被攻訐的對象。八旗不被視為普通軍隊而成為滿洲政府施政的幫兇，是「異族」控制「中國」的一種手段。為此，清末時期八旗軍制的變革，不僅僅是出於財政與軍事的考量，更添加了民眾對於此軍強烈「敵視」、「仇視」的因素，形成滿漢衝突中的最大攻擊焦點。

〔註8〕 孫中山，〈革命原起〉，收於中國史學會編，《中國近代史資料叢刊・辛亥革命》（一），頁10。

〔註9〕 《滅漢種策》現藏於日本外務省外交史料館藏：《在本邦清國留學生關係雜纂》，雜件之冊，全文現轉引孔祥吉、〔日〕村田雄二郎，《從東瀛皇居到紫禁城——晚清中日關係史上的重要事件與人物》（廣州：廣東人民出版社，2011年），頁292。

　　光緒三十三年（1907 年）徐錫麟刺殺安徽巡撫恩銘更將滿漢衝突推向最高峰，促使慈禧太后不得不發出懿旨令內外各衙門各抒發己見以化除滿漢畛域〔註 10〕，由之引發了朝野之間對於八旗存留的討論。在這些討論當中，八旗成為了化除滿漢畛域中的最大障礙，促使清廷不得不宣佈裁撤八旗並成立「變通旗制處」計劃以八年時間完全裁撤八旗。雖然終清之世未能完成裁撤八旗之舉，但是在八旗兵制改革的原因中夾雜著民眾對八旗兵制地位的仇視，形成特殊的局面。

　　朝野對於八旗的處置取得了共識，儘管宣佈全面變通旗制的時間已在光緒三十四年，然而自庚子之役後，清政府已同時著手改造八旗。不同於清代歷史上均僅以屯墾方式來解決開散旗人生計問題，新政時期更多的是想辦法為旗人創造其他的職業機會，以便利於最後裁撤八旗。具體分流的方式，即如金梁建議變通旗制有以下四個方法：第一，練軍。因「各省駐防人隸軍籍世有武德以充軍士最為相宜」，應挑選合格者練新軍；第二，興學。令有志者「各入學，其卒業優定進身並派學生出洋遊學以廣出路而造成材」；第三，謀業。「或立實業學堂，或設工藝等廠，應聽老弱之願入者，分別學習，使人各有業隨地可以謀生，而女工藝廠尤應廣設」；四、務農，「或就近撥田安居布置，或隨處擇地遷眾墾荒，應由少壯之願往者，陸續改移，一切費用均自官備，數年以內各給津貼並免租銀，以示體恤」〔註 11〕。其中，興學和謀業兩項，需要旗人接受新式教育，以便進行職業轉型與分流。

　　綜上所述，開辦旗人新式教育的動因固然是因龐大的生計壓力，但更主要的是失去軍事功能的八旗在面臨轉型下，政府需要「輔導」八旗進行「職業轉型」，最後達到裁撤的目的。

二、京畿八旗新式教育的政策與開辦情況

（一）京畿八旗新式教育的政策

　　京畿八旗新式教育政策的制定與實施從屬於清末新學制的制定與發展。1901 年 9 月 14 日，清政府頒佈「興學詔書」，令「除京師已設大學堂應切實整頓外，著各省所有書院，於省城均改設大學堂，各府及直隸州均改設中學

〔註10〕《德宗景皇帝實錄》（卷 576）（光緒三十三年七月辛卯）。
〔註11〕金梁，《變通旗制三上書》（第一書）（北京：北京大學圖書館古籍部特藏）。

堂，各州、縣均改設小學堂，並多設蒙養學堂」〔註 12〕，在救亡圖存、培養新式人才的要求下，各地新式學堂如雨後春筍紛紛設立，而包括八旗官學在內〔註13〕，私塾、書院也都陸續改爲新式學堂。

　　光緒二十八年正月十二日（1902 年 2 月 19 日），翰林院侍讀寶熙奏《請變通宗室、八旗學校章程》一折中，稱「振興庶務，必藉人才；而培養人才，必由學校。……伏查左、右翼宗學及覺羅學共設十處，常年經費，不爲不豐。如總、副管等既罕通才，難期振作。盧廩侵蝕，流弊滋多，遂至教習向不到學，學生恆不至館；每月數課，不過虛應故事。至期滿時，類皆捏報成就學生幾名而已。至八旗官學八處，每年經費，由戶部撥領三萬餘金，近年造就科舉之才亦頗稱盛。然詢以內政外交、中西根柢之學，則瞠乎若後。其誤於從前之帖括、咕嗶者，亦無怪其然。當此時事艱難、人才消乏之際，非掃除積弊、變通辦法不爲功。擬請援照同文館歸併大學堂之例，將宗室、覺羅、八旗官學，改並爲小學堂八處、中學堂兩處，庶規模整齊，易於經理。其宗學、覺羅學原設之總管、教習，宜一律裁撤。有在學年久者，或可酌給升途。改並以後，凡學堂、總辦、提調、教習，一切人員均歸管學大臣，就素所深知者，自行延聘。至各學生考取後，住址與某學相近者，即入某學肄業。八旗學生報考，亦可由本旗徑報學堂，無須由國子監送考，以歸簡易。其咸安宮官學、景山官學兩處，亦請歸併辦理，俾免兩歧。惟事不一則不能成，任不專則罔有終。學堂改設，創始頗難，總司得人，收效乃速。京師大學堂前蒙特派吏部尚書張百熙管理，將來中、小學堂課程，亦歸該管學大臣所編定，是宗室、八旗學堂與大學堂有息息相通之故。且各官學既請改爲中、小學堂十所，經費容有不敷；大學堂存款較多，若以一手經營，亦可藉資挹注。可否即行簡派張百熙，兼管宗室覺羅八旗中、小學，以一事權而專責成之處，伏候聖明裁奪」。同日，清廷上諭：「翰林院侍讀寶熙奏《請變通宗室、八旗學校章程》一摺。據稱，宗學及覺羅等學，教習、學生恆不到館，虛應故事；八旗官學，於中西根柢之學，亦少講求。著照所請，將宗室、覺羅、八旗等官學，改設小學堂、中學堂，均歸入大學堂辦理，庶幾掃除積弊，造就通才。

〔註12〕 璩鑫圭、唐良炎，《中國近代教育史資料彙編·學制演變》（上海：上海教育出版社，1991 年），頁 5～6。

〔註13〕 關於京師八旗官學的設立與發展，可參見程平生，《清代京師八旗官學教育研究》（西安：陝西師範大學歷史文化學院，2008 年）。

著張百熙，妥爲經理，以專責成而收實效。」〔註14〕至此，時任管學大臣的張百熙也成爲八旗官學轉型的關鍵人物。

清光緒二十八年二月十二日（1902 年 3 月 21 日）管學大臣張百熙上《宗室、覺羅、八旗等官學，遵改學堂，先奏派總教習、總辦等由》摺，內稱：「臣伏查宗室、覺羅等學，舊有人數尚不甚多；惟八旗向分八學，每學百餘人，合之宗室、覺羅等學，總在一千餘人。現擬分設小學堂八所，而設一中學堂以總轄之。……臣悉心考察，博訪周咨，惟鎮國將軍宗室毓朗，人品端正，學術淹通，於西國格致等學頗資深造，以之充當中學堂總教習，洵爲至當，不愧宗師。又刑部員外郎喬樹楠，文行交修，學有根柢，足勝副總教習之任；翰林院侍讀寶熙，學問純粹，才識優長，堪派爲正總辦；翰林院編修劉若曾，辦事熟習，學識明通，堪派爲副總辦。嗣後即由臣與以上派定四人，將學堂事宜遇事參酌，隨時考察，再將籌辦大概情形續行陳奏。」奉旨允行〔註15〕。此外，張百熙又稱「咸安宮、景山兩處官學，向歸內務府大臣管理；現與該大臣等面商，將此兩學作爲小學堂，俟奏定章頒發後，即按照小學堂章程，任由原管大臣經理」。得旨「如所請行」〔註16〕。張氏既爲管學大臣又通盤負責八旗官學事務，八旗新式學堂的學制當與癸卯學制相符，只是因八旗新式學堂的建設歷程較短（光緒二十八年到民國元年），從已發現的檔案來看，實際開設的只有小學堂與高等學堂（學堂列表下詳）。

學制解決了，但經費的問題仍是關鍵。面對改建八旗新學堂的經費困難，張百熙曾於同年四月求助於軍機大臣瞿鴻機，他在信箋中寫道：「改建學堂一層，刻已於瓦廠地方，擇定一區，月內可以署劵。將來即請將大學堂（已殘破不堪，由大學撥款修理）改作宗室〔覺羅〕八旗中學堂，而大學堂之速成科即借中學堂地先行開辦；俟明年城外大學堂有成，再行棚移」、「日內已將宗〔室〕、覺羅各學校接收，左右兩翼兩學尚有學舍，覺羅學則久已荒蕪矣」、「惟經費一項，除常年左右翼及八旗應領戶部款項五萬二千金外，尚不敷銀五六萬兩。大學堂常年經費已自拮据，萬不能兼顧中學堂；必令兼顧中學堂經費，則並大學堂亦不能辦，勢不能不另請的款。此則必須仰賴大爲主持者

〔註14〕 朱壽朋，《光緒朝東華錄》（第 5 卷）（北京：中華書局，1960 年），頁 4286。
〔註15〕 （清）張百熙，〈宗室、覺羅、八旗等官學，遵改學堂，先奏派總教習、總辦等由摺〉，《軍機處錄副》（光緒二十八年二月十二日）。
〔註16〕 《清德宗光緒景皇帝實錄》（卷 495）（光緒二十八年二月第癸卯）。

矣」〔註17〕，希望得到瞿鴻機的大力支持。不久，光緒二十九年正月，清政府即添派刑部尚書榮慶與張百熙共同籌劃大學堂事宜。增派旗籍官員參與，應是便於讓旗籍官員做溝通工作，便於讓旗營新式學堂的工作順利開展，「務當和衷商辦，認眞經理」〔註18〕。

（二）旗營新式學堂的開辦情況

關於旗營新式學堂的情況，當時在華日人、曾任譯學館教習安井小太郎曾記載八旗坐落在北城郎家胡同的「宗室覺羅八旗高等學堂（由學部直轄）」的概況。安井稱：「宗室、覺羅、八旗，三者皆受到朝廷的特殊待遇。歷來爲宗室設右翼官學和左翼官學兩校，爲覺羅、八旗設覺羅官學、八旗官學各八處（此外還有八旗義學），使其各自子弟接受教育。⋯⋯光緒二十七年，頒佈旨在興辦新教育的上諭，將以上官學改爲對宗室、覺羅、八旗子弟進行新教育的機構，歸管學大臣管理。管學大臣隨即改設中、小學堂，首先設一所中學堂、八所小學堂。中學堂直屬管學大臣，小學堂則由中學堂內另設的八旗學務處直接負責管理。後來小學堂又分爲初等和高等。

中學堂最初設置中學科和速成師範科，師範科畢業生被分配到各小學堂任校長或教員，又招收了師範科學生。後來中學堂改爲高等學堂，學生也分爲高等科生和中等科生。但由於經費的關係，高等科生中一部分派往日本留學，一部分進入大學堂，從此再未設高等科生。故現在只有中學科和師範科，有學生約二百人，教員十餘人（曾有兩名日本教員，合同期滿後均已辭去，現已無日本教員）。每年經費約十萬兩，其中四萬兩供中學堂使用，餘六萬兩爲小學堂使用。本學堂師範科生畢業後任小學堂校長或教員，由於本學堂從高等小學堂學生中招收學生，所以本學堂與小學堂之間有聯繫，學堂在系統井然這一點來說是出色的學堂。在本學堂內所設置之八旗學務處，實際上是保持聯絡的機構。」〔註19〕

安井記載學堂系統井然，恰恰證明了清政府整頓八旗新式教育的良苦用心。因學堂在開辦之初的環境十分糟糕，毓朗、寶熙等就曾奏報「接收八旗

〔註17〕〈瞿鴻樓與張百熙〉，收於榮孟源、章伯鋒，《近代稗海》（第二輯·一士譚薈）（成都：四川人民出版社，1985年），頁376～378。
〔註18〕《清德宗光緒景皇帝實錄》（卷521）（光緒二十九年正月丁卯）。
〔註19〕張宗平、呂永和譯，《清末北京志資料》（北京：北京燕山出版社，1994年），頁199。

各學,各校皆蔽陋不堪,室中濕潮之氣觸鼻」,甚至於「各官學有割售鄰家爲菜圃者,其廢弛可知矣」〔註20〕。兩相對照,則可知天差地別。同時,社會各界也對八旗新學的盛況有所報導。1903 年 6 月 18 日《大公報》亦載:「自城內設中小學堂以來,八旗子弟多就學焉。日前在東單牌樓某胡同,見壁上有白土畫成地球形並經緯道,且書其名於上,此必童子之遊戲所畫,然亦可見北京之輸入文明矣。」可見辦學之盛〔註21〕。

關於八旗高等學堂的監督人選,也是受到清廷的重視。清光緒三十三年十二月二十六日(1908 年 1 月 29 日),學部奏《遴員接充〔宗室覺羅〕八旗高等學堂監督》片。內稱:「八旗高等學堂監督孟慶榮,現任臣部右丞兼充京師督學局長,職任較繁。其監督一差,應即遴員接充,以專責成。查有翰林院侍講、宗侍〔室〕文斌,才具優長,曾充八旗高等學堂幫總辦差,於該堂情形甚爲熟悉,以之接充該堂監督,洵堪勝任。如蒙俞允,即由臣部行之該侍講欽遵辦理。謹附片具陳,伏祈聖鑒。謹奏。」奉旨:「依議。欽此。」〔註22〕

學校設立後,學生的出路成爲了評定學校辦學成績的考核方式。清光緒三十四年正月初六～初八日(1908 年 2 月 7～9 日)京師督學局舉行「京師各高等小學堂畢業考試」〔註23〕,宗室覺羅八旗第一至第八各高等小學堂和內務府三旗高等小學堂、健銳營高等小學堂、大興高等小學堂等「開辦已及四年,學生程度、年限堪以畢業者」予以應考,「各該堂長分科考試,公同評定」而這也是京師舉行的首次高等小學堂畢業考試,十二所高等小學堂參加。考試依據是光緒三十二年十二月初六日(1907 年 1 月 19 日)學部奏准的《修改各學堂考試章程》中有關「畢業考試」的規定等。正月二十七日,京師督學局榜示「京師各高等小學堂畢業考試」成績:德芳等十四名考列「最優等」(通計各門分數滿八十分以上者),同貴等四十三名考列「優等」(通計各門分數滿七十分以上者),崇海等九十九名考列「中等」(通計各門分數滿六十分以上者),崇啓等七十五名考列「下等」(通計各門分數不滿六十分者)。另有列「最下等」(通計各門分數不滿五十分以上者),但尚不清楚人數。五月初六

〔註20〕 莊建平編,《稗海精粹・晚清民初政壇百態》(成都:四川人民出版社,1999年),頁 228～229。
〔註21〕 〈京師近事〉,《大公報》1903 年 6 月 18 日。
〔註22〕 《北京教育志叢刊・清末北京教育資料專輯》1992 第 3～4 期,頁 108～109。
〔註23〕 有關此次考試情況,均見國立故宮博物院,《學部官報》第五十六期。

日（1908 年 6 月 4 日）京師督學局依照「考列最優等及優等、中等者，照章分別給獎」之規定，以及「高等小學堂四年畢業，獎勵最優等作爲廩生，優等作爲增生，中等作爲附生，下等作爲佾生，准用頂帶」之獎勵章程，根據「高等小學堂畢業給獎，應咨部備案」的程序要求，特將考生等第清冊呈報學部，請分別核給獎勵，以資鼓舞。因學部認爲「此次爲京師高等小學堂第一次畢業，事屬創始，自應奏明」，於是日上《奏獎京師各高等小學堂畢業生摺》。從學部奏摺可知，對於京師督學局的榜示成績和等第清冊，學部認眞查核，主要是檢查是否學滿四年，即對「已滿四年各學生，照章按等給獎」；而對「未滿四年者，准其升入中學堂肄業，俟中學畢業後再行給予獎勵」。故摺奏請獎者計廩生四名、增生十六名、附生四十五名、佾生二十二名，共八十七名；與督學局呈報考生等第各人數，分別少十名、二十三名、五十四名和五十三名。

學生參加畢業考試後，各校接續的就是招生工作。學部關於《咨覆「宗室覺羅」八旗高等學堂：添設中學班學生，清冊應咨送督學局備核》文中稱：「查《奏定學堂考試章程》開有：『高等以上各學堂遇舉升學考試之時，應將所升入之學生姓名、年歲、籍貫、三代及歷由何處學堂畢業，彙造清冊。在京師者呈送學部備案』等語在案。敝學堂於二月添設中學班學生兩班，係由『宗室覺羅』八旗高等小學堂畢業學生考選升入，由二月到堂肄業，共計一百六十六名。敝學堂爲詳查該生等程度果否合格，以行甄別而定去留起見，故未遽行報部，迄今歷一學期。按學生之品行、學歷逐細考查，思緒、全順、仁昌等三名，或假期過多或程度不足，業經分別勒令退學外，計在堂學生榮富等一百六十三名，均各守法勤學，程度齊一。良由該生等由初等小學提入高等小學，已被數載陶成，故氣象與未入學堂者迥別。相應造具該生等履歷清冊，咨請查照備案等因，並附送清冊前來。查京師本部直轄各學堂所附設之中學以下各班，應由京師督學局隨時考察。所有該學堂由高等小學畢業升入中學班學生清冊，應即咨送督學局以被查核。相應咨行查照辦理可也」。〔註24〕

被同意擴班後，八旗學堂也在宣統元年二月十七日（1909 年 3 月 8 日）對擬開設的課程向學部彙報，稱「敝學堂既分設『宗室覺羅』八旗高、初兩等小學二十三處，師資在在需人。設不廣爲儲才，勢將窮於延聘，於教

〔註24〕國立故宮博物院，《學部官報》第 71 期。

育進步阻力滋多。現敝學堂擬設優級師範選科學生兩班,所有入學之資格、畢業之年限,以及獎勵、義務各節,悉遵貴部咨行《優級師範選科章程》辦理。惟查章內所列本科,凡分四類,欲統各科而兼籌之,堂舍既不周轉,任擇一科而專重之學,課又不免偏枯。斟酌再四,苦難兩全,爰分設兩科之中,隱寓兼得四科之義」的陳請,於是日有《復「宗室覺羅」八旗高等學堂:無庸復設優級「師範」選科文》。「覆文」中稱:「惟查優級選科,爲造就中學及師範教員而設。現在八旗初、高兩等小學二十三處,所急需者,在小學教員;優級選科,原非所急。況京師大學堂師範班,業經兩次畢業;督學局所設第一師範學堂,亦經附設選科,中等學堂教員不至不敷選派。且選科意在速成,第應一時急需,若設立過度,將來優級本科有人,此類學生程度太淺,必至無從位置。」學部同時建議八旗高等學堂,「若爲造就小學教員計,應即籌設初級師範,最爲正辦;抑或酌設初級師範簡易科,亦較切用。」〔註25〕

宣統二年四月二十一日(1910年5月29日0學部呈奏《京師「宗室覺羅」八旗高等學堂中學二班學生畢業請獎》摺。內稱:「八旗高等學堂附設中學班,第二班學生自光緒三十一年正月入堂,於本年正月會同督學局長舉行畢業考試,核定分數,分別等第。其有應行降等者,並按照新章辦理。計取列優等二名,中等二十八名,下等七名,最下等四名;連同各生履歷分數表冊請獎前來。」「查定章中……等語,今該堂中學班畢業生,除最下等之崇順等四名應令出堂,聽其自營生業外,其餘詳覈年限、程度,均與定章相符,應准照章給獎,以示鼓勵。所有此次取列優等之廷崇清等二名,擬請作爲優貢;取列中等之白宗……等二十『八』名,擬請作爲歲貢;取列下等之……七名,擬請作爲優廩生。」〔註26〕

以上大致爲旗營高等學堂發展的概況。初等小學堂的辦學情況,因缺乏直接史料,暫未可知,但根據京師督學局編印《京師督學局一覽表》可知左翼八旗第五初等小學堂與右翼八旗第五初等小學堂已教授現代課程,情況如下表〔註27〕:

〔註25〕國立故宮博物院,《學部官報》第81期。
〔註26〕國立故宮博物院,《學部官報》第121期。
〔註27〕(清)京師督學局編印,《京師督學局一覽表》(光緒三十二年鉛印本),頁16
～19。「官立學堂」調查表(北京:首都圖書館藏)。

學校名稱	地　　址	設立年月	學生人數	教科課程
左翼八旗第五初等小學堂	東城史家胡同東分廳	光緒三十一年五月	一七〇	修身、讀經、講經、國文、算術、歷史、地理、格致（即指物理、化學等學科的總稱）、圖畫、體操、唱歌
右翼八旗第五初等小學堂	宣武門內西單牌樓石虎胡同南分廳	光緒三十年十月	五九	修身、讀經、講經、國文、算術、歷史、地理、格致、體操、

　　從課程設置來看已十分接近今日的課程表，可見，初等小學堂的辦學力度亦不遜於高等小學堂。

　　從旗營新式學堂的發展情況來看，應該說，政府對支持八旗新式教育的力度是很大的，而且特別在意培育初級師範的人才，原因當有二。其一，當時急需師範人才，讓更多的八旗子弟在未來能在新式教育的環境中謀得職位，不失為快速且較為體面的謀生之路；其二，初級師範生意味著畢業任初級教育的教師，也正是基礎教育中對孩子成長影響最大的階段。以其旗籍立場，逐漸消弭社會滿漢區別的分歧，怕也是其無法公開的心思。

附：京師旗營新式學堂開辦一覽表

1、京師官公立師範中小學堂一覽表〔註28〕

（光緒三十二年九月調查，本表只錄與八旗相關之學堂）

名　　稱	地　　址	設立年月	學級數	學生數	教員數	職員數	經費數（月額）	管理人姓名
八旗第一高等小學堂	安定門內前圓恩寺	29年3月2日	6	149	9	6	580兩	蔡瑋
八旗第二高等小學堂	溝沿祖家街	29年3月	6	159	10	7	580兩	阿聯
八旗第三高等小學堂	朝陽門內南小街新鮮胡同	29年	6	192	9	5	580兩	夏瑞庚
八旗第四高等小學堂	西四牌樓北報子胡同	29年3月	7	170	10	6	580兩	文善

〔註28〕張宗平、呂永和譯，《清末北京志資料》（北京：北京燕山出版社，1994年），頁 189～191。

八旗第五高等小學堂	東單牌樓新開路	30 年正月	5	145	7	3	580 兩	周爰趣
八旗第六高等小學堂	紅廟斜街	29 年 3 月	9	335	13	5	580 兩	喻長霖
八旗第七高等小學堂	象鼻坑路北	29 年 3 月 1 日	5	165	9	6	580 兩	余埜
八旗第八高等小學堂	西單牌樓絨線胡同東頭路北	29 年 3 月	5	144	11	5	580 兩	郭家聲
內務府三旗高等小學堂	景山前	29 年 11 月 6 日	11	232	15	16	1500 兩	雙泰
左翼八旗第一初等小學堂	寶鈔胡同草廠	30 年 10 月 12 日	2	48	2	2	80 兩 5 錢	柯蔭青
左翼八旗第二初等小學堂	東城炒豆胡同路北	30 年 4 月	2	50	2	2	82 兩	文成
左翼八旗第三初等小學堂	東直門內大街路西	31 年 5 月 1 日	3	68	3	2	108 兩	廣近
左翼八旗第四初等小學堂	東直門內大街路西	31 年 5 月 1 日	3	85	3	2	100 兩 5 錢	桂永
左翼八旗第五初等小學堂	燈市口史家胡同	31 年 5 月	6	165	6	3	164 兩	寶麟
左翼八旗第六初等小學堂	北小街老君堂路南	30 年 10 月	4	104	4	3	130 兩	吉安
左翼八旗第七初等小學堂	東單牌樓觀音寺	30 年 10 月	2	54	2	2	80 兩	鈺鐸
左翼八旗第八初等小學堂	東單牌樓五老胡同	30 年 10 月	3	79	3	2	108 兩	富和
右翼八旗第一初等小學堂	地安門外廠橋	30 年 10 月	5	116	6	3	153 兩	興植
右翼八旗第二初等小學堂	西直門內南草廠	30 年 10 月	6	150	6	3	164 兩	恩隆
右翼八旗第三初等小學堂	宮門口苦水井義塾舊址	30 年 10 月 12 日	6	151	6	3	164 兩	松元
右翼八旗第四初等小學堂	錦什坊街武定侯	30 年 10 月	5	100	5	3	138 兩	縣曾

右翼八旗第五初等小學堂	西單牌樓北石虎胡同	30 年 10 月	2	61	2	2	74 兩	承林
右翼八旗第六初等小學堂	石駙馬大街百戶廟	30 年 10 月	2	45	2	2	78 兩	慶啓
右翼八旗第七初等小學堂	內城西城根化石橋東	31 年 2 月	3	83	3	2	110 兩	耆祥
內務府三旗第一初等小學堂	魏家胡同路西	30 年 12 月	2	49	3	1	55 兩	錫翰
內務府三旗第二初等小學堂	雲神廟	30 年 12 月	2	52	3	1	52 兩 5 錢	英桂
內務府三旗第三初等小學堂	地安門內東板橋東路南	30 年 12 月	1	26	1	1	50 兩 5 錢	(火召)文
內務府三旗第四初等小學堂	德勝門內果子觀	30 年 12 月	2	50	3	1	55 兩	榮秀
內務府三旗第五初等小學堂	後圓恩寺街	31 年 12 月	1	26	1	1	36 兩 5 錢 7 分	奎兆
內務府三旗第六初等小學堂	西四牌樓北中毛家灣	30 年 11 月	1	25	2	1	36 兩零 6 分	永源

2、京師私立中小學堂一覽表〔註29〕

（光緒三十二年九月調查，只錄與八旗相關）

名　稱	地址	設立年月	學級數	學生數	教員數	職員數	經費數（月額）	管理人姓名
鑲紅旗公立兩等小學堂	石駙馬大街	32 年正月 20 日	5	90	7	8	69 兩	鑲紅旗公立
正紅旗滿洲公立小學堂	阜成門內馬市橋	31 年 11 月 27 日	5	99	7	10	75 兩	恩志 奎兆
鑲藍旗公立小學堂	阜成門內錦什坊街本旗衙門	31 年 10 月 22 日	2	69	3	11	110 兩	鑲藍旗滿洲公立
外火器營高等小學堂	藍靛廠西門外	31 年 3 月 19 日	4	83	7	10	110 兩 5 錢	奎明 喜山
外火器營第一初等小學堂	同上	同上	1	20	2	5	17 兩	八旗舊有官學改立

〔註29〕張宗平、呂永和譯，《清末北京志資料》（北京：北京燕山出版社，1994 年），頁 193～194。

外火器營第二初等小學堂	同上	同上	1	20	1	2	17兩	八旗舊有官學改立
外火器營第三初等小學堂	同上	同上	1	20	1	3	17兩	八旗舊有官學改立
外火器營第四初等小學堂	同上	同上	1	20	3	5	17兩	八旗舊有官學改立
外火器營第五初等小學堂	同上	同上	1	20	1	5	17兩	八旗舊有官學改立
外火器營第六初等小學堂	同上	同上	1	20	1	1	17兩	八旗舊有官學改立
外火器營第七初等小學堂	同上	同上	1	20	2	3	17兩	八旗舊有官學改立
外火器營第八初等小學堂	同上	同上	1	20	1	1	17兩	八旗舊有官學改立
八旗中小學堂	西單牌樓二龍炕鄭王府西	32年3月1日	3	86	7	3	200兩	雲祥
振華學校〔註30〕	方家園路北	32年7月28日	2	49	10	6	145兩	文耀

（三）開辦工藝局（廠）的情況

旗營開辦新式教育，正如熱河都統廷傑所言，「如果裁成得法，歷久不渝，風氣日開，學者日眾矣」〔註31〕，但要成才確需耗費一定光陰，終究緩不濟急，特別是已在壯年，正需養家糊口，若再進新式學堂接受教育，既不現實且佔據本已緊張的教育資源。有鑒於此，清政府同時開辦工藝局來緩解底層

〔註30〕 振華學校暫時未能完全確定為八旗新式學校，然而其創辦人文耀為旗人，且在呼籲開國會運動中，積極響應，且號召八旗學生共組「八旗期成公民會」，歷次會議也在此舉行。因此在合理推測下，其所創辦之振華學校雖可能未專門針對八旗子弟，但應該也有相當程度之旗籍子弟在此學習。

〔註31〕 （清）廷傑，〈熱河都統廷傑奏查明熱河駐防旗營學堂創設之初及歷年擴充、改良各辦法〉，收於一檔館編：《光緒朝硃批奏摺》（第53輯・軍務）（北京：中華書局，1985年），頁488。

旗人已然火燒眉毛的生計問題。

工藝局的設立是在庚子之役後，政府為振興實業背景下所創辦，其目的有二：第一，「收儲遊蕩」、「教以工藝」而解決無業遊民問題；第二，「開闢利源」、「挽回利權」而發展工商業〔註32〕。清末的八旗兵丁人等，正也是處於社會的底層，往往沒有固定職業而造成嚴重的財政問題，故而政府亦開辦八旗工廠，「專收無業旗丁，年十三以上四十以下者，使習淺近工藝，如有兵丁自願入廠學習者，亦准報名考驗」，其目的希望能達到「使八旗子弟人人皆能各執一業，以為謀生自主之基」〔註33〕。

在這種背景下，入工藝局學習也成為八旗兵丁的一條重要出路。在北京，御史關榕祚率先建議開辦工藝局以資生計，其建議如下：「臣查八旗丁口向來不事耕織，專賴錢糧以資養贍，其有貿易為生者亦鮮能卓然自立。現當大亂之後，生計尤艱，錢糧一項雖屢蒙天恩加賞，恐有所未周允，宜及時設法以維持於永久。竊思謀生以農桑為要，阜財以工藝為先，各直省業經次第舉辦，雖規模大小未能齊一，然未有不知當今之切務。臣愚以為內城東西宜設兩局，由各旗都統查明素能工藝及略知貿易之人挑送入局，製造中外各樣行貨，仍聘西人為之教習以教幼壯，三年之後必能有成，匪獨自養其身家亦以奪外來之貨利，計無有便於此者也」〔註34〕。

北京設立首善工藝廠，招收不論男女、無分旗漢的無業遊民，其中，在第一次出廠畢業的名單中，旗人有 362 名，漢人 55 名〔註35〕。因此首善工藝廠雖然不分旗漢，但救助輔導旗人的比例仍然較高。可惜的是，暫未能發現更多的工藝廠情況。

三、進入民國後八旗學堂的發展

1912 年清廷退位，這對於八旗學堂的發展是致命的打擊。隨著政權的更迭，旗人的普通教育無法繼續獲得特殊之照顧。民國元年七月，京師學務局命令取消前請八旗各官立小學校，原因主要是由於政府不再撥發特別經費支

〔註32〕 沈祖煒，〈略論清末官辦工藝局〉，《史學月刊》1983 年第 3 期，頁 57～62。
〔註33〕 徐世昌，〈奉天教養篇〉，收於《東三省政略》（卷 8）（北京：北京大學古籍部特藏）。
〔註34〕 （清）關榕祚，《奏為陳明八旗丁口生計艱窘事》（光緒二十八年六月十一日）（北京：一檔藏），文獻編號：03-7435-047。
〔註35〕 王娟，〈清末首善工藝廠初探〉，《歷史檔案》2006 年第 1 期，頁 103～109。

持八旗各官立小學校的運作〔註 36〕，八旗學堂（校）的發展受到了限制。政府取消了這些學校「八旗」的屬性，由特殊子弟學校（原「專收宗室覺羅滿洲蒙古漢軍旗籍子弟讀書，其他漢族人絕對不收）〔註 37〕轉爲普通學校可見八旗子弟的普通教育進入民國後的窘境。而已設立的八旗學堂後更名普通校名，部分學校更成爲了今天的名校。以下茲就北京市的學校校史或校友回憶的文集，將承繼八旗學堂至今的學校介紹如下。

（一）八旗第三高等小學堂：北京市新鮮胡同小學

民國以後改爲京師公立第三小學、北平市立第三小學，從 1934 年開始爲北平市立新鮮胡同小學，直至 1949 年解放初期。北京解放後，1951 年爲東單區中心小學，1955 年以後爲東單區第一中心小學，1958 年東單區、東四區合併爲東城區後，又重新改爲新鮮胡同小學。著名學者梁實秋和李敖都曾就讀此小學〔註 38〕。

（二）八旗第四高等小學堂：北京市西四北四條小學

光緒二十八年（1902 年）正紅旗官學改爲「八旗高等小學堂」，光緒三十一年（1905 年）在受璧胡同 25 號建立分校。1915 年改爲「京師公立第四小學堂」，1932 年改爲「北平市立第四小學堂」，1934 年按地址改爲「北平市立報子胡同實驗小學校」。1941 年北京師範學校遷到端王夾道，又因報子胡同是本市四個實驗小學之一，地區重要，學生眾多，且辦學亦著成就，逐又改名爲「北平師範附屬小學」。新中國成立後，1950 年 9 月 9 日，北京市人民政府批示受璧胡同吳祿楨、蔡鍔祠堂由民政局按寺廟處理辦法進行代管，交由北師附小應用，並准許北師附小以增班方式接管祠內由齊白石與紀堪頤（紀曉嵐的四世孫）創辦的私立「石年小學」，這一年，學校命名爲"北京師範學校附屬第一小學"。1956 年北師遷到宣武區，學校又改名爲「北京第二師範附屬第一小學」，1960 年因二師改爲西城師範學校，學校又改名爲「西城師範學校附屬第一小學」。1968 年曾一度將學校改名爲「起宏圖小學」。1972 年因西師撤

〔註 36〕 北京市檔案館藏，〈北平市教育局〉，《京師學務局關於取消前八旗各官立小學校的通告及另籌開辦之各小學校名稱、校長名單和第一次校長會議議程表以及官私立小學收交學費暫行章程、管理綱要、課程表》，頁 4～5，檔號：J004～001～00049。
〔註 37〕 全國政協文史委編，《文史資料存稿選編·教育卷》（北京：中國文史出版社，2002 年），頁 630。
〔註 38〕 北京市新鮮胡同小學校史，http：//www.xxhtxx.com/。

消，按地址學校改名爲「西四北四條小學」；2015 年 11 月，依北京市西城區機構編制委員會文件，經區編委會研究決定，北京市西城區西四北四條小學更名爲北京師範大學京師附小。〔註39〕

（三）八旗第六高等小學堂：北京市宏廟小學

宏廟小學始建於 1883 年，是一所歷史悠久的學校。位於常年沸騰的西單商業區以北宏廟胡同內。它前身是清代的義塾，1883 年改爲「鑲藍旗官學」，1901 年命名爲「宗室覺羅八旗第六小學」（按：應爲八旗第五高等小學堂之誤）。1914 年改爲「北京師範附屬小學」。1917 年改名爲「北師附小」。1928 年改名爲「北平特別市立師範附屬小學」。1942 年改名爲「北京市西單宏廟實驗小學」。新中國成立以後數易校名，如「二區中心小學」、「西單區一中心小學」、「西城區第一中心小學」。至 1958 年更名爲「北京市西城區宏廟小學」至今〔註40〕。

（四）八旗第八高等小學堂：北京市長安小學

清光緒二十九年（1903 年），爲宗室覺羅八旗第八高等小學堂，清光緒三十年（1904 年）改名爲京師官立八旗第八高等小學堂，民國元年又改稱京師公立第八初高兩等小學校，民國五年稱京師公立第七高等小學校，1961 年我在此讀書時叫「絨線胡同小學」，1979 年更名爲東絨線小學，2001 年 7 月東絨線小學與東柵小學合併，更名爲長安小學〔註41〕。

（五）內務府三旗初等第六小學堂：北京市黃城根小學

北京市西城區黃城根小學位於古老的皇城腳下西黃城根北街，前身爲創建於 1904 年的內務府三旗初等第六小學堂。1906 年改爲北洋官立第二小學堂，是最早的公立小學之一。曾經過十幾次的校名更迭，1958 年改爲黃城根小學至今〔註42〕。

（六）左翼八旗第五初等小學堂：北京市第二中學

光緒三十一年（1905 年），左翼宗學改建爲左翼八旗第五初等小學堂。

〔註39〕北京市西四北四條小學校史， http：//www.xjxsb4txx.org/。
〔註40〕北京市宏廟小學校史，http：//www.bjhmxx.net/。
〔註41〕北京市長安小學校友回憶錄，
　　　　http：//blog.sina.com.cn/s/blog_48c8d8f201000cl6.html。
〔註42〕中國教育信息，http：//xuexiao.eol.cn/html4/1100/114010442/intro.shtml。

宣統二年（1910 年）3 月，改爲左翼八旗中學堂。民國元年（1912 年）改爲京師公立第二中學校，後又改名爲北平市立第二中學、北京市立第二中學〔註43〕。

（七）右翼八旗第一初等小學堂：北京市廠橋小學

原爲翼八旗第一初等小學堂，由八旗官學轉換而來。原校址在現在的德內大街 272 號（原校舍因擴建廠橋街道辦事處而拆除）。一位廠橋小學老校友回憶說：「我們入學時，在開學典禮上，校長向我們介紹學校的歷史時告訴我們，廠橋小學的校址原來是清朝大太監李蓮英當年修建頤和園時用於堆放貪污來的錢財物品的地方，後來做過當鋪。」老校舍是一所有三進院落古香古色的四合院，學校的東側建有操場。當時與其他官學一樣，主要招收八旗子弟入學讀書，且只招男學生。廠橋小學的起點與滿族有著這樣的淵源，自然會吸引滿族中關心民眾教育的有識之士，如愛新覺羅・溥任。直到 1934 年，更名爲北平市立廠橋小學〔註44〕。

（八）右翼八旗第二初等小學堂：北京市第十四小學

右翼八旗第二初等小學堂於是民國元年（1912 年）8 月改組後，更名爲「第十四小學」的校名，但似已無傳承〔註45〕。

（九）右翼八旗第七初等小學堂：北京市大三條小學

清光緒三十一年（1905 年）創辦右翼八旗第七初等小學堂，校址設在宣武門內，有學生兩班。光緒三十三年（1907 年），擴充學生一班，以校址房舍不足用，四月十五日遷新街口大三條。民國元年（1912 年）更名爲京師公立第二十三國民學校。民國十三年（1924 年）添設高小，更名爲京師公立第二十八小學校。民國十七年（1928 年）更名北平特別市公立第二十八小學校。民國十九年（1930 年）一月更名特別市市立第二十八小學校。同年十月更名北平市市立第二十八小學校。民國二十二年（1933 年）更名爲北平市立新街口小學。民國三十四年（1945 年）更名爲北平市立第四區十八保國民小學。解放後更名爲北京市西城區新街口大三條小學至今〔註46〕。

〔註43〕 北京市第二中學校史，http：//www.bjn2ms.net/web/index.action。
〔註44〕 北京市廠橋小學校史，http：//www.bjcqxx.com/。
〔註45〕 《尋覓老舍先生在北京的教育足跡》，
　　　　http：//www.360doc.com/content/14/0606/17/16588383_384347881.shtml。
〔註46〕 新街口大三條小學，http：//blog.sina.com.cn/s/blog_4aba1d6f01014uo6.html。

（十）健銳營各學堂（不在光緒三十三年調查中列出）：北京市香山小學

根據健銳營後人回憶：「宣統初年，各旗小學堂一律納入正軌，正式稱爲某營某旗初等小學堂，而原設在營中的左右翼官學堂也合併了，成了高等小學堂，校址就在正黃旗北小營西側的健銳營八旗高等小學。所有學生都必須經過考試。民國期間稱爲『京師西郊公立第三高等小學校』。而各旗的小學堂則改爲「京師西郊第三至第十小學校」。以上學校，均收健銳八旗的女孩子。昔日八旗高等小學依存，今爲香山小學。民國成立以後，健銳八旗中的俸銀、季米斷斷續續，旗營裏的人們生活急驟下降，出現了不少上不起學校的學生，正在此時，民國初年時被袁世凱命爲國務總理的社會大慈善家熊希齡老先生在香山興辦了慈幼院，慈幼院在收養京畿受難兒童的同時，香山八旗的許多貧困子女也到慈幼院上了學，此事家父至今還津津樂道的敘說著〔註47〕。」

（十一）八旗高等學堂（不知何所改建）：北京市第一中學

根據北京一中校史記載：「北京一中是一所歷史名校，始建於清順治元年（公元 1644 年），具有深厚的民族文化底蘊。她歷經八旗官學、經正書院、宗室覺羅八旗學堂、京師公立第一中學，建國後定名爲北京市第一中學，如今已成爲一所包括小學、初中、高中三個學段 12 年學制的北京市實驗學校。」〔註48〕

結　論

京師旗營新式教育是在近代軍事變革下，八旗成爲國家政治中不得不放棄的機構組織。但八旗生計問題卻因清政府二百餘年的特殊政策所引發，政府卻有義務爲其解決，因而爲其建立新式學堂、工藝廠等爲其進行教育與職業轉型的輔導。然，政權的更迭，使八旗生計問題始終無法得到解決。旗籍新軍以外的八旗組織與其說是軍隊更多地是作爲亟需救助的社會組織，實際上已不再具備經制兵性質的軍事單位。京畿一帶旗營雖由於南、北兩軍和談，未遭受戰爭傷害，也在優待條件內獲得代籌八旗生計的承諾。但民國政府財政窘迫，京畿各旗營實際拿到的餉銀比例十分低下。部分社會調查史料顯示，

〔註47〕香山腳下話八旗——旗營中的教育，
http：//www.360doc.com/content/14/1108/15/16588383_423589977.shtml。
〔註48〕北京市第一中學校史，http：//bj1z.net/fs/shownews.asp?id=10。

民國四年以後大多停發了各旗餉銀，旗人階層大多轉變爲赤貧階層，以務工爲生。同時在歧視的社會環境下，許多旗人不得不改名換姓，流散四方維持生計。即如民國四年《群強報》所載：「辛亥武昌起義，各省獨立背中原，人心一齊思漢，外省駐防遭難，流離困苦顛連，那時生死但憑天，皆因到處排滿」〔註 49〕。而八旗學堂這樣的「特殊子弟」學校也被改爲普通學校。部分學校有幸傳承，成爲今日的百年名校；而多半的八旗學堂，則已消泯在改建大潮中。

（作者簡介：黃圓晴，女，北京大學歷史學系博士，北京市鼎石學校中國文明史教師）

〔註49〕 〈旗族習慣〉，《群強報》1915 年 2 月 9 日，剪報見於《那晉日記》（第 11 本）（北京：北京大學圖書館古籍部特藏）。